CATHY BRAMLEY

WIE HIMBEEREN IM SOMMER

ROMAN

Deutsch von
Ursula C. Sturm

WILHELM HEYNE VERLAG
MÜNCHEN

Die Originalausgabe erschien unter dem Titel
APPLEBY FARM.

*Der Verlag weist ausdrücklich darauf hin, dass im Text
enthaltene externe Links vom Verlag nur bis zum Zeitpunkt
der Buchveröffentlichung eingesehen werden konnten.
Auf spätere Veränderungen hat der Verlag keinerlei Einfluss.
Eine Haftung des Verlags ist daher ausgeschlossen.*

Verlagsgruppe Random House FSC® N001967

Deutsche Erstausgabe 08/2016
Copyright © 2015 by Cathy Bramley
Copyright © 2016 der deutschsprachigen Ausgabe by
Wilhelm Heyne Verlag, München,
in der Verlagsgruppe Random House GmbH,
Neumarkter Str. 28, 81673 München
Redaktion: Barbara Häusler
Printed in Germany
Umschlaggestaltung: Eigele Grafikdesign, München
Umschlagabbildung: © FinePic, München.
Satz: KompetenzCenter, Mönchengladbach
Druck und Bindung: GGP Media GmbH, Pößneck
ISBN: 978-3-453-41947-6

www.heyne.de

Für meine geliebte Nanna Mary

GLÜCK IM UNGLÜCK

Kapitel 1

Die Tür schwang auf, die Glocke darüber bimmelte, und ein angenehm kühler Luftzug wehte von draußen herein, als ein paar Mädchen im Teenageralter das Café verließen.

»Adios, amigas!«, rief ich ihnen nach. »Ciao, bellezze!«

Es war Gründonnerstag. Die Kinder hatten Schulferien, und die Frühlingssonne hatte uns den ganzen Tag über einen steten Zulauf beschert. Jetzt, gegen vier, wurde es ruhiger, und das war auch ganz gut so, denn nachdem ich unsere neue Angestellte, die sechzehnjährige Amy, in die hohe Kunst der Zubereitung von Espresso, Cappuccino und Latte Macchiato eingeweiht hatte, glich der Bereich hinter dem Tresen einem Schlachtfeld – überall Kaffee- und Milchpfützen, dazwischen haufenweise Tassen, Löffel und Kännchen. Auch an uns hatte die vergangene Stunde Spuren hinterlassen: Meine roten Haare waren infolge mehrerer Dampfstöße aus der Kaffeemaschine krisselig wie die eines Pudels, und Amys Stirn zierte, gleich einer dritten Augenbraue, ein länglicher Kaffeefleck.

Dafür durchzog das himmlische Aroma von frischem Kaffee den Raum, und Amy beherrschte allmählich die Bedienung der Maschinen. Ich sah ihr über die Schulter, während sie Milch aus dem Aufschäumkännchen in ein hohes Glas goss.

»Perfekt!«, rief ich. »Und nicht vergessen: Immer schön langsam, damit der Schaum nicht zusammenfällt.« Puh. Streckenweise hatte ich befürchtet, sie würde es nie lernen. Mit zitternden Händen stellte Amy das Milchkännchen ab und atmete erleichtert auf.

»Na, was meinst du?«, fragte sie und biss sich auf die Unterlippe, während wir ihren ersten Latte Macchiato beäugten.

Ich lächelte sie an. »Ich glaube, langsam hast du den Dreh raus.«

Und keine Sekunde zu früh, denn gleich hatte ich Feierabend, und dann musste sie allein hinterm Tresen die Stellung halten. Ich legte ihr einen Arm um die Schultern und drückte sie.

»Jetzt musst du nur noch die Geschmacksnerven der Chefin überzeugen«, sagte ich und deutete mit dem Kopf in die hinterste Ecke des Cafés, wo Shirley, über einen Stapel Rechnungen gebeugt, an einem kleinen Tisch saß. Ihr linkes Bein lagerte auf einem Stuhl – eine Angewohnheit, die sie beibehalten hatte, nachdem sie sich im Herbst den Knöchel gebrochen hatte.

Wegen dieses Knöchels war ich hier gelandet. Ich bin mit Shirleys Tochter Anna befreundet, und als diese mich vor ein paar Monaten bat, im Shenton Road Café auszuhelfen, bis ihre Mutter wieder einsatzfähig war, nahm ich das Angebot dankend an. Von meinem damaligen »Promotionjob« in Manchester (Flyer und Gutscheine vor Supermärkten verteilen) hatte ich die Nase nämlich längst voll. Seither wohne ich in Annas Gästezimmer in Kingsfield, einer Kleinstadt in der Grafschaft Derby, und arbeite im Shenton Road Café.

Das hohe Glas schepperte leise auf der Untertasse, während Amy im Schneckentempo die paar Meter zu Shirley zurücklegte. Ich beobachtete sie dabei so gespannt wie einen Seiltänzer bei der Überquerung der Niagarafälle.

Shirley nippte an dem Getränk und hob dann anerkennend das Glas. »Sehr lecker. Gut gemacht, ihr zwei. Amy, hiermit bist du offiziell befugt, die Kaffeemaschine zu bedienen. Und zu deiner Information: drei Tütchen Zucker für mich.«

»Ja! Amy for president!«, johlte ich und reckte die Faust, während Amy mit verlegen gesenktem Kopf und verschränkten Beinen dastand.

Ich machte einen Knicks in Richtung Shirley, wobei ich mit den Fingern einen imaginären Rocksaum anhob. »Tja, dann kann ich ja jetzt den Hut nehmen.«

Shirley schüttelte glucksend den Kopf und widmete sich wieder ihren Unterlagen. War es tatsächlich so? Hatte sich mein Job hier erledigt?

Auf einmal schlug mir das Herz bis zum Hals. Vielleicht war es wirklich wieder einmal an der Zeit für eine berufliche Veränderung. Nachdenklich stierte ich auf Shirleys braunen Haarschopf, bis ich merkte, dass mich Amy einigermaßen verwundert musterte.

Ich schüttelte den Kopf, deutete auf den Mopp und trug ihr auf, die Pfützen auf dem Boden aufzuwischen, während ich mich daranmachte, den Tisch abzuräumen, an dem vorhin die Mädels gesessen hatten. Du lieber Himmel. Ich war feuerrot angelaufen bei meinen reichlich unvorhergesehenen Überlegungen, was mir wohl deutlich anzusehen war, da ich normalerweise weiß wie ein Albino bin.

Es ist doch immer dasselbe mit dir, Freya Moorcroft. Nie hältst du es länger als ein paar Monate irgendwo aus. Und was ist eigentlich mit Duweißtschonwem? Ich dachte, du LIEBST ihn?

Ich blies entnervt die Backen auf und stapelte geräuschvoll die Teller, um die bissigen Stimmen in meinem Kopf zu übertönen. Shirleys Café boomte, und das war – ohne prahlen zu wollen – zu einem guten Teil mir zu verdanken. Als ich vor einem halben Jahr hier anfing, gab es nur Pulverkaffee, und auf der Karte stand kaum mehr als einige Ofenkartoffel-Variationen. Kein Wunder also, dass sich nach 14 Uhr kaum je Kundschaft in das Café verirrte.

Mittlerweile steht hinter dem Tresen neben einem Toaster für die Zubereitung leckerer Panini eine schicke verchromte Kaffeemaschine, deren Dampfdüse faucht wie ein erboster Schwan, und das kostenlose WLAN (ebenfalls eine Empfehlung von mir) kommt vor allem bei den jungen Gästen sehr gut an. In Teenagerkreisen gelten wir inzwischen als In-Schuppen, sodass der Laden nach Schulschluss täglich eine gute Stunde lang aus allen Nähten platzt.

Der Absatz von heißer Schokolade und Smoothies hat sich verdoppelt, und nachmittags kommen die Leute in Scharen, um Tee zu trinken.

Die vergangen paar Monate waren ganz schön hektisch, aber genau so mag ich mein Leben. Je quirliger, desto besser. Shirley hatte mir mehr oder weniger freie Hand gelassen, nachdem ich sie davon hatte überzeugen können, dass ihr Café einer Rundumerneuerung bedurfte, und deren Umsetzung hatte mir großen Spaß gemacht. Aber auch privat lief es hervorragend. Ich genoss das Zusammenleben mit Anna sehr und hatte viele neue Freundschaften geschlossen. Und vor allem hatte ich vor vier Monaten meinen Freund Charlie kennengelernt. Ach, Charlie …

Wann immer ich an ihn dachte, bekam ich den verträumten Gesichtsausdruck dieser Frauen in der Werbung, wenn sie sich einen Löffel Joghurt in den Mund schieben. Charlie ist groß und durchtrainiert und hat tolle blaue Augen und ein umwerfendes Lächeln. Und als würde das noch nicht genügen, ist er auch noch Feuerwehrmann.

Mein Leben in Kingsfield gestaltete sich also ziemlich annehmbar.

Aber jetzt … Ich hielt inne und starrte aus dem Fenster. Mein Blick schweifte über die Läden auf der gegenüberliegenden Straßenseite, einschließlich des Pubs an der Ecke und der am baumlosen Straßenrand geparkten Autos. Seit Oktober immer mehr oder weniger derselbe Ausblick. Und meine Arbeit konnte ich inzwischen quasi mit verbundenen Augen erledigen. Einhändig und im Kopfstand.

Amy dagegen fehlte es noch an der nötigen Routine, wie ich feststellen musste, während ich sie verstohlen bei der Beseitigung des Chaos hinter dem Tresen beobachtete.

Ich brachte ihr das schmutzige Geschirr. »Na, wie war dein erster Tag?«, erkundigte ich mich. »Kannst du dir vorstellen, hier zu arbeiten, oder hab ich dich mit den ganzen verschiedenen Kaffeesorten verschreckt?«

»Ach, als Übergangsjob ist es ganz okay«, erwiderte sie. »Ich will damit ja bloß die Zeit bis zur Uni überbrücken.«

»Ah ja.« Es gibt doch nichts Ernüchternderes, als von einer Sechzehnjährigen darauf hingewiesen zu werden, dass die Tätigkeit, mit der man sich seine Brötchen verdient, für sie nur die unterste Sprosse auf der Karriereleiter ist.

»Entschuldige«, murmelte sie angesichts meiner wohl etwas konsternierten Miene und tauchte die Hände ins Spülwasser. »Das ist jetzt irgendwie falsch rübergekommen. Ich meine, es ist echt überhaupt nichts dagegen einzuwenden, in einem Café...« Sie verstummte und beugte sich noch tiefer über das Spülbecken.

Ich lachte. »Hey, kein Problem. Ist doch gut, wenn du weißt, was du mit deinem Leben anfangen willst. Ich hatte zwar den erforderlichen Notendurchschnitt für die Uni, aber keine Ahnung, was ich studieren sollte.« Ich zuckte die Achseln. »Also hab ich nach dem Abschluss ein Jahr Pause eingelegt, um ein bisschen rumzureisen.«

Aus dem einen Jahr waren mittlerweile zehn geworden.

Tante Sue sagt immer, ich würde eben »an der Universität des Lebens studieren«. In den Augen meiner Mutter dagegen ist mein beruflicher Werdegang eine totale Vergeudung der teuren Privatschulausbildung, die man mir hat angedeihen lassen.

Amy warf einen Blick über die Schulter zu Shirley hinüber, dann sah sie wieder zu mir. »Ich will hier arbeiten, bis ich meinen Schulabschluss in der Tasche habe. Dann möchte ich Architektur studieren und danach nach London ziehen. Das Studium dauert einschließlich Praxisjahr und allem Drum und Dran mindestens sieben Jahre. Da werd ich jeden Cent brauchen.«

»Verstehe. Tja, dann viel Glück!« Ich schluckte, lächelte flüchtig und suchte schleunigst das Weite.

Du meine Güte. Das Mädel ist noch nicht einmal mit der Schule fertig und hat bereits einen Zehnjahresplan aufgestellt. Ich dagegen fühle mich schon toporganisiert, wenn ich mir einen Zehn*tages*plan zurechtgezimmert habe. Ich bin ein richtiger Karriereschmetterling. Ich kann nicht anders. Wann immer ich einen neuen Job antrete, nehme ich die Herausforderung mit Handkuss an und stürze mich mit Feuereifer in die Arbeit. Und sobald ich meine Tätigkeit aus dem Effeff beherrsche, verspüre ich aus unerklärlichen Gründen den Drang, mir etwas Neues zu suchen.

Mein Vater findet, es mangelt mir an Ehrgeiz und Durchhaltevermögen. Onkel Arthur dagegen meint, ich müsste nur meine »Nische« finden, dann stünde einer steilen Karriere nichts mehr im Weg. Ich kann nur hoffen, er hat recht; alles andere wäre zu deprimierend.

Zu den Highlights meines bisherigen beruflichen Werdegangs zählen Jobs wie Apfelpflückerin in Neuseeland, Pferdepflegerin in Dubai, Zimmermädchen in einem Wintersportort in Österreich und Kellnerin in Cornwall (achtzehn Monate lang – ein persönlicher Rekord, der auf das Konto eines Rettungsschwimmers namens Ivan geht). Ganz kurz habe ich auch als Führerin in einem Bleistiftmuseum gearbeitet. Und jetzt bin ich wie gesagt Kellnerin im Shenton Road Café in Kingsfield.

All diese unterschiedlichen Erfahrungen haben mich auf irgendetwas vorbereitet, davon bin ich überzeugt. Ich muss nur noch herausfinden, worauf. Ich ließ mich gegenüber von Shirley auf einen Stuhl plumpsen und überlegte, ob ich ihr sagen sollte, dass ich in Erwägung zog, mich beruflich neu zu orientieren. Oder sollte ich meine Überlegungen vorerst lieber für mich behalten?

»Dir ist schon klar, dass du hier dein Talent verschwendest, oder?«, stellte Shirley fest, ohne den Kopf zu heben.

Ich setzte mich etwas anders hin. Tja, man sollte Shirley Maxwell eben nie unterschätzen. Sie konnte Gedanken lesen, wenngleich meine Gedankengänge doch eine Spur bescheidener gewesen waren. Aber eine neue Herausforderung käme mir jetzt in der Tat wie gerufen.

»Was soll das heißen?«, fragte ich, um Zeit zu gewinnen.

Shirley hob den Kopf, legte den Stift ab und seufzte in »Was soll ich bloß mit dir machen?«-Manier.

»Du bist doch ein kluges Mädel. Du könntest eine eigene Firma gründen, wie meine Tochter. Ein Franchise-Unternehmen wie Starbucks oder ...« Mit gespielter Hochmütigkeit hob ich eine Augenbraue. »Du willst mich wohl loswerden, wie?«

»Ach, Freya«, sagte sie und verpasste mir einen Klaps auf den Arm. »Du hast die Speisekarte überarbeitet und den lästigen Bürokram umstrukturiert, und jetzt arbeitest du sogar schon neue Mitarbeiterinnen ein. Ich bin dir unendlich dankbar dafür, dass du so viel Energie in mein Café gesteckt hast.« Sie beugte sich über den Tisch. »Aber ich kann dich nicht angemessen dafür bezahlen, und das belastet mich. Früher oder später willst du dir bestimmt ein Häuschen kaufen und eine Familie gründen ...«

»Wohlstand bedeutet mir nichts, Shirley«, unterbrach ich sie. »Ich kenne genügend Menschen, für die sich alles nur um Geld dreht statt um Glück.« Meine Eltern zum Beispiel. Ich schauderte. »Und ich kann dir versichern, dass ich da anders bin. Ich halte es mit den Beatles: *All you need is love.*« Ich grinste sie an, und sie verdrehte die Augen.

»Und ich mit Abba: *Money, Money, Money*«, konterte sie, und wir lachten.

»Du bist ein hoffnungsloser Fall, Freya Moorcroft.« Sie seufzte erneut.

Ich ergriff über den Tisch hinweg ihre Hand. »Danke. Es ist ein schönes Gefühl, geschätzt zu werden.«

»Sei doch mal ehrlich zu dir selbst, Freya – du hast hier keine Zukunft.«

Die Türglocke ersparte mir weitere Diskussionen. Ich drehte mich um und erblickte einen in rosaroten Samt gehüllten Hintern, der mir nur allzu bekannt vorkam.

»Gemma!«, rief ich und sprang erleichtert auf, um meiner Freundin die Tür aufzuhalten, während sie ihren Kinderwagen rückwärts über die Stufe am Eingang hievte.

»Für dieses blöde Ding braucht man echt einen Lkw-Führerschein«, knurrte sie.

»Oje. Setz dich, ich bring dir gleich mal eine Tasse von diesem übel riechenden Beruhigungstee.« Ich drückte ihr einen Kuss auf die Wange und spähte dann in den Kinderwagen. Yippie, Parker war wach! Komm kuscheln, Kleiner!

»Ehrlich gesagt bin ich nur kurz zum Umtapezieren hier«, gestand Gemma und steuerte auf direktem Wege die Toilette an. »Ich hoffe, das ist okay. Seine Majestät haben die Windel gestrichen voll, und allmählich wird die Geruchsbelastung selbst für meine Nase zu heftig, dabei ist meine Toleranzgrenze in dieser Hinsicht echt hoch.«

Shirley verzog das Gesicht. »Igitt! Zu viel Information, Gemma.« Ihre Toleranzgrenze ist in vielerlei Hinsicht äußerst niedrig, sei es in puncto Gerüche, Schmerz, laute Musik oder gelbes Essen ... Einmal wäre sie beim Anblick einer zerdrückten Banane fast in Ohnmacht gefallen. Sie ekelt sich sogar vor Ofenkartoffeln, die eine Spur zu gelb ausgefallen sind.

»Und du willst wirklich nicht mal ein klitzekleines Tässchen Tee?«, fragte ich enttäuscht. Ich war zwar in einer halben Stunde mit Charlie in dessen Schrebergarten verabredet, hatte Gemma aber seit Parkers Taufe nicht mehr gesehen und brannte darauf, zu hören, was es Neues bei ihr gab. Wenn möglich mit Parker auf dem Schoß.

Gemma hielt inne. »Also gut, einen Kamillentee, bitte. Falls ihr so was habt.«

Fünf Minuten später saß ich ihr mit dem frisch gewickelten Knirps auf dem Schoß gegenüber, während Gemma in einer hässlichen weißen Tasse einen Teebeutel hin und her schwenkte.

Das ist einer der wenigen Punkte, in denen Shirley und ich uns nicht einigen konnten: Ich bin ein Fan von Vintage-Porzellan, für sie dagegen muss Geschirr billig, praktisch und spülmaschinenfest sein. Sie war regelrecht blass geworden bei der Vorstellung, die Regale mit einem bunten Sammelsurium an Tassen und Tellern in Pastelltönen zu füllen, und sie hatte sich durchgesetzt.

Gemma und ich lächelten uns an, während Parker, leise vor sich hinbrabbelnd, die mit Stoff bezogenen knisternden Seiten eines Babybuchs befingerte.

»Sollen wir uns den letzten hausgemachten Scone teilen?«, schlug ich ihr vor. Ich backe die Scones höchstpersönlich, mit Sultaninen, nach einem Rezept von Tante Sue. Sie sind herrlich locker und leicht. Die Mischung macht's – wenn man sich bei der Dosierung der Zutaten vertut, erhält man ein Blech potenziell tödlicher Wurfgeschosse.

Gemma schüttelte ihre blonden Locken und tätschelte ihren Bauch, der erstaunlich flach war in Anbetracht der Tatsache, dass Parker erst vier Monate alt war. Beim Anblick ihrer perfekt manikürten Nägel schob ich verschämt die Hände in die Jeanstaschen. »Ich fürchte, ich muss passen. Es sei denn, ihr habt Clotted Cream.«

Ich schüttelte den Kopf. »Nein, nur Schlagsahne.« Etwas lauter fügte ich hinzu: »Siehst du, Shirley, es gibt durchaus eine Nachfrage nach clotted cream.«

Das war der zweite Streitpunkt zwischen meiner Chefin und mir gewesen.

»Nur über meine Leiche. In meinem Café wird es dieses klumpige gelbe Zeug niemals geben«, entgegnete Shirley und schüttelte sich.

»Okay, dann lass ich's lieber. Ist wahrscheinlich besser so«, sagte Gemma und zog die Nase kraus. »Was hast du eigentlich fürs Osterwochenende geplant?« Ab Karfreitag war das Café geschlossen, ich hatte also frei, einschließlich der darauffolgenden Woche. Es war mein erster Urlaub, seit ich angefangen hatte, hier zu arbeiten.

»Nicht viel.« Ich zuckte die Achseln. Vielleicht hätte ich mir irgendetwas vornehmen sollen. »Ich hoffe auf ein paar faule Tage mit Charlie.«

»Klingt herrlich.« Gemma seufzte. »Das kann ich dieses Wochenende wohl vergessen – mein Herzallerliebster hat nämlich beschlossen, im Garten den Rasenmäher zu zerlegen, und meine fünfzehnjährige Tochter scheint zu glauben, dass sie wegen ihrer Prüfungen die gesamte Familie terrorisieren muss.«

Ich strich mir eine Haarsträhne hinters Ohr. »Gib Bescheid, wenn ich ein paar Stunden auf Parker aufpassen soll.«

Sie bückte sich nach dem Spielzeug, das der Kleine gerade hatte fallen lassen.

»Nett von dir, danke, Freya. Hörst du etwa allmählich deine biologische Uhr ticken?«

Ich überlegte.

»Ja und nein«, erwiderte ich. »Noch bin ich nicht so weit, aber irgendwann will ich definitiv Kinder. Und dazu ein Cottage auf dem Land, ein Pferd und einen Hund. Aber vorerst genügt es mir vollauf, wenn ich mir hin und wieder Parker ausborgen darf.« Ich spürte, wie ich rot anlief. Keine Ahnung, warum das alles so urplötzlich aus mir herausgesprudelt war. Bis jetzt hatte ich mir nie groß Gedanken darüber gemacht. Wie auch immer, selbst auf die Gefahr hin, dass es ein bisschen fünfzigerjahremäßig klingt: Ich will die Art von Mutter sein, die zu Hause ist, wenn die Kinder von der Schule kommen. Die sie mit einem Kuss und einem selbst gebackenen Kuchen empfängt. Wobei sich mein Kuchenrepertoire bis jetzt zugegebenermaßen auf Scones beschränkt.

Gemma hob eine Augenbraue. »Und, hast du schon mit Charlie darüber geredet?«

Das ist das Einzige, was mich an Kingsfield echt nervt: Die meisten Leute leben schon seit Ewigkeiten hier. Ich kenne Charlie erst seit ein paar Monaten, während Gemma seit Jahren mit ihm befreundet ist, weil sie ebenfalls eine Parzelle der Kleingartenanlage in der Ivy Lane bewirtschaftet hat, bis Parker auf die Welt kam. Würde man gar nicht denken, wenn man ihre Fingernägel sieht.

»Ich bitte dich, Gemma, wir sind quasi erst seit fünf Minuten zusammen, da spricht man noch nicht über dieses Thema. Aber früher oder später wird es sicher aufs Tapet kommen.«

»Also ... Ach, nichts«, murmelte Gemma und nippte an

ihrem Tee. Was hatte sie wohl gerade sagen wollen? Doch ich kam nicht mehr dazu nachzuhaken, denn sie rief: »Ah, da fällt mir etwas ein!«, und begann in ihrer Tasche zu kramen.

»Hier, hätte ich fast vergessen, dir zu zeigen.« Sie reichte mir eine Postkarte, auf der eine Schildkröte an einem menschenleeren Strand zu sehen war. »Die kam heute früh, von Tilly und Aidan. Klingt, als hätten sie auf den Galapagosinseln einen richtigen Traumurlaub.« Sie seufzte und nahm mir Parker ab, um ihn wieder in den Kinderwagen zu setzen.

»Die beiden sind echt wie füreinander geschaffen.«

Unsere gemeinsame Freundin Tilly gehört ebenfalls zur Schrebergartenclique und zeichnet dafür verantwortlich, dass Charlie und ich zusammengefunden haben. Ihren Freund Aidan, einen Fernsehregisseur, hat sie kennengelernt, als er voriges Jahr mit seinem Team für eine Doku über die Schrebergartensiedlung nach Kingsfield kam. Momentan drehte er auf den Galapagosinseln, und Tilly hatte beschlossen, ihn zu begleiten und ihren Urlaub mit ihm dort zu verbringen.

Während sich Gemma für den Aufbruch rüstete, las ich, was Tilly geschrieben hatte, dann verabschiedete ich mich lächelnd von ihr und Parker, obwohl mir eigentlich nicht nach Lächeln zumute war.

Die beiden sind echt wie füreinander geschaffen.

Man soll ja nichts überinterpretieren, aber irgendwie kam es mir so vor, als wäre sie der Ansicht, dass Charlie und ich im Gegensatz zu Tilly und Aidan *nicht* wie füreinander geschaffen waren. Dazu Shirleys Bemerkung vorhin von wegen *du hast hier keine Zukunft* ...

Plötzlich hatte ich ein seltsam flaues Gefühl im Magen. Heute früh beim Aufwachen war mein Leben noch ganz einfach und vorhersehbar gewesen, doch jetzt standen die Zeichen auf Veränderung.

Kapitel 2

Kurz darauf verließ ich das Café und eilte durch die Shenton Road und die All Saints Road in Richtung Kleingartenanlage, und bis ich in der Ivy Lane angelangt war, hatte sich meine Laune wieder gebessert. Ich schüttelte lächelnd den Kopf. Wo waren bloß all diese albernen Zweifel auf einmal hergekommen?

Sah mir gar nicht ähnlich, derartig trübsinnigen Gedanken nachzuhängen. Ich sollte mir weder wegen meiner Karriere noch wegen meiner Beziehung graue Haare wachsen lassen; dafür ist das Leben viel zu kurz. Ist doch viel ratsamer, alles einfach auf sich zukommen zu lassen. Ich mochte mein Leben, und außerdem gibt es weder den perfekten Job noch den perfekten Partner. Zwischen Charlie und mir lief es bestens – wir waren glücklich und konnten miteinander lachen. Und genau deshalb passten wir hervorragend zueinander.

Auf dem Weg zu Charlies Gartenparzelle lief mir Peter, der Vorsitzende des Schrebergartenvereins, über den Weg.

»Tag, Freya«, begrüßte er mich. »Kühl heute, nicht? Nachts wird es wohl leichten Frost geben.« Er zog eine Tweed-Schiebermütze aus der Tasche und stülpte sie auf seinen kahl werdenden Schädel.

»Tag, Pete.« Ich unterdrückte ein belustigtes Grunzen. Ich kenne keinen einzigen Schrebergartenbesitzer, der sich nicht ständig Gedanken übers Wetter macht. »Ja, ist recht frisch heute.«

»Na, was ist, willst du dich nicht doch auf die Warteliste setzen lassen?«, erkundigte er sich. Das fragte er mich jedes Mal, wenn wir uns sahen. Ich hatte tatsächlich kurz mit dem Gedanken gespielt, einen Antrag auf einen eigenen Schrebergarten zu stellen, und er hatte mir auch schon die infrage kommenden Parzellen gezeigt, aber inzwischen hatte ich es mir anders überlegt. Wenn ich Charlieboy in seinem Garten zur Hand gehen konnte, hatte das zwei entscheidende Vorteile: Erstens konnte ich auf diese Weise Zeit mit ihm verbringen und mich zweitens auf die angenehmen Arbeiten wie Säen und Ernten beschränken, während er die unangenehmen erledigte. Unkraut jäten und mit Dung und Mist hantieren zum Beispiel.

Lachend schüttelte ich den Kopf. »Keine Zeit. Als Charlies Hilfsgärtnerin bin ich vollauf ausgelastet.«

Peter lächelte enttäuscht und tippte sich zum Abschied grüßend an die Mütze, und ich lief weiter.

Ich hatte regelrecht Schmetterlinge im Bauch, als ich meinen umwerfend gut aussehenden Freund in seinem kleinen Gewächshaus erspähte. Er trug seinen alten Gärtnerpulli, der an den Ellbogen schon ganz durchgewetzt und löchrig war, und dazu Jeans, ausgetretene Stiefel und eine Wollmütze.

Im Gewächshaus war es warm, und der Duft von Tomatenpflanzen hing in der Luft. Ich lehnte mich an den Türrahmen und sah ihm zu, während er mit dem Rücken zu mir ein paar Säcke mit Setzlingen in die Regale stellte.

»Hey.«

Charlie wirbelte herum. »Hallo, schöne Frau!« Lächelnd kam er zu mir, hob mich hoch und wirbelte mich herum, wobei wir prompt die Gießkanne und mehrere Pflanzen ummähten.

»Nicht! Lass mich sofort runter und küss mich!«, quiekte ich atemlos kichernd.

Er kam meinem Befehl auf der Stelle nach. »Ich mag es, wenn du mich rumkommandierst«, murmelte er und sah mir grinsend in die Augen.

Dann öffnete er den Reißverschluss meiner Jacke, schlang die Arme um mich und zog mich an sich. Ich hob den Kopf, um ihn zu küssen und seufzte leise. Seine Wangen waren von Bartstoppeln übersät, aber seine Lippen waren voll und weich. Er roch nach Erde und Lagerfeuer, mit einem appetitlichen Hauch Vanille oder irgendetwas in der Art.

Schließlich unterbrach ich den Kuss. »Na, was steht heute auf dem Programm?« Ich schob die Finger in die Gesäßtaschen seiner Jeans und lehnte den Kopf an seine Brust, und er legte das Kinn auf meinen Scheitel.

»Heute sind die Tomaten dran.« Er löste sich von mir und küsste mich auf die Nasenspitze. »Ich hab schon auf dich gewartet. Gut zwanzig Tomatenpflänzchen müssen in die Erde. Wenn du fleißig bist, spendier ich dir hinterher im Pub einen Cider.«

Ich lachte. »Du willst mich in Naturalien bezahlen?«, sagte ich und stemmte mit gespielter Entrüstung die Hände in die Hüften. »Was hast du bloß für eine Meinung von mir?«

Er zwinkerte mir zu. »Die allerbeste natürlich. Und jetzt

nimm die kleine Schaufel da und komm mit, meine grünäugige Grazie.«

Er zeigte mir, wie man die Setzlinge aus den Plastikträgern befreite, ohne sie zu beschädigen.

»Kommt es mir nur so vor, oder sind das zwei verschiedene Sorten?«, fragte ich.

»Gut beobachtet, Watson.« Charlie hauchte mir einen Kuss auf den Hals, bei dem die Schmetterlinge in meinem Bauch heftig ins Flattern gerieten. »Die hier heißen Sungold und sind für Ollie. Angeblich mag er keine Tomaten, aber ich hoffe mal, dass ich ihn mit diesen süßen Kirschtomaten hier bekehren kann.« Das ist noch ein Grund, warum ich Charlie so mag. »Du bist wirklich der beste Dad der Welt.« Ich knuffte ihn spielerisch in die Rippen. »Und was für eine Sorte ist das da?«, fragte ich und deutete auf die größeren Pflanzen.

Charlie räusperte sich. »Ähm, die heißen Outdoor Girl. Als ich den Namen gelesen habe, musste ich an dich denken.«

Er wandte verlegen den Kopf zur Seite, aber mir entging trotzdem nicht, dass er rot angelaufen war.

»An mich?«, wiederholte ich entzückt, warf ihm die Arme um den Hals und küsste ihn auf die Wange.

Nun mag es nicht jedermanns Vorstellung von Romantik entsprechen, wenn ein Mann einer Frau zuliebe eine spezielle Tomatensorte anpflanzt, aber mir wurde angesichts dieser Geste ganz warm ums Herz, weil ich wusste, wie Charlie tickt. Dass er mir die gleiche Ehre zuteilwerden ließ wie seinem sechsjährigen Sohn Ollie, den er vergöttert und der für ihn quasi den Nabel der Welt darstellt, musste doch etwas zu bedeuten haben, oder?

Umgekehrt wusste Charlie auch, wie *ich* ticke – zum Beispiel dass ich am liebsten Tätigkeiten nachgehe, bei denen ich viel Zeit im Freien verbringen kann. Es wäre für mich die Hölle, den ganzen Tag an einem Schreibtisch zu hocken, so wie Anna, die als Webdesignerin keine zehn Schritte am Tag zurücklegt.

»Dann kann ich die also schon mal draußen einsetzen?«, fragte ich und betrachtete die Pflänzchen. »Ein bisschen frische Luft würde mir jetzt echt guttun.«

Charlie verdrehte die Augen und schnaubte belustigt. »Ich verstehe echt nicht, warum du in einem Café arbeitest, wenn du so scharf drauf bist, draußen zu sein. Du solltest Parkwächterin oder Polizistin werden oder so. Wie auch immer, ich muss dich leider enttäuschen. Den Tomaten ist es draußen noch zu kalt. Aber du kannst dich stattdessen um die hier kümmern.«

»Oh, ich liebe Erbsen!«, rief ich und nahm den Träger entgegen, den er mir hinhielt. Beim Anblick der kräftigen Erbsenpflanzen musste ich daran denken, wie ich mich früher oft in Tante Sues sonnigem Gemüsegarten versteckt und mir den Bauch mit frischen Erbsen vollgeschlagen hatte.

Schmunzelnd bugsierte mich Charlie zu den wigwamartig aufgestellten Rankstöcken aus Bambus, und wir machten uns an die Arbeit.

Im goldenen Licht der untergehenden Sonne kniete ich mich hin, hob mit dem Schäufelchen eine kleine Grube aus, bestreute den Grund mit etwas »Elfenstaub« und setzte eine der Erbsenpflanzen hinein. »Elfenstaub« ist meine Bezeichnung für ein Düngemittel, das die Pflanzen mit allerlei wichtigen Nährstoffen versorgt, aber leider zum Himmel stinkt.

Ich und Polizistin? Ich musste lachen.

»Das hast du nur wegen der Handschellen gesagt, stimmt's?«, rief ich ihm mit einem Blick über die Schulter zu.

»Was?«

»Dass ich Polizistin werden sollte. Ich wette, du stehst auf Handschellenspielchen. Ich kenn doch meine Pappenheimer.«

Charlie tat indigniert. »Na, hör mal, wer hat denn letztes Mal darauf bestanden, den ganzen Sonntag im Bett zu verbringen und Nacktbilder von dir anzuschauen?«

Noch während er sprach, spürte ich, wie etwas die Sonnenstrahlen blockierte, die mir den Rücken gewärmt hatten, und vernahm ein diskretes Hüsteln.

Verlegen fuhr ich herum und erblickte Gemmas Mum Christine, die im Kleingärtnerverein als Sekretärin fungiert. Sie stand in Gummistiefeln, Steppjacke und Pudelmütze am Gatter zu Charlies Parzelle, und ihrem breiten Grinsen nach zu urteilen, war mein spontanes Stoßgebet, sie möge Charlies Bemerkung nicht gehört haben, auf taube Ohren gestoßen.

»Sehr hübsch, dieses Rot«, feixte sie mit ihrem breiten irischen Akzent, womit sie wohl kaum mein Haar meinte, sondern vielmehr meine Gesichtsfarbe.

»Äh, danke«, stotterte ich und schob zur Erklärung ein »Es war mein Babyalbum« hinterher. »Deswegen war ich nackt. Und auch gar nicht auf allen Fotos ...« Sie prustete los, und ich verstummte verlegen.

»Ach, ihr jungen Leute ... Ist schon eine ganze Weile her, dass Roy und ich den ganzen Sonntag im Bett verbracht haben.«

Ich schluckte und lachte gezwungen. Zu viel Information, wie Shirley sagen würde.

»Hallo Christine«, sagte Charlie jovial und gesellte sich zu mir. »Na, alles klar?«

»Ja, alles wunderprächtig, danke.« Sie nickte. »Ich wollte dich nur daran erinnern, dass wir am Sonntag für die Kinder in der Anlage ein paar Osternester verstecken werden. Gemma wird auch kommen. Vielleicht habt ihr ja auch Lust. Ollie hätte bestimmt einen Heidenspaß.«

Charlie und ich nickten und murmelten etwas Zustimmendes, und sie machte sich wieder vom Acker.

»Du hast doch am Osterwochenende ebenfalls frei, oder?« Ich sah uns schon irgendwo im Grünen sitzen, über uns der blaue Himmel und keine Menschen oder Häuser weit und breit.

»Ja.« Er nickte und zog ein Stück Schnur aus der Tasche, um die frisch eingepflanzte Erbse an einem der Rankstäbe festzubinden. »Vier volle Tage. Ich kann's kaum erwarten.«

»Du hattest mir versprochen, dass du mal mit mir reiten gehst, weil ich neulich mit dir diese Fahrradtour gemacht habe, auf die ich gar keine Lust hatte, weißt du noch?«

»Äh, ja.« Er richtete sich auf, ohne mich anzusehen. Ich stand ebenfalls auf, ging zu ihm und hakte die Finger in die Gürtelschlaufen seiner Jeans. Sein warmer Atem streifte meine Wange.

»Was hältst du davon, wenn wir das dieses Wochenende machen? Ich hab neulich mit einem Reitstall in der Nähe von Kingsfield telefoniert, da könnten wir ein paar Stunden buchen.« Ich sah zu ihm hoch und hielt den Atem an. Charlie ist von Pferden alles andere als begeistert, aber versprochen ist versprochen, und ich wünschte mir nichts sehnlicher, als am Osterwochenende über Wiesen und Hügel zu preschen, mit dem Wind in den Haaren und Charlie an meiner Seite. Er schüttelte den Kopf. »Tut mir leid, aber es geht nicht. Ollie kommt außerplanmäßig ein paar Tage zu mir. Das mit der Osternestsuche wäre ideal für ihn, meinst du nicht auch?«, fragte er und küsste mich auf die Stirn.

Ich ließ es mit hängenden Schultern geschehen.

Da ging er hin, mein Traum vom Glück auf dem Rücken eines Pferdes.

Aber ihr hattet doch gerade erst ein Vater-Sohn-Wochenende… Beinahe hätte ich es laut gesagt. Zum Glück hatte mich die letzte vernünftige Zelle meines Gehirns davon abgehalten. Für Charlie würde Ollie stets oberste Priorität haben. Und das war auch total in Ordnung so. Ich wünschte, mein Vater hätte mir nur halb so viel Aufmerksamkeit geschenkt. Nicht, dass ich mich beschweren will… Na ja, ein bisschen vielleicht.

Ich nickte. »Das findet er bestimmt lustig. Vielleicht könnten wir ja zu dritt…« Ich schluckte und war gespannt, wie er auf meinen Vorschlag, den Ostersonntag gemeinsam zu verbringen, reagieren würde.

Charlie ist ein toller Dad. Okay, ich schätze mal, das war nicht immer so, aber jetzt machte er alle Versäumnisse von früher wett. Und Ollie ist ein richtiger Goldjunge, wohlerzogen und mit großen blauen Augen, genau wie sein Dad, den er mit seinen vielen Fragen allerdings zuweilen zur Verzweiflung treibt. Ich kann mich über seine Neugier köstlich amüsieren.

Bis jetzt waren wir uns zwei Mal begegnet; beide Male im Café.

Richtig vorgestellt hatte mich Charlie meinem potenziellen Stiefsohn aber noch nicht, es sei denn, ein »Bedank dich bei der freundlichen Lady« zählte.

Er blinzelte, dann nahm er die Wollmütze ab und kratzte sich am Kopf.

»Dafür ist es noch etwas zu früh«, sagte er sanft. »Geh du ruhig reiten. Ich komm ein andermal mit, ja?« Das nannte man dann wohl einen doppelten Korb. Kein Zweifel: Charlie wollte Ollie nicht sagen, dass wir ein Paar waren, und das kränkte mich. Schämte er sich etwa für mich?

Ich versuchte, mir meine Gefühle nicht anmerken zu lassen.

Immer schön lächeln, Freya!

»Wir sind jetzt seit vier Monaten zusammen, Charlie. Habe ich mir nicht allmählich den offiziellen Freundinnen-Status verdient?«

»Komm her.« Er umarmte mich, und ich vergrub das Gesicht in seinem Pulli. »Ich weiß, dass du dir das wünschst. Und glaub mir, ich würde das Wochenende gern mit dir *und* meinem Sohn verbringen, aber ich bin doch selbst erst seit ein paar Monaten so richtig in Ollies Leben präsent und will ihn nicht verwirren, indem ich gleich eine Freundin mit ins Spiel bringe. Ich möchte ihm ein wirklich guter Dad sein.«

Ich biss mir auf die Unterlippe.

Vier Monate! Etliche meiner Beziehungen hatten weniger lang gedauert, aber es wäre wohl nicht hilfreich gewesen, das jetzt zu erwähnen, also hielt ich lieber den Mund.

»Okay, aber Tilly und Aidan sind auch noch nicht viel länger zusammen als wir und verbringen schon zusammen den Urlaub auf einer Insel am anderen Ende der Welt.«

Und sie sind wie füreinander geschaffen.

Charlie blies die Backen auf. »Das ist was ganz anderes«, sagte er mit gerunzelter Stirn.

Allerdings. Ich errötete und hätte mir auf die Zunge beißen können.

Tilly hatte ihren ersten Mann vor ein paar Jahren bei einem Autounfall verloren und war bereit für etwas Neues; Charlie dagegen war, nachdem er schlechte Erfahrungen in puncto Ehe gemacht hatte, auf der Hut, was ich durchaus nachvollziehen konnte. Ich war die erste Frau, mit der er sich nach der Trennung von seiner Ex eingelassen hatte. Trotzdem fragte ich mich, wie lange es wohl noch dauern würde, bis er sich auch vor Ollie zu mir bekannte.

Ich seufzte tief und lächelte matt, als er mein Kinn anhob und mich zwang, ihn anzusehen.

»Hey! Was ist denn los? Wir haben doch Spaß miteinander, oder?«

Mein Lächeln erstarb. »Ist das alles, was ich für dich bin, Charlie?«, fragte ich ernüchtert, mit heftig pochendem Herzen. »Eine Frau, mit der du ein bisschen Spaß hast?« Vor ein paar Minuten hatten wir noch über Handschellen und Nacktfotos geredet, und jetzt das!

Man konnte die Spannung zwischen uns förmlich knistern hören. Ich musterte ihn prüfend, und mir entging nicht, wie er mit sich rang, darum bemüht, die richtigen Worte zu finden, doch ehe ihm eine passende Entgegnung eingefallen war, begann mein Handy zu dudeln.

Ich liebe den Song *Happy* von Pharrell Williams, deshalb habe ich ihn zu meinem Klingelton auserkoren, und normalerweise klatsche ich mindestens eine halbe Minute lang mit, bis ich rangehe. Diesmal jedoch kramte ich hastig das

Telefon aus der Jackentasche und drückte umgehend auf den grünen Knopf.

»Hallo?«

»Freya, bist du das?« Ich erkannte die Stimme meiner Tante Sue sofort, obwohl sie höher klang als sonst und ein wenig zitterte. Jetzt pochte mein Herz noch heftiger als vorhin.

»Ja, ich bin's. Ist alles in Ordnung?«

»Leider nicht, nein. Onkel Arthur hatte einen Unfall.«

Ich schnappte nach Luft. »Ach herrje.« Charlie musterte mich besorgt und legte mir eine Hand auf den Arm.

»Ist ihm etwas passiert?«

»Er wurde schon wieder aus dem Krankenhaus entlassen, aber er hat ein paar ordentliche Schrammen abbekommen, und es wird eine Weile dauern, bis er wieder voll einsatzfähig ist. Meinst du, du könntest ein paar Tage zu uns kommen und uns helfen? Ich weiß, es ist sehr kurzfristig ...«

Charlie betrachtete mich noch immer mit gerunzelter Stirn, doch ich wich seinem Blick aus. Wie es aussah, würden wir ohnehin keinen »Spaß miteinander haben«, solange sein Sohn hier war, und außerdem hatte ich das Osterwochenende sowie die nächste Woche frei. Ich warf einen Blick auf meine Armbanduhr. Jetzt war es fünf. Die Fahrt würde ein paar Stunden dauern, und ich musste noch packen ...

»Ich nehme den nächsten Zug«, sagte ich. Blieb nur zu hoffen, dass es um diese Zeit überhaupt noch eine Verbindung nach Oxenholme gab.

Ich versprach ihr, mich noch mal zu melden, sobald ich Näheres wusste, dann legte ich auf.

»Ich muss nach Hause«, verkündete ich.

»Nach Paris?«, fragte er.

Meine Eltern wohnen nämlich in Paris. Zurzeit jedenfalls. Davor haben sie in Brüssel, Johannesburg, Singapur, Sydney, Kuala Lumpur und in Washington D.C. gelebt. Soweit ich mich entsinne, sind sie insgesamt siebzehn Mal umgezogen.

Doch der einzige Ort, an dem ich mich je richtig zu Hause gefühlt habe, ist der Hof von Tante Sue und Onkel Arthur.

Ich schüttelte den Kopf. »Ich werde auf der Appleby Farm gebraucht.«

Kapitel 3

Es war kurz nach zehn, als der Zug mit kreischenden Bremsen in Oxenholme hielt. Nur eine Handvoll Passagiere stieg aus, und bis ich endlich mit meinem sperrigen Tramperrucksack aus dem Waggon geklettert war, lag der kleine Bahnhof bereits völlig verlassen da.

Suchend sah ich mich um. Keine Menschenseele weit und breit. Dafür erblickte ich ein Schild mit der Aufschrift »Willkommen im Lake District«, bei dem mein Herz, dem unerfreulichen Anlass meines spontanen Besuchs zum Trotz, einen Sprung machte.

Ich sog tief die frische Abendluft ein. Ich war wieder in meinem heiß geliebten Lake District! Mit federnden Schritten marschierte ich zum Ausgang und begab mich zu dem kleinen Taxistand, der jedoch, genau wie der Bahnhof und der Parkplatz, leer war. Eigentlich sollte mich jemand abholen und zur Farm bringen. Ich konnte es kaum erwarten. In etwa einer halben Stunde würde ich endlich Tante Sue und Onkel Arthur wiedersehen. Ich ließ meinen Rucksack auf den Bürgersteig plumpsen und nahm darauf Platz.

Während ich, an die Steinmauer gelehnt, wartete, ließ ich die vergangenen Stunden noch einmal Revue passieren. Nach Tante Sues Anruf hatten Charlie und ich uns lange umarmt, dann war ich nach Hause gerast und hatte gepackt, während mir Anna übers Internet ein Zugticket gebucht und mir ein Sandwich mit Käse und Essiggurken gemacht hatte. Sie erinnerte mich auch daran, die Gummistiefel einzupacken und fuhr mich zum Bahnhof. Sie ist wirklich eine tolle Freundin. Das Gespräch mit Charlie habe ich ihr gegenüber trotzdem mit keinem Wort erwähnt, weil ... Na ja, weil sie vermutlich der Ansicht gewesen wäre, dass ich aus einer Mücke einen Elefanten mache und weil sie, mal abgesehen von mir, Charlies größter Fan ist und sich womöglich auf seine Seite geschlagen hätte.

Die Angelegenheit bereitete mir immer noch Magenschmerzen, aber auf der Zugfahrt war es mir gelungen, meine Sorgen zu verdrängen und mich auf das zu konzentrieren, was vor mir lag. Wie versprochen hatte ich Tante Sue von unterwegs noch einmal angerufen und erfahren, dass Onkel Arthur am Vormittag mit dem Traktor verunglückt war und sich dabei das Handgelenk gebrochen hatte. Außerdem hatte er eine Wunde am Kopf und ein paar geprellte Rippen davongetragen. Der arme Kerl. Er war zwar nicht lebensgefährlich verletzt, aber die ganze Sache hatte ihn dem Vernehmen nach trotzdem ziemlich mitgenommen.

Ich lauschte angestrengt nach Motorengeräuschen und zog, da nicht das Geringste zu hören war, bereits in Erwägung, mir ein Taxi zu rufen, da klingelte plötzlich mein Handy. Mein Herz setzte einen Takt aus, als ich Charlies Name auf dem Display erblickte.

Lächelnd ging ich ran. »Hey.«

»Bist du schon angekommen?«

»Ich bin gerade aus dem Zug gestiegen und warte jetzt darauf, dass ich abgeholt werde.«

»Ganz allein? Sei bloß vorsichtig, es ist doch bestimmt schon dunkel, oder?«, fragte er besorgt.

Sieh an, ich war ihm also doch nicht ganz egal.

Ich schnaubte belustigt. »Ich bin hier in Oxenholme, Charlie. Das gefährlichste Wesen, das mir in diesem Kaff über den Weg laufen könnte, ist ein verirrtes Schaf.«

»Trotzdem. Ähm, Freya?«

Ich schluckte. Bei seinem sanften Tonfall flatterten die Schmetterlinge in meinem Bauch mit den Flügeln. Ich umklammerte das Telefon und schluckte. »Ja?«

Schweigen. Ich hörte Leder knarzen, was wohl bedeutete, dass er daheim auf seinem Sofa saß. »Ich wollte dir nur sagen, dass ich sehr glücklich mit dir bin.«

»Gleichfalls.« Ich lächelte. Mein Freund konnte ein richtiger Softie sein.

»Und dass es für mich weit mehr ist als ein bisschen Spaß.«

Ah, das ging runter wie Öl.

Ich lehnte den Kopf an die kalte Steinwand. »Du bedeutest mir auch sehr viel«, sagte ich leise.

Ein Auto näherte sich mit dröhnendem Motor und schepperndem Auspuff; Scheinwerfer blinkten mich an.

»Vielleicht könnten wir, wenn du wieder zu Hause bist ...« Zu Hause. Na ja. Obwohl ich schon ein halbes Jahr in Kingsfield wohnte, fühlte ich mich dort noch immer nicht zu Hause.

Er räusperte sich. »Ich meine, dann könnten wir ja mal was zu dritt unternehmen; du, Ollie und ich.«

»Total gern!« Ich sprang auf und vollführte einen Fünf-Sekunden-Freudentanz.

Inzwischen hatte das Auto, ein verbeulter roter Pritschenwagen, vor mir angehalten.

»Ich muss auflegen, Charlie. Mein Taxi ist da.«

Ich schickte ihm einen Kuss, wünschte ihm Gute Nacht und steckte mit einem seligen Lächeln das Telefon weg. Jetzt ging es mir schon bedeutend besser. Schade, dass er nicht hatte mitkommen können. Zu gern hätte ich ihn Onkel Arthur und Tante Sue vorgestellt. Vielleicht nächstes Mal.

Die Fahrertür des Pritschenwagens schwang quietschend auf, und Eddy Hopkins stieg aus. Eddy ist die rechte Hand meines Onkels – jetzt, nach dessen Unfall, im wahrsten Sinne des Wortes.

»Eddy! Was für eine schöne Überraschung.«

Ich hopste zu ihm, warf ihm die Arme um den Hals und küsste ihn auf die überraschend glatte Wange.

»Da bist du ja.« Er machte sich von mir los und trat einen Schritt zurück, um mich zu betrachten. Eddy mag es nicht sonderlich, wenn man ihn anfasst. Unter einem seiner Nasenlöcher klebte ein Stück Papiertaschentuch, und der intensive Duft seines Rasierwassers trieb mir die Tränen in die Augen.

»Gut siehst du aus, Eddy.« Ich strahlte ihn an.

»Und du bist nicht mehr ganz so flach wie früher«, erwiderte er mit einem schiefen Lächeln.

Ich verdrehte die Augen angesichts des zweifelhaften Kompliments.

»Na, vielen Dank auch, du Charmebolzen.«

Er nahm meinen schweren Rucksack, schulterte ihn mühelos und deponierte ihn hinten auf der Ladefläche.

Ich betrachtete ihn und unterdrückte ein belustigtes Schnauben. Seine Tweedjacke war an den Ellbogen schon ganz durchgewetzt, und seine Stiefel wurden vorn nur noch von zwei breiten Gummibändern zusammengehalten, ohne die sich die Sohlen garantiert längst verabschiedet hätten.

Eddy ist Ende fünfzig und hat nie geheiratet, und sein minimalistischer Ansatz in Haushaltsdingen erstreckt sich auch auf den Bereich Bekleidung.

»Ich könnte schwören, dass du diese Stiefel schon anhattest, als ich das letzte Mal hier war«, sagte ich kopfschüttelnd.

»Die tun's noch 'ne Weile«, erwiderte er mit einem Blick auf seine Füße und zuckte die Achseln. »Ich hab extra deinetwegen neue Gummibänder drangemacht. Steig ein, du wirst erwartet. Normalerweise liegen Sue und Arthur um diese Zeit ja schon im Bett.« Er zupfte das Stück Taschentuch unter seinem Nasenloch weg, inspizierte es mit einem Grunzen und stopfte es in die Jackentasche.

»Hast du dich verletzt?«

»Beim Rasieren geschnitten. Musste mich schicken, damit ich nicht zu spät am Bahnhof bin.«

Ach, richtig. Um morgens Zeit zu sparen, rasiert sich Eddy immer schon abends vor dem Zubettgehen. Am späten Nachmittag ist er dann meist schon wieder ziemlich stoppelig.

»Ich weiß es zu schätzen, danke.«

Der Stoffbezug der Sitzbank war auf der Beifahrerseite schon reichlich durchgewetzt, was wohl auch dem kleinen Terrier mit dem drahtigen schwarzen Fell zu verdanken war, der sich dort mit hängender Zunge mehrere Male aufgeregt im Kreis drehte.

»Mach Platz, Buddy«, brummte Eddy, der bereits eingestiegen war, und zog den Hund am Halsband ein Stück zu sich rüber.

Ich setzte mich, schloss die Tür und schnallte mich an. Buddy setzte sich ebenfalls – auf meinen Schoß, die Schnauze nur Zentimeter von meinem Gesicht entfernt.

Eddy ließ den Motor an, und dann ging es auch schon los.

Wir fuhren, ein paar Minuten schweigend, auf der dunklen Landstraße dahin in Richtung Lovedale (so heißt das Kaff, in dem sich die Farm von Tante Sue und Onkel Arthur befindet), ehe Eddy wieder den Mund aufmachte.

»Bin froh, dass du da bist.«

Ich spähte zu ihm hinüber, wobei ich versuchte, Buddys Hundefutterfahne nicht einzuatmen. Es war dunkel, und Eddys Gesicht wurde nur von den Anzeigen auf dem Armaturenbrett erhellt, aber die tiefen Runzeln auf seiner Stirn waren trotzdem zu erkennen.

»Onkel Arthur ist doch nicht allzu viel passiert, oder? Mal abgesehen von ein paar Schrammen und blauen Flecken und dem gebrochenen Handgelenk, meine ich.«

Eddy gab ein zischendes Geräusch von sich. »Ich weiß nicht recht. Vielleicht seh ich ja Gespenster, aber den Traktor in einen Graben zu fahren, sieht Arthur gar nicht ähnlich. Er kennt sein Land genauso gut wie ich mein Gesicht.«

Das sagt der Mann, der sich vorhin beim Rasieren selbst verstümmelt hat, dachte ich schmunzelnd, sprach es aber nicht aus.

»Wahrscheinlich besser«, fuhr er fort.

»Meinst du, es steckt mehr hinter diesem Unfall, Eddy?«

»Will ich nicht hoffen. Nicht nur um seinetwillen, sondern auch wegen Sue und dir. Landwirt zu sein, ist ein hartes Brot. Ich helfe Arthur zwar, wo ich kann, aber es gibt trotzdem viel zu tun.«

Ich nickte. Ich habe viele glückliche Sommer auf der Appleby Farm verbracht, aber ich weiß auch noch, dass Tante Sue und Onkel Arthur immer den ganzen Tag auf den Beinen waren. Mittlerweile nutzen sie den Großteil ihres sechzig Hektar großen Anwesens als Kuhweide; nur auf den einigermaßen ebenen Feldern bauen sie Futter an, um das Vieh über den Winter zu bringen.

Und Eddy ist ihr einziger Angestellter. Zum ersten Mal, seit ich in Kingsfield losgefahren war, ging mir auf, dass mich eine ganze Menge Arbeit erwartete.

Auf einer Farm gibt es ständig etwas zu tun, tagein, tagaus, sieben Tage die Woche. Freizeit ist ein seltenes Gut, das Geld ist knapp, und jeder Tag bringt neue Herausforderungen, von Wetterkapriolen bis hin zu erkrankten Tieren. Trotzdem sind Tante Sue und Onkel Arthur die zufriedensten Menschen, die ich kenne, und sie vermitteln einem das Gefühl, dass sie sich selbst nach ich weiß nicht wie vielen Jahren Ehe immer noch lieben wie am ersten Tag.

»Wie kann ich helfen?«, fragte ich.

Es war Jahre her, dass ich meine letzte Kuh gemolken hatte, und damals tat ich es nur zum Spaß. Eddy hat es mir beigebracht, als ich acht war. Klar konnte ich einen Traktor fahren, wenn es sein musste, aber ehrlich gesagt riss ich mich nicht gerade darum, schwierigere Aufgaben wie das Ausbringen von Saatgut zu übernehmen. Bedrückt musste ich mir eingestehen, dass ich den beiden wohl keine große Hilfe sein würde.

Eddy gluckste. »Keine Sorge, Sue wird dich sicher ordentlich auf Trab halten. Ihr Knie macht Probleme. Wahrscheinlich teilt sie dich für den Hühnerdienst ein.«

»Gut. Das hab ich drauf.« Ich hatte schon als Kind immer die Eier einsammeln dürfen.

»Und dann ist da noch der Gemüsegarten.« Wie gut, dass ich in Charlies Schrebergarten ein bisschen Erfahrung gesammelt hatte.

»Und nicht zu vergessen das Büro.«

Ich schauderte. »Bürokram gehört zwar nicht gerade zu meinen Stärken, aber ich werd mir Mühe geben.«

Kurz darauf hatten wir Lovedale erreicht. Gleich hinter dem White Lion, dem Dorfpub, bog Eddy rechts ab und drosselte netterweise das Tempo, denn ab hier war die Straße nur noch ein holpriger Feldweg.

Das Gatter zur Farm stand sperrangelweit offen, an der obersten Stange konnte ich im Vorbeifahren das Schild mit der Aufschrift »Appleby Farm« erkennen.

Vor uns, am Ende des Wegs, lagen der Pferde- und der Kuhstall, und etwas weiter hinten war im mondlosen Dunkel der Nacht undeutlich die Fassade des Hauses mit seinen neun Fenstern auszumachen. Der Anblick ließ mein Herz höherschlagen. In meinem ganzen Leben habe ich kein einziges Gebäude gesehen, das dermaßen heimelig und einladend wirkte.

»Ich hatte ganz vergessen, wie schön es hier ist«, murmelte ich und drückte den überraschten Buddy an mich.

Sobald wir angehalten hatten, sprang ich aus dem Auto und schnappte mir meinen Rucksack.

Aus dem Stallfenster drang Schnauben und das Rascheln von Stroh an meine Ohren. Der Motorenlärm hatte die Kühe geweckt, zwei oder drei muhten unwillig.

Eddy war sitzen geblieben und hatte das Fenster auf der Fahrerseite heruntergekurbelt, und ehe er es sich versah, hatte ich mich auch schon zu ihm reingebeugt und ihn umarmt.

»Danke für's Bringen, Eddy. Ich schätze, wir sehen uns dann morgen. Gute Nacht.«

»Mist, dank dir hat es wieder angefangen zu bluten«, brummelte er nur und fischte das Stück Zellstofftuch von vorhin aus der Jackentasche.

Ich winkte ihm zum Abschied, und während ich noch nach dem Riegel des schmiedeeisernen Gatters zum Vorgarten tastete, schwang die Tür auf, und ein Lichtstreifen erhellte den Hof.

»Willkommen daheim, Freya«, sagte Tante Sue und wischte sich die Hände an der Schürze ab.

Dann breitete sie die Arme aus, und ich rannte zu ihr und warf mich hinein.

Kapitel 4

Tante Sue duftete nach frischem Brot und Niveacreme, genau wie früher, und ihre Umarmung weckte eine Vielzahl an Kindheitserinnerungen. Ich atmete ein und seufzte zufrieden.

»Du hast mir so gefehlt, Tante Sue«, murmelte ich und kam mir albern vor, weil ich plötzlich feuchte Augen hatte.

Sie lehnte sich etwas zurück und betrachtete mich prüfend. Zwei dicke Tränen liefen ihr über die Wangen. »Wie schön, dass du da bist. Das nenn ich wirklich Glück im Unglück. Und du bist noch hübscher geworden in den drei Jahren, die wir uns nicht gesehen haben.«

»Drei Jahre?«, wiederholte ich ungläubig. »Das kann doch nicht sein.«

Tante Sue nickte ernst. Sie ist jetzt Mitte siebzig und hat weißes Haar, strahlend blaue Augen und die Figur einer Frau, die sowohl das Backen als auch das Essen liebt.

Von Schuldgefühlen übermannt, überlegte ich, wann genau ich zuletzt hier gewesen war. Es musste in dem Sommer gewesen sein, in dem meine Eltern nach Paris gezogen waren. Damals hatte ich ein paar Tage auf der Farm verbracht, ehe ich meinen neuen Job antrat. Welcher war das noch gleich gewesen? Ach richtig, die Stelle als Kellnerin in einem Pub in Cornwall. Im gleichen Jahr hatte ich an Weihnachten dann zwei Tage in der eleganten Pariser Wohnung meiner Eltern verbracht und mir anschließend vorgenommen, künftig die Feiertage über zu arbeiten. Und in den letzten Sommerurlauben war ich mit Freunden irgendwo im sonnigen Süden unterwegs gewesen.

Ich hatte die beiden Familienmitglieder vernachlässigt, die ich am meisten liebte, und meinen spontanen Besuch jetzt verdankte ich auch nur der Tatsache, dass Onkel Arthur mit dem Traktor verunglückt war.

»Ich bin eine grauenhafte Nichte«, murmelte ich beschämt.

»Unsinn«, erwiderte sie brüsk und tupfte sich mit dem Schürzenzipfel die Wangen trocken. Letztes Mal waren wir noch gleich groß gewesen, doch inzwischen war sie geschrumpft und musste zu mir hochsehen.

»Jetzt bist du ja da, und ich kann dir gar nicht sagen, wie dankbar wir dir sind. Es wird deinen Onkel bestimmt aufheitern. Der Unfall hat ihn seelisch doch recht mitgenommen. Ich hoffe nur, wir haben dir keine allzu großen Unannehmlichkeiten bereitet.«

Ich schüttelte den Kopf. »Keine Sorge, ich hab das ganze Osterwochenende frei und bin sowieso nirgends lieber als bei euch.«

»Freya, bist du das?«, ertönte die raue Stimme meines Onkels durch die offene Tür.

»Jep!«, rief ich lachend, drückte Tante Sue einen Kuss auf die weiche Wange und machte mich von ihr los.

Ich schulterte meinen Rucksack und marschierte ins Haus.

Durch die Haustür gelangt man geradewegs in die warme,

gemütliche Küche, in der es nach Rauch und frisch gebackenem Brot roch.

Neben dem glänzenden schwarzen AGA-Herd in der gemauerten Ecke auf der einen Seite der Küche lagen zwei Katzen in einem Korb und genossen die Wärme. Ein riesiger Kiefernholztisch mit Bänken zu beiden Seiten und je einem Stuhl an den schmalen Enden dominierte den Raum, und in der hintersten Ecke standen drei gemütliche Lehnsessel vor einem Kamin, in dem ein Feuerchen prasselte.

Ich steuerte auf das mittlere Fauteuil zu, über dessen Rückenlehne ein Büschel grauer Haare hervorragte. Onkel Arthur hatte die Füße auf einem gepolsterten Schemel abgelegt, und unter seinen Beinen hatte sich seine grauschwarz gescheckte Mischlingshündin Madge ausgestreckt, die nun schon gute fünfzehn Jahre alt sein musste.

»Du lieber Himmel, man möchte meinen, du hast einen Boxkampf hinter dir!« Ich drückte ihm einen Kuss auf die Wange und ließ mich dann auf dem Schemel nieder, um ihn eingehend zu betrachten. Madge schmiegte die Nase an mein Bein, und ich kraulte sie hinter den Ohren.

Früher war Onkel Arthurs dichtes Haar rabenschwarz gewesen, genau wie die buschigen Augenbrauen, von denen nun eine von einem Verband bedeckt war. Sein linker Arm war eingegipst, und am Kinn hatte er ein paar Schnittwunden und blaue Flecken, aber die dunklen Augen hinter seiner Brille funkelten.

Er grinste. »Sieht schlimmer aus, als es ist. In ein paar Tagen bin ich wieder ganz der Alte.«

»Hast du große Schmerzen?«, fragte ich.

»Nein, nein«, erwiderte er eine Spur zu schnell. »Schon, weil ich bis oben hin mit Schmerztabletten vollgepumpt bin.

Aber erzähl das mal nicht meiner Holden, ich finde es nämlich ganz schön, von vorn bis hinten bedient zu werden.« Er gluckste und verzog sogleich vor Schmerz das Gesicht.

Tante Sue schnalzte tadelnd mit der Zunge.

»Tee, Liebes?«, fragte sie, bereits im Begriff, den Wasserkessel aufzusetzen.

»Ähm...« Der Gedanke war verlockend, obwohl ich ziemlich erledigt war. Andererseits wusste ich, dass die beiden nur noch meinetwegen auf waren. Onkel Arthur hatte schon den Schlafanzug und den Morgenmantel an.

»Oder lieber eine heiße Milch?«

»Au, ja, gern.« Mein Blick glitt über die Kommode, der sie soeben zwei Tassen entnahm. An einer Reihe Haken hingen mehrere hübsche Milchkrüge, das Regal darüber füllte Tante Sues »Werktagsgeschirr«, in einem weiteren stand das Sonntagsservice, und ganz oben hatte sie ihre eklektische Teekannen-Sammlung geparkt, mit der ich schon als kleines Mädchen gespielt hatte. Da gab es Kannen in sämtlichen Formen und Farben, angefangen von modernen katzenförmigen bis hin zu altmodischen aus Porzellan.

»Das Süße-Träume-Spezialmenü?«

»Das wäre himmlisch, Tante Sue«, seufzte ich.

Sie lächelte in sich hinein, während sie mir mein Lieblingsabendessen zubereitete: getoastetes hausgemachtes Brot mit Butter und gezuckerte heiße Milch mit einer Prise Muskat.

»Danach schläfst du wie ein Murmeltier«, hatte sie mir früher immer prophezeit.

Als sie die Milch aus dem Kühlschrank holte, kletterten die beiden Stubentiger aus ihrem Körbchen und begannen ihr um die Beine zu streichen.

»Ja, ist ja gut, ihr zwei. Aber nur ein kleines Schälchen«, murmelte sie.

»Welche ist noch mal Benny und welche Björn?«, fragte ich. Tante Sue ist ein großer ABBA-Fan.

»Björn hat zwei weiße Söckchen, Benny drei«, erwiderte sie.

»Und er spielt Klavier«, murmelte Onkel Arthur, und wir lachten leise, während Tante Sue erneut mit der Zunge schnalzte.

»Danke, dass du gekommen bist«, flüsterte er und ergriff meine Hand, und ich drückte sie mir an die Wange. Er roch wie immer, nach Gras mit einem Hauch Kuhstall, was nicht so unangenehm ist, wie es vielleicht klingt. »Nicht, dass wir nicht auch ohne dich klarkommen würden. Aber deine Anwesenheit wird sie bestimmt aufmuntern«, sagte er und deutete mit dem Kopf in Richtung Tante Sue. »Sie braucht ein bisschen weibliche Gesellschaft.«

Ich biss mir auf die Unterlippe. »Ich hoffe es.« Ungefähr dasselbe hatte Tante Sue vorhin auch gesagt. Klang ja fast, als wäre sein gebrochenes Handgelenk nicht das einzige Problem. Okay, Treckerfahren war für ihn in nächster Zeit unmöglich, aber das konnte doch sicher auch Eddy übernehmen, oder sie konnten für ein paar Wochen eine Aushilfe einstellen ...

Sollte ich nachhaken? Ich öffnete den Mund, klappte ihn jedoch wieder zu, als Onkel Arthur mit weit aufgerissenem Mund gähnte. Der Ärmste, er war bestimmt total erledigt nach diesem unschönen Tag.

»Ab ins Bett mit dir, Artie«, befahl Tante Sue, die am Küchentisch stand, wie auf ein Stichwort und schwenkte das Buttermesser.

»Ich durfte nur so lange aufbleiben, bis du kommst«, feixte er und zwinkerte mir zu, nur um sich mit schmerzverzerrtem Gesicht an die bandagierte Stirn zu fassen. »Autsch. Ich vergesse immer, dass ich das besser bleiben lassen sollte.«

Er stellte die Füße auf den Boden, und ich half ihm beim Aufstehen. »Dabei hast du mir noch gar nicht erzählt, was es bei dir Neues gibt.« Er griff erneut nach meiner Hand. »Aber wie ich sehe, trägst du noch keinen Ehering.«

»Das Plaudern holen wir morgen nach«, vertröstete ich ihn und küsste ihn auf die Wange, wobei ich mich wohlweislich von seinen Rippen fernhielt. »Hast du irgendwelche besonderen Anweisungen für mich?«

»Dafür ist in den nächsten Tagen noch genügend Zeit«, winkte er ab und schlurfte in Richtung Flur. »Gute Nacht.« Er erklomm die Treppe, und ich sah ihm nach, bis er verschwunden war, ehe ich mich an den Küchentisch setzte und mich über mein Butterbrot hermachte.

»Ach, danke«, seufzte ich, als sich Tante Sue mit zwei Bechern dampfender, herrlich duftender Milch zu mir gesellte.

Sie schraubte eine Flasche Brandy auf und goss einen ordentlichen Schuss in beide Tassen. »So, dann erzähl mal«, sagte sie und setzte sich. »Und zwar alles.«

* * *

Ich weiß nicht, ob es am Brandy lag, an den schweren Wolldecken (bei Tante Sue gibt es keine Federbetten) oder an der besonders sauerstoffreichen Landluft, jedenfalls schlief ich tief und fest bis zum nächsten Morgen.

Gegen neun kletterte ich aus meinem schmalen Bett und zog die Vorhänge auf.

Nun würde ich gern behaupten, dass das Wetter traumhaft war und sich mir ein herrlicher Blick durchs Tal bis hinunter zum Lake Windermere eröffnete, doch das wäre gelogen gewesen.

Kaum waren Tante Sue und ich gestern ins Bett gegangen, hatte heftiger Regen eingesetzt, und obwohl es jetzt wieder einigermaßen trocken war, hingen dicke graue Wolken am Himmel, so tief, dass es den Anschein hatte, als müssten sie die Baumspitzen und die Dächer der auf den umliegenden Hügeln und Wiesen verstreuten Häuser streifen.

Ich duschte, zog mich an und band mir die Haare zu einem Pferdeschwanz zusammen, dann ging ich in die Küche und genehmigte mir eine Tasse Tee aus der Kanne, die auf dem Herd stand. Das Haus war leer, also schlüpfte ich in Jacke und Gummistiefel und begab mich mit meiner Tasse nach draußen.

Ich folgte dem moosbewachsenen gepflasterten Gehweg durch den Garten, in dem überall Frühlingsblumen blühten, und trat auf den mit Pfützen übersäten Hof.

Puh! Was für ein Gestank! Der war mir gestern gar nicht aufgefallen. Ich nippte an meinem Tee und ließ den Blick über die diversen Gebäude schweifen, die mich umgaben.

Die meisten waren um den Hof gruppiert: Das zweistöckige alte Wohnhaus, ein gedrungener Bau aus verwittertem taubengrauem Stein, bildete das Herzstück der Farm und wurde flankiert von Scheunen auf der einen und Tante Sues Gemüsebeeten und dem riesigen Obstgarten auf der anderen Seite.

Gegenüber befanden sich der Kuhstall, der Melkstand

und die alte Molkerei, die aus dem gleichen grauen Stein erbaut worden waren wie das Haus. Beim Überqueren des Hofs fiel mir auf, dass die Dächer mehrere Löcher hatten. Dennoch tat der Umstand, dass alles etwas baufällig wirkte, dem charmanten Gesamteindruck keinen Abbruch. Es war schön, wieder hier zu sein.

Neben der alten Hundehütte blieb ich stehen und spähte über den Zaun des Auslaufs hinüber zum Hühnerstall, einer aus rauen Holzplanken zusammengezimmerten mobilen Hütte auf Stelzen mit Fenstern, Rampe, Spitzdach und allem Drum und Dran. Zwischen den Rädern erspähte ich inmitten der etwa dreißig gut genährten Hennen, die geschäftig auf dem Boden herumpickten, ein Paar Gummistiefel.

»Morgen! Wie geht's Onkel Arthur denn heute?«

»Hallo, Liebes.« Tante Sue richtete sich auf und spähte über die Nistkästen hinweg zu mir rüber. »Artie schmollt, weil ich ihn ins Büro verbannt habe.«

»Oje.« Ich verzog das Gesicht. Im Erdgeschoss des Wohnhauses befindet sich ein Esszimmer, das nie benutzt wird, sowie ein kleines Büro, in dem Onkel Arthur immer möglichst wenig Zeit verbringt. Er ist eben ein Naturbursche, genau wie ich.

Tante Sue schwenkte einen Weidenkorb. »Rate mal, was es zum Frühstück gibt!«

»Frische Eier! Lecker. Soll ich das übernehmen? Was pochierte Eier angeht, muss ich noch etwas üben, aber weich gekochte bekomme ich allemal hin.«

Äh, ja. Ehrlich gesagt bin ich in der Küche eine ziemliche Niete. Die Tatsache, dass meine Scones eine absolute Wucht sind, führt bei manchen Menschen zu der irrigen Annahme, ich wäre ein Küchencrack, doch leider ist das Gegenteil der Fall. Aber was mir an Talent fehlt, mache ich mit Begeisterung wett.

»Heute nicht«, erwiderte Tante Sue diplomatisch. »Wir haben schon vor einer ganzen Weile gefrühstückt.«

Na, toll. Ich war den beiden ja eine große Hilfe. Das würde sich ändern müssen. Es konnte nicht angehen, dass ich hier den faulen Hausgast gab.

»Ihr hättet mich wecken sollen«, sagte ich verlegen. »Aber egal, ich fange gleich an, mich nützlich zu machen. Was soll ich tun?«

»Keine Eile«, winkte sie ab und warf einen Blick auf ihre Armbanduhr. »Ist Madge schon da?«

Ich blickte mich suchend um. Tatsächlich, die alte Hündin kam gemächlich auf uns zu. »Sie ist im Anmarsch.«

»Dann pass mal gut auf«, sagte Tante Sue und gluckste.

Madge ließ sich vor der Hundehütte nieder, worauf wie auf ein Stichwort eine der Hennen zielstrebig an ihr vorbei in das kleine Holzhaus watschelte, nur um ein paar Augenblicke später mit lautem Gegacker wieder aufzutauchen. Madge sprang auf, steckte den Kopf in die Behausung und brachte doch tatsächlich ein Ei zum Vorschein, das sie binnen zwei Sekunden hinuntergeschlungen hatte. Dann wedelte sie triumphierend mit dem Schwanz und trollte sich wieder in Richtung Haus.

»Ich glaub's nicht! Passiert das öfter?«, fragte ich kopfschüttelnd.

»Jeden Tag um Punkt halb zehn«, erwiderte Tante Sue. »Man kann die Uhr nach den beiden stellen. So, dann mach ich dir mal dein Frühstück. Geh du doch inzwischen noch kurz zum Pferdestall rüber; da ist jemand, den du unbedingt kennenlernen solltest. Du wirst dich bestimmt freuen.«

Neugierig hob ich eine Augenbraue, doch sie wollte mir offenbar nicht mehr verraten, sondern drehte sich um und marschierte davon. Mir fiel auf, dass sie leicht hinkte. Stimmt, Eddy hatte ja erwähnt, dass sie Knieprobleme hatte.

Auf dem Weg zum Pferdestall dachte ich an meinen zugegebenermaßen etwas kindischen Vorsatz, mir irgendwann ein Pferd zuzulegen. Als Jugendliche hatte ich ein Pony namens Bailey gehabt, das Onkel Arthur jedoch verkauft hatte, als ich zu groß dafür geworden war. Danach hatte ich mich eine Woche lang in den Schlaf geweint. Kurz darauf machte ich den Schulabschluss, und seither waren meine Aufenthalte auf der Farm kurz und selten, weshalb sich die Anschaffung eines neuen Pferdes nicht mehr lohnte.

Der Pferdestall liegt leicht zurückversetzt hinter dem Kuhstall, und als ich um die Ecke bog, blieb ich wie angewurzelt stehen, denn ich erblickte eine junge Frau, die soeben eine gescheckte Stute auf den Hof führte. Auf meinen Freudenschrei hin fuhr sie herum.

»Ich glaube, ich bin verliebt!«, quietschte ich und spurtete zu ihr und ihrem Pferd hinüber.

Lachend kraulte sie dem Tier die Mähne. »Wie schön, dann kannst du ja gleich mal ihren Stall sauber machen. Skye produziert zentnerweise Pferdeäpfel«, sagte sie, band die Stute an einem Holzpflock fest und griff nach einer Mistgabel.

Selbst in Regenjacke und Jogginghose war ihr deutlich anzusehen, was für eine Hammerfigur sie hatte. Und erst ihre Haut! Dieser beneidendswerte olivfarbene Teint! Diese pfirsichroten Wangen! Sie gehörte garantiert zu den Menschen, die selbst an einem bedeckten nordenglischen Tag braun werden.

Ich rief mir in Erinnerung, dass Neid keine sonderlich erstrebenswerte Eigenschaft ist, und versuchte nicht daran zu denken, dass ich, selbst wenn ich den ganzen Sommer in Griechenland verbracht habe, am Ende immer noch so weiß wie eine frisch gepulte Garnele bin.

Beim Anblick ihres langen, seidig glänzenden Haars griff ich unauffällig nach meinem zotteligen Pferdeschwanz und stopfte ihn in den Kragen meiner Jacke. Hoffentlich hatte ich meine Anti-Frizz-Haarkur eingepackt. »Ich würde dir wirklich gern helfen, beim Ausmisten, beim Striegeln oder was auch immer. Ich bin übrigens Freya«, sprudelte ich hervor. Nicht zu fassen – jemand in meinem Alter *und* ein Pferd. Und das hier, auf der Farm! Was für ein Glück, dass ich gekommen war. Auch wenn die Umstände alles andere als erfreulich waren, wie ich mir immer wieder in Erinnerung rufen musste.

»Dachte ich mir. Deine Tante hat mir schon von dir erzählt. Ich heiße Lizzie Moon, und das ist Skye.« Sie verdrehte die Augen. »Ziemlich albern, die Namenskombi Skye und Moon, ich weiß, aber mein Vater hält sich für einen unglaublichen Witzbold. Das Pferd meiner Schwester heißt Star.«

»Hallo Skye. Schön, dich kennenzulernen. Das gilt natürlich auch für dich, Lizzie.«

»Ehrlich gesagt bin ich schon etwas spät dran, also wenn es dir wirklich nichts ausmacht, könntest du Skye striegeln, während ich ihre Box sauber mache. Die Bürsten sind da drin.« Sie deutete auf die Sattelkammer.

»Weiß ich«, sagte ich. Früher hatte ich jede freie Minute mit der Pflege meines Ponys verbracht.

»Ach, Gott, ja, entschuldige.« Lizzy verschwand im Stall und begann mit Schaufel und Mistgabel herumzufuhrwerken.

Ich holte Striegel und Kardätsche und arbeitete mich mit kleinen, kreisenden Bewegungen von Skyes Hals hinunter zur Brust vor. »Wann hast du Skye denn hier einquartiert?«, erkundigte ich mich.

»Als ich vor ein paar Wochen im White Lion als Kellnerin angefangen habe. Wobei die Bezeichnung Sklavin treffender wäre. Ich wohne direkt über dem Pub, und in der Jobanzeige stand, Haustiere wären kein Problem ... Tja, Bill, der Besitzer, hat da wohl eher an einen Hamster oder so was in der Größenordnung gedacht. Zum Glück war dein Onkel eines Abends im Pub, und als er gehört hat, dass ich in der Zwickmühle stecke, meinte er, ich könnte Skye hier unterstellen, sofern ich mich selbst um sie kümmere. Ich zahle nur fünfundzwanzig Pfund die Woche für die Box und darf Skye jederzeit auf der Weide grasen lassen. Und eine Tasse Tee und ein Stück Kuchen gibt's meistens noch obendrauf. Ein echtes Schnäppchen.«

Das war es in der Tat, zumal das White Lion nur ein paar Autominuten von der Farm entfernt ist. Ich seufzte neidisch. »Dann reitest du wohl ziemlich oft aus, wie?«

»Von wegen. Wie gesagt, ich bin quasi Bills Sklavin.« Sie richtete sich auf und wischte sich mit dem Unterarm einen Strohhalm aus dem Gesicht. »Dieses Wochenende zum Beispiel. Was machen fünfzig Prozent der Briten zu Ostern? Genau – sie fahren in den Lake District, verstopfen die Straßen und wollen alle fünf Minuten was zu essen und zu trinken.«

»Stimmt, da geht es im White Lion sicher ordentlich

rund.« Ich hatte schon wieder vergessen, dass heute Karfreitag war. Hatte ich Amy tatsächlich erst gestern gezeigt, wie man die Kaffeemaschine bedient? Es kam mir so vor, als wäre das schon eine halbe Ewigkeit her.

»Du sagst es. Wir werden rotieren.« Sie verzog das Gesicht. »Ich kann vermutlich von Glück sagen, wenn ich Zeit finde, mal für kleine Kellnerinnen zu gehen. Einen Ausritt auf Skye kann ich die nächsten paar Tage voll vergessen.«

»Wenn du magst, kann ich das ja für dich übernehmen...« Ich verstummte, als mir wieder einfiel, dass ich hier war, um Onkel Arthur und Tante Sue unter die Arme zu greifen.

»Echt? Das wär der Hammer. Könntest du sie hinterher striegeln und auf die Weide bringen? Eddy zeigt dir, auf welche.«

»Klar.« Ich schluckte schuldbewusst. Ich würde mich eben einfach ein bisschen sputen müssen, damit ich trotzdem alles unter einen Hut brachte.

»Okay. Wenn ich mich beeile, bleibt mir vor der Arbeit vielleicht sogar noch genügend Zeit, um zu duschen.« Lizzy schlang Skye die Arme um den Hals und verpasste ihr laut schmatzend einen Kuss. »Ich schulde dir was. Und es macht dir echt nichts aus, auf meine Hübsche aufzupassen?«

»Machst du Witze? Du hast mir echt den Tag versüßt. Ach, was sag ich, die Woche! Ich schulde *dir* was!«

»Gern geschehen.«

Lizzie lachte und wandte sich zum Gehen, blieb aber noch einmal kurz stehen. »Sag mal, bist du eigentlich Single?«

Ich hob eine Augenbraue. »Nein, wieso?«

»Gut. Ich kann echt drauf verzichten, dass mir ein feuriger Rotschopf die wenigen infrage kommenden Männer im Dorf vor der Nase wegschnappt. Wir sehen uns, entweder hier oder im White Lion, hoffe ich?«

Ich grinste. »Klar.«

Ein feuriger Rotschopf? Damit hatte sie sich eindeutig als Freundin qualifiziert.

Ich winkte ihr zum Abschied und holte unverzüglich einen Sattel für Skye. Nur eine kleine Runde. Höchstens eine halbe Stunde. Und danach würde ich mich definitiv nützlich machen.

Kapitel 5

Nach dem Ausritt auf Skye war ich bestens gelaunt. Bis ich die Stute endlich gestriegelt und auf die Weide geführt hatte, war schon beinahe Mittag.

Danach brachte ich Onkel Arthur, der noch immer im Büro am Schreibtisch saß, eine Tasse Kaffee. Dass er ein Liedchen pfiff, interpretierte ich als gutes Omen. Wer pfeift, ist normalerweise gut drauf. Ein Selbstmörder, der sich von einem Hochhaus zu stürzen gedenkt, wird wohl kaum fröhlich vor sich hin pfeifen. Vielleicht sah Eddy ja doch Gespenster.

Als ich an die halb geöffnete Tür klopfte, hob Onkel Arthur den Kopf, ließ einen Stapel Unterlagen in eine Schublade plumpsen und schloss selbige mit einem Rumms.

»Ah, meine Lieblingsnichte.« Er breitete die Arme aus. »Immer rein in die verhasste Stube.«

»Deine einzige Nichte«, erinnerte ich ihn schmunzelnd.

Das Büro war ein kleiner, düsterer Raum, in dem das Chaos herrschte. Überall stapelten sich Rechnungen, Saatgutkataloge, Bedienungsanleitungen für landwirtschaftliche Maschinen und dergleichen mehr, teils beschwert von halb leeren Teetassen. Es roch nach Staub und Eiern, was mich nach der Vorstellung mit Madge und dem Huhn vorhin nicht groß wunderte.

»Wie ist es denn eigentlich zu dem Unfall gekommen?«, erkundigte ich mich, während ich unauffällig nach braun gesprenkelten Opfergaben in Eierform Ausschau hielt.

Mein Onkel runzelte die Stirn. »Ach, ich war kurz abgelenkt, weil das vermaledeite Radio gerauscht hat und ich einen neuen Sender suchen wollte«, erklärte er mit hängenden Schultern. »Das ist alles. Warum fragst du?«

Ehrlich währt am längsten, heißt es immer, also holte ich tief Luft und sagte: »Eddy macht sich Sorgen um dich und um die Farm. Gibt es dafür einen Grund?«

Onkel Arthur lehnte sich zurück und verschränkte die Arme vor der Brust. »Nein. Er hasst es bloß, Entscheidungen treffen zu müssen. Der würde mich doch glatt morgens anrufen und mich fragen, welche Socken er anziehen soll, wenn ich ans Telefon gehen würde. Sag ihm, ich hab mir das Handgelenk gebrochen, aber mit meinem Kopf ist alles in bester Ordnung.«

»Mach ich.« Ich trat zu ihm und umarmte ihn vorsichtig. Es war gar nicht so einfach, dabei weder seine Stirn noch seine Rippen noch seinen Arm zu berühren. »Dein Wohl liegt uns eben allen am Herzen.« Wir schwiegen einen Moment lang, und er seufzte.

Dann machte er sich abrupt von mir los. »Na, was hast du Schönes vor heute?«

»Na hör mal, ich bin nicht zum Vergnügen da.«

Trotzdem fand ich es schön, wieder hier zu sein. Die Landschaft des Lake District ist einfach atemberaubend, selbst an einem wolkenverhangenen Tag wie diesem, und die Luft ist so herrlich frisch ... Vorausgesetzt, man hockt nicht in einem stickigen Büro.

»Wo ist eigentlich Tante Sue? Ich wollte ihr auch einen Kaffee bringen.«

»Sie ist in der Molkerei.«

Ich trollte mich, und er begann erneut zu pfeifen, irgendeine heitere Melodie, die mir nicht bekannt vorkam.

Die neue Molkerei wurde zwar schon vor meiner Geburt errichtet, ist aber eines der modernsten Gebäude der Farm. In einem besonders heißen Sommer hatte Tante Sue einmal einen Kurs über die Herstellung von Speiseeis absolviert, woraufhin ihr Onkel Arthur eine topmoderne, den Hygienevorschriften entsprechende Produktionsanlage mit rostfreien Stahloberflächen und Hightech-Eismaschinen eingerichtet hat.

Damals hatten sie auch noch Milchkühe, während sie heutzutage fast ausschließlich Fleischrinder hielten, wie mir Eddy neulich auf der Fahrt erzählt hat. Tante Sue hatte nur noch zwei Jerseykühe namens Gloria und Gaynor, von denen die eine kürzlich gekalbt hatte und die andere gerade trächtig war. Der Geburtstermin stand unmittelbar bevor.

Tante Sue stellte gerade ein paar Plastikboxen in die Gefriertruhe, als ich den Kopf durch die Tür steckte. Sie trug Clogs und einen weißen Overall und hatte eine Art Duschhaube auf dem Kopf. Ohne die entsprechende Bekleidung hatte niemand Zutritt zu ihrem sterilen Allerheiligsten.

»Meine neueste Kreation: Karamelleis«, sagte sie mit vor Stolz geschwellter Brust. »Für das White Lion.«

»Wenn du magst, bringe ich es nachher rüber«, schlug ich vor. »Du hattest übrigens recht, ich finde Lizzie sehr sympathisch.«

Sie schloss die Tiefkühltruhe. »Dachte ich mir. Gut, ich bin hier fertig.« Sie stemmte die Hände in die Hüften und starrte einen Moment lang ins Leere. Dann schlug sie sich die Hand vor den Mund. »Herrje, Freya, du hast ja noch immer kein Frühstück bekommen!«

Zehn Minuten später schaufelte ich eine Portion flaumiges Rührei in mich hinein.

»Okay, Lady, wir müssen reden.« Ich bedeutete ihr, gegenüber von mir Platz zu nehmen. »Hinsetzen.«

Belustigt verdrehte sie die Augen, kam der Aufforderung aber nach.

Nachdem sie sich mit einem Blick über die Schulter vergewissert hatte, dass wir ungestört waren, sagte sie: »Ich will, dass er sich zur Ruhe setzt.«

»Und, wie stehen die Chancen?«

Sie zuckte die Achseln. »Er ist einfach nicht mehr fit genug.« Der Blick ihrer blauen Augen war traurig. Ich legte das Messer beiseite und ergriff ihre Hand.

Onkel Arthur ist mindestens fünfundsiebzig. Gehen Landwirte tatsächlich in Ruhestand, oder ackern sie einfach weiter, bis …? Ich weigerte mich, den Gedanken zu Ende zu denken. Ein Jammer, dass die beiden keine Kinder hatten. Dann wäre das alles bestimmt viel einfacher für sie. Ich nehme mal an, sie wollten welche, aber es hat nicht geklappt. Darüber wurde nie geredet.

»Außerdem bin ich der Ansicht, dass er nicht mehr fahren sollte. Bei dem Unfall gestern ist er zwar noch glimpflich davongekommen, und zum Glück hatte er sein Walkie-Talkie dabei und konnte Hilfe rufen. Aber stell dir mal vor, er wäre ernsthaft verletzt worden – dann hätte er womöglich stundenlang irgendwo da draußen gelegen, bis ihn jemand entdeckt hätte.«

Ich setzte mich neben Tante Sue und umarmte sie.

»Vielleicht wird es ja Zeit, dass ihr jemanden einstellt?« Einen richtigen Landwirt, der etwas von der Materie verstand und die Tiere korrekt benannte, im Gegensatz zu mir, die ich jedes Rind als Kuh bezeichnete, ohne Rücksicht auf Geschlecht, Alter und Fortpflanzungsfähigkeit.

Tante Sue rieb Daumen und Zeigefinger aneinander. »Das können wir uns nicht leisten, Freya. Wir stoßen finanziell auch so bereits an unsere Grenzen...«

Die Küchentür schwang auf, und sie fuhr erschrocken zusammen. »Eddy! Kommst du etwa schon zum Mittagessen?«

Eddy nickte mir zu. »Es schüttet wie aus Eimern, und es sieht nicht so aus, als würde es bald wieder aufhören.«

»Ach, ja?«, murmelte ich geistesabwesend. Ich musste an das denken, was Tante Sue gesagt hatte. Sie hatte recht – Onkel Arthur sollte die Möglichkeit haben, sich von der Farmarbeit zurückzuziehen, wenn er es wollte oder wenn es eben sein musste.

Und deshalb musste ein fähiger neuer Mitarbeiter her. Aber dieses Problem würde ich im Alleingang wohl kaum lösen können.

Während Tante Sue eine Suppe aufwärmte, Käse in Streifen schnitt und Brotscheiben mit Butter bestrich, setzte ich mich mit Eddy an den Kamin.

»Tante Sue möchte, dass Onkel Arthur mal einen Gang zurückschaltet. Für heute hat sie ihn ins Büro verbannt, aber du kennst ihn ja...«

Er nickte, und wir lächelten uns an.

»Könntest du mal zusammenschreiben, was in den nächsten paar Wochen so erledigt werden muss?«, bat ich ihn.

Er nickte. »Mach ich. Allerdings fürchte ich, dass du das unmöglich alles allein ...«

Ich schüttelte den Kopf. »Wir werden Verstärkung brauchen, das ist mir klar. Ich glaube, ich rufe mal meinen Bruder an. Von meinem Handy aus, damit Onkel Arthur nichts davon mitbekommt.« Das einzige Telefon im Haus stand nämlich im Büro.

»Essen ist fertig«, tönte es vom Herd. »Es gibt Ochsenschwanzsuppe. Die magst du doch so gern, Eddy.«

Das war offenbar ironisch gemeint, denn Eddy verdrehte die Augen und rümpfte die Nase.

»Viel Erfolg. Hier hat man eigentlich nur auf dem Knots Hill Empfang. Du weißt schon, der Hügel, über den der Feldweg rüber zur Willow Farm führt.«

Willow Farm! Der Name rief Erinnerungen wach.

»Danke für den Tipp. Ich mach mich gleich auf den Weg.«

Mittlerweile regnete es in der Tat in Strömen. Binnen Sekunden war meine Jeans an den Oberschenkeln klitschnass und klebte mir eiskalt auf der Haut. Gut, dass ich nicht zu Fuß unterwegs war. Ich hatte beschlossen, Skye mitzunehmen, und die Stute schien sich weder am Wetter noch am schlammigen Untergrund zu stören. Bei mir dagegen sank die Laune rapide in den Keller, zumal ich, als wir endlich offenes Gelände erreicht hatten, feststellen musste, dass die Erhebung, die wir ansteuerten, bereits besetzt war – von einem anderen Reiter, der lautstark in sein Handy brüllte, um sich über das Prasseln des Regens hinweg verständlich zu machen. Mist. Wie sollte ich denn neben diesem Geschrei telefonieren? Ich konnte weder das Gesicht des Mannes erkennen noch verstehen, was er sagte, doch ich hörte ihn lachen. Er trug einen breitkrempigen Regenhut und eine dieser langen wasserdichten Jacken, die an den Schultern mit einer Art Mini-Cape verstärkt sind. Mein Parka mit Pelzbesatz an der Kapuze war bei diesem Wetter keine gute Wahl, aber er war die erste Jacke gewesen, die mir in die Finger gekommen war, als ich gestern so übereilt gepackt hatte. Inzwischen hing mir der triefend nasse Pelzbesatz traurig ins Gesicht, und das Wasser lief mir in den Halsausschnitt.

Ich verliere nur selten die Geduld, aber je länger ich wartete, desto gereizter wurde ich, und auch Skye wurde allmählich unruhig. Prüfend spähte ich aufs Display meines Telefons. Hier unten war der Empfang mehr als dürftig: ein mickriger Balken, und selbst der verschwand alle paar Sekunden wieder. Unter diesen Umständen war telefonieren unmöglich. Ich würde mich wohl oder übel gedulden müssen, bis der Hügel frei wurde.

Ich hätte die nächst Regenpause abwarten sollen. Was laberte der Bursche da oben eigentlich so lange? Und warum lachte er ständig?

»Ey, hier wollen auch noch andere Leute telefonieren!«, rief ich erbost und wäre am liebsten im Erdboden versunken, sobald es heraus war.

Wie unhöflich von mir. Aber ich war bis auf die Knochen durchnässt und zitterte schon vor Kälte. Zugegeben, teils auch, weil mir vor dem Anruf graute.

Der Mann auf dem Hügel fuhr herum, hob entschuldigend eine Hand und ritt davon, ohne das Gespräch zu unterbrechen.

Okay. Tief durchatmen. Ich drückte Skye die Fersen in die Flanken, und sobald mein Handyempfang auf zwei Balken angewachsen war, wählte ich Julians Nummer.

»Ich hoffe, es ist wichtig, Freya, ich muss nämlich arbeiten.«

Wir stehen uns nicht sonderlich nahe, mein Bruder und ich. Er ist ja auch fünfzehn Jahre älter als ich. Wir haben die selben Eltern und den selben Nachnamen, und nach meiner Geburt hatten wir ungefähr drei Jahre lang dieselbe Adresse, aber das ist auch schon alles, was uns verbindet. Ansonsten sind wir so unterschiedlich wie Tag und Nacht. Er hat eine Freundin, die er mir allerdings noch nie vorgestellt hat, und angeblich hat er sogar einmal kurz in Erwägung gezogen, sie zu heiraten, allerdings hätten sich daraus für ihn – ich zitiere – »finanzielle Nachteile ergeben«, also hat er es bleiben lassen, der alte Romantiker.

»Hi, Julian. Ich bin gerade bei Tante Sue und Onkel Arthur.«

»Und?«

Small Talk ist für meinen Bruder ein rotes Tuch. Er kommt immer gleich zum Punkt und hasst es, wenn jemand lange um den heißen Brei herumredet.

»Onkel Arthur hatte einen Unfall und braucht eine Aushilfe, und Tante Sue will, dass er sich zur Ruhe setzt. Ich dachte, du könntest ihm sicher ein paar Tipps geben, in finanzieller Hinsicht, meine ich. Oder du könntest herkommen und ein bisschen mit anpacken ...«

Er grunzte verächtlich, und ich schalt mich eine Idiotin. Wie hatte ich mich nur zu der Annahme versteigen können, er würde in London alles liegen und stehen lassen und uns hier ein paar Tage zur Hand gehen, und das ohne jeglichen finanziellen Anreiz? Zugegeben, ich hatte ich mir keine allzu großen Chancen ausgerechnet, aber wer nicht wagt ...

»Ja, Freya, ich habe in der Tat einen Tipp für ihn: verkaufen. Das hätte er schon vor Jahren tun sollen. Und ich werde ganz sicher nicht kommen und ›ein bisschen mit anpacken‹. Im Gegensatz zu dir habe ich nämlich Karriere gemacht. Aber du hast doch bestimmt Zeit, oder? Der alte Knacker mochte dich ohnehin immer lieber als mich.«

»Ich dachte nur ...«

Doch aus er Leitung drang nur noch Tuten. Ich starrte auf das Display meines Telefons.

Entmutigt ließ ich den Blick über das Anwesen schweifen – über das Wohnhaus und die Wirtschaftsgebäude, über die von uralten Steinmauern umgrenzten Felder und Wiesen, die grünen Weiden, auf denen die Rinder grasten, und über die Äcker, auf denen sich die Gerstenhalme unter dem Aprilregen bogen.

Mein Herz krampfte sich zusammen.

Wie es aussah, war es an mir, die Farm zu retten.

Kapitel 6

Es dauerte bis halb acht Uhr abends, bis ich wieder einigermaßen aufgetaut war, sowohl rein körperlich als auch seelisch, und das war in erster Linie Tante Sues Cottage Pie zu verdanken. So ein zünftiger Hackfleischauflauf mit Gemüse und Kartoffelbrei ist im Grunde nichts anderes als eine kulinarische Umarmung. Würde jeder Erdenbewohner mindestens einmal in der Woche einen Cottage Pie essen, würden sich viele Weltprobleme ganz von allein lösen.

Im Fall Appleby Farm half es allerdings nicht so richtig weiter.

Eddy hatte mir am Nachmittag wie vereinbart eine To-do-Liste vorgelegt, auf der neben den Alltagspflichten wie dem Versorgen der Tiere und dem Ausmisten der Ställe auch einige umfangreichere Arbeiten standen. Unter anderem mussten die Felder gedüngt und mit Unkrautvernichter besprüht und die Herden von einer Weide zur nächsten gebracht und abends wieder zurück in den Stall getrieben werden. Außerdem war in ein paar Tagen auch der allmonatliche Routinebesuch des Tierarztes fällig.

Ich bin nicht sonderlich bewandert, was Ackerbau und Viehzucht angeht, aber selbst mir war klar, dass man dafür zwei gesunde Arme benötigte. Onkel Arthur musste sich erholen, gut und schön, aber ich hatte keine Ahnung, wie Tante Sue und ich ihn davon abhalten sollten, dass er sich wieder an die Arbeit machte, als wäre nichts gewesen. Als ich aufstand und die Teller einsammelte, um sie zur Spüle zu tragen, sprang Madge optimistisch auf. Ich kraulte sie hinter den Ohren. »Tut mir leid, Süße, aber wir haben alles aufgegessen. Es war einfach zu lecker. Vielen Dank, Tante Sue. Wenn es dir recht ist, bringe ich nach dem Abwaschen das Eis zum White Lion rüber. Willst du auf ein Bierchen mitkommen, Onkel Arthur?«

Seufzend zog er die Serviette aus dem Hemdkragen und wischte sich damit einen Klecks Soße vom Kinn. »Lust hätte ich schon«, sagte er mit sehnsüchtiger Miene.

Tante Sue, die gerade den Nachtisch aus dem Ofen geholt hatte und auf drei Schüsselchen verteilte, hielt inne und sah ein paar Mal von ihm zu mir und wieder zurück, als verfolgte sie ein Tennismatch.

»Es wird bald dunkel, und der Weg ist vom Regen bestimmt ganz aufgeweicht.« Sie presste die Lippen zusammen. »Und wenn du mich fragst, solltest du lieber keinen Alkohol trinken, Artie.«

»Aber ich muss ohnehin das Eis rüberbringen und hab keine Lust, allein zu gehen«, wandte ich ein. Es würde ihm bestimmt guttun, wenn er ein bisschen unter Leute kam.

Tante Sue musterte ihn streng. »Eins, Arthur. Nur ein Bier.«

Eine halbe Stunde später machten wir uns auf den Weg.

Tante Sue hatte recht – es war gefährlich rutschig und windig obendrein. Trotzdem hatte es Onkel Arthur sichtlich eilig und marschierte, mit einer Taschenlampe bewaffnet, zügig vor mir her. Ich stapfte, unter dem Gewicht der

Kühlbox schwankend, hinterdrein und hatte, dem schneidenden Wind zum Trotz, Schweißtropfen auf der Stirn. Tante Sue hatte mir für ihre drei Packungen Speiseeis sechs riesige Kühlelemente mitgegeben und mir eingeschärft, dafür zu sorgen, dass Bill das Eis sofort in seine Kühltruhe verfrachtete.

»Geht's?«, rief mir Onkel Arthur über die Schulter zu.

»Ja, ja«, keuchte ich, und im selben Augenblick stolperte ich und ging zu Boden.

Ich schrie auf und landete auf den Knien in einer tiefen Pfütze, wobei ich pflichtschuldigst die Arme hochriss, damit die Kühlbox unversehrt blieb, und mir prompt die Lippe daran aufschlug. »Auaaa!«

Onkel Arthur fuhr herum. »Da ist ein Schlagloch«, konstatierte er und leuchtete mir ins Gesicht.

Ich schmeckte Blut, meine Knie brannten, und der pochende Schmerz trieb mir die Tränen in die Augen.

Dafür war mir mit meiner dreckigen Hose, der dicken Lippe, der verlaufenen Wimperntusche und dem vom Wind zerzausten Haar ein denkwürdiger Auftritt im White Lion sicher.

Das Lokal war proppenvoll, und an der Bar drängten sich die durstigen Gäste.

»Ein Notfall!«, rief ich und drängte mich mit der Kühlbox durch die Menge, dicht gefolgt von Onkel Arthur, der es sichtlich genoss, dass unsere dramatische Ankunft für Aufruhr sorgte. »Achtung! Lasst uns durch!«, rief er und legte mir eine Hand auf den Rücken, um mich weiter in Richtung Tresen zu schieben, hinter dem Lizzie gerade zwei Bier gleichzeitig zapfte. »Bill, einen Brandy gegen den Schock!«

»Arthur!«, rief ein stämmiger Kerl mit Glatze und Poloshirt, der je einen schwarzen und einen grünen Gummistiefel trug. »Wie ich höre, bist du gestern dem Tod gerade noch mal von der Schippe gesprungen. Komm rüber, ich spendier dir ein Bier.«

Prompt ließ mich mein Onkel stehen und gesellte sich zu ihm.

»Du lieber Himmel.« Lizzie nahm mir die Kühlbox ab und reichte mir ein Frotteetuch mit dem Schriftzug einer Biermarke, damit ich mir das Gesicht und die schlammigen Knie abwischen konnte. Ich bedankte mich bei Bill, dem Pubbesitzer, der mir inzwischen einen Brandy hingestellt hatte, nahm einen großen Schluck und kniff die Augen zu, während mir die brennende Flüssigkeit die Kehle hinunterlief.

Danach ging es mir gleich besser. Ein bisschen jedenfalls. Ich atmete einmal tief durch und leerte das Glas.

»Ey, hier wollen auch noch andere Leute was trinken«, tönte jemand schräg hinter mir und lachte.

Ich fuhr herum, und ein junger Mann, der sich gerade mit drei vollen Biergläsern in den Händen durch das Gedränge kämpfte, drehte sich zu mir um und zwinkerte mir zu. Das musste der telefonierwütige Typ sein, der heute Nachmittag den Knots Hill blockiert hatte. Moment mal, war das etwa …? Tatsächlich. Harry Graythwaite von der Willow Farm! Unverkennbar. Größer und älter natürlich, aber dasselbe verschmitzte Grinsen. Wie lange war es her, dass wir uns zuletzt gesehen hatten? Zehn Jahre bestimmt. Meine Güte, wie die Zeit verfliegt!

Harry Graythwaite war mein Nachbar, mein Kumpel und mein Spießgeselle gewesen, jedenfalls solange ich noch all meine Ferien auf der Farm von Tante Sue und Onkel Arthur verbracht hatte. Nach dem Schulabschluss war der Kontakt dann allerdings jäh abgebrochen. Mann, war das schön, ihn mal wiederzusehen. Er sah toll aus. Ich sollte zu ihm rübergehen und ein bisschen mit ihm plaudern. Und mich für mein Benehmen heute Nachmittag entschuldigen.

Ich stellte das Brandyglas ab und betrachtete meine Hose. Vielleicht ein andermal. Ich bin weiß Gott keine eitle Tussi, aber selbst ich habe gewisse Mindestansprüche an mein Erscheinungsbild.

Ich starrte ihm nach, bis ich hörte, wie sich Lizzie hinter mir räusperte.

»Hallo?« Sie musterte mich mit schief gelegtem Kopf und verschränkten Armen. »Ich denke, du bist vergeben?«, fragte sie grinsend.

Ich kicherte. »Bin ich auch. Das war nur der Schock.«

Wobei ich nicht sicher war, was mich mehr mitgenommen hatte, mein Sturz auf dem Weg hierher oder die Begegnung mit Harry in diesem Zustand.

»Verstehe. Und, willst du noch was Richtiges trinken?«

»Ja, ein Glas Cider, bitte.«

Während ich wartete, kramte ich mein Handy aus der Tasche. Auch hier hatte ich keinen Empfang. Wie hielten das die Leute auf dem Land bloß aus, wenn man noch nicht einmal seine bessere Hälfte anrufen konnte? Ich hätte mich längst bei Charlie melden sollen.

Dass ich nicht daran gedacht hatte, als ich vorhin auf dem Knots Hill stand! Er dachte bestimmt oft an mich. Jedenfalls hoffte ich das. Natürlich hatte ich schon an ihn gedacht, immer mal zwischendurch, aber irgendwie war heute so ein furchtbarer Trubel gewesen. Ich nahm mir fest vor, ihn später vom Festnetztelefon in Onkel Arthurs Büro aus anzurufen und steckte mein Handy wieder weg.

Lizzie stellte mir meinen Cider hin. »Wohl bekomm's.« Wir begaben uns ans Ende der Bar, wo es etwas ruhiger war, und sie sagte: »So, dann erzähl mal von deinem Herzallerliebsten.«

Ich kam der Aufforderung gerne nach, dankbar dafür, dass sie mir Gesellschaft leistete, vor allem in Anbetracht meines ramponierten Äußeren. Sie dagegen sah in ihrem mit Margariten bedruckten kurzen T-Shirt, mit ihrer langen Mähne und den rosa glossglänzenden Lippen aus wie die Frühlingsgöttin in Person. Während ich ihr von meiner ersten Begegnung mit Charlie, von seinem Schrebergarten und meiner Arbeit im Café berichtete, spähte sie mir immer wieder verstohlen über die Schulter, sodass ich mich irgendwann neugierig umdrehte.

»Nicht hinsehen«, zischte sie sogleich.

»Zu wem denn?«,

»Moment, ja?«, sagte sie und nickte einer Frau zu, die ihr, ein leeres Weinglas schwenkend, bedeutete, dass sie Nachschub brauchte.

Kaum war Lizzie wieder da, stand plötzlich Onkel Arthur neben mir – mit einem vollen Bierglas in der Hand.

Und es war ganz offensichtlich nicht das erste, denn er schwankte und wirkte bereits leicht beduselt.

Ich runzelte die Stirn.

Er hob das Glas, prostete Lizzie und mir zu und nahm einen großen Schluck.

»Was führt dich eigentlich nach Lovedale, Lizzie?«, erkundigte er sich und prustete los. »Lovedale Lizzie. Klingt ja wie ein Bootsname.«

Er hob erneut das Glas. »Auf Lovedale Lizzie und alle, die auf ihr übers Meer segeln!«

Lizzie und ich grinsten uns an, obwohl mir eigentlich nicht zum Lachen war. Es würde garantiert Ärger geben, wenn ich mit einem sternhagelvollen Onkel Arthur nach Hause kam.

»Ich komme aus Ambleside«, sagte Lizzie und zapfte mit der einen Hand ein Guinness, während sie mit der anderen zwei Flaschen Bier öffnete und eine Packung Erdnüsse auf den Tresen legte. »Drei Pfund fünfzig, bitte«, forderte sie von einem Jugendlichen, der ganz und gar nicht so aussah, als wäre er bereits volljährig. »Ich hab mich kurz nach Weihnachten von meinem Freund getrennt. Unüberbrückbare Differenzen«, fuhr sie mit einem traurigen Lächeln fort.

»Was denn für Differenzen?« Ich nippte an meinem Cider und legte Onkel Arthur, der schon wieder nach seinem Bier griff, eine Hand auf den Arm. »Immer langsam! Ich habe keine Lust, dich auf dem Rückweg tragen zu müssen, nachdem ich auf dem Weg hierher schon einen Sturz hingelegt habe.«

Er schüttelte meine Hand ab und nahm einen extragroßen Schluck.

»Ich konnte es einfach nicht mehr mit ansehen.« Lizzie hob die Hand und wackelte mit dem kleinen Finger.

»Oh.« Mehr fiel mir zu dieser ominösen Enthüllung beim besten Willen nicht ein. Onkel Arthur hatte sich verschluckt und hustete, und ich klopfte ihm ein paar Mal kräftig auf den Rücken.

»Mit einem Ring am kleinen Finger ging's los. Da hab ich noch ein Auge zugedrückt. Dann wurde es immer schlimmer – Lederhalsbänder, Hundemarken ... Also ich finde, ein Mann sollte nicht mehr Schmuck tragen als seine Freundin, oder?«

Ich schüttelte den Kopf. Onkel Arthur starrte sie mit offenem Mund an.

»Und als er sich dann auch noch ein Armband mit zwei Schlangenköpfen zugelegt hat, war für mich endgültig der Ofen aus. Ich hab ihn abserviert und bin nach Lovedale gezogen, um mir einen Farmer anzulachen. Die tragen nämlich keinen Schmuck.« Mir entging nicht, wie sie Onkel Arthur unauffällig musterte. Natürlich waren sein Hals und seine Hände völlig schmucklos.

»O Gottogott, er kommt.« Sie schnippte sich eine Haarsträhne über die rechte Schulter, und dann gleich noch eine über die linke.

»Verhaltet euch ganz normal.«

Ich wollte mich umdrehen, doch Lizzie fauchte »Nicht!«, während Onkel Arthur die Gesprächspause nutzte, um zu seinen Freunden zurückzukehren.

»Hi, Ross«, flötete Lizzie. »Was darf's sein? Noch mal dasselbe?«

Der Angesprochene nickte. Er war groß und schlank, hatte blondes Haar, lange, helle Wimpern und hohe Wangenknochen. Als er Lizzie das Glas reichte, betrachtete ich prüfend seine Hände. Sie wirkten rau, die Fingernägel geschrubbt und trotzdem nicht ganz sauber. Kein Schmuck. Für meinen Geschmack hatte er zwar etwas zu wenig Fleisch auf den Rippen, aber er wirkte sympathisch, und Lizzie war sichtlich hin und weg von ihm.

»Bist du Farmer, Ross?«, erkundigte ich mich, nachdem sie ihn mir vorgestellt hatte. Lizzie schenkte ihm über die

Zapfanlage hinweg ein hingerissenes Lächeln und klimperte mit den Wimpern.

»Noch nicht.« Ross lächelte schüchtern. »Ich muss erst mal mein Landwirtschaftsstudium zu Ende bringen. Danach will ich mir dann eine eigene Farm zulegen. Wie dir bestimmt nicht entgangen ist, bin ich deutlich älter als die durchschnittlichen Studenten. Ich musste nach einem Todesfall in der Familie ein Jahr Pause einlegen. Jetzt bin ich Vollwaise...«

Lizzie presste sich eine Hand an die Brust. »Du Ärmster.« Sie stellte ihm sein Bier hin, und er griff sogleich danach und nahm verlegen einen Schluck. Er war wirklich süß. Kein Wunder, dass sich Lizzie in ihn verknallt hatte. Und wie furchtbar, seine Eltern schon so früh zu verlieren.

»Oje, das tut mir leid. Da hast du ja schon eine Menge durchgemacht«, sagte ich sanft und tat, als würde ich seine glühend roten Wangen nicht bemerken.

Er nickte. »Danke. Ich bin noch bis September von der Uni beurlaubt, damit ich mich um den Nachlass meiner Mutter kümmern kann. Aber inzwischen ist der ganze juristische Kram so gut wie erledigt und das Haus zum größten Teil geräumt, deshalb verbringe ich im Moment viel zu viel Zeit im Pub.«

»Was für ein Glück für uns«, stellte Lizzie fest und schnippte sich erneut eine Haarsträhne über die Schulter.

Ross räusperte sich. »Ehrlich gesagt waren meine Kumpels und das White Lion in den vergangenen paar Monaten meine Rettung, aber jetzt wird's allmählich Zeit, dass ich wieder was zu tun kriege. Ich will ein bisschen praktische Erfahrung in der Landwirtschaft sammeln.«

»Ach, ja?« Ich spähte über die Schulter zu Onkel Arthur,

der wieder drüben bei seinen Kumpels saß und sich gerade unter schallendem Gelächter auf den Oberschenkel haute. »Heißt das, du suchst gerade nach einer Beschäftigung?«

Ross nickte. Das traf sich ja hervorragend. Ich zog Eddys Liste aus der Tasche und reichte sie ihm. »Hast du so was schon drauf?«

Er stellte sein Bier ab und überflog die Liste. Als ich Lizzies fragenden Blick aufschnappte, zwinkerte ich ihr verschwörerisch zu.

»Na ja, mit ein bisschen Anleitung beim einen oder anderen sollte das eigentlich kein Problem sein. Warum?«

Aus dem Augenwinkel sah ich, wie Onkel Arthur aufstand. Einen angehenden Farmer anzulernen, wäre genau sein Fall. Auf diese Weise wäre er beschäftigt und entlastet zugleich. Es gab da nur einen Haken: das Geld.

Ich holte tief Luft. Fragen kostet ja nichts. »Was hältst du davon, bis zum Herbst ein unbezahltes Praktikum auf der Farm meines Onkels zu machen?«

Ross riss die Augen auf, und Lizzie quietschte auf und klatschte verzückt in die Hände. Onkel Arthur, der gerade angetorkelt kam, drängte sich zwischen Ross und mich und rülpste.

»Tschuligung«, lallte er und musterte Ross mit glasigen Augen. »Wer biss du denn?«

»Ich bin Ihr neuer Praktikant, Sir«, sagte Ross und streckte ihm die Hand hin. »Vorausgesetzt, Sie nehmen mich.«

Kapitel 7

Ross trat seine Stelle schon am darauffolgenden Montag an. Es war zwar ein Feiertag, was auf einer Farm aber keinen großen Unterschied macht, da den Kühen Feiertage schnurzpiepegal sind. Zunächst gab es ein herzhaftes Frühstück, für das ich Würstchen briet, die leider etwas zu dunkel gerieten, mit reichlich brauner Soße aber trotzdem genießbar waren. Anschließend begab sich die gesamte Mannschaft, begleitet von Benny und Madge, in Onkel Arthurs Büro. Wir hatten personalmäßig massiv aufgestockt, einmal abgesehen von Eddy, Ross und mir war nämlich auch Lizzie anwesend, die an ihrem freien Tag offenbar nichts Besseres zu tun hatte, als ihrem Angebeteten verstohlen verliebte Blicke zuzuwerfen.

»So viele Leute«, bemerkte Tante Sue, die hinter dem Bürostuhl meines Onkels stand und ihm einen Arm um die Schulter gelegt hatte. »Genau wie früher, nicht, Artie?«

In ihrer Begeisterung über die Neuigkeit, dass ich einen Praktikanten aufgetrieben hatte, hatte sie völlig vergessen, sauer zu sein, als ich am Freitagabend mit dem sturzbetrunkenen Onkel nach Hause gekommen war, und sie strahlte selbst jetzt, drei Tage später, noch über das ganze Gesicht. Die zwei gaben so ein tolles Team ab. Sie besaßen zwar nicht viel, aber sie hatten immerhin sich.

Und ich hatte Charlie.

Bei dem Gedanken an mein gestriges Gespräch mit ihm musste ich lächeln. Er hatte von der Ostereiersuche in der Kleingartenanlage erzählt, bei der Ollie erwartungsgemäß mit Feuereifer bei der Sache gewesen war, und ich hatte ihm von der Kuh erzählt, die am Samstag gekalbt hatte. Und nachdem wir einander gesagt hatten, wie sehr wir einander vermissten, passierte es: Es entstand eine kleine Pause, und dann sprachen wir beide wie aus einem Mund die magischen drei Worte aus.

Ich liebe dich.

Worte, die man nicht sagt, wenn man nur ein bisschen Spaß miteinander hat.

Ich konnte es kaum erwarten, ihn wiederzusehen, und in achtundvierzig Stunden war es endlich so weit.

Allerdings gab es bis dahin noch einiges zu erledigen. Ich unterdrückte ein Seufzen und konzentrierte mich wieder auf Onkel Arthur, der gerade die Aufgaben für den heutigen Tag verteilte.

»Kannst du mit dem Düngen der Wiesen weitermachen, nachdem es jetzt ein, zwei Tage trocken war?«, fragte er Eddy. Dieser nickte und schlürfte geräuschvoll seinen Tee. Er trank bereits die dritte Tasse – wahrscheinlich kratzten ihn die verkohlten Würstchen vom Frühstück noch im Hals.

»Soll ich den Jungspund mitnehmen?«, fragte er und deutete mit dem Kopf auf Ross. Er hatte zwar gebrummt, er habe keine Lust, den Babysitter für einen Studenten zu spielen, der noch grün hinter den Ohren war, doch er war froh, dass nun nicht mehr alles an ihm allein hängen blieb. Die Tatsache, dass er von sich aus angeboten hatte, Ross mitzunehmen, wertete ich als gutes Zeichen.

»Erst am Nachmittag«, erwiderte Onkel Arthur. Er fand es toll, eine so große Mannschaft herumkommandieren zu können, wenngleich er versuchte, es sich nicht anmerken zu lassen. Aber mich konnte er nicht täuschen.

Ross' Anwesenheit wirkte auf ihn entschieden belebender als jedes Medikament. Seine Augen sprühten vor Elan, seine Bewegungen waren energiegeladen. »Am Vormittag schau ich mir mit ihm die Kälber an. Wie sieht's aus, mein Junge, wollen wir zusammen eine Rinderherde entwurmen?«

»Super!« Ross nickte eifrig, und ich unterdrückte ein Kichern. Wenn das nicht bewies, dass er wirklich Farmer werden wollte, was dann? Und in seinem Blaumann und den Gummistiefeln sah er auch schon aus wie ein waschechter Farmer.

Lizzie hakte sich bei mir unter und hauchte: »Ist er nicht süß?«

Leider konnte uns Ross nur bis September unterstützen, dann musste er zurück an die Uni. Es war also nur eine vorübergehende Lösung. Trotzdem war es eine unheimliche Erleichterung für mich zu wissen, dass Onkel Arthur nicht gleich wieder Gefahr laufen würde, sich zu übernehmen, wenn ich nach Kingsfield zurückkehrte.

»Ich geh dann mal in den Beerengarten«, verkündete Tante Sue und zückte die Gartenschere, die aus ihrer Schürzentasche lugte. »Die Himbeersträucher gehören dringend gestutzt, sonst muss ich die Beeren für mein hausgemachtes Himbeereis bei Sainsbury's besorgen.«

»Und Lizzie und ich stellen in der Lovedale Lane einen Selbstbedienungsstand auf, an der Abzweigung zur Appleby Farm. Da kommen jede Menge Autos vorbei«, sagte ich und zog den Reißverschluss meiner Jacke zu. Da die Hühner weit mehr Eier legten, als Tante Sue verarbeiten konnte, hatte ich vorgeschlagen, die überschüssigen zu verkaufen. Wir würden den alten Hühnerstall zu einem unbemannten Verkaufsstand umfunktionieren und mit einer Vertrauenskasse ausstatten, in der die Kunden dann das Geld deponieren konnten. Viel würde das zwar nicht abwerfen, aber ein kleiner Zuverdienst war besser als gar nichts.

»Nun, denn. Wir sehen uns beim Essen.« Onkel Arthur haute mit beiden Händen auf den Tisch, und wir machten uns an die Arbeit.

Unter Ächzen und Stöhnen schob ich mit Lizzie den alten Hühnerstall aus der Scheune in den Hof. Er war deutlich kleiner als der neue, konnte aber auf zwei rostigen Rädern wie eine überdimensionale Schubkarre von A nach B transportiert werden.

»Komm, wir schieben ihn rüber zum Obstgarten«, keuchte Lizzie.

»Aber hier sind wir näher am Wasseranschluss«, gab ich zu bedenken.

»Dafür haben wir dort die schönere Aussicht, und außerdem duften die Apfelbäume gerade so herrlich.«

Sie hatte recht, die hübschen weißen und rosaroten Blüten verströmten einen himmlischen Duft.

Ich ließ mich ins Gras fallen und verfolgte eine Weile, wie Onkel Arthur mit Ross auf der Weide, die er Calf's Close nannte, von einem Rind zum nächsten ging.

»Hab ich's nicht gesagt?«, fragte Lizzy kichernd. »Die Aussicht ist klasse.«

✳ ✳ ✳

Als Erstes musste das kleine Holzhaus von einer zig Jahre alten Schicht getrockneter Hühnerkacke befreit werden. Um uns während dieser wenig erquicklichen Tätigkeit etwas abzulenken, spielten wir »Was wäre dir lieber...« und fanden dabei heraus, dass wir beide große Fans von Harry Potter und Zimt auf Cappuccino waren. Bei Rosenkohl dagegen, den ich kiloweise verdrücken kann, gingen die Meinungen auseinander.

»Und ich mag auch weder Essiggurken noch eingelegte Zwiebeln«, erklärte Lizzie kategorisch und tat, als würde sie sich den Finger in den Hals stecken. »So was sollte man keinem Menschen vorsetzen. Und übrigens auch keinem Tier.«

»Ha!« Ich ließ das Desinfektionsspray fallen und umarmte sie. »Wir sind echt total auf einer Wellenlänge. Das ist mein ultimativer Freundinnen-Tauglichkeitstest, und du hast ihn bestanden. Spätestens in diesem Punkt scheiden sich nämlich normalerweise die Geister. Hey, du vibrierst.«

Ich löste mich von ihr, und sie fischte ihr Handy aus dem Ausschnitt. »In die Hosentaschen passt es nicht«, erklärte sie grinsend, als sie meinen verwunderten Blick aufschnappte.

Sie ging ran. »Hallo?« Dann verzog sie das Gesicht.

»Was willst du denn, Victoria?«, fragte sie kühl. Diesen frostigen Tonfall hatte ich bei ihr ja noch nie gehört.

Ich hob eine Augenbraue, doch sie runzelte bloß die Stirn, also ging ich zurück in den Hof, um mir die Hände zu waschen und sie ungestört telefonieren zu lassen.

Seltsam, dass sie hier Empfang hatte. Wie konnte das sein? Ich überlegte gerade, ob ich in die Küche gehen und

Teewasser aufstellen sollte, als Eddy auf dem Traktor samt Gülleanhänger um die Ecke bog.

»Nanu? Ist denn schon Zeit fürs Mittagessen?«, rief ich.

»Nein. Dein Onkel hat mich herbestellt«, erwiderte Eddy mit erhobener Stimme, um das Tuckern des Motors zu übertönen. »Ah, da ist er ja.«

Ich drehte mich um. Tatsächlich, Onkel Arthur und Ross kamen auf uns zu, die Hände in den Hosentaschen vergraben.

»Was liegt an?«, fragte Eddy. »Ich habe erst ein halbes Feld gedüngt.«

»Komm mit, und sieh dir das neue Kalb an.«

Ich folgte den dreien zurück zur Weide. »Gibt's ein Problem?«

»Eines der Kälber lässt die Ohren hängen und will offenbar nicht so recht trinken; das Euter der Mutter ist zum Platzen voll.«

»Und mir ist es aufgefallen!«, bemerkte Ross voller Stolz.

Wir kamen an Lizzie vorbei, die gerade ihr Telefonat beendet hatte. »Na, toll, jetzt ist der Tag gelaufen«, brummte sie. »Wo wollt ihr denn alle hin?«

»Calf's Close. Einem der Kälber geht's nicht gut«, sagte ich und hakte mich bei ihr unter.

»Warum ist der Tag gelaufen, und wer ist Victoria?«

»Meine große Schwester. Sie zieht wieder in den Lake District, dabei dachte ich, ich wäre sie endgültig los, als sie den Job bei Liverpool FM angenommen hat.« Sie stöhnte. »Victoria ist ein hinterhältiges, bösartiges Biest, wie es im Buche steht. Verglichen mit ihr ist Lord Voldemort ein Lamm. Wenn sie jetzt hier wäre, würde sie auf der Stelle versuchen, dich mir auszuspannen.«

»Ach, komm. Echt?«

Sie nickte ernst. »Und sie würde mit Ross flirten, auch wenn sie überhaupt nicht auf ihn steht, nur um mir die Tour zu vermasseln«, flüsterte sie. Ich hätte nie gedacht, dass meine bezaubernde neue Freundin Angst hatte, von ihrer eigenen Schwester ausgestochen zu werden! Das machte sie gleich noch liebenswerter.

»Gehört ihr das Pferd namens Star?«

Ihre Miene wurde weich. »Nein, das gehört Poppy, meiner kleinen Schwester. Die ist erst zwölf und ein richtiger Goldschatz.«

Ich rechnete kurz nach. Lizzie war fünfundzwanzig, der Altersunterschied zwischen Poppy und ihr war also fast so groß wie bei Julian und mir, aber es klang, als hätten sie eine völlig andere Beziehung. »Zwölf! Ich wette, deine Mum war ganz schön geschockt, als sie festgestellt hat, dass sie noch mal schwanger ist.«

So war es jedenfalls bei meinen Eltern gewesen, wie man mir kolportiert hatte.

»Im Gegenteil. Sie liebt Poppy abgöttisch. Sie nennt sie ihr Juwel und ihr kleines Wunder.« Soso.

Ich war ebenfalls ungeplant gewesen, und bei meiner Geburt war meine Mutter nicht mehr gerade die Jüngste gewesen. Wäre mein Leben anders verlaufen, wenn ich für sie auch ein »Juwel« und ein »kleines Wunder« gewesen wäre?

»Und dein Dad?«, hakte ich nach. »Der war doch bestimmt nicht besonders angetan davon, auf seine alten Tage noch einmal Windeln wechseln und sich die Nächte um die Ohren schlagen zu müssen, oder?«

Lizzie blies die Backen auf. »Nein, das hat ihn nicht groß

gestört. Er hat nur immer von dem verdammt heißen Wochenende geredet, das Mum und er neun Monate vor Poppys Geburt hatten.« Sie schnalzte entnervt mit der Zunge. »Eltern.« Klang eigentlich ganz sympathisch, der Mann, fand ich. Aber wahrscheinlich findet man die Familien anderer Leute immer sympathischer als die eigene.

»Wie dem auch sei, Victoria tritt in einem Monat ihre Stelle als Moderatorin bei Radio Lakeland an, und dann wird sie wieder versuchen, sich in mein Leben zu drängen.«

»Das werde ich nicht zulassen. Versprochen«, sagte ich und drückte ihren Arm. Inzwischen hatten wir die betreffende Weide erreicht. Wir blieben draußen stehen, während Ross das Gatter hinter sich schloss. Kaum waren Onkel Arthur und Eddy außer Hörweite, stotterte er: »Ähm, sag mal, Lizzie, hättest du vielleicht Lust, heute Abend mit mir ein Bier trinken zu gehen?« Er war feuerrot angelaufen.

Ehe er wusste, wie ihm geschah, war Lizzie auch schon auf die unterste Stange geklettert, hatte seinen Kopf gepackt und ihm einen lauten Schmatz auf den Mund gedrückt.

»War das ein Ja?«, fragte er atemlos.

»Ja!«, quiekte Lizzie aufgekratzt, sodass dreißig Herefordkühe samt ihren Kälbern vor Schreck zusammenfuhren.

Wie es aussah, war der Tag also doch noch nicht gelaufen.

Meine fünf Tage in Lovedale vergingen wie im Flug. *Schon komisch*, dachte ich, als ich am letzten Morgen meinen Rucksack die Treppe hinunterschleppte. Ich wäre gern noch länger auf der Farm geblieben, wo ich gebraucht wurde und mich zu Hause fühlte, andererseits freute ich mich aber auch auf Kingsfield, wo Charlie und mein Job waren.

Ich war kribbelig und hatte einen Kloß im Hals, als hätte ich Heimweh nach beiden Orten zugleich.

Lizzie und ich hatten den Selbstbedienungsstand an der Einfahrt zur Farm aufgestellt und mit einem handgemalten Schild versehen, das die diversen Produkte zeigte, die man künftig dort erstehen konnte. Vorerst gab es nur Freilandeier – mit denen wir übrigens am ersten Tag schon zehn Pfund eingenommen hatten –, aber Tante Sue wollte das Angebot demnächst um Obst und Gemüse aus ihrem Garten erweitern, und im Herbst konnten wir dann tonnenweise Äpfel verkaufen.

Nach ein paar Tagen Sonnenschein grünte und blühte es überall üppig. Die frisch geschlüpften Küken sonnten sich unter der Wärmelampe in der Scheune, und Tante Sues geliebte Jersey-Kuh hatte gekalbt. Lizzie und ich durften die Namen für die beiden Kälber aussuchen. Wir entschieden uns für Kim und Kanye, was von Tante Sue, die von Rappern und It-Girls keine Ahnung hat, kommentarlos akzeptiert wurde, während wir uns darüber ein ums andere Mal scheckig lachen konnten.

Das Gras wuchs, die Gerste spross, und auch die Romanze zwischen Ross und Lizzie entwickelte sich prächtig.

Doch sosehr ich es auch genoss, ein Teil des Appleby-Farm-Universums zu sein, verstärkte das Geturtel der beiden auch meine Sehnsucht nach Charlie. Wie sehr ich ihn vermisst hatte, würde ich ihm aber leider erst heute Abend zeigen können, denn er hatte Frühschicht und konnte mich nicht vom Bahnhof abholen.

»Ohne dich wird es furchtbar still sein hier«, seufzte Tante Sue, als ich in die Küche kam. Sie packte gerade ein Fresspaket für mich – Kuchen, Marmelade, ein noch warmer Laib Brot, sechs Eier und die Reste des Eintopfs von gestern.

Ich schlang ihr die Arme um die Taille und küsste sie auf die weiche Wange. »Ich werd schon ganz bald wiederkommen, versprochen. Mit Charlie im Schlepptau, hoffe ich.«

»Ja, mach das«, sagte Onkel Arthur, der am Tisch saß und die Zeitschrift *Farmer's Weekly* las. »Sie hat frischen Wind in die Bude gebracht, stimmt's, Sue?«

»Ich fand's großartig, mal wieder bei euch zu sein«, sagte ich und schluckte den Kloß in meiner Kehle hinunter. »Geht es Kim wieder gut?« Der Tierarzt hatte das Kälbchen, das die Nahrung verweigert hatte, untersucht, und Lizzie und ich hatten so halb darauf gehofft, das Tier mit der Flasche großziehen zu dürfen, aber laut Ross ist es immer besser, wenn der Mensch möglichst wenig interveniert, und wie es schien, kannte er sich in diesen Dingen aus.

»Ja, sie trinkt jetzt ordentlich und wirkt schon viel lebendiger. Sieht gut aus. Die Kuh ist eine gute Mutter.«

»Gut.« Das alles würde mir fehlen. Die Kühe, die Hühner, Onkel Arthur und Tante Sue, Lizzie ...

»Pass auf dich auf, ja?«, ermahnte ich ihn und küsste ihn auf die schlecht rasierte Wange. »Und übertreib's nicht mit dem Bier.«

Es klopfte, und Madge, die aus unerfindlichen Gründen eine tiefe Abneigung gegen den Postboten hegte, sprang auf und raste zur Tür. Ich rannte ihr nach, weil es gut sein konnte, dass es Eddy war, der mich zum Bahnhof fahren würde.

Madge war als Erste an der Tür. Es gelang mir mit Mühe, sie hochzuheben und die Tür zu öffnen. Der Postbote, ein dünner und verständlicherweise nervös wirkender Bursche mit kurzer Hose und einer Wollmütze auf dem Kopf, hielt mir einen Brief hin.

»Ein Einschreiben«, sagte er, während Eddys Pritschenwagen in den Hof einbog. »Ich bräuchte eine Unterschrift auf der Zustellungsbescheinigung.«

»Bin schon da!« Tante Sue drängte sich an mir vorbei und schloss hastig die Tür hinter sich, aber mir war trotzdem nicht entgangen, dass auf dem Brief ein roter »Letzte Mahnung«-Stempel prangte.

Ich setzte den sich windenden Hund ab.

Zehn Sekunden später schwang die Tür auf, und Tante Sue kam wieder herein.

»Was war denn das?«

Sie sah mich an und schüttelte den Kopf, dann verschwand sie in Richtung Büro. »Vergiss, was du gesehen hast«, flüsterte sie mir über die Schulter hinweg zu.

Als wenn das so einfach wäre. Ich runzelte die Stirn und wollte noch einmal nachhaken, doch dann flog erneut die Haustür auf und Eddy rief: »Leg mal einen Zahn zu, Mädel, sonst verpasst du den Zug!«

Kapitel 8

Wie vereinbart erwartete mich Anna vor dem Bahnhof in Kingsfield. Als ich in ihren Mini Cooper stieg und sie zur Begrüßung umarmte, rümpfte sie die Nase.

»Puh, du stinkst!«, rief sie, machte sich lachend von mir los und ließ den Motor an.

Ich griff nach einer Haarsträhne und schnupperte daran. »Wonach denn?«

»Na ja, vornehm ausgedrückt nach Tierausscheidungen.«

Anna legte den Rückwärtsgang ein, fuhr aus der Parklücke und trat aufs Gas.

»Oje, tut mir leid.« Ich spähte zu meinen Stiefeln hinunter, die zugegebenermaßen alles andere als sauber waren. »Das könnten jetzt Pferdeäpfel, Hühnerkacke oder Kuhmist sein.«

Anna grinste mich an. »War ganz schön langweilig ohne dich.«

Oberflächlich betrachtet ist es ein Wunder, dass wir uns angefreundet haben, so verschieden, wie wir sind. Anna ist schüchtern, ich nicht. Sie ist ordentlich, ich nicht. Wären wir beide Rinder, dann würde sie zu den ängstlichen, zurückhaltenden gehören, die sich vom Trog verdrängen lassen, ich dagegen wäre ein Unruhestifter, der die anderen

Tiere dazu ermutigt, bei der erstbesten Gelegenheit auszubüxen.

Kennengelernt haben wir uns vor ein paar Jahren bei einem Musikfestival. Das Mädchen, mit dem ich hingefahren war, hatte wegen eines Sonnenstichs schon nach ein paar Stunden von den Eltern aus dem Erste-Hilfe-Zelt abgeholt und nach Hause verfrachtet werden müssen. Und wie es der Zufall wollte, schlug Anna auf dem Flecken Wiese neben mir ihr Zelt auf, besser gesagt, sie versuchte es, hatte jedoch die Stangen zu Hause vergessen. Ich bot ihr einen Schlafplatz in meinem kleinen Igluzelt an, und das war der Beginn einer wunderbaren Freundschaft.

Der Mini rauschte mit einem Affenzahn um die Kurve, sodass ich gegen Anna geschleudert wurde und Halt suchend die Finger in ihre Schulter krallte.

»Entschuldige.« Sie schnitt eine Grimasse. »Ich bin in Eile. Meine nächste Deadline rückt unaufhaltsam näher, und ich bin noch lange nicht fertig.«

»Echt? Das sieht dir aber gar nicht ähnlich.« Ich betrachtete sie von der Seite. »Woran arbeitest du denn gerade?«

»Bei meinem aktuellen Projekt geht es um Frauen, die auf Männer mit Gesichtsbehaarung stehen. Die Webseite wird *Frau-mit-Herz-sucht-Mann-mit-Bart.com* heißen.«

Ich prustete los. Wenn Anna von ihrer Arbeit berichtet, gibt es immer was zu lachen. Sie programmiert im Auftrag einer Partnervermittlungsagentur namens *Jedem-Tierchen-sein-Plaesierchen.com* Datingportale für Leute mit speziellen Vorlieben, und manche davon sind echt der Brüller. Ich meine, wer hätte zum Beispiel gedacht, dass es Menschen gibt, für die es ein absolutes Muss ist, dass der zukünftige Partner ihre Leidenschaft für Ukulelenmusik teilt? Mithilfe ihrer Webseiten hat Anna vermutlich schon mehr Menschen auf diesem Planeten verkuppelt als sonst irgendwer. *Welche Ironie, dass sie selbst schon seit zwei Jahren Single ist,* dachte ich, während ich ihr hübsches Gesicht betrachtete.

»Und wie sieht es mit einem Date für dich selbst aus?«, fragte ich und hob eine Augenbraue.

»Ich arbeite dran«, erwiderte sie kichernd und drückte das Gaspedal durch, um es noch über die Kreuzung zu schaffen, ehe die Ampel auf Rot schaltete.

»Ach, echt?«

»Jep. Meine nächste Webseite wird *Die-heißesten-Kurven-von-Kingsfield.com* heißen«, fuhr sie grinsend fort. »Für Männer, die auf langweilige Stubenhockerinnen mit dickem Hintern stehen.«

Ich verschränkte die Arme. »Tststs, es ist überhaupt nichts dagegen einzuwenden, wenn jemand gern Zeit in den eigenen vier Wänden verbringt, Anna, und außerdem bist du weder langweilig noch hast du einen dicken Hintern. Ich beneide dich um deine femininen Rundungen.«

Anna hat eine tolle Figur und einen recht beachtlichen Busen. Nicht, dass sie pummelig wäre oder so. Ihr Körper wirkt einfach weicher und weiblicher als der meine. Mich könnte man aus der Ferne für einen Jungen im Teenageralter halten.

»Mein gebärfreudiges Becken, meinst du wohl.« Sie verzog das Gesicht. »Nicht, dass ich vorhätte, irgendwann mal Kinder in die Welt zu setzen.«

Ich verdrehte die Augen und verpasste ihr einen Klaps auf den Hinterkopf. »Ja, schon klar«, sagte ich, was mir einen missbilligenden Blick von meiner Mitbewohnerin eintrug.

Meiner Erfahrung nach behaupten alle Karrierefrauen von sich, keine Kinder zu wollen, und kaum haben sie den richtigen Mann gefunden, können sie es kaum mehr erwarten, Mutter zu werden.

Sie bog um die nächste Ecke, etwas langsamer diesmal, und sobald es erneut geradeaus ging, umfasste sie das Lenkrad wieder vorschriftsmäßig, die Hände auf Viertel-vor-drei-Position. Anna sitzt beim Fahren auch immer sehr aufrecht da. Nicht, dass ich ein schlechter oder unaufmerksamer Autofahrer wäre, aber in meinem himmelblauen VW-Bus Bobby nimmt man ganz automatisch eine deutlich entspanntere Sitzhaltung ein. Und das ist auch gut so, denn während Annas Mini Cooper ein äußerst verlässliches Transportmittel ist, das einen sicher von A nach B bringt, ist bei Bobby praktisch jede Fahrt ein Abenteuer. Dafür ist er ein echter Blickfang, und ich liebe ihn heiß und innig.

»Charlie war übrigens gestern Abend da.«

Ich war so in Gedanken versunken gewesen, dass ich bei ihren Worten zusammenfuhr.

»Ach?« Verwundert blinzelnd sah ich zu ihr rüber, doch sie hielt den Blick auf die Straße geheftet. »Warum das denn?«

Anna schnippte sich eine Haarsträhne über die Schulter.

»Er wollte wissen, wann du zurückkommst.« Seltsam. Das hatte ich ihm doch gestern am Telefon gesagt.

Sie legte mir beruhigend eine Hand auf den Arm. »Hey, er war bloß einsam, Freya. Du hast ihm echt gefehlt. Er hat die ganze Zeit von dir geredet, und ich glaube, er hatte wegen der kleinen Szene vor deiner Abfahrt neulich ein schlechtes Gewissen.«

Ich nickte. Ja, bestimmt war das der Grund für seinen

Besuch bei Anna gewesen. Wie süß, dass er mich so vermisst hatte!

Inzwischen waren wir angekommen. Anna parkte hinter Bobby und stellte den Motor ab.

»Home sweet home«, seufzte sie zufrieden.

Ich brachte Tante Sues Fresspaket in die Küche, packte meine Sachen aus und gönnte mir eine lange heiße Dusche zwecks Geruchsspannenbehebung. Schließlich wollte ich von Charlie nicht ebenfalls mit den Worten »Du stinkst« begrüßt werden, wenn wir uns nach all der Zeit endlich wiedersahen. Es gibt doch keinen größeren Romantikkiller als Eau de Kuhfladen.

Eine halbe Stunde später war ich geschniegelt und gestriegelt und an den strategisch wichtigen Körperstellen rasiert und versuchte, in ein Badetuch gewickelt, vor dem Spiegel in meinem Zimmer mit einem grobzinkigen Kamm meine total zerzausten Locken zu entwirren.

Von der halb offen stehenden Tür her ertönte ein anerkennender Pfiff. »Wow, deine Mähne ist ja ganz schön gewachsen«, stellte Anna fest. Ihr schulterlanges, stufig geschnittenes Haar umrahmte ihr Gesicht in sanften Wellen und bedurfte keiner besonderen Aufmerksamkeit. Sie rubbelte es nach dem Waschen einmal kurz mit dem Handtuch durch, und das war's. Kein tägliches Föhnen, kein Glätten. »Ich glaube, meine Haare könnten nie so lang werden, selbst wenn ich es wollte.«

Ich zuckte die Achseln. »Ich trage sie schon seit Jahren lang«, sagte ich und inspizierte die Spitzen, um zu überprüfen, ob sie nachgeschnitten werden mussten, während sich Anna mit den Worten »Na gut, dann lass ich dich mal weiterwerkeln« verzog.

Ich weiß noch genau, wann ich mir geschworen habe, mir nie wieder eine Kurzhaarfrisur verpassen zu lassen: als ich mit dreizehn die Sommerferien ausnahmsweise einmal bei meinen Eltern verbrachte, die zu der Zeit in Sydney wohnten. Mein Bruder hatte Urlaub und war auch da.

Ich paddelte gerade mit der Luftmatratze im Pool herum, als meine Mum mit einem Tablett voller Getränke in den Garten kam und von mir wissen wollte, was ich mir zum vierzehnten Geburtstag wünschte.

Ich wusste, meine Eltern würden mir jeden noch so kostspieligen Wunsch erfüllen. Sie hatten Schuldgefühle, weil sie mich in ein Mädcheninternat in England gesteckt hatten und kaum je an mich dachten. Aber mit Reichtum konnte man mich schon damals nicht beeindrucken.

»Einen Freund«, erwiderte ich deshalb, teils, um meinen Dad zu provozieren, der unter einem Sonnenschirm saß und wie üblich arbeitete, teils, weil alle meine Mitschülerinnen bereits einen Freund hatten. Wobei ich bei keiner so genau wusste, ob es diesen Freund tatsächlich gab.

Mein Vater lugte über den Rand seiner Sonnenbrille hinweg zu mir rüber. »Solange du aussiehst wie ein Junge, wird das wohl nichts«, sagte er. »Aber mit etwas Glück klappt es ja nächstes Jahr.«

Ich ließ mich von der Luftmatratze ins Wasser gleiten, damit niemand sah, dass ich feuerrot angelaufen war, und tauchte erst wieder auf, als meine Lungen anfingen zu brennen. Meine Mutter erwartete mich mit einem Frotteetuch am Beckenrand, und Julian, der damals schon dreißig war, feixte: »Eins zu null für Dad würde ich sagen, Schwesterherz.«

Und von da an ließ ich mir die Haare wachsen und trug

Unterhemden mit eingearbeiteten Körbchen und Push-up-BHs. Ich weiß noch, wie Harry Graythwaite rot anlief, als wir uns das nächste Mal sahen. Zumindest ihm war die Veränderung also aufgefallen.

Ich deponierte den Kamm auf meinem Nachttisch, öffnete den schmalen Schrank und machte mich auf die Suche nach einem feminin wirkenden Outfit. Am besten eins, das Charlie signalisierte, dass er mich ausziehen sollte. Schmunzelnd überlegte ich, ob ich Anna bitten sollte, eine Stunde zu verschwinden, wenn er kam. Das wäre allerdings etwas unhöflich, und nicht zu vergessen ziemlich durchschaubar.

Ich zog meinen Jeansrock an und wollte gerade in einen weichen grünen Pulli mit U-Bootausschnitt schlüpfen, da rief Anna: »Charlie ist da!«

»Mist, ich bin noch nicht so weit!«

Hastig zog ich mir den Pulli über und flitzte in den Flur hinaus, doch Anna war schneller und lief bereits die Treppe hinunter.

»Ich lasse ihn nur schnell rein, und dann statte ich meiner Tante einen Besuch ab. Bis später!«

»Danke, Anna!« Sie war echt eine tolle Freundin, dachte ich, während ich ihr zur Tür folgte. Als ich unten ankam, war sie schon nicht mehr zu sehen, dafür stand Charlie auf der Schwelle, bewaffnet mit einer Flasche Weißwein und einem Strauß rosaroter Tulpen.

Ich stürzte mich auf ihn, umklammerte ihn mit Armen und Beinen wie ein Äffchen und bedeckte sein Gesicht mit Küssen.

»Hoppla!«, rief er lachend, darum bemüht, weder mich noch die Blumen noch den Wein fallen zu lassen.

»Du hast mir so gefehlt!«

»Du mir auch. Willkommen zu Hause, schöne Frau.«

Er trug mich ins Haus und schloss mit der Ferse die Tür.

»Erst in die Küche«, befahl ich kichernd. »Wir brauchen Gläser und eine Vase für diese hübschen Tulpen.«

Charlie öffnete den Wein, während ich die Blumen in einer Vase arrangierte, was länger als üblich dauerte, weil ich immer wieder zu Charlie rüberschielen musste. Mann, wie ich mich freute, ihn zu sehen!

Er kam zu mir rüber und reichte mir ein Glas Wein.

»Ich weiß, wir sind noch nicht allzu lange ein Paar«, sagte er und strich mir eine noch feuchte Haarsträhne hinters Ohr, »aber mit dir macht mir das Leben einfach viel mehr Spaß. Klingt das sehr kitschig?«

Ich schüttelte den Kopf und schluckte den Kloß hinunter, der mir in der Kehle steckte. Momente wie diesen gab es bei uns eher selten. Wir alberten viel rum. In mancherlei Hinsicht war er fast wie ein Bruder für mich – ein netter Bruder, keiner wie Julian.

»Nein, das klingt überhaupt nicht kitschig.«

»Auf uns.« Vorsichtig stieß er mit mir an, und wir nippten an unserem Wein, der gut gekühlt und sehr süffig war.

»Du hast neulich vorgeschlagen, dass wir mal einen Ausflug zu dritt machen. Du, dein Sohn und ich. Hast du das ernst gemeint?«

Er lächelte. »Klar. Ich hoffe nur, du weißt, worauf du dich da einlässt. Ollie ist ein ziemlich lebhafter Junge.«

Ich strahlte ihn an und nickte.

»Vielleicht am Sonntag?«, fragte er.

»Gern. Wir könnten mit Bobby fahren.« Ich hatte auch schon ein paar Ideen – ein Picknick, ein Zoobesuch …

»Ollie wird begeistert sein.« Charlie nahm mir das Glas

aus der Hand und zog mich an sich, und ich spürte durch seine Kleider hindurch die Wärme, die von seinem Körper ausging.

Er hauchte ein paar sanfte Küsse auf meine Haut, direkt über dem Schlüsselbein, sodass ich schauderte. »Mmm. Du riechst gut«, murmelte er.

Puh. Operation geglückt, Patient duftet.

Ich schmiegte eine Hand an seine Wange und strich ihm mit dem Daumen über die Lippen, während ich ihm verliebt in die Augen sah.

»Sag mal, wie sehr genau hast du mich eigentlich vermisst?«, murmelte er.

Ich schlang ihm die Arme um den Nacken.

»So sehr!«, flüsterte ich und küsste ihn.

Kapitel 9

Der Sonntag nahte mit Riesenschritten, und er begann für mich schon im Morgengrauen, denn ich war vor Aufregung bereits um sechs Uhr aufgewacht. Seither sagte ich mir immer wieder, dass ich keinen Auftritt bei einer Talentshow vor mir hatte, sondern lediglich einen Ausflug mit einem kleinen Jungen.

Tja, aber worüber redet man mit einem Sechsjährigen? Ich hatte mich zwar insgeheim darüber beschwert, dass meine beiden bisherigen Begegnungen mit Charlies Sohn in Shirleys Café stattgefunden hatten, im Grunde war das jedoch gar keine so schlechte Idee gewesen. Da hatte ich Ollie zumindest fragen können, ob er einen Strohhalm für seinen Bananensmoothie wollte. Jetzt konnte ich nur hoffen, dass mir irgendwelche einigermaßen passenden Gesprächsthemen einfielen.

Wenn alle Stricke reißen, schleime ich mich eben mit Süßigkeiten bei ihm ein, dachte ich und verstaute ein paar Tütchen Brause in den schmalen Fächern meines VW-Busses. Doch was, wenn er keine Süßigkeiten essen durfte? Oder seiner Mutter hinterher erzählte, dass ich ihn den ganzen Tag mit Süßkram vollgestopft hatte? Bei der Vorstellung brach mir der kalte Schweiß aus. Ich düste zurück in die

Küche und holte ein paar Äpfel und eine Packung Rosinen.

Okay, jetzt konnte es losgehen.

Ein letzter Blick in den Rückspiegel, um sicherzugehen, dass ich keine Zahnpasta auf dem Kinn hatte, dann machte ich mich auf den Weg zu Charlies Wohnung, die am anderen Ende von Kingsfield liegt. Hoffentlich war ich mit Jeans, Converse-Turnschuhen und Kapuzenpulli passend angezogen. Da ich in diesem Aufzug mal wieder aussah wie ein Teenager, trug ich zum Ausgleich einen Push-up-BH. Als ich mich vorhin von der Seite im Spiegel sah, hätte ich das Teil beinahe wieder ausgezogen, doch dann hatte ich ihn doch anbehalten. Ollie ist erst sechs, da kann man wohl hoffentlich davon ausgehen, dass er sich mehr für Brause als für meine Oberweite interessiert, oder?

Bis ich vor Charlies Wohnblock einen einigermaßen annehmbaren Parkplatz gefunden hatte, war ich bereits schweißgebadet – teils aus Nervosität, teils, weil Bobby einen großen Nachteil hat: Es ist fast unmöglich, ihn in eine normale Parklücke zu manövrieren. Servolenkung? Fehlanzeige.

Die Haustür schwang auf, und ich schmolz dahin, als ich die beiden erblickte. Der breitschultrige, attraktive Daddy, Hand in Hand mit einem kleinen blonden Jungen, der aufgeregt auf und ab hopste und mir schon von Weitem zuwinkte.

Ich winkte zurück und grinste breit, wenn auch leicht hysterisch.

Das war die Stunde der Wahrheit.

Während sie näher kamen, atmete ich ein paar Mal tief aus und wieder ein, wie ich es im Yogakurs gelernt hatte.

Sollte sich herausstellen, dass Charlie der Richtige für mich war, dann war der heutige Tag quasi mein Bewerbungsgespräch für die Position der Stiefmutter.

Und wenn ich bei meinem Test durchfiel, war die Sache mit Charlie so gut wie gelaufen, so viel stand fest. Charlie gab es nur im Doppelpack mit Ollie, diesbezüglich machte ich mir keine Illusionen.

»Cool!«, rief Ollie bewundernd, als ich die Schiebetür öffnete, damit er einen Blick ins Wageninnere werfen konnte. »Wohnst du da drin?«, fragte er mit großen Augen und setzte sich an den kleinen Tisch, die Ellbogen aufgestützt.

»Nein.« Ich lachte, küsste Charlie auf die Wange und war erleichtert, weil er es unter dem wachsamen Blick seines Sohnes geschehen ließ, ohne zurückzuweichen. »Ich wohne in einem ganz normalen Haus. Ziemlich langweilig, tut mir leid.«

Ollie sprang auf und begann die diversen Schränke zu öffnen. »Wenn das mein Bus wäre, würde ich hier drin wohnen.« Er sah sich suchend um. »Gibt es auch ein Bad?«

Gott, war der Knabe süß. Und was für lange Wimpern er hatte!

Ich verneinte. »Es gibt ein Spülbecken in der Kochnische, aber kein Bad.«

»Dann würde ich auf jeden Fall hier drin wohnen.«

Charlie lachte und zerzauste ihm die Haare. »Ollie duscht wirklich nur, wenn es unbedingt sein muss, stimmt's, Kumpel?«

Ollie nickte grinsend, dann musterte er mich prüfend. »Du-hu, Freya?«

Ich schluckte. Kamen jetzt etwa schon die ersten unangenehmen Fragen? Dafür war es echt noch zu früh. »Ja?«

»Willst du meine Lightning-McQueen-Uhr anziehen?«, fragte er und nestelte bereits am Verschluss seiner Armbanduhr herum.

Ich hätte ihn küssen können. »Gern.«

»Hier.« Er reichte sie mir mit feierlicher Miene.

Charlie strahlte mich an und reckte einen Daumen.

»Danke, Ollie«, murmelte ich gerührt und schnallte mir die Plastikuhr ans Handgelenk.

»Sollen wir dann losstarten?«, fragte Charlie, und ich nickte.

»Können wir Skylanders spielen?«, fragte Ollie und verdrehte die Augen, als ich verständnislos die Achseln zuckte. »Und können wir ein Eis kaufen, Dad?«, schob er hinterher. »Freyas Auto sieht ein bisschen aus wie ein Eiswagen.«

Charlie spähte zu mir rüber, und wir prusteten los. Wegen etwaiger peinlicher Gesprächspausen hätte ich mir definitiv nicht den Kopf zerbrechen müssen. Wie es aussah, war Ollie sehr gut in der Lage, große Teile der Unterhaltung im Alleingang zu bewältigen.

Bis wir endlich alle drei im Wagen saßen und angeschnallt waren, hatte sich meine Nervosität gelegt, und ich freute mich auf einen schönen Tag mit meinem Freund und seinem Sprössling.

Hach, war das himmlisch! Ich lümmelte neben Charlie auf einer Picknickbank und hielt zufrieden lächelnd mein Gesicht in die Sonne, die schon den ganzen Tag schien, während Ollie mit einigen Jungs in seinem Alter auf dem behelfsmäßigen Spielplatz (der aus einem Haufen Heuballen bestand) herumtollte.

Obwohl ich nicht zu den Frauen gehöre, die das Gefühl

haben, ohne einen Mann an ihrer Seite kein vollwertiges Mitglied der Gesellschaft zu sein, tat es gut, so dort zu sitzen, Seite an Seite mit Charlie. Es ist einfach schön, einen Partner zu haben, mit dem man die Abenteuer des Lebens teilen kann, und ich konnte mir dafür keinen besseren Kandidaten als Charlie vorstellen.

Es war ein absolut traumhafter Frühlingstag gewesen. Wir hatten eine Burg besichtigt, waren mit einem Boot über einen See gerudert und hatten uns nach dem Verzehr der Bacon-Sandwiches, die wir auf Ollies Drängen hin in Bobbys winziger Kochnische zubereitet hatten, den letzten Rest von Tante Sues Kuchen reingezogen. Und zu guter Letzt hatten wir an einem Streichelzoo angehalten, wo Ollie uns zu einem Eis überredet hatte, obwohl wir vom Mittagessen noch pappsatt waren.

»Ich war nicht ganz sicher, ob du zurückkommst«, sagte Charlie plötzlich und strich mir über die Wange. »Am Telefon hörte es sich so an, als würdest du ... Na ja, du hast mir so oft von deinem Leben auf der Farm vorgeschwärmt, von den Kälbern und von Lizzie und ihrem Pferd, dass ich schon für das Schlimmste gewappnet war.«

»Sei nicht albern, du Softie.« Ich knuffte ihn in die Rippen, dann leckte ich an meinem Kirscheis. »Zu lange würde ich es ohne dich doch gar nicht aushalten. Außerdem wäre Shirley garantiert sauer gewesen, wenn ich nicht mehr zur Arbeit erschienen wäre.«

Charlie schob sich den letzten Bissen seines Eishörnchens in den Mund und zuckte mit einem verlegenen Lächeln die Achseln. »Und was ist mit deiner Tante und deinem Onkel? Werden sie ohne dich zurechtkommen?«

»Tja, Ross hat sich als eine Art Superheld entpuppt.« Jedenfalls wenn man Lizzie glauben konnte. Ich grunzte belustigt. Sie informierte mich täglich per SMS darüber, was in Lovedale so los war und hatte mir im Zuge dessen auch von ihren drei Dates mit Ross berichtet. »Trotzdem mache ich mir Sorgen. Das Wohnhaus ist uralt. Oben gibt es keine Zentralheizung, das einzige Klo und Bad befindet sich zwischen Ober- und Untergeschoss, und die Treppe ist mörderisch steil. Was, wenn einer der beiden ernsthaft krank oder gebrechlich wird?« Ich seufzte. »Wenn ich nur wüsste, wie ich ihnen helfen kann.«

»Hey.« Charlie hauchte mir einen Kuss auf die Schläfe. »Es ist sehr löblich, dass du dir Sorgen um sie machst, aber versuch dich heute davon nicht runterziehen zu lassen, ja? Heute geht es um uns. Um dich und Ollie und mich.«

»Ich weiß.« Ich lehnte mich an ihn. Er hatte ja recht. Es brachte nichts, wenn ich mir den Kopf über potenzielle Probleme zerbrach. Wobei ich ein ungutes Gefühl im Magen hatte, wann immer ich an das Einschreiben mit der Aufschrift »Letzte Mahnung« dachte.

»Du verstehst doch, warum ich ein bisschen warten wollte, bis wir was zu dritt unternehmen, oder?«, fragte Charlie. »Wenn ich meinem Sohn eine Frau offiziell vorstelle, dann muss sie schon wirklich etwas Besonderes sein.«

Prompt stiegen mir Tränen in die Augen. Etwas *Besonderes*.

Ich nickte. Wie auf ein Stichwort kam Ollie angerannt und hielt uns einen länglichen Gegenstand hin. »Ich glaub, ich hab einen Dinosaurierknochen gefunden, Dad!«, krähte er aufgekratzt.

Hingerissen verfolgte ich, wie Charlie das Fundstück mit gebührender Bewunderung begutachtete. Wenn mich nicht alles täuschte, stammte der Knochen von einem Schaf (ich hatte auf der Appleby Farm des Öfteren welche gefunden, denn mein Großvater hatte Schafe gezüchtet), aber ich hielt natürlich wohlweislich den Mund.

»Oh, sieh mal, Ollie«, sagte ich und deutete auf einen Mitarbeiter des Streichelzoos, der gerade mit mehreren Milchfläschchen bewaffnet in Richtung Gehege marschierte. »Ich glaube, jetzt werden die Lämmer gefüttert.« Ollie ließ den »Dinosaurierknochen« fallen und spurtete los.

Ich zog Charlie hoch. »Los, komm mit, wir sehen zu und machen Fotos, falls Ollie eins der Lämmer füttern darf.«

Hand in Hand schlenderten wir zu den Tiergehegen hinüber. Der Tierpfleger stand inzwischen im Verschlag bei den Lämmern, die ihn ungeduldig blökend umringten.

»Na, wer von euch möchte ein Lämmchen füttern?«, fragte er die am Zaun stehenden Jungs und Mädchen. Augenblicklich flogen sämtliche Arme hoch.

Natürlich hatte er nicht genügend Fläschchen für alle, und als er schließlich mit dem letzten in der Hand unschlüssig zwischen Ollie und einem anderen Kind hin und her sah, sichtlich darum bemüht, Tränen oder einen Streit (oder beides) zu vermeiden, winkte Ollie großmütig ab.

»Von mir aus kann das kleine Mädchen die Flasche nehmen. Ich hab heute schon einen Dinosaurierknochen gefunden und in einem VW-Bus gekocht.«

Bei seinen Worten bekam ich erneut feuchte Augen. Ich war unheimlich stolz auf ihn, dabei war er noch nicht einmal mein Kind.

»Ich weiß, ich bin parteiisch, aber er ist wirklich ein toller Junge«, murmelte Charlie rau.

»Er ist ja auch unheimlich süß«, sagte ich und wischte

mir verstohlen die Augen. »Und du hast jedes Recht, parteiisch zu sein. Ich wette, wenn ich einmal Kinder habe, bin ich das auch.«

Charlie starrte mich an und kratzte sich die Nase.

Mir klopfte das Herz bis zum Hals. Ich hatte es getan. Ich hatte das heikle Thema Nachwuchs angeschnitten. Es war zwar nicht geplant gewesen, aber heute schien ohnehin ein entscheidender Tag für unsere Beziehung zu sein, und ganz abgesehen davon verspürte ich nach dieser intensiven Zeit mit Charlie und Ollie auf einmal den Wunsch nach einer eigenen Familie.

Gespannt wartete ich seine Reaktion ab, wartete darauf, dass seine Miene ernst wurde, dass er mich korrigierte und »Wenn *wir* einmal Kinder haben« sagte.

»Kinder?«, wiederholte er mit einem belustigten Schnauben und ließ den Arm sinken, den er mir um die Taille gelegt hatte. »Also, mir reicht eines vollkommen.« Dann kam auch schon Ollie auf uns zugerannt. Er rief irgendetwas von wegen Enten und stürzte sich auf seinen Vater, der ihn lachend auffing. Ich sah zum Himmel hoch. Die Sonne war hinter einer unfreundlich aussehenden Wolke verschwunden.

Menschen ändern sich, und sie ändern ihre Meinung. Und zwar ständig. Jawohl. Manche Männer unterziehen sich sogar einer Vasektomie, weil sie glauben, für die Vaterschaft ungeeignet zu sein – nur um die Prozedur wieder rückgängig machen zu lassen, wenn dann irgendwann die Richtige daherkommt. Tatsache. Weiß ich aus einer Dokumentation.

Ein erster dicker Regentropfen fiel, gefolgt von einem zweiten, und schon bald war die staubige Erde rund um uns von dunklen Punkten übersät.

»Ich glaube, es wird Zeit, uns auf den Heimweg zu machen«, sagte Charlie, zu Ollie gewandt. »Na, los, Sohnemann. Wir bringen dich zurück zu deiner Mum.«

Während wir uns ermattet zum VW-Bus begaben, zogen noch mehr Wolken am Himmel auf.

Was für ein tristes Ende nach diesem perfekten Tag.

Kapitel 10

Das Shenton Road Café war rappelvoll, wie immer um die Mittagszeit. Nur ein winziger Tisch am Fenster war noch frei, und Shirley, Becky (die Teilzeitkraft, die uns mittags unterstützt) und ich rotierten. Die Kundschaft bestand wie üblich großteils aus Schülern, älteren Ehepaaren, die sich ein Sandwich teilten, und Müttern, deren Nachwuchs mit Löffeln auf Möbelstücken herumtrommelte und vorbeigehende Kellnerinnen (also mich) mit Essen bewarf.

Ich schob die Hände in die Schürzentaschen und sah mich einen Moment lang um. Es war ein schönes Gefühl, wieder hier zu sein, und es war ganz gut, dass uns unsere Gäste so auf Trab hielten, denn auf diese Weise blieb mir keine Zeit, über das Gespräch mit Charlie nachzudenken.

War ihm denn nie in den Sinn gekommen, dass ich eines Tages eine Familie gründen wollen würde, und dass es unser Verhältnis zueinander unweigerlich verändern würde, wenn er es kategorisch ablehnte, weitere Kinder in die Welt zu setzen? Vielleicht tickten Männer diesbezüglich ja anders. Vielleicht machte ich mir auch wieder einmal viel zu viele Gedanken. Da, ich tat es schon wieder! Unwillig schüttelte ich den Kopf. Schluss mit dem Gegrübel!

»Darf's noch etwas sein?«, erkundigte ich mich bei zwei jungen Müttern, deren Latte-Macchiato-Gläser leer waren.

»Ähm, eigentlich hatte ich vorhin ein Karamellcroissant bestellt«, sagte die eine.

Im selben Augenblick rief Shirley: »Freya! Hast du was im Ofen vergessen? Hier riecht es irgendwie verbrannt.«

»Ach herrje! Ja, tut mir leid!« Ich raste hinter den Tresen und riss die Klappe des kleinen Backöfchens auf. Das Croissant war nur noch ein rauchender Klumpen.

»Ich mache dir gleich ein neues«, rief ich der wartenden Mutter zu. Sie lächelte und nickte.

Shirley baute sich vor mir auf, die Hände in die Hüften gestemmt, und musterte mich streng.

»Entschuldige«, murmelte ich mit hängenden Schultern. »Irgendwie bin ich heute ein bisschen neben der Spur.«

Vielleicht war ich ja ganz einfach unterfordert. Ich meine, was war denn das Schlimmste, was hier passieren konnte? Dass uns die fettarme Milch ausging. Zu Hilfe! Oder dass ich nicht mit Sicherheit sagen konnte, ob der Coleslaw glutenfrei war. Panik auf der Titanic! Und jetzt hatte ich ein Croissant in Grillkohle verwandelt! Oh Schreck, oh Graus!

Was war das schon, wenn man bedachte, mit welchen Schwierigkeiten sich Tante Sue und Onkel Arthur tagtäglich auf ihrer Farm herumschlagen mussten? Ein krankes Kalb, ein Sturm, der einen Teil der Ernte vernichtete, ein Fuchs, der in den Hühnerverschlag eindrang und fünf von Tante Sues Hennen killte (was leider ausgerechnet während meines Aufenthalts geschehen war) ... Verglichen damit kam mir mein Job im Café plötzlich ziemlich trivial vor.

»Ehrlich gesagt bist du schon neben der Spur, seit du

nach Ostern aus Lovedale zurückgekommen bist«, stellte Shirley fest.

Ich wurde rot. »Ich weiß. Ich werd mich bessern, versprochen.«

»Ach, sieh mal, da kommt deine Freundin Tilly. Vielleicht heitert dich das ja ein bisschen auf. Geh nur, ich mache das mit dem Croissant.«

Ich huschte zu Tilly hinüber und umarmte sie so stürmisch, dass sie beinahe das Gleichgewicht verlor.

»Hey, Freya«, sagte sie lachend. »Ich hatte total vergessen, was für ein Energiebündel du bist.«

»Mann, bist du braun!« Ich trat einen Schritt zurück und betrachtete sie. War das wirklich die schüchterne, blasse junge Frau, die ich vergangenen Winter kennengelernt hatte?

»Irgendwann musst du unbedingt auch mal auf die Galapagosinseln. Das ist ein Befehl«, sagte sie, ließ sich auf einen Stuhl an unserem einzigen freien Tisch plumpsen und überflog kurz die Speisekarte.

»Die Tagessuppe und ein Brötchen, bitte. Oh, und ein Kännchen Tee.« Ich grinste; ihre gute Laune wirkte ansteckend.

»Was führt dich denn zur Mittagszeit zu uns?«

»Ach, ich war noch nicht einkaufen, seit ich am Wochenende zurückgekommen bin, und auf Schulkantine hatte ich heute keine Lust.«

Als ich ihr gleich darauf die Suppe und den Tee brachte, sagte ich: »Wie schön, dass du so gut drauf bist. Ich hatte eigentlich damit gerechnet, dass du total down sein würdest, weil du Aidan auf den Galapagosinseln zurücklassen musstest.«

»Ich tu nur so als ob«, gestand Tilly, während sie ihr Brötchen mit Butter bestrich. »Offen gestanden hab ich keine Ahnung, wie ich es noch vier Wochen ohne ihn aushalten soll – ich finde es ja schon schier unerträglich, ihn vier Tage nicht zu sehen.«

»Ooch …« Tröstend tätschelte ich ihr die Schulter. Mir ging es ja genauso – Charlie hatte mir auch gefehlt, als ich in Lovedale gewesen war.

Tilly strahlte mich an. »Dafür haben wir beschlossen, zusammenzuziehen, sobald er wieder da ist. Ich seh mich inzwischen schon mal nach einer passenden Bleibe um.«

»Wow! Das ist ja … Das ging ja flott!«, stotterte ich.

»Ich weiß.« Sie zuckte die Achseln. »Aber wir haben im Urlaub ausführlich darüber geredet, und wenn es passt, dann passt es. Dann kann man auch gleich Nägel mit Köpfen machen.«

»Stimmt.« Ich schluckte.

Dann rief Shirley nach mir, und ich fuhr erschrocken herum. Was hatte ich jetzt wieder angestellt?

»Dein Handy vibriert in deiner Handtasche. Könntest du das bitte abstellen?«

»Entschuldige«, murmelte ich zum wiederholten Male. Immerhin hatte es bloß vibriert und nicht geklingelt. Ich kramte es aus der Handtasche und war bereits im Begriff, den Anruf wegzudrücken, doch dann stutzte ich. Die Nummer kannte ich nicht, aber die Vorwahl war mir nur allzu vertraut.

»Ein Anruf aus dem Lake District. Ist es okay, wenn ich ausnahmsweise rangehe, Shirley? Es könnte wichtig sein.«

Meine Chefin verdrehte mit gespielter Genervtheit die Augen, doch dann lächelte sie. »Nur zu.«

»Hallo?«

»Freya? Hier ist Tante Sue. Ich ... Ich rufe dich vom Krankenhaus an. Dein Onkel hatte einen Herzinfarkt.«

Mir wurde ganz schwummerig. Meine Knie gaben nach, und ich sackte gegen die Anrichte. Der Stapel schmutziger Teller, den ich dabei streifte, schepperte, und in meinen Ohren rauschte das Blut.

Shirley musterte mich alarmiert.

»O Gott.« Ich fasste mir an die Stirn. »Ist er ... Wird er durchkommen?«

Tante Sue schien es nicht gehört zu haben. »Ich wollte dich nicht in Panik versetzen, aber ...« Sie brach in Tränen aus. Schluchzend berichtete sie, Onkel Arthur sei morgens verdächtig blass gewesen, als er nach dem Frühstück vom Tisch aufgestanden war. »Und dann hat er sich an die Brust gefasst und sich wieder auf seinen Stuhl plumpsen lassen. Ich hab sofort einen Krankenwagen gerufen, obwohl er mehrmals beteuert hat, es sei nicht weiter schlimm. Es hieß, die Symptome weisen eindeutig auf einen Herzinfarkt hin, und jetzt liegt er hier im Krankenhaus und ist an alle möglichen Geräte und Monitore angeschlossen ... Ich hatte solche Angst, Freya«, schluchzte sie.

Ich war selbst den Tränen nah. »Du Ärmste! Nicht weinen, sonst muss ich auch heulen.«

»Was, wenn er es nicht überlebt? Was soll ich denn dann machen?«

»Du musst jetzt positiv denken. Bestell ihm liebe Grüße von mir, und sag ihm, ich komme so bald wie möglich.«

Sie versprach, sich noch einmal zu melden, sobald die Untersuchungsergebnisse vorlagen, dann legten wir auf.

»Genau das hatte ich befürchtet«, schluchzte ich. Shirley hatte mich in den kleinen Lagerraum hinten im Café geschoben und versuchte, mich zu trösten, und auch Tilly hatte sich zu uns gesellt.

»Ich habe keine Ahnung, wie es mit den beiden weitergehen soll«, schniefte ich und nahm das Taschentuch, das mir Shirley hinhielt. »Tante Sue hat nicht einmal einen Führerschein!«

»Aber zumindest hat er es überlebt«, erinnerte mich Tilly und lächelte matt. »Und er ist in guten Händen.«

»Genau, und sie werden ihm Medikamente verschreiben, damit so etwas nicht noch einmal passiert«, versicherte mir Shirley.

Tilly warf einen Blick auf ihre Armbanduhr. »Scheibenkleister! Ich muss schleunigst zurück zur Schule!«, rief sie und stürmte hinaus.

Shirley und ich sahen uns einen Augenblick nachdenklich an, und sie seufzte.

»Du nimmst dir wohl am besten eine Weile unbezahlten Urlaub, bis sich herauskristallisiert hat, wie es weitergeht ...«

Ich hätte sie küssen können, und genau das tat ich dann auch. »Bist du sicher?«

»Ja. Wir schaffen das hier auch ohne dich. Außerdem hast du es verdient. Du bist mir zu Hilfe gekommen, als ich mir den Knöchel gebrochen hatte, und dafür werde ich dir ewig dankbar sein. Und jetzt braucht dich deine Tante. Also, ab nach Hause mit dir.«

»Danke. Ich hätte es nicht gewagt, dich darum zu bitten, nachdem ich gerade Urlaub hatte, aber Tante Sue wird bestimmt irre erleichtert sein, wenn ich komme.«

Anna erwartete mich an der Tür, als ich nach Hause kam. »Mum hat mich schon informiert«, murmelte sie und umarmte mich.

»Sie ist ein Schatz, und die beste Chefin, die man sich wünschen kann.« Mir kamen schon wieder die Tränen.

»Das tut mir alles so leid für dich. Kann ich dir irgendwie helfen? Soll ich dir wieder ein Ticket buchen, während du packst?«

Ich schüttelte den Kopf. »Danke, aber diesmal fahre ich selbst.«

Anna hob eine Augenbraue. Wohl, weil Bobby allerhöchstens fünfundsiebzig fuhr.

»Ich weiß, ich weiß, es wird ewig dauern, bis ich da bin, aber dann muss Eddy nicht ständig Taxi für mich spielen. Er wird auch so schon alle Hände voll zu tun haben.«

Außerdem wusste ich ja nicht, wie lange ich weg sein würde. Ich folgte ihr ins Haus und lief nach oben, um zu packen, während sie in der Küche verschwand.

»Weiß Charlie schon Bescheid?«, rief Anna von unten.

O Gott, Charlie! Ich musste es ihm sagen. Hatte er heute Früh- oder Spätschicht? Ich hatte es vergessen, also tippte ich hastig eine SMS an ihn.

Hey, schlechte Neuigkeiten: Onkel Arthur ist im Krankenhaus. Er hatte heute früh einen Herzinfarkt, aber ich glaube, es besteht keine Lebensgefahr mehr. Ich fahre gleich nach Lovedale. Ruf mich an, sobald du kannst.
xoxo
Freya

Eine Viertelstunde später hatte ich den Großteil meines

Krams in Taschen verpackt und im Wagen verstaut. Das ist der Vorteil an einem Campingbus – man muss sich gepäckmäßig nicht einschränken.

»Mannomann.«

Ich fuhr herum, als ich Charlies Stimme hinter mir vernahm. Er trug seine Feuerwehruniform, und bei seinem Anblick wurde mir gleich etwas leichter ums Herz.

»Wie ich sehe, komm ich ja grade noch rechtzeitig«, stellte er fest. »Man könnte meinen, du kehrst Kingsfield ein für alle Mal den Rücken.«

»Ja, es ist alles ein bisschen chaotisch.« Ich lächelte entschuldigend, doch er verzog keine Miene.

»Ich kann nicht fassen, dass du nach deiner SMS einfach so abhauen wolltest, ohne dich von mir zu verabschieden«, stieß er hervor.

Hey! In diesem Ton hatte er ja noch nie mit mir gesprochen, und ehrlich gesagt konnte ich auch weiterhin gut darauf verzichten.

»Hallo? Es geht hier nicht um dich und mich, sondern darum, zwei Menschen zu helfen, die ich liebe. Und deshalb muss ich möglichst bald los.« Und du benimmst dich wie ein trotziges Kind und nicht wie ein Erwachsener, mein Lieber.

Er seufzte und lehnte sich an den Bus, und wir schwiegen einen Augenblick. Mein Herz pochte wie verrückt.

»Okay, du hast recht, entschuldige. Tut mir leid, dass dein Onkel im Krankenhaus liegt«, lenkte er schließlich ein. »Ich weiß, meine Reaktion ist egoistisch, aber du warst doch gerade erst dort und wirst mir fehlen.«

»Ich weiß. Du mir auch. Aber du kannst nicht von mir erwarten, dass ich nach allem, was passiert ist, hierbleibe. Onkel Arthur hätte heute sterben können.«

»Tut mir leid«, murmelte er, zog mich an sich und vergrub das Gesicht in meinen Haaren. So standen wir eine ganze Weile eng umschlungen da. Dann küsste er mich. »Aber nächstes Wochenende bist du wieder da, oder? Da wollten wir doch mit Ollie schwimmen gehen.«

Ich zögerte. Das hatte ich ganz vergessen. Ollie wollte in ein Erlebnisbad mit großen Rutschen, und Charlie hatte ihm versprochen, dass wir mit ihm hinfahren würden. Ich hatte mich geschmeichelt gefühlt, denn das bewies, dass der Ausflug am Sonntag ein Erfolg gewesen war. Doch ich wollte Charlie lieber kein Versprechen geben, das ich womöglich nicht halten konnte.

Seine Züge verhärteten sich. »Na, toll.«

Ich starrte ihn verdattert an. Ja, ich weiß, alle Paare streiten sich mal. Das ist normal. Ich hatte es bloß nicht erwartet. Und schon gar nicht deswegen.

»Moment mal.« Ich trat einen Schritt zurück und funkelte ihn wütend an. »Onkel Arthur liegt im Krankenhaus, und du bist eingeschnappt, weil ich nicht mit euch schwimmen gehe?«

Verärgert schüttelte er den Kopf. »Genau das habe ich zu verhindern versucht, Freya. Weißt du, was mich Ollie gestern Abend am Telefon als Erstes gefragt hat? Er wollte wissen, wann wir wieder was mit dir unternehmen. Und was soll ich ihm jetzt sagen, hm? Keine Ahnung, mein Junge, vielleicht nie wieder?«

Seine Worte trieben mir Tränen in die Augen. Erst die Nachricht von Onkel Arthurs Herzinfarkt, und jetzt noch ein Krach mit Charlie. Mein armes Herz machte heute ganz schön was mit. Ich ergriff seine Hand.

»Nimm dir doch ein paar Tage Urlaub, und komm nach

Lovedale«, bat ich ihn. »Bring Ollie mit. Es wird ihm gefallen. Er kann die Eier einsammeln, genau wie ich als Kind.«

Charlie schüttelte bedächtig den Kopf. »Mein Lebensmittelpunkt ist hier in Kingsfield, in Ollies Nähe. Und deiner ebenfalls, Freya. Ich will nicht, dass du ständig woanders bist. Dein Onkel ist in guten Händen, das hast du selber gesagt. Die kommen schon zurecht. Er wird sich eine Weile schonen müssen, aber er wird bestimmt wieder gesund. Überleg doch mal: Im Grunde kannst du für die beiden doch gar nicht viel tun.«

Er starrte mich an, das Kinn kämpferisch vorgeschoben. »Du wirst eine Entscheidung treffen müssen, Freya. Ich lasse nicht zu, dass man so mit meinem Sohn umspringt.«

»Charlie!«, rief ich und packte seinen Arm. »Du verhältst dich total rücksichtslos! Ehrlich gesagt erinnerst du mich an meinen Bruder Julian, und das ist kein Kompliment.«

Er schüttelte meine Hand ab wie eine lästige Fliege, drehte sich um und ging.

Den Tränen nah, starrte ich ihm nach, sprachlos und bestürzt. Dann schlug ich mir die zitternden Hände vors Gesicht und fing an zu weinen.

Anna kam heraus und legte mir einen Arm um die Taille.

»Hey. Alles okay?«, fragte sie.

»Nein, gar nichts ist okay. Ich habe keine Ahnung, was ich tun soll«, schniefte ich.

»Hör auf dein Herz«, sagte sie bestimmt. »Genau das würdest du mir in so einer Situation auch raten.«

Du wirst eine Entscheidung treffen müssen, Freya ... Mein Lebensmittelpunkt ist hier in Kingsfield ... Und deiner ebenfalls.

»Du hast recht.« Mein Puls raste. Was stand ich hier noch tatenlos rum? Ich straffte die Schultern, wischte mir die Tränen von den Wangen und rannte zur Fahrertür. »Ich muss los, Anna.«

Damit stieg ich ein, knallte die Tür zu und schickte meiner Mitbewohnerin durchs offene Fenster ein Luftküsschen. »Wünsch mir Glück!«

DIE LIEBE FAMILIE

Kapitel 11

Ein Sonnenstrahl stahl sich durch einen Spalt zwischen den Vorhängen und kitzelte mich wach. Ich wälzte mich auf die Seite und streckte mich. Hm, ganz schön frisch an den Füßen! Die unter der Matratze festgesteckten Decken mussten herausgerutscht sein. Bei diesem Gedanken wurde mir bewusst, dass ich wieder bei Tante Sue und Onkel Arthur auf der Farm war. Schlagartig war ich hellwach, und mir fiel wieder ein, was gestern alles passiert war.

Onkel Arthur schwebte zum Glück nicht mehr in Lebensgefahr, hatte jedoch klein und blass und ziemlich verängstigt gewirkt, als ich nach dem Streit mit Charlie und der endlosen Fahrt endlich in der Klinik angekommen war.

Aber jetzt war ich ja da, und ich würde mein Möglichstes tun, um dafür zu sorgen, dass sich das nicht noch einmal wiederholte.

Als ich mich aufsetzte, kollidierte mein Kopf unsanft mit der Dachschräge, unter der mein Bett stand. Autsch. Ich rieb mir das Hinterhaupt und sah mich um. War das schön, wieder hier zu sein!

Das geräumige Zimmer, das ich bewohnte, befindet sich ganz oben unter dem Dach, und vom Fenster aus hat man einen herrlichen Blick über das Tal. Als Kind habe ich oft auf dem breiten Sims gesessen und meine Pferde-Zeitschriften gelesen.

Das schmiedeeiserne Bett ist uralt, aber mit einer unheimlich dicken Matratze ausgestattet, auf der ich mir immer vorkomme wie die Prinzessin auf der Erbse, wenn auch ohne die Erbse. Es ist mit Abstand das gemütlichste Bett, das ich kenne.

Ein bisschen *zu* gemütlich.

Ich sah auf die Uhr. Mist, schon acht! Hastig sprang ich aus dem Bett und lauschte, konnte außer dem Knarzen der Bodendielen unter meinen Füßen aber nichts hören. Eigentlich hatte ich früh aufstehen und mich gleich an die Arbeit machen wollen. Eddy und Ross waren garantiert schon unterwegs. Als ich die Vorhänge öffnete, sah ich in der Tat auf einem Feldweg in einiger Entfernung den Landrover. Demnach waren die beiden auf dem Weg zu den Kühen, die auf der am weitesten vom Haus entfernten Weide grasten. Wie hieß die noch gleich? Ich konnte mich nicht mehr erinnern. Ich wusste nur noch, dass die Weide gleich neben dem Kuhstall Calf's Close hieß. Bestimmt konnte Ross inzwischen die Namen sämtlicher Felder, Äcker und Wiesen aufzählen, die zur Appleby Farm gehörten.

Wattewölkchen zierten den blassblauen Maihimmel, und im Osten stand die Sonne über den Baumwipfeln. Schon der Ausblick allein wirkte tröstlich auf mich, und dann bekam ich prompt ein schlechtes Gewissen, weil ich so glücklich über meine Rückkehr war. Höchst verwirrend, das alles.

Ich zog mir einen Pulli über den Pyjama und betrachtete mich im Spiegel. »Okay, Freya Moorcroft«, sagte ich zu meinem vom Schlaf zerknitterten Alter Ego. »Jetzt gibt's eine Tasse Tee, und dann werden die Hühner versorgt.« Meine Haare sahen aus wie ein Vogelnest, aber das würde die Hühner sicher nicht stören.

Als ich am Schlafzimmer von Tante Sue und Onkel Arthur vorbeischlich und ein lautes Schnarchen vernahm, grunzte ich belustigt. Du liebe Zeit, das klang ja, als würde dort drin ein Bär seinen Winterschlaf halten! Ich konnte mich nicht erinnern, dass Tante Sue je so lange geschlafen hatte, aber ich war froh darüber, denn es war schon nach Mitternacht gewesen, als wir aus dem Krankenhaus nach Hause gekommen waren, und die Ärmste hatte kaum noch die Augen offen halten können.

In der Küche wurde ich von Madge stürmisch begrüßt, während die Katzen etwas zurückhaltender waren. Ich machte mir eine Tasse Tee, stieg in meine Gummistiefel und hopste über den in der Morgensonne daliegenden Hof.

»Guten Morgen, meine Damen!«, flötete ich, als ich die Tür des Hühnerstalls öffnete.

Lautstark gackernd verließen die Hennen ihr etwas streng riechendes Nachtquartier und machten sich unverzüglich auf die Suche nach ihrem Frühstück. Ich streute ihnen mehrere Handvoll Hühnerfutter hin, dann trat ich schleunigst den Rückzug an, damit meine Gummistiefel von ihren spitzen Schnäbeln verschont blieben. *Das würde Ollie bestimmt gefallen*, dachte ich, während ich den Füllstand in den Wasserspendern überprüfte.

Bei dem Gedanken an ihn und Charlie hatte ich plötzlich einen Kloß im Hals.

Du wirst eine Entscheidung treffen müssen, Freya.

Tja, ich hatte mich entschieden – für die Appleby Farm. Ich hatte gar keine andere Wahl gehabt! Ich konnte Tante

Sue in einer solchen Notlage doch nicht einfach sich selbst überlassen! Und ich konnte nicht fassen, dass Charlie genau das von mir verlangt hatte. Natürlich tat es mir furchtbar leid, dass ich Ollie enttäuschen musste, aber mein Herz sagte mir, dass ich jetzt hier gebraucht wurde.

Ich hatte noch keine Gelegenheit gehabt, mich bei Charlie zu melden, und ich gedachte, den Anruf möglichst lange hinauszuzögern, weil ich das dumpfe Gefühl hatte, dass es mit uns so gut wie aus war. Ollie würde die Farm also wohl nie zu Gesicht bekommen. Schade.

Ich wischte mir ein paar Tränen aus den Augen und warf einen Blick in die Nistkästen auf der Rückseite des Hühnerstalls. Gut fünfzehn weiße, braune und gesprenkelte Eier lagen im Stroh. Ich nahm das größte heraus und wog es in der Hand. Was für ein Brocken! War bestimmt kein Vergnügen gewesen, dieses Monstrum rauszupressen. Die arme Henne.

Da ich den Eierkorb vergessen hatte, bettete ich das Ei wieder ins Stroh und ging zurück zum Haus. Als ich den Hof überquerte, bog der Landrover um die Ecke und hielt vor dem Schuppen.

Na toll.

»Hi«, sagte ich verlegen und zog mir den Pulli bis zu den Knien meiner Schlafanzughose hinunter, als Ross und Eddy ausstiegen und auf mich zugetrottet kamen. Bei genauerem Hinsehen gab es allerdings keinerlei Grund, mich für meinen Aufzug zu schämen.

Ross trug wie üblich seinen Blaumann und sah aus, als hätte er mit einem Heuballen gerauft und verloren. Und Eddy hatte seine braune Cordhose und ein braun kariertes Hemd mit hochgekrempelten Ärmeln an, und an seinen nackten Unterarmen klebte getrockneter Matsch – zumindest hoffte ich, dass es sich um Matsch handelte, nachdem die beiden eben bei den Kühen gewesen waren. Ich wich einen Schritt zurück und versuchte, möglichst flach zu atmen.

»Wie geht's Arthur?«, erkundigte sich Eddy mit besorgter Miene.

»Er kommt wieder auf die Beine«, sagte ich. »Es wird ein paar Tage dauern, bis er medikamentenmäßig richtig eingestellt ist, aber er hatte Glück. Er wird wohl keine allzu großen Langzeitschäden davontragen. Tante Sue weiß Näheres. Sobald sie aufgestanden ist, bringe ich sie wieder ins Krankenhaus.«

»Gut.« Eddy nickte. »Bei uns steht als Nächstes Unkrautvernichtung auf der Tagesordnung. Ross, du könntest schon mal alles vorbereiten. Wir fangen auf dem Bottom Field an.«

»Aye, Käpt'n.« Ross wandte sich zum Gehen. »Ach, Freya, schöne Grüße von Lizzie. Du sollst bei Gelegenheit mal im White Lion vorbeischauen.«

»Mach ich, keine Sorge.« Ich musste mit jemandem über das Desaster mit Charlie reden, sonst drehte ich noch durch.

Eddy hustete. »Also, was Arthur angeht ...«

Ich sah ihn an. »Du fragst dich, ob es einen Zusammenhang zwischen dem Unfall und dem Herzinfarkt gibt, stimmt's?«

»Naja, ist schon ein merkwürdiger Zufall, nicht?«, erwiderte er mit rauer Stimme.

Inzwischen musste Tante Sue aufgestanden sein, denn ich bemerkte eine Bewegung hinter dem Küchenfenster.

»Komm, wir drehen eine Runde durch den Obstgarten.«

Ich marschierte voraus und stellte mich taub, als sich Eddy beschwerte, ich würde ihm nicht einmal eine Tasse Tee gönnen.

»Heute erfahren wir hoffentlich mehr. Gestern Abend war er viel zu müde zum Reden.« Ich ließ mich auf einer Holzbank am Rand der Obstwiese nieder und bedeutete ihm, sich neben mich zu setzen. »Ich weiß nur, dass es bis zu einem halben Jahr dauern kann, bis er wieder voll einsatzfähig ist. Und er wird eine ganze Weile weder Auto noch Traktor fahren können.«

Jenseits der Steinmauer erstreckten sich zwei kleine Felder; auf dem einen graste Lizzies Pferd Skye, auf dem anderen standen die beiden Jersey-Kühe mit ihren Kälbern. Gaynor und ihr Nachwuchs interessierten sich nicht weiter für uns, doch Gloria kam, dicht gefolgt von ihrem Kalb, gemächlich zu uns herübergezockelt und streckte die Nase über die Mauer.

Eddy stöhnte. »Ohne ihn sind wir aufgeschmissen. Hier ist so viel zu tun; das schaffen Ross und ich nie im Leben allein.«

»Im Ernst?« Mist. Ich hatte naiverweise angenommen, dass wir dank Ross' tatkräftiger Unterstützung bis zum Herbst ganz gut klarkommen würden.

»Versteh mich nicht falsch«, fuhr Eddy fort. »Der Junge gibt eines Tages bestimmt einen guten Landwirt ab. Aber wir müssen uns bald um das Silofutter kümmern, das ist bei vierzig Hektar Land verdammt viel Arbeit für zwei Leute, und ich bin schließlich auch nicht mehr der Jüngste.«

Zur Herstellung des Silofutters müssen riesige Mengen Gras gemäht, zerkleinert und unter einer mit alten Autoreifen beschwerten Plastikplane luftdicht abgedeckt werden, und im Winter, wenn auf den Weiden kein Gras mehr wächst, wird es dann an die Rinder verfüttert.

Ich nickte, konnte aber nicht mit einer Lösung aufwarten, sosehr ich mir auch das Hirn zermarterte.

Wo sollten wir das Geld für eine zusätzliche Arbeitskraft hernehmen? Konnte mir Eddy das Traktorfahren und dergleichen mehr beibringen, oder wäre das nur eine zusätzliche Belastung für ihn?

Gloria schnaubte, um Aufmerksamkeit heischend, und wir standen auf und gingen zu ihr hinüber.

»Schöne Tiere, diese Jersey-Kühe«, bemerkte Eddy und tätschelte ihr den Hals. »Gutmütig und gelehrig. Ein bisschen wie unser Ross, könnte man sagen.«

Ich lächelte. Zumindest hatte er eine gute Meinung von seinem Praktikanten; das war doch schon mal was.

Das Kälbchen kam zögernd ein paar Schritte näher. Ich streckte ihm die Hand hin, doch es war zu ängstlich. Es war etwas heller als Gloria, hatte aber die gleichen wunderschönen braunen Augen.

»Diese langen Wimpern sind echt an dich verschwendet«, murmelte ich, dann schlug ich mir entsetzt die Hand vor den Mund. »Du meine Güte, die armen Tiere müssen dringend gemolken worden!«

Eddy schüttelte den Kopf. »Keine Sorge, solange sie Kälber haben, ist das kein Problem. Die überschüssige Milch kann deine Tante nachher abmelken.«

Ach, richtig. Ich lief rot an und musste an das denken, was Charlie gestern gesagt hatte. *Im Grunde kannst du für die beiden doch gar nicht viel tun.*

»Übrigens hab ich gestern im Dorf den Tierarzt getroffen.« Verlegen zupfte Eddy an seinem Kragen. »Er meinte, die letzte Rechnung ist noch offen.«

»Oh.« Ich straffte die Schultern. »Ich geh gleich mal ins Büro und suche sie.«

Der Bürokram war immerhin ein Bereich, in dem ich mich wirklich nützlich machen konnte. Nicht, dass ich mich darum gerissen hätte, aber ich war gut im Organisieren, und außerdem konnte ich auf diese Weise vielleicht herausfinden, was es mit dem ominösen Einschreiben von neulich auf sich hatte.

»Also, meiner Meinung nach wäre es ja am Klügsten, die Silofutterproduktion auszulagern«, bemerkte Eddy.

»Wird das nicht zu teuer?«, fragte ich, obwohl ich nicht sicher war, ob ich die Antwort hören wollte.

»Immer noch billiger, als Futter für den Winter zuzukaufen.«

»Klar.« Ich biss mir auf die Unterlippe.

»Wer kommt denn da?« Eddy spähte zur Straße hinüber, wo soeben ein weißer Lieferwagen in unsere Einfahrt einbog und langsam über den holprigen Feldweg auf die Farm zurollte. »Also, wie gesagt, das mit dem Vieh und dem Getreide kriegen Ross und ich schon hin. Aber es wäre eine echte Entlastung, wenn wir uns nicht auch noch um die Silage kümmern müssten.«

»Ich schreib's gleich auf meine To-do-Liste, Eddy«, versprach ich.

»Gut. Grüß Arthur von mir, und sag ihm, ich komm nachher mal bei ihm vorbei. So, mal sehen, was Ross so treibt.«

Als ich beim Haus angelangt war, hoppelte gerade der weiße Lieferwagen über den gepflasterten Hof.

Sieh an, *Lakeland Flowers*. Der Fahrer, ein kleiner drahtiger Mann mit silbergrauem Haar, stieg aus, ging um das Fahrzeug herum und kam einen Augenblick später mit einem riesigen Strauß Lilien auf mich zu.

»Eine Lieferung für Freya Moorcroft«, verkündete er und betrachtete mich mit zuckenden Mundwinkeln.

Ich wäre am liebsten im Boden versunken. Das war das letzte Mal gewesen, dass ich im Schlafanzug die Hühner gefüttert hatte. Sei's drum, jemand hatte mir Blumen geschickt!

»Das bin ich«, rief ich und hüpfte vor Freude auf und ab wie ein Gummiball.

»Bitte sehr«, sagte er und reichte mir den Strauß.

»Danke!«

Gespannt hielt ich den Atem an, als ich mit einer Hand die daran befestigte Karte aus dem Umschlag zog und aufklappte. Du meine Güte, das war ja der reinste Roman! Ich überflog den Text und erblickte zu meiner großen Freude ganz unten die ersehnten sieben Buchstaben: *Charlie*.

»Danke!«, quietschte ich erneut und fiel dem Boten um den Hals.

»Äh, ich bin nur der Lieferant«, drang seine Stimme gedämpft an mein Ohr.

»Ich weiß.« Ich lachte. »Das ist wie mit dem Überbringer schlechter Nachrichten, der erschossen wird. Nur dass mich diese Nachricht freut, weshalb Erschießen nicht erforderlich ist.«

Er machte sich von mir los. »Na, Gott sei Dank.«

»Die Blumen sind von meinem Freund«, erläuterte ich. »Wie es aussieht, liebt er mich doch noch. Zwischendurch war ich mir da nicht mehr so sicher.«

»Schon gut, Sie müssen mir nichts erklären«, winkte er ab und hielt mir ein kleines Gerät und einen Plastikstift unter die Nase. »Wenn Sie bitte hier unterschreiben würden...« Mit dem riesigen Blumenstrauß im Arm war das gar nicht so einfach.

»Sie wissen nicht zufällig, wie spät es ist?«, fragte er.

In diesem Augenblick ging die Haustür auf, und Madge trottete zielstrebig zur Hundehütte.

»Doch. Halb zehn, Zeit für ein Frühstücksei«, erwiderte ich kichernd.

Kapitel 12

Tante Sue stellte gerade frisches Teewasser auf, als ich in die Küche getänzelt kam.

»Sieh mal, was uns Charlie geschickt hat, um uns aufzumuntern!« Eine kleine Flunkerei hat noch niemandem geschadet.

»Wie lieb von ihm! Warte, ich suche gleich eine passende Vase.«

»Danke«, sagte ich, legte den Strauß auf den Tisch und hob Björn hoch, der mir um die Beine strich.

Mit der Katze auf dem Schoß las ich, was Charlie mir geschrieben hatte – und vergoss dabei ein paar Tränen.

Hallo meine Süße,
ich bin ein totaler Idiot und könnte es Dir nicht verdenken, wenn Du mich abgeschrieben hättest. Es hätte mich eigentlich nicht wundern dürfen, dass Du so überstürzt abreist, um Dich um Deine Tante und Deinen Onkel zu kümmern. Schließlich ist Deine Fürsorglichkeit eine der Eigenschaften, die ich so an Dir liebe. Ich weiß, dass Du jetzt bei ihnen sein musst, und ich hoffe, Dein Onkel kommt bald wieder auf die Beine.
Ich freue mich schon riesig darauf, Dich wiederzusehen.
Xxx, Dein Dich liebender, zerknirschter, kindischer Charlie

Als wir später ins Krankenhaus kamen, machte Onkel Arthur bereits einen viel lebendigeren Eindruck als vergangene Nacht. Eine schwarze Krankenschwester mit straffer Zopffrisur stand an seinem Bett und machte Notizen in seiner Krankenakte. Seine Miene hellte sich auf, als wir hereinkamen.

»Ach, das tut einem alten Knacker gut, zwei so hübsche Ladys um sich zu haben.«

Die Krankenschwester räusperte sich.

»Ähm, *drei*, meine ich natürlich«, korrigierte er sich, was ihr ein Lachen entlockte.

Ich küsste ihn auf die Wange und schob zwei Stühle an sein Bett, einen auf jede Seite.

Tante Sue umarmte ihn, bis er stöhnte. »Du hast mir einen fürchterlichen Schrecken eingejagt«, sagte sie vorwurfsvoll. Dann schenkte sie ihm ein Glas Wasser ein und hielt es ihm an die Lippen.

Er nippte daran und schmatzte mit den Lippen.

»Tut mir leid, Liebes. Du hast es wirklich nicht leicht mit mir, stimmt's?« Er tätschelte ihr die Hand. »Aber keine Sorge, ich bin im Nu wieder auf dem ...«

Die Pflegerin räusperte sich. »Mr. Moorcroft«, sagte sie streng, »ich darf Sie daran erinnern, dass es an der Zeit für ein paar offene Worte ist, und wenn Sie nicht mit Ihrer Frau reden, übernehme ich das. Haben wir uns verstanden?«

Onkel Arthur sah von ihr zu mir zu Tante Sue und schluckte. »Klar und deutlich, Schwester.«

Sie hängte das Klemmbrett ans Fußende seines Betts, drohte ihm mit dem Zeigefinger und ging dann zum nächsten Patienten.

Tante Sue musterte ihren Ehemann mit alarmierter Miene.

»Also?«

Onkel Arthur war blass geworden. »Also, was den Unfall angeht, den ich neulich hatte ...«

Eddy hatte richtig gelegen mit seiner Vermutung. Onkel Arthur hatte den Traktor nicht in den Graben gefahren, weil er vom rauschenden Radiosender abgelenkt gewesen war, sondern weil er einen stechenden Schmerz in der Brust verspürt hatte. Da dieser aber nur ein paar Sekunden angehalten hatte und er es hasste, wenn man »Theater« um ihn machte, hatte er dieses Detail einfach unter den Tisch fallen lassen.

Dabei war dies bereits Herzinfarkt Nummer eins gewesen.

Das EEG hatte es klar und deutlich gezeigt, und jetzt musste ihm ein Stent eingesetzt werden. Anschließend würde er noch ein paar Tage im Krankenhaus bleiben müssen, um sicherzugehen, dass die Medikamente wirkten und er sie auch vertrug. Über die blassblaue Klinikbettdecke hinweg ergriff ich die Hände der beiden. »Ihr zwei konzentriert euch in den kommenden paar Wochen ganz auf Onkel Arthurs Genesung, und Eddy und ich kümmern uns so lange um die Farm, okay?«

Betretenes Schweigen, besorgte Blicke.

Ich spürte, wie ich rot anlief. »Was habt ihr denn? Traut ihr mir das etwa nicht zu?« Bei meinen Eltern wäre ich auf eine solche Reaktion gefasst gewesen, bei Tante Sue und Onkel Arthur hatte ich nicht damit gerechnet. Ich war gekränkt.

»Doch, natürlich«, sagte Tante Sue. »Es ist bloß ...«

»Schon gut, Liebes«, unterbrach Onkel Arthur sie und

drückte ihr die Hand. »Wenn wir jemandem vertrauen können, dann Freya, meinst du nicht auch?«

Ich atmete erleichtert auf und schenkte ihm ein zuversichtliches Lächeln. »Hervorragend.« Ich würde mich so richtig ins Zeug legen, und ich würde meine Sache gut machen, jawohl. Vorsichtig umarmte ich ihn und küsste ihn auf die Stirn. »Gibt es heute etwas Bestimmtes zu erledigen?«

Mein Onkel rieb sich nachdenklich die unrasierte Wange.

»Naja, du könntest den Pass für Gaynors Kalb beantragen.«

Ich öffnete den Mund, klappte ihn aber gleich wieder zu. Fast hätte ich ihn erstaunt gefragt, ob Gaynor mit ihrem Nachwuchs eine Auslandsreise plante, aber mir war gerade noch rechtzeitig eingefallen, dass jedes Rind einen Pass hat.

»Okay. Sonst noch irgendwas?«, fragte ich.

»Neulich lag ein toter Dachs auf dem Crofters Field, unweit von Colton Woods...«

Ich überlegte. Welches Feld war das noch gleich?

»Ich zeige dir nachher die Karte, auf der wir alle Felder mit Namen eingezeichnet haben«, sagte Tante Sue, und ich schenkte ihr ein dankbares Lächeln.

Onkel Arthur ließ sich in die Kissen sinken. »Und wir haben nicht mehr viel Stickstoffphosphat und Kalisalz«, sagte er und fügte hinzu: »Das sind Düngemittel.«

»Das weiß ich doch.« Ich lachte künstlich. Von wegen. »Ach ja, angeblich ist noch eine Tierarztrechnung offen.«

»Ähm, gut möglich.« Er legte die Stirn in Falten. »Die liegt vermutlich in der untersten Schreibtischschublade. Bring sie einfach bei deinem nächsten Besuch mit, dann schreibe ich einen Scheck aus.«

»Alles klar. Tja, ich mach mich dann mal wieder an die Arbeit.« Ich lächelte die beiden aufmunternd an. »Ich bin wie dafür geschaffen, eine Farm zu betreiben, ihr werdet schon sehen. Ich hab's im Blut.«

Ohne den fröhlich vor sich hin pfeifenden Onkel Arthur wirkte das düstere Büro noch trostloser. Es roch wie üblich nach Eiern und heute zusätzlich nach Hund, denn Madge saß unter dem Tisch und blies Trübsal, weil ihr Herrchen nicht da war.

Ich hievte sie hoch und nahm sie auf den Schoß. »Du musst mir helfen, solange Onkel Arthur im Krankenhaus liegt. Ich wette, du würdest zum Beispiel den toten Dachs auch ohne Landkarte finden.«

Sie leckte mir übers Gesicht, was ich als ein »Ja« interpretierte.

Als mein Blick das Telefon auf dem alten Mahagonischreibtisch streifte, juckte es mich in den Fingern, Charlie anzurufen, aber erst musste ich die Tierarztrechnung suchen und den Pass für Gaynors Kalb beantragen. Ich öffnete die unterste Schublade – und siehe da, gleich obenauf lag der Brief mit dem »Letzte Mahnung«-Stempel. Ich setzte Madge auf dem Boden ab und spähte zur Tür. Aus der Küche drang das Geklapper von Töpfen. Mir schlug das Herz bis zum Hals. War es sehr verwerflich, wenn ich einen Blick in den Umschlag warf?

Nachdenklich nahm ich ihn heraus. Er war bereits geöffnet worden. Onkel Arthur hatte mir aufgetragen, in dieser Schublade nach der Tierarztrechnung zu suchen. Vielleicht war es ja durchaus seine Absicht gewesen, dass ich dabei auf diesen Brief stieß. Ich zog das Schreiben aus dem Umschlag, faltete es auseinander und blieb sogleich an dem Wort »Gerichtsvollzieher« hängen.

»Ah, du hast ihn gefunden.«

»Huch!« Ich zuckte vor Schreck so heftig zusammen, dass mir der Brief aus der Hand fiel.

»Ehrlich gesagt bin ich sogar ganz froh darüber«, gestand Tante Sue und sank auf den Stuhl neben mir.

Mein Puls raste. »Ähm, ich hab bloß die Tierarztrechnung gesucht ...« Ich verstummte, als ich sah, dass ihre Unterlippe zitterte und Tränen in ihren Augen glitzerten.

Meine Tante war eine richtige Frohnatur, durch nichts zu entmutigen, stets entschlossen, aus allem das Beste zu machen. Aber ich vergaß zuweilen, dass sie nicht mehr die Jüngste war, und gestern hätte sie beinahe ihren Mann verloren. Kein Wunder, dass sie dasaß wie ein Häufchen Elend.

»Da drin stapeln sich die Mahnungen.« Sie deutete auf die Schublade und tupfte sich mit dem Schürzenzipfel die Augen. »Und es kommen ständig neue. Von der Bank, vom Saatgutlieferanten, vom Tierarzt ... Wir sind mit den Raten für den neuen Traktor und mit den Steuern im Verzug. Und weil wir bis über beide Ohren verschuldet sind, können wir es uns nicht leisten, in den Ruhestand zu gehen. Wir müssen weitermachen, sonst verlieren wir die Farm.«

Ich schluckte. »So schlimm kann es doch nicht sein, oder?«

Wenig später saß ich neben ihr auf der Bank in der Küche, und sie schilderte mir bei einer Tasse Tee, wie es so weit hatte kommen können: Erst hatten sie einen Stier notschlachten lassen müssen, dann waren vergangenen Winter mehrere Kälber an Lungenentzündung gestorben, und nachdem die Gerste und das Heu dem total verregneten Sommer zum Opfer gefallen waren, hatten sie große Mengen an Futter für den Winter zukaufen müssen. Tja, ein Unglück kommt eben selten allein, und die Folgen waren verheerend.

Sie seufzte. »Und neulich sind auch noch die Raten für den vermaledeiten Traktor gestiegen. Wir hätten ihn niemals anschaffen sollen, auch wenn er gebraucht war. Am besten wäre es, wenn wir die Farm verkaufen, das habe ich Artie schon mehrfach gesagt.«

»Das klingt vernünftig«, meinte ich zögernd. Auch wenn es unglaublich traurig wäre.

Ich sah mich in der Küche um. In diesem Haus hatten drei Generationen Moorcroft-Landwirte gelebt. Undenkbar, dass es verkauft werden sollte, noch dazu unter diesen Umständen!

»Dein Onkel sagt, er wird sich von den Banken nicht von seinem Land vertreiben lassen.« Sie schüttelte den Kopf und presste die Lippen aufeinander. »Er will bis zum letzten Atemzug für die Farm kämpfen.«

Tja, gestern wäre es um ein Haar so weit gewesen.

Ich blinzelte, weil mir Tränen in die Augen stiegen.

Tante Sue holte mehrere Flyer aus ihrer Handtasche.

»Die hat man mir in der Klinik mitgegeben.« Sie blätterte sie flüchtig durch. »›Gesunde Ernährung, gesundes Herz‹. ›Leben mit Herzkrankheiten‹. ›Stress vermeiden‹. Wie soll er denn bitteschön Stress vermeiden, wenn er derart unter Druck steht? Kannst du mir das mal sagen? Wenn du mich fragst, liegt er nur wegen unserer finanziellen Probleme im Krankenhaus, und die werden sich nicht einfach so in Luft auflösen.«

Wir sahen uns schweigend an.

Was für eine himmelschreiende Ungerechtigkeit! Die beiden arbeiteten so hart! Sie taten mir unendlich leid. Mir steckte ein Kloß von der Größe eines Tischtennisballs in der Kehle. Ich schluckte ihn hinunter, straffte die Schultern und legte Tante Sue einen Arm um die Schultern. »Ich werde die Farm retten!«, verkündete ich, obwohl ich keinen blassen Schimmer hatte, wie ich das bewerkstelligen sollte. Aber mir würde schon etwas einfallen.

»Ach, Freya...« Sie schenkte mir ein bekümmertes Lächeln und blinzelte, und zwei einzelne Tränen liefen ihr über die Wangen.

Ich wischte sie mit dem Daumen weg. »Das ist mein voller Ernst. Ich liebe Herausforderungen. Wenn ich auf Probleme stoße, laufe ich zu Höchstform auf. Ehrlich gesagt hat mich der Job als Kellnerin in Kingsfield ohnehin schon gelangweilt. Ich bin bereit für etwas Neues.«

»Du bist noch so jung, Freya«, gab sie zu bedenken. »Du kannst dir doch bestimmt etwas Spannenderes vorstellen, als mit zwei alten Leuten hier auf dem Land zu versauern...«

»Nein, weil ich diese beiden Leute zufällig liebe.« Ich grinste.

»Und bei Wind und Wetter draußen zu ackern...«

»Du weißt doch, wie gern ich draußen bin, bei jedem Wetter.«

Sie legte den Kopf schief und hob eine Augenbraue.

»Aber dir ist schon klar, dass nichts für dich dabei rausspringen wird, oder?«

Ich winkte ab. »Ich war noch nie sonderlich auf Geld fixiert.«

»Und was ist mit Charlie?«

Hm. Da hatte sie allerdings einen wunden Punkt getroffen. »Charlie wird das bestimmt verstehen. Und ich muss ja nur so lange bleiben, bis hier wieder alles in geordneten Bahnen verläuft«, sagte ich, von einem Hochgefühl erfasst, wie ich es lange nicht mehr verspürt hatte.

Ich sprang auf und begann in der Küche auf und ab zu gehen.

Die Appleby Farm brauchte eine Rundumerneuerung, und Rundumerneuerungen waren meine große Stärke.

»Onkel Arthur hat doch immer gesagt, eines Tages würde ich meine Nische finden. Vielleicht ist sie ja das hier!« Ich breitete die Arme aus und wirbelte im Kreis herum.

Kapitel 13

Als ich ins White Lion kam, winkte mich Lizzie sofort zu sich.

»Hey, Lizzie! Ich wette, du hast nicht damit gerechnet, mich schon so bald wiederzusehen, oder?« Ich umarmte sie über den Tresen hinweg.

»Nein, aber ich freu mich tierisch, dass du wieder da bist. Wobei mir das mit deinem Onkel natürlich sehr leidtut. Geht es ihm schon besser? Wie lange bleibst du diesmal? Für immer? Du riechst übrigens nach Pferdestall.«

Ich schnüffelte an meiner Jacke. »Oh, du hast recht. Aber ich mag diesen Geruch. Ich war heute Nachmittag mit Skye oben am Crofters Field. Ich hoffe, das ist okay?«

Dass ich im Zuge meines Ausritts den toten Dachs gefunden und entsorgt hatte, behielt ich für mich, zumal ich selbst lieber nicht mehr dran denken wollte.

»Na, klar. Wir teilen sie uns einfach. Wir können uns alles teilen, wenn du willst. Wie Schwestern.« Dann verzog sie das Gesicht. »Oder auch nicht. Victoria hat noch nie viel vom Teilen gehalten, es sei denn, irgendwas gehörte eigentlich mir. Aber egal. Wie geht's dir?«

Ich zog einen Barhocker heran und ließ mich darauf nieder. »Nicht besonders«, gestand ich ihr. Ich hatte zwar versucht, mir nichts anmerken zu lassen, schließlich wollte ich Tante Sue und Onkel Arthur aufmuntern und unterstützen, aber ehrlich gesagt bereitete mir ihre prekäre finanzielle Lage Magenschmerzen.

»Ähm, ich glaube, du solltest mal kurz ...« Ich deutete mit dem Kopf zu Bill, dem Pubbesitzer, der sich gerade zum wiederholten Male räusperte, um ihr damit zu verstehen zu geben, dass an der Bar mehrere Gäste darauf warteten, bedient zu werden.

Ein paar Minuten später kehrte sie mit gerunzelter Stirn zu mir zurück. »Du siehst müde aus, wenn ich mir die Bemerkung erlauben darf. Ist alles okay?«

»Ach, Lizzie, ich muss dir so viel erzählen.« Ich seufzte und tippte auf den Zapfhahn. »Aber erst brauche ich ein Glas Cider. Ich geb dir einen aus. Wie geht's Ross? Besser gesagt, wie geht es dir und Ross?«

»Bestens, bestens. Reden wir lieber über deine wundersame Rückkehr.«

»Ich muss zugeben, ich bin froh, dass ich wieder da bin, trotz der unerfreulichen Umstände.«

Lizzie nickte.

»Ach, eh ich's vergesse, vorhin hat ein äußerst sympathische Farmer nach dir gefragt.«

»Welcher? Der kahlköpfige Kumpel von Onkel Arthur, der immer zwei verschiedene Gummistiefel anhat?«

»Quatsch!« Sie kicherte. »Der gut aussehende, der immer mit den Fingern auf die Bar trommelt und dabei pfeift.« Sie ließ den Blick durch das Lokal schweifen. »Schade, ich fürchte, er ist schon gegangen. Er hat gesagt, er heißt Harry und wohnt auf dem Hof gleich neben eurem. Den Nachnamen hat er mir nicht verraten.«

Ich schlug mir die Hand auf den Mund. Harry, der Nachbarsjunge, der seit jeher Schlagzeuger hatte werden wollen.

»Harry Graythwaite«, sagte ich mit schlechtem Gewissen. »Er wird sich schon fragen, warum ich noch nicht bei ihm drüben war. Wir waren als Teenager unzertrennlich.«

»Du Glückliche.« Sie musterte mich neugierig, aber ich tat, als würde ich es nicht bemerken.

»Schade, dass wir uns verpasst haben.«

»Auf den hatte ich ehrlich gesagt auch schon ein Auge geworfen, aber dann ist mir Ross über den Weg gelaufen ...«

Sie presste sich eine Hand aufs Herz und taumelte ein, zwei Schritte nach hinten, als wäre sie gerade von Amors Pfeil getroffen worden. »Er hätte ohne Weiteres Model werden können.« Sie seufzte verträumt.

»Und, was hat Harry so erzählt?«, erkundigte ich mich und zog einen Fünfer aus der Hosentasche.

»Hm, er hat gefragt, ob du für länger bleibst, und ich hab gesagt, das kann ich mir nicht vorstellen, weil du in Kingsfield einen Freund hast. Stimmt doch noch, oder?«

»Jep.« Ich wedelte mit dem Geldschein. »Ich verdurste gleich!«

»Oh, entschuldige. Ich bin total neben der Spur, wie das eben so ist, wenn man frisch verliebt ist. Aber das vergeht.«

»Bestimmt«, sagte ich ironisch und kicherte, als sie mich entgeistert anstarrte. »Hey, das sollte ein Scherz sein. Ihr zwei seid doch ein Herz und eine Seele. Übrigens, was ich dich schon lange fragen wollte: Wieso hat dein Handy auf der Appleby Farm Empfang? Ich muss zum Telefonieren praktisch den Mount Everest erklimmen.«

»Hinter Colton Woods steht ein neuer Handymast«, erklärte sie, während sie meinen Cider zapfte und eine Flasche Orangensaft für sich selbst öffnete. »Ich hab den Anbieter gewechselt, und seitdem funktioniert es einwandfrei. Ihr könntet ja auch einen Mast auf eurer Farm aufstellen lassen. Dafür kriegt man sogar Geld.«

»Das ist das Stichwort ...« Ich beugte mich über die Bar. »Ich brauche dringend Knete, und zwar möglichst nicht von einem Kredithai ...« Abrupt brach ich ab. Ginge es um mich, hätte ich mich Lizzie ohne zu zögern anvertraut, aber Tante Sue und Onkel Arthur wären vermutlich nicht sonderlich erfreut, wenn ich in aller Öffentlichkeit verbreitete, dass sie »bis über beide Ohren verschuldet« waren.

Lizzie riss die Augen auf. »Oje. Kreditkartenrechnungen? Kenn ich. Es ist aber auch einfach zu verlockend, nicht? Vor einer Weile hab ich einen neuen Sattel für Skye und eine Lederjacke für mich gekauft. Schlappe zwei Riesen auf einen Schlag«, gestand sie und kippte einen Schuss Wodka in ihren Saft, nachdem sie sich davon überzeugt hatte, dass Bill nicht hersah. »Die Raten werd ich noch eine ganze Weile abstottern. Aber dafür sehen Skye und ich echt umwerfend aus.« Sie grinste verschmitzt und zuckte die Achseln.

Ich nickte und nahm einen großen Schluck Cider. Nicht sehr ladylike, ich weiß, aber für Wein hatte ich noch nie viel übrig. Wegen der hochstieligen Gläser. Wenn man so ungeschickt ist wie ich, gehen die schnell mal zu Bruch.

Seufzend dachte ich an die Farm. Zweitausend Pfund, das war ein Klacks verglichen mit den Schulden, die sich auf der Farm angehäuft hatten. Ich schätzte mal, dass Tante Sue und Onkel Arthur gut das Zehn- bis Zwanzigfache brauchten, wenn nicht noch mehr ...

»Ach, was soll's. Ist doch nur Geld.« Lizzie kicherte. »Ich an deiner Stelle würde mich vertrauensvoll an die Erzeugerfraktion wenden.«

Ich schauderte. »Nie im Leben.«

»Zugegeben, es ist ein bisschen peinlich, aber ich meine, es bleibt ja in der Familie. Meine Oldies wären bestimmt gekränkt, wenn ich in finanziellen Nöten wäre und sie nicht um Hilfe bitten würde. Wobei meine Mum ohnehin bestens über alles informiert ist, weil wir jeden Tag telefonieren.«

»Tja, schon möglich, dass mir wirklich nichts anderes übrig bleibt. So, ich muss dann leider bald los. Eddy fährt nachher mit Tante Sue in die Klinik, und ich muss vorher noch einiges mit ihr besprechen.«

Auf dem Nachhauseweg legte ich einen Zwischenstopp bei unserem Selbstbedienungsstand ein. Am Nachmittag hatten Tante Sue und ich Thymian, Schnittlauch, Minze und Rosmarin geschnitten und für ein Pfund pro Bund zum Verkauf angeboten, und bis auf ein paar Eier und einen schon etwas welken Bund Schnittlauch war alles weggegangen. In der alten Bonbondose, die wir als Kasse benutzten, lagen fünfzehn Pfund.

Ich fischte den übrig gebliebenen Bund Schnittlauch aus dem Wasserglas, in das wir die Kräuter gestellt hatten, und steckte das Geld ein. Tante Sue würde sich darüber freuen, auch wenn es nur ein Tropfen auf den heißen Stein war.

Während ich geknickt zur Farm zurücklatschte, zermarterte ich mir das Hirn. Die Traktorraten, die offenen Rechnungen, dazu die Kosten, die uns durch die Auftragsvergabe bezüglich der Silage entstehen würden ...

Wir brauchten dringend noch eine Einkommensquelle –

und zwar eine, die Tante Sue und Onkel Arthur keine weitere Arbeit aufhalste.

Am naheliegendsten war natürlich, die Farm zu verkaufen ...

Ich blieb stehen und lehnte mich an den Holzzaun, der den Feldweg säumte. Doch schon der bloße Gedanke daran schnürte mir die Kehle zu. Nein, es musste eine andere Lösung geben.

Als ich den Hof überquerte, drang ein gedämpftes Miauen an mein Ohr. Ich blieb stehen und lauschte.

»Miaaaaauuu!«

Da war wohl eine der Katzen versehentlich irgendwo eingesperrt worden. Ich öffnete den Schuppen und spähte hinein. Nichts.

Ich lauschte erneut. Diesmal schien das Miauen von etwas weiter her zu kommen, also marschierte ich zu den beiden Scheunen hinüber. Die eine, die als Lager für Stroh, Heu und Rinderfutter diente, stand offen, weshalb ich die daneben ansteuerte – ein solides Steingebäude mit Schieferdach, einem großen zweiflügeligen Tor und mehreren kleinen, hochliegenden Fenstern. Auf einer Seite führte eine Treppe auf einen hübschen Holzbalkon, der früher einmal zum Trocknen der Schafwolle gedient hatte, auf der anderen Seite befand sich ein primitives Plumpsklo, das wahrscheinlich noch aus der Zeit vor dem Einbau der sanitären Anlagen im Wohnhaus stammte.

Das jämmerliche Miauen war jetzt deutlich zu hören, und kaum hatte ich eine der schweren Holztüren einen Spalt geöffnet, flitzte das eingesperrte Tier heraus.

Drei weiße Söckchen. »Benny!«, rief ich. »Wie kommst du denn da rein?«

Der Kater blieb mir – o Wunder – die Antwort schuldig und trabte schnurstracks Richtung Haupthaus, vermutlich um sich über sein Abendessen herzumachen.

Ich warf einen Blick in die Scheune. Sie war ziemlich groß und leer bis auf ein paar Heuballen und einige alte, total verstaubte landwirtschaftliche Maschinen in einer Ecke. Durch die Fenster fielen ein paar goldene Sonnenstrahlen auf den gepflasterten Boden. Hier drin hatten Tante Sue und Onkel Arthur früher meine Kindergeburtstage abgehalten und vor ein paar Jahren ihre goldene Hochzeit gefeiert, aber davon abgesehen war das Gebäude seit Jahren unbenutzt. Schade eigentlich.

Ich schloss die Augen und überlegte. Wie konnte uns diese Scheune Geld einbringen? Und wie kamen wir an die Mittel für den Umbau, der zweifellos vonnöten sein würde?

Über kurz oder lang scheiterte doch immer alles am schnöden Mammon. Bislang war mir Geld überhaupt nicht wichtig gewesen, aber jetzt kam es mir so vor, als würde ich an nichts anderes mehr denken.

»Erwarte nicht von mir, dass ich dir aus der Klemme helfe, wenn du in finanziellen Schwierigkeiten steckst«, sagt Dad immer zu mir. Manchmal kann ich gar nicht glauben, dass er und Onkel Arthur Brüder sind. »Du wirst von dem leben müssen, was du verdienst. Also, Augen auf bei der Berufswahl.« Nun, bislang hatten mir meine diversen Jobs stets genügend Einkünfte beschert, wenngleich ich so einige meiner beruflichen Entscheidungen nicht gerade als klug bezeichnen kann.

Andererseits war das Geld ja nicht für mich bestimmt, also...

Ich an deiner Stelle würde mich vertrauensvoll an die Erzeugerfraktion wenden… Sollte ich mir einen Ruck geben und es tun?

Tante Sue war oben im Schlafzimmer und sortierte Onkel Arthurs alte Schlafanzüge.

»Wenn er noch länger im Krankenhaus bleiben muss, sollte ich ihm wohl bei Marks & Spencer in Kendal einen neuen Pyjama besorgen, sonst bekommt er irgendwann eine Anzeige wegen Exhibitionismus.«

Wir kicherten.

»Ich habe den toten Dachs gefunden«, berichtete ich und sprühte mir mit ihrem altmodischen Zerstäuber ein paar Spritzer ihres blumigen Parfüms hinters Ohr.

Sie verzog das Gesicht. »Verdammte Biester. Richtige Bazillenschleudern sind das. Und du bist trotzdem immer noch wild entschlossen, Farmerin zu werden?«

»Jep.« Ich ließ mich auf ihr Bett plumpsen und grinste, als die Sprungfedern unter der Matratze vernehmlich quietschten. Früher hatte ich dieses Bett oft als Trampolin zweckentfremdet. Einmal sogar mit Harry, und wir waren so wild darauf herumgehopst, bis es urplötzlich unter uns wegbrach – einer der Bettpfosten hatte sich durch die Dielen gebohrt und guckte unten in der Küche aus der Decke. Wir brachten vor Kichern kaum ein Wort heraus, als wir uns bei der mit Gipsstaub bedeckten Tante Sue entschuldigten. Sie hatte die Lippen zusammengepresst und den ganzen Nachmittag immer wieder gemurmelt: »Warte nur, bis dein Onkel nach Hause kommt«. Dabei hatte sie allerdings bloß krampfhaft versucht, ernst zu bleiben, denn als Onkel Arthur beim Anblick des aus der

Decke ragenden Bettpfostens einen Lachanfall bekam, fiel sie mit ein.

Ach ja, waren das noch glückliche Zeiten gewesen!

Ich rollte mich auf den Bauch. »Wenn du Gloria und Gaynor das nächste Mal an die Melkmaschine hängst, dann zeig mir doch bitte, wie man das macht, damit ich es dir in Zukunft abnehmen kann.«

Sie hielt mitten in der Bewegung inne. »Ach, Freya, du bist wirklich ein Engel. Du bist wie eine Tochter für uns und hast Artie und mir schon so viel Freude gemacht.«

»Na, ein Glück, wenn sich meine eigenen Eltern schon nicht für mich interessieren...« Ich stand auf und strich mit den Fingern über die verwaschenen Vorhänge mit dem Blümchenmuster. »Tststs. Ich mag es nicht, wenn du so über sie redest. Deine Mutter liebt dich über alles.«

»Ach ja?« Ich ließ mich auf der Fensterbank nieder, die genauso breit war wie die in meinem Zimmer. »Und warum hat sie mich dann auf ein Internat geschickt, als ich sieben war? Du warst mir eine viel bessere Mutter als sie.«

Tante Sue stopfte die Schlafanzüge in eine Kommodenschublade und holte tief Luft. »Es ist unheimlich lieb, dass du das sagst, Freya, aber es ist nicht immer alles so, wie es auf den ersten Blick scheint. Margo war nicht immer glücklich, ihrem Luxusleben zum Trotz. Sie hat getan, was sie für das Beste hielt, und hatte immer Schuldgefühle, weil sie sich nicht selbst um dich gekümmert hat.«

»Was willst du damit sagen?«

Sie drehte sich zu mir um und sah mich nachdenklich an. »Komm mal mit.«

Gespannt folgte ich ihr, während sie leicht hinkend die Treppe zum Dachgeschoss hinaufstieg, wo sich neben meinem Zimmer noch eine weitere Kammer befand, die allerdings solange ich denken konnte abgeschlossen war.

»Was gäbe ich darum, in einem Bungalow zu wohnen! Diese ganzen Treppen sind Gift für meine arthritischen Gelenke«, stöhnte sie und rieb sich ihr Knie, als wir oben angekommen waren. Dann deutete sie auf den Rahmen der geheimnisvollen Tür. »Da oben müsste ein Schlüssel liegen.«

Ich stellte mich auf die Zehenspitzen, und tatsächlich ertasteten meine Finger im Staub, der sich über die Jahre dort angesammelt hatte, einen metallenen Gegenstand. Ich reichte ihn Tante Sue.

Sie schloss die Tür auf und bedeutete mir einzutreten. »Geh ruhig rein. Es ist nur das Kinderzimmer, kein Gruselkabinett.«

Das Kinderzimmer.

Nervös betrat ich den Raum, der im typischen Siebzigerjahrestil eingerichtet war. Die Wände waren blassgelb gestrichen, mit einem bunt bemalten Streifen auf Augenhöhe, den allerlei menschliche und tierische Gestalten aus diversen Kinderliedern und -gedichten zierten.

»Wie süß!«, murmelte ich und ließ vorsichtig die Fingerspitzen darüber gleiten. »Hast du das gemalt?«

»Ja«, erwiderte sie mit rauer Stimme. In ihren Augen glitzerten Tränen.

Unglaublich. Da hatte ich jahrelang gleich nebenan geschlafen und nie geahnt, was sich hinter dieser Tür verbarg!

Der Raum war leer bis auf einen Stapel brauner Koffer und eine weiße Wiege, die am Kopf- und am Fußende mit je drei herumspringenden Kaninchen bemalt war.

»Für wen war die?«, fragte ich.

»Für das Baby, das es nie gegeben hat«, flüsterte sie und knetete dabei den Stoff ihrer Schürze. Der Anblick ihrer bekümmerten Miene brach mir fast das Herz. Ich breitete die Arme aus und kämpfte selbst mit den Tränen, während sie schluchzend das Gesicht in meiner Halsbeuge vergrub.

»Herrje, was bin ich nur für eine Heulsuse geworden«, schniefte sie nach einer Weile.

»Na, ist doch verständlich«, murmelte ich, die Wange an ihr weiches weißes Haar geschmiegt. »Ehrlich gesagt habe ich mich immer gefragt, warum ihr eigentlich keine Kinder habt. Ich hatte schon vermutet, dass ihr nicht freiwillig kinderlos geblieben seid.«

»Ich konnte kein Kind bis zum Ende der Schwangerschaft austragen. Niemand konnte mir den Grund dafür nennen. Stunden um Stunden habe ich hier gesessen und gemalt und genäht und mir vorgestellt, wie es wäre, ein Baby in den Armen zu halten oder in der Wiege schlafen zu legen ...«

»Es tut mir so leid für dich, Tante Sue. Du wärst eine wunderbare Mutter geworden. Und du warst definitiv die beste Tante der Welt.«

»Danke, Liebes. Ich hätte alles für ein Baby gegeben. Alles.« Sie machte sich von mir los und tupfte sich mit dem Schürzenzipfel die Augen trocken. »Dein Onkel hat nicht ganz so arg darunter gelitten, aber mir kam das Haus immer schrecklich still und leer vor ohne Kinder.« Mit feuchten Augen lächelte sie mich an. »Und dann bist du zu uns gekommen.«

Mir war, als müsste mein Herz jeden Moment platzen.

»Deshalb hat mich Mum nach England geschickt? Damit du ein Kind hast, um das du dich kümmern kannst?«

Ich schluckte den Kloß hinunter, der mir in der Kehle steckte. Zweifellos hatte sie es nur gut gemeint, aber ein Kind ist doch kein Büchereibuch, das man nach Belieben verleihen kann!

Tante Sue nahm mein Gesicht in beide Hände und kniff mir in die Wangen. »Nicht nur deswegen. Deine Mutter hatte ihre Gründe. Aber darüber solltest du lieber mit ihr reden.«

Das Verhältnis zwischen Mum und mir war seit jeher angespannt gewesen. Ich hatte es ihr immer übel genommen, dass sie mich fortgeschickt hatte, aber vielleicht war es an der Zeit, das Kriegsbeil zu begraben.

Ich holte tief Luft und nickte. »Ich glaube, du hast recht.«

Kapitel 14

Ein paar Tag später war ich in Paris. Ich konnte es selbst nicht so recht glauben. Es war Sonntagmorgen, kurz vor zehn, und die Straßen waren weitgehend menschenleer. Offensichtlich saß ganz Paris noch am Frühstückstisch. Auf dem Weg von der Metrostation zur Wohnung meiner Eltern ließ ich immer wieder den Blick über die eleganten Fassaden mit ihren hübschen schmiedeeisernen Balkonen wandern, unter denen sich im Erdgeschoss ein Souvenirladen an den anderen reihte. Viele der Fensterläden waren noch geschlossen.

Mir lief das Wasser im Mund zusammen, und mein Magen knurrte laut, als ich in die Rue de Rivoli einbog und mir aus einer Bäckerei der Duft warmer Croissants in die Nase stieg. Um ein Haar wäre ich schwach geworden, zumal ich das *petit déjeuner* im Flugzeug verpasst hatte, wobei sich die eingeschweißten Blätterteighörnchen der Airline garantiert nicht mit denen aus der Boulangerie hier hätten messen können.

Ich rieb mir den Bauch und hastete weiter. Bestimmt hatte meine Mutter wie üblich etwas Leckeres gebacken. Es hatte durchaus Vorteile, wenn man eine geborene Gastgeberin zur Mutter hatte.

Dummerweise hatte ich kaum Geld dabei – ich hatte gestern nur schnell ein paar Euromünzen aus meiner Nachttischschublade eingesteckt, und die brauchte ich später für das Metroticket zum Flughafen. Und falls es ganz schlecht lief und mich meine Eltern gleich wieder vor die Tür setzten, musste ich mir davon etwas zu essen kaufen und dann eben per Autostopp zum Flughafen fahren.

Ich schluckte.

Positiv denken, Freya. Vielleicht hat Dads militärische Strenge ja mit den Jahren etwas nachgelassen.

Schweißtropfen standen mir auf der Stirn, und ich zwang mich, etwas langsamer zu gehen.

Die letzten Tage hatten sich ziemlich hektisch gestaltet. Nachdem ich mich dazu durchgerungen hatte, Dad anzupumpen (was mich tierisch nervte, weil ich mein gesamtes Erwachsenenleben lang ohne seine finanzielle Unterstützung ausgekommen war, aber es war ja für einen guten Zweck, und es musste sein) – hatte ich erst einmal nach Kingsfield fahren müssen, um meinen Pass zu holen.

Charlie hatte mich vom Bahnhof abgeholt, und wir hatten ewig auf dem Bahnsteig gestanden und uns so leidenschaftlich geküsst wie ein Liebespaar in einem Film, ich selig vor Glück und Charlie, nun ja, doch zunehmend lüstern, weshalb wir zugesehen hatten, dass wir schleunigst zu ihm in die Wohnung kamen.

Bei der Erinnerung daran musste ich lächeln und errötete. »Bonjour«, murmelte ein Franzose mit Sonnenbrille auf der Nase, der eben mit seinem weißen Pudel an der Leine an mir vorbeiging, und ich bonjourte in meinem besten Französisch zurück und hoffte, dass er nicht Gedanken lesen konnte.

Jetzt war es nicht mehr weit – zum Glück, mir taten nämlich schon die Beine weh.

Anna hatte netterweise den Flug für mich gebucht, denn auf der Farm gab es nach wie vor kein Internet, was ich baldmöglichst zu ändern gedachte. Ohne Internet fühlte ich mich so hilflos, als hätte man mir beide Arme amputiert, und ich fand es schier unglaublich, dass ein landwirtschaftlicher Betrieb heutzutage ohne Computer auskam. Es hatte eine Ewigkeit gedauert, den Pass für Gaynors Kalb zu beantragen, und nach dem Ausfüllen der gefühlten drei Millionen Formulare hatte ich dann auch noch mühsam eruieren müssen, was für eine Briefmarke auf den Umschlag gehörte. Ich kann mich gar nicht entsinnen, wann ich das letzte Mal eine Briefmarke gekauft habe. Es ist echt bedeutend einfacher, derlei online zu erledigen und auf »Senden« zu klicken.

Die beste Nachricht war jedoch, dass Onkel Arthur die Stent-Implantation gut überstanden hatte und bereits auf dem Weg der Besserung war. Dem Herzspezialisten zufolge durfte er bald nach Hause.

Neben einer aufwendig verzierten Straßenlaterne blieb ich kurz stehen, um wieder zu Atem zu kommen, und betrachtete die unscheinbare, etwas nach hinten versetzte Glastür unter dem steinernen Bogen, durch die man über eine Treppe in das Wohnhaus meiner Eltern gelangte. Warum bekam ich beim Hinaufsteigen eigentlich plötzlich Gummibeine? Eigentlich war das hier doch mein Zuhause.

Kaum war ich oben vor der Wohnung angekommen, riss meine Mutter auch schon die Tür auf, obwohl ich noch gar nicht geklingelt hatte.

»Willkommen daheim, Schätzchen! Ich hätte dich gern abgeholt, aber du wolltest ja nicht«, sagte sie mit einem nervösen Lächeln und trat verlegen von einem Fuß auf den anderen.

Ich hatte das Angebot ausgeschlagen, weil Mum, nachdem sie in so vielen Ländern gelebt hat, eine recht lockere Einstellung zur Straßenverkehrsordnung hat und beim Autofahren gerne nach dem Motto »Frechheit siegt« agiert, was ich zwar durchaus bewundere, dennoch war mir die Aussicht auf einen derartigen Nervenkitzel am frühen Morgen nicht allzu verlockend erschienen. Außerdem hatte ich mir auf der Fahrt vom Flughafen in die Stadt zurechtlegen wollen, was ich meinen Eltern sagen würde. Dummerweise war ich nach der Nacht in Charlies Bett stattdessen eingedöst.

»Hi, Mum«, sagte ich etwas zögerlich. »Hast du etwa an der Tür gelauscht?«

Sie schüttelte den Kopf und breitete die Arme aus. »Ich stehe seit zwanzig Minuten am Fenster und beobachte die Straße.« Unsere Begrüßung fiel wie gewohnt kurz und kühl aus. Schon nach wenigen Sekunden löste sie sich wieder von mir, und der unruhige Blick ihrer grünen Augen wanderte über mein Gesicht.

Wie üblich sah sie aus wie aus dem Ei gepellt. Sie hatte sich ihre modischen Vorbilder mit Mitte zwanzig gesucht und war ihrem Stil seither stets treu geblieben. Selbst heute am Sonntag trug sie ein elegantes, maßgeschneidertes Etuikleid, und das schokoladenbraune Haar umrahmte in lockeren Wellen ihr Gesicht. Neben ihr wirkte ich in meinen abgewetzten Jeans wie ein verwahrloster Teenager mit unverhältnismäßig langen Armen und Beinen.

Sie zuckte nervös die Schultern und fasste sich an den

Hals. »Was für eine Freude, dass du uns mal wieder besuchst. Wobei dein Vater und ich ziemlich überrascht waren, von dir zu hören.«

Ich lächelte und hätte gern etwas Freundliches erwidert, doch die Worte blieben mir im Hals stecken, also räusperte ich mich und murmelte verlegen »Danke«, dann betrat ich den schmalen verspiegelten Korridor.

»Dein Vater ist in seinem Arbeitszimmer.«

Quelle surprise.

Es war Mums Idee gewesen, dass ich an einem Sonntag kommen sollte. »Da arbeitet nicht einmal dein Vater«, hatte sie gemeint, als ich sie neulich angerufen hatte. Es hatte ein bisschen müde geklungen.

»Er liest nur die Zeitung«, beeilte sie sich mir zu versichern, als ich eine Augenbraue hob. Dann rief sie: »Rusty, Freya ist da!«

»Ich telefoniere«, kam es barsch zurück.

»Okay.« Ich atmete einmal tief durch, straffte die Schultern und machte einen Schritt in Richtung Arbeitszimmer, doch meine Mutter nahm meine Hand und zog mich mit sich in die Küche.

»Komm mit, dann können wir ein bisschen plaudern, während ich den Kaffee mache.«

Die Küche ist vermutlich der kleinste Raum der Wohnung – leider, denn meine Mutter kocht sehr gern. Während sie Pulver in die Kaffeemaschine gab, blickte ich über die Spüle hinweg aus dem Fenster und seufzte, wie immer beeindruckt von dem atemberaubenden Ausblick. Die Wohnung meiner Eltern muss eine der schönsten in ganz Paris sein.

Direkt gegenüber liegt der Jardin des Tuileries mit seinen

breiten Spazierwegen, dem achteckigen Wasserbecken und den schicken Freiluftcafés. In der Ferne, jenseits der Seine, dominiert der Eiffelturm die Skyline. Zu meiner Linken ist die Glaspyramide vor dem Louvre zu erkennen und rechts der Obelisk im Zentrum der Place de la Concorde.

»Wie geht's denn dem armen Arthur?«

Mum hatte Löffelbiskuits mit in Schokolade getunkten Enden gemacht, die zum Abtropfen auf einem viereckigen Kuchengitter lagen. Bei ihrem Anblick knurrte mir erneut der Magen.

»Er darf hoffentlich bald nach Hause«, berichtete ich. »Tante Sue war krank vor Sorge um ihn, und …« Ich zögerte und wickelte mir eine Haarsträhne um den Zeigefinger. Sollte ich gleich mit der Tür ins Haus fallen oder lieber warten, bis uns Dad mit seiner Anwesenheit beehrte?

Mum nahm eine Servierplatte aus dem Geschirrschrank und seufzte. »Ich habe ein furchtbar schlechtes Gewissen; wir sollten die zwei viel öfter besuchen.«

»Und warum tut ihr es dann nicht?«, fragte ich, um einen ruhigen Tonfall bemüht, denn der widerspenstige Teenager in mir drohte mal wieder zum Vorschein zu kommen.

Mum wich meinem Blick aus. »Dein Vater kann gerade nicht weg. Die Bank wird massiv umstrukturiert, da muss man Gesicht zeigen, verstehst du?«

Dad ist Banker. Wenn er einen boomenden Markt entdeckt, pumpt er riesige Summen hinein, und ehe die Blase platzt, holt er das Geld wieder raus und reinvestiert es in irgendetwas anderes. Voriges Jahr waren es Weinexporte nach China. Offenbar ist Cabernet Sauvignon in China gerade sehr begehrt. Wer hätte das gedacht, mal abgesehen von meinem Vater?

»Nein, ehrlich gesagt nicht.«

Sie wedelte mit einem Löffelbiskuit vor meiner Nase herum. »Naja, du weißt schon – er muss die Partys aller wichtigen Leute besuchen und so.«

»Ach so, die Partys der wichtigen Leute«, echote ich leicht angesäuert. »Ja, die darf er natürlich nicht verpassen.«

Mum lief rot an, und das Löffelbiskuit in ihrer Hand zerbrach.

Tief durchatmen, Freya.

Das Leben einer Bankergattin ist weiß Gott kein Zuckerschlecken. Ständig muss Mum derselben Meinung sein wie Dad, seinen Langweilerfreunden auf Cocktailpartys Getränke und Kaviar auf Toast servieren und ihm einen Scotch mit Ingwer reichen, wenn die taiwanesische Zinnindustrie den Bach runtergeht.

»Setz dich doch schon mal ins Wohnzimmer«, sagte sie leise. »Ich hole inzwischen deinen Vater.«

Ich tat, wie mir geheißen und nahm auf einem der steinharten Louis-der-Soundsovielte-Fauteuils Platz.

Warum zum Geier konnte ich mich nicht normal mit meiner Mutter unterhalten? Und warum hätte ich jetzt viel lieber auf einem der von Benny und Björn als Kratzbaumersatz benutzten abgewetzten alten Lehnsessel in Tante Sues Küche gesessen als hier in diesem eleganten Wohnzimmer mit Stuckdecke, Kamin und kunstvoll drapierten goldenen Brokatvorhängen? Hier war alles so unglaublich ... opulent.

Ich rieb mir die Augen.

»Aha, die Weltenbummlerin ist mal wieder da.«

Typisch Dad, diese Begrüßung. So korrekt und steif, wie er ist, hätte er ohne Weiteres Karriere beim Militär machen können. Ich stand auf, um ihn zu umarmen.

»Hi, Dad. Schön dich zu sehen.« *Obwohl du mich empfängst wie eine Landstreicherin*, fügte ich im Stillen hinzu.

»Wie ich höre, schwebt Arthur nicht mehr in Lebensgefahr. Ausgezeichnet, sehr schön«, sagte er und strich sich geistesabwesend über den kahlen Schädel. Welche Ironie, dass Dads Spitzname Rusty von seinen roten Haaren herrührt, obwohl sie ihm längst ausgefallen sind. Eigentlich heißt er Michael, aber so nennt ihn kein Mensch.

Mum stellte ein Tablett mit Löffelbiskuits, Kaffee und drei chinesischen Goldrandtassen auf dem Glastisch vor uns ab und schenkte ein, nachdem wir uns auf den unbequemen Sesseln niedergelassen hatten.

»Bestimmt grünt und blüht im Lake District gerade alles«, bemerkte sie und seufzte. »Alle reden immer vom Frühling in Paris, aber in puncto landschaftliche Schönheit ist England nicht zu toppen.«

»Was gibt es Neues auf der Farm, Freya? Kocht Sue noch auf dem AGA-Herd?«, wollte Dad wissen.

Ich nickte. »Ja, in der Küche hat sich kaum etwas verändert. Und es gibt immer noch Wolldecken statt Federbetten.«

Mir entging nicht, dass sich meine Eltern einen vielsagenden Blick zuwarfen. Was war denn das gewesen? Ein Anflug von Nostalgie etwa? Das sah ihnen gar nicht ähnlich. Wie dem auch sei, deswegen war ich nicht hier. Ich straffte die Schultern.

»Also ...« Ich nippte an meinem Kaffee und schob mir ein herrlich mürbes Löffelbiskuit in den Mund, dann atmete ich tief durch. »Onkel Arthur hat zwar das Schlimmste überstanden, aber auf die Farm trifft das leider nicht zu.«

Dad setzte sich aufrecht hin und musterte mich mit gerunzelter Stirn. »Was soll das heißen?«, fragte er scharf.

O Gott. Mein leerer Magen vollführte einen kleinen Salto.

»Das heißt, dass sie so einiges an Schulden angehäuft haben. Ich habe angeboten, ihnen zu helfen und überlege gerade, wie man die Einnahmen steigern könnte, aber ...«

Dad verschluckte sich beinahe an seinem Kaffee. »In eine Farm würde ich niemals investieren. Die britische Landwirtschaft ist die reinste Geldverbrennungsmaschinerie. Man pflügt, sät und erntet, züchtet Rinder und verkauft sie ... Am Anfang des Jahres hat man nichts, und am Ende genauso wenig, außer vielleicht noch mehr Schulden.«

»Ach, und in deiner Branche läuft der Hase ganz anders, wie?«, ätzte ich mit hochroten Ohren.

»Aber natürlich, Freya. Du vergleichst Äpfel mit Birnen!« Er verdrehte die Augen, als wäre ich total ahnungslos. Und genauso kam ich mir auch gerade vor. »Finanzmärkte ändern sich täglich. In der Landwirtschaft dagegen bleibt immer alles beim Alten.«

Ich sprang auf. In meinen Augen brannten Tränen. »Tja, da täuschst du dich leider. Wenn es mir nicht gelingt, das nötige Geld aufzutreiben, können sich die Moorcrofts schon bald für immer von der Appleby Farm verabschieden.«

»Du liebe Zeit«, murmelte Dad.

Mum legte mir eine Hand auf den Arm, doch ich schüttelte sie ab.

»Wie viel brauchst du denn, Liebes?«, fragte sie.

»Fünfzigtausend Pfund.«

Sie schnappte nach Luft, und ich setzte mich wieder hin, ehe mir meine Beine womöglich den Dienst versagten.

»Grundgütiger!«, stieß Dad hervor. »Fünfzigtau…«

»Halt, Moment«, unterbrach ich ihn. »Mir fällt gerade ein, dass ich bloß die Hälfte brauche.« Nicht zu fassen, dass ich daran nicht schon eher gedacht hatte! Dann hätte ich mir die Reise nach Paris sparen können. »Den Rest kann ich selbst aufbringen«, fuhr ich fort, denn Dad gedachte ganz offensichtlich nicht, mich zu unterstützen.

Er runzelte die Stirn. »Wie schafft man es als Kellnerin, solche Summen anzuhäufen?«

»Es ist das Geld, das ich von Grandpa geerbt habe«, erinnerte ich ihn kühl. Ich hatte doch glatt total vergessen, dass ich fünfundzwanzigtausend Pfund auf der hohen Kante hatte. Das konnte wirklich nur mir passieren!

Dad verschlug es für einen Moment die Sprache. Ha! Eins zu null für mich.

Julian und ich hatten an unserem achtzehnten Geburtstag jeweils zwanzigtausend Pfund aus dem Erbe unseres Großvaters mütterlicherseits erhalten. Mein Bruder hatte sich dafür einen BMW gegönnt, ich hingegen hatte das Geld damals nicht benötigt und in irgendwelchen Aktien angelegt, und zu meiner großen Verblüffung hatte es sich seither kräftig vermehrt.

Dad zupfte an seinem Schnurrbart. »Du liebe Zeit! Klingt, als hättest du das Geld gut investiert, Freya.«

»Sieht ganz danach aus, ja«, erwiderte ich mit einem nonchalanten Schulterzucken.

»Trotzdem ist es ein großes Risiko, einen Kredit über fünfundzwanzigtausend Pfund aufzunehmen.«

Mum sprang auf, stellte ihre Teetasse auf dem Tablett ab und entschuldigte sich.

Plötzlich fühlte ich mich erschöpft. Ich hatte versagt und

wollte nur noch möglichst schnell wieder nach Hause – mein richtiges Zuhause –, um mich in meinem Prinzessin-auf-der-Erbse-Bett zu verkriechen. Vielleicht hatte ich ja morgen eine glorreiche Idee, wie sich die Appleby Farm in eine Goldgrube verwandeln ließ. Bedächtig stellte ich meine Tasse ab und stand schwerfällig auf.

Dad musterte mich, und ich erwiderte seinen Blick ein paar Sekunden lang, dann seufzte er.

»Ich habe auf der ganzen Welt gelebt, Freya, und ich weiß, dass es kaum einen schöneren Ort gibt als die Appleby Farm. Ich kann deinen Drang, Sue und Arthur zu helfen, durchaus nachvollziehen und finde dein Engagement ebenso bewundernswert wie beeindruckend. Aber ich kann beim besten Willen nicht in einen landwirtschaftlichen Betrieb investieren. Da könnte ich das Geld wirklich gleich verbrennen.«

Ich schnappte nach Luft. »Das ist nicht wahr!«

Er schüttelte den Kopf. »Mein Bruder ist zehn Jahre älter als ich, ein alter Mann. Er sollte sich dringend zur Ruhe setzen und sich lieber um seine Gesundheit kümmern statt um die Farm.«

Bekümmert schüttelte ich den Kopf. Für Dad ging es immer nur um Geld. Wo blieb sein Mitgefühl?

»Dad, hier geht's nicht um eine Investition, sondern um deine Familie. Dein Bruder braucht deine Hilfe, und ich auch. Wer weiß – wenn ich es irgendwie bewerkstelligen kann, dass die Farm Profit abwirft, dann könnte nächstes Jahr ...«

»Nächstes Jahr kommt eine neue Krise«, unterbrach er mich und stand auf. »Und im Jahr darauf die nächste. Lass die Finger davon. Ich will nicht mit ansehen müssen, wie du dich ins Unglück stürzt.«

Mir waren Tränen in die Augen gestiegen. Ich wandte mich um, damit er es nicht bemerkte. »Dann sieh eben nicht hin«, stieß ich hervor und stürmte zur Tür hinaus.

Ich war schon halb die Treppe hinunter, als ich hörte, wie Mum mich rief. »Freya! Freya, warte!«

Mir war nicht entgangen, wie rasch sie sich verkrümelt hatte, sobald das Gesprächsklima eine Spur rauer geworden war. Ich blieb stehen und wischte mir mit dem Ärmel die Tränen von den Wangen.

Da kam sie auch schon angehastet. »Puh, bin ich aus der Puste«, keuchte sie und presste sich eine Hand auf die Brust. »Du gehst schon?«

Ich nickte. »Wenn du mich fragst, gibt es nichts mehr zu sagen.«

Sie musterte mich bestürzt. »Ach, Freya ... Es gäbe jede Menge zu sagen.« Als ich die Tränen sah, die ihr auf einmal übers Gesicht liefen, hätte ich sie gern umarmt, aber ich konnte mich nicht dazu durchringen.

Sie starrte mich an, als wollte sie noch irgendetwas sagen, und ich hielt den Atem an in der Hoffnung, zumindest die Antworten auf ein paar meiner Fragen zu bekommen. Doch sie nickte nur und hielt mir einen kleinen gepolsterten Umschlag und ein Bündel Geldscheine hin. »Für das Taxi«, flüsterte sie.

Geld, Geld, Geld. Auch ihre Antwort auf alles. Ich sah ihr nach, während sie sich umdrehte und wieder nach oben ging.

Na, das war ja super gelaufen.

Kapitel 15

Inzwischen war unten auf der Rue de Rivoli schon mehr los. Trotzdem dauerte es ein Weilchen, bis endlich ein freies Taxi vorbeikam.

»Zum Flughafen Charles de Gaulle, bitte«, wies ich den Fahrer an und betrachtete den Umschlag, auf den Mum in ihrer schönen Handschrift meinen Namen geschrieben hatte. Sonderlich dick war er nicht – er enthielt also wohl kaum fünfundzwanzigtausend Kröten.

Ich riss ihn auf und entnahm ihm einen Briefbogen und einen sehr vertrauten Gegenstand, an den ich mich gut erinnerte, obwohl ich ihn schon seit Jahren nicht mehr gesehen hatte: einen Schlüsselanhänger in Form eines kleinen Buchs, auf dessen gummiertem Einband »Die Welt nach Freya« stand.

Ich lachte leise in mich hinein. Was hatte ich diesen Anhänger geliebt!

Der Brief war offensichtlich in großer Eile verfasst worden, und ich hatte noch nicht einmal den ersten Satz zu Ende gelesen, da verschwamm bereits alles vor meinen Augen, weil ich schon wieder weinen musste. Gerührt las ich, was Mum geschrieben hatte – und es warf ein völlig neues Licht auf sie.

Freya, mein Liebling,
mit Deinen feuerroten Haaren, den großen, neugierigen
Augen und Deinen außerordentlich kräftigen Lungen hast
Du mein Herz im Sturm erobert, sobald ich Dich das erste
Mal erblickt habe. Leider fällt es mir schwer, Dir persönlich
zu sagen, wie glücklich es mich macht, dass Du uns endlich
wieder einmal besuchst, deshalb hoffe ich, dass ich meine
Freude schriftlich etwas besser ausdrücken kann.
Erinnerst Du dich an diesen Schlüsselanhänger? Ich habe
ihn all die Jahre in einer Schachtel aufbewahrt, zusammen
mit Deinem ersten Paar Schuhe, einem Milchzahn und einer
Haarsträhne von Dir. Du hast ihn immer geliebt und mich
oft gebeten, Dir beim Frühstück vorzulesen, was darin steht.
Was habe ich diese Stunden unserer trauten Zweisamkeit
genossen! Du warst so ein fröhliches, lebhaftes kleines
Mädchen – ein richtiger Wirbelwind –, und Du hast mir so
viel Freude bereitet.
Den Namen Freya habe ich für Dich ausgesucht, weil mir
seine Bedeutung so gut gefiel, und wahrscheinlich auch, weil
ich mir gewünscht habe, dass Du all die Eigenschaften in
Dir vereinst, die mir fehlen. Lies die erste Seite, dann weißt
Du, was ich meine ...

Ich wischte mir die Tränen aus den Augen und griff nach
dem kleinen Buch. Auf der ersten Seite stand:

Freya
Du bist stolz und unbeugsam und hast Deinen eigenen Kopf,
was Dich zur geborenen Anführerin macht.
Du sprühst vor kreativen Einfällen
und brauchst viel Anerkennung.

Ich bekam eine Gänsehaut. Sieh einer an. Das war also das Bild, das sie von mir hatte. Ich hatte angenommen, ich wäre für sie bloß Freya, die planlose Tochter ohne irgendwelche Aussichten auf eine nennenswerte Karriere. Ich umklammerte den Schlüsselanhänger und las weiter.

Dich nach England aufs Internat zu schicken und in den Schulferien bei Sue und Arthur wohnen zu lassen, war die schwerste Entscheidung meines Lebens.
Eine, zu der ich mich einerseits beglückwünscht habe, und zugleich habe ich sie oft bereut, weil ich gespürt habe, dass Du sie mir übel nimmst und mir vermutlich nie verzeihen wirst. Ich hoffe, ich kann Dir eines Tages erklären, was mich dazu bewogen hat, aber eines sollst Du schon jetzt wissen: Du bist und bleibst das kostbarste Geschenk, das mir das Leben gemacht hat. Ich wollte, dass Du in einem warmherzigen, liebevollen Umfeld aufwächst, auch wenn ich mich dafür von Dir trennen musste.
Und ich habe mich richtig entschieden, dessen bin ich mir spätestens jetzt sicher, nachdem Du über Deinen Schatten gesprungen bist und Deinen Vater um Hilfe gebeten hast. Es hat mir sehr imponiert, wie Du ihm gerade eben Paroli geboten hast. Du machst Deinem Namen wirklich alle Ehre, und ich bin unheimlich stolz auf Dich. Ich wünschte nur, ich wäre auch so mutig wie Du.

In Liebe
Deine Mum
xxx

Sie war stolz auf mich? Das war mir neu. Schniefend klopfte ich an die Scheibe, die mich vom Fahrer trennte und rief: »Monsieur, drehen Sie um! Zurück zur Rue de Rivoli, *s'il vous plaît!*«

Fünf Minuten später stand das Taxi wieder vor dem Haus, in dem meine Eltern wohnten. Ich hatte dem reichlich verwirrten Fahrer einen Zwanziger gegeben und versuchte ihm gerade in meinem rudimentären Französisch zu erklären, dass er das Wechselgeld behalten könne, als sich die Glastür öffnete und eine elegante Gestalt in einem kamelbraunen Trenchcoat auf den Bürgersteig trat und entschlossen davonstöckelte.

»*Zut alors, au revoir!*«, rief ich, sprang aus dem Taxi und rannte ihr hinterher.

»Mum!«

Sie fuhr herum, und Sekunden später lagen wir uns auch schon in den Armen. Sie drückte mich so fest an sich, dass ich kaum Luft bekam, und ich schmiegte schluchzend das Gesicht an sie, ungeachtet der Tatsache, dass ich schwarze Wimperntuscheflecken auf den Aufschlägen ihres schicken Mantels hinterließ. Zum ersten Mal seit fast zwanzig Jahren zeigten wir uns, was wirklich in uns vorging.

»Ich kann nicht fassen, dass du zurückgekommen bist.« Sie presste sich die Hand auf den Mund.

»Na ja, nachdem ich deinen Brief gelesen hatte, konnte ich nicht anders.« Ich schluckte, und mein Herz raste, und mit einem Mal wollte ich mit meiner Mum reden, ihr zuhören und sie endlich richtig kennenlernen. »Ich wollte mehr erfahren.« Wir lächelten uns an, und ich zuckte verlegen die Achseln.

»Lass uns in den Park gehen«, sagte Mum und hakte sich bei mir unter.

※※※

Arm in Arm schlenderten wir durch den Jardin des Tuileries und setzten uns an einen Tisch unter der roten Markise des Café Renard unweit der Allée Centrale. Mir schwirrte der Kopf. Ich war in Paris, die Sonne schien, und in der Luft lag dieses unverkennbar französische Aroma aus frischem Kaffee, Zigarettenrauch und köstlichem Gebäck. Ich konnte es kaum erwarten, endlich das längst überfällige Gespräch mit Mum zu führen, aber vorerst genügte es mir vollauf, einfach hier unter den Platanen zu sitzen und all diese Eindrücke auf mich wirken zu lassen.

Ein reichlich hochnäsiger französischer Kellner brachte uns zwei große Tassen Cappuccino, und ich nippte daran und beobachtete ein junges Pärchen, das eng umschlungen einen Kinderwagen vorbeischob und sich an seinem Nachwuchs gar nicht sattsehen konnte.

»Tante Sue hat mir das Kinderzimmer oben im Dachgeschoss gezeigt«, bemerkte ich. »Es muss für die beiden schwer zu ertragen gewesen sein, dass sie keine Kinder bekommen konnten, obwohl sie es sich offenbar sehnlichst gewünscht haben.«

Mum nahm ebenfalls einen Schluck von ihrem Cappuccino und tupfte sich mit einer Serviette die Lippen ab. »Es war furchtbar tragisch. Sie hatte mehrere Fehlgeburten, alle im fortgeschrittenen Schwangerschaftsstadium. Aber zuweilen hatte ich den Eindruck, es hat die beiden noch mehr zusammengeschweißt.«

»Und mich haben sie nach Strich und Faden verwöhnt.«

Wir sahen uns an, und Mum stellte behutsam ihre Tasse ab.

»Du warst glücklich bei ihnen, nicht?«

Es war Frage und Feststellung zugleich, als wollte sie sich für ihre Entscheidung rechtfertigen.

»Ja, das war ich. Aber ich war auch davor glücklich. Bevor du mich weggeschickt hast.«

Sie zuckte zusammen und schüttelte fast unmerklich den Kopf, als wüsste sie nicht, wo sie anfangen sollte.

»Als du sieben warst, hat man deinem Vater einen Posten in Kuala Lumpur angeboten. Es war eine tolle Chance für ihn, aber als wir ankamen, stellten wir fest, dass die nächstgelegene Schule über zwanzig Kilometer entfernt war und keinen besonders guten Ruf hatte.«

Ich konnte mich dunkel an unser Haus dort erinnern. Es war einstöckig und sehr weitläufig gewesen, umgeben von massenhaft hohen Bäumen mit gummiartigen Blättern. Einmal hatte das Hausmädchen eine große Schlange auf der Straße entdeckt und sich die Lunge aus dem Leib geschrien, woraufhin der Gärtner sofort mit einer Machete losgerannt war und dem Vieh den Kopf abgeschlagen hatte.

Ich stierte auf den staubigen Kiesboden. »Trotzdem immer noch näher als England.«

»Stimmt.« Mum nickte und ergriff meine Hand. »Dein Vater hatte nur seine Karriere im Kopf. Er war ja noch nie sonderlich gesellig...« Wir sahen uns an. Das war die Untertreibung des Jahrhunderts. »Aber damals war er noch mehr auf finanziellen Erfolg fixiert als heute. Wenn etwas kein Geld abwarf, interessierte es ihn nicht. Alles drehte sich nur um unseren Status. Und ich hatte ebenfalls meine Rolle: Ich musste die besten Dinnerpartys geben, Kontakte zu den Frauen der Manager knüpfen und unser gesellschaftliches Leben so organisieren, dass wir wir keine wichtige Veranstaltung verpassten.«

»In eurem Leben gab es keinen Platz für ein kleines Mädchen«, stellte ich fest, darum bemüht, es nicht vorwurfsvoll klingen zu lassen.

Seufzend tätschelte sie mir die Hand. »Doch, natürlich, aber ich hatte damals bereits das Gefühl, dass ich bei deinem Bruder so einiges falsch gemacht hatte ...«

Sie erklärte mir, Julian habe sehr darunter gelitten, dass ihn sein Vater, sein großes Idol, lange Zeit praktisch ignoriert hatte. »Bis er irgendwann begriffen hat, dass man Dads Aufmerksamkeit nur mit Geld erregen kann. Von da an wurde es auch sein oberstes Ziel, aus allem Profit zu schlagen. Er hat Dad sogar darum gebeten, sein Taschengeld in Aktien zu investieren, weil er ein eigenes kleines Aktienportfolio haben wollte. Als Julian mit einundzwanzig von der Uni kam, um seine Sommerferien bei uns zu verbringen, hatte er sich in eine jüngere und noch viel extremere Version deines Vaters verwandelt. Er beurteilte Menschen nur noch nach finanziellen Aspekten, interessierte sich nur noch dafür, was er aus ihnen herausholen konnte. Dafür mache ich mich selbst verantwortlich, und deinen Vater natürlich auch. Wir waren völlig auf unseren Lebensstil fixiert, und das hat auf ihn abgefärbt. Julian war besessen von Besitz und Statussymbolen und unserem Personal gegenüber derart unverschämt, dass unser Hausmädchen gekündigt hat. Ich war mit meinem Latein am Ende, und ich hatte die Befürchtung, dass du dich unweigerlich wie er entwickeln würdest ...«

Ich schüttelte den Kopf. »So war ich doch nie. Ich meine, sieh mich doch an – jemand, der viel Wert auf Äußerlichkeiten legt, läuft ja wohl kaum in Jeans und T-Shirt rum, oder?«

Ihre Mundwinkel zuckten. »Du bist wunderschön, Liebes, glaub mir, und dein Lächeln ist weit mehr wert als alles Geld der Welt. Sue und Arthur waren nie vermögend und wirken trotzdem rundum glücklich und zufrieden, und ich wollte, dass du in einem solchen Umfeld aufwächst. Als ich deinem Vater vorgeschlagen habe, dich auf ein Internat in England zu schicken, hatte ich halb erwartet, dass er sich dagegen ausspricht. Aber Kuala Lumpur war damals kein besonders sicherer Ort, und wir waren uns einig, dass du in den Ferien bei Sue und Arthur besser aufgehoben bist. Es hat mir schier das Herz gebrochen, als du mit Julian in die Maschine nach Heathrow gestiegen bist. Ich hatte das Gefühl, dich für immer zu verlieren.«

Mit zitternden Händen griff ich nach meiner Tasse. Ich erinnerte mich noch gut an diesen Tag. Ich war überzeugt gewesen, dass ich etwas sehr Schlimmes angestellt haben musste, weil mich Mum wegschickte.

»Warum hast du mir das all die Jahre verschwiegen?«, fragte ich mit zitternder Stimme.

Sie sah mich an. »Ich hatte das Gefühl, eine schlechte, egoistische Mutter zu sein. Mich plagt noch heute das schlechte Gewissen deswegen.«

»Ach, Mum.«

Ich beugte mich zu ihr hinüber, um sie zu umarmen. Sie duftete nach frisch gewaschener Wäsche, Shampoo und Vanille.

Schließlich machte sie sich von mir los und ließ die Hände in den Schoß sinken. »Wenn ich ein besserer Mensch gewesen wäre, hätte ich dich bei mir behalten und

dafür gesorgt, dass du nicht denselben negativen Einflüssen ausgesetzt bist wie Julian. Aber ich habe das luxuriöse Leben, das wir als Ausländer in Malaysia führen konnten, zu sehr genossen – die Hausangestellten, die schönen Kleider, die Partys... Ich war ein ziemlich oberflächlicher Mensch, und das tut mir inzwischen sehr leid. Tja, ich habe einen hohen Preis dafür bezahlt – dein Vater und ich haben zwar Freunde auf der ganzen Welt, aber unsere eigenen Kinder sind wie Fremde für uns. Du kannst dir gar nicht vorstellen, wie einsam ich mich manchmal fühle.«
Sie ließ den Kopf hängen, und mir zog sich schmerzhaft das Herz zusammen.

»Nicht weinen, Mum, bitte. Ich bin froh, dass ich jetzt Bescheid weiß, und im Übrigen bin ich der Meinung, dass du vermutlich das Richtige getan hast. Tante Sue und Onkel Arthur haben mich immer behandelt, als wäre ich ihre Tochter. Und...« Ich zögerte, dann holte ich tief Luft. »Ich liebe dich.«

»Ach, Freya, du kannst dir gar nicht vorstellen, wie viel mir das bedeutet. Meinst du, wir können noch einmal von vorne anfangen? Lässt du mich künftig an deinem Leben teilhaben?«

Ich nickte stumm, weil ich kein Wort herausbrachte.

»Und ich verspreche dir, dass ich versuchen werde, wenigstens eine gute Großmutter zu sein, sollte sich die Gelegenheit dazu ergeben.«

Wir umarmten uns erneut und lösten uns erst voneinander, als sich der Kellner vernehmlich räusperte und geräuschvoll unsere Tassen abräumte. Verlegen lächelten wir uns an. Wir hatten eine Menge nachzuholen, aber der schwierige erste Schritt war getan.

Ich kramte meine restlichen Euro aus der Tasche und legte sie auf den Tisch.

»Komm mit, Mum«, sagte ich und zog sie grinsend von ihrem Stuhl hoch. »Mein Flug geht erst in ein paar Stunden, und bis dahin erzähle ich dir alles, was es über mich zu erzählen gibt.«

Abends auf dem Weg zum Flughafen musste ich unentwegt lächeln. Nun war es wider Erwarten doch noch ein höchst erfolgreicher Tag gewesen. Zwar hatte ich Dad nicht das nötige Geld aus dem Kreuz leiern können, aber dafür hatte ich etwas viel Besseres: meine Mum.

Kapitel 16

Auf der Rückreise kamen meine Gedanken nicht zur Ruhe, sodass sich sowohl der Flug als auch die Bahnfahrt in den Lake District, die sich sonst sehr in die Länge zog, erstaunlich kurzweilig gestalteten. Im Zug gab es kostenloses WLAN, und ich nutzte die Gelegenheit, um mit meinem Smartphone bei Google ein paar Recherchen zum Thema »Farm + Zusatzeinkünfte« anzustellen.

Irgendwann poppte eine E-Mail von Dad auf dem Display auf.

»Was hab ich jetzt wieder verbrochen, Dad?«, brummte ich und stellte mich auf eine weitere Standpauke ein, ehe ich auf »Öffnen« klickte.

Ich überflog die Nachricht, und obwohl ich nicht alles verstand und eine Stelle nicht sonderlich schmeichelhaft war, schlug mein Herz vor Freude schneller.

Liebe Freya,
nach Deiner – recht überstürzten – Abreise habe ich mich ein wenig schlaugemacht, was Deine Investition angeht. Eine Rendite von fünfundzwanzig Prozent reißt mich bei der aktuellen Marktlage zwar nicht gerade vom Hocker [vielen Dank auch, Dad!], *ist aber trotzdem nicht zu verachten.*

Deshalb habe ich beschlossen, Dir die gesamten Mittel, die Du benötigst, um die Farm finanziell zu sanieren, zur Verfügung zu stellen – für einen noch festzulegenden beschränkten Zeitraum und in Form eines Kredits, sprich, ich erwarte, dass Du mir das Geld zurückzahlst. Deine Mutter hat mir versichert, dass ich mich auf Dich verlassen kann. Ich hoffe, sie hat recht.

Viel Glück und viele Grüße
Dad

PS: Es werden Zinsen in Höhe eines halben Prozentpunkts über dem Basiszinssatz anfallen, was, wie Du zugeben musst, mehr als großzügig ist.

Wenn du es sagst, Dad … wie hoch auch immer der Basiszinssatz sein mag. Dennoch stieß ich ein triumphierendes »Ha!« hervor und stampfte begeistert mit dem Fuß auf, sodass der einzige Passagier, der sich außer mir im Waggon befand, erschrocken zusammenfuhr. Es handelte sich um einen nicht mehr ganz taufrisch aussehenden Vikar, der seit Manchester im Schlaf vor sich hin sabberte.

»Tut mir leid, ich habe gerade eine erfreuliche Nachricht erhalten«, erklärte ich ihm und schwenkte mein Handy.

»Ich dachte schon, es ist etwas passiert«, entgegnete er etwas verdattert. »Aber vielen Dank, ich glaube, ich muss hier aussteigen.«

Ich stand noch ganz unter dem Eindruck des Pariser Frühlings, als mich Ross am Bahnhof abholte. Sein Auto ist viel komfortabler als Eddys alte Klapperkiste, und der größte

Vorteil daran war, dass ich auf der Fahrt nicht von einem schwarzen Terrier mit Mundgeruch belagert wurde. Dafür ist es einer dieser frisierten Kompaktwagen, deren Auspuff röhrt und stottert, als hätte er Keuchhusten, und als wir über eine Kamelbuckelbrücke rasten, hatte ich wegen der Niederquerschnittreifen und des harten Fahrwerks direkt Angst, ich könnte mir das Steißbein prellen.

»Ich bin kein Mann der großen Worte ...«, rief mir Ross über das Brummen des Turbodieselmotors hinweg zu. Ich riskierte einen Blick auf sein fein geschnittenes Profil und die erstaunlich langen Wimpern. »Aber danke, dass du mir das Praktikum auf der Farm verschafft hast. In den vergangenen paar Wochen hab ich mehr gelernt als in zwei Jahren an der Uni.«

»*Ich* muss mich bei *dir* bedanken«, schrie ich zurück. »Eine kostenlose Arbeitskraft wie du ist für uns das reinste Gottesgeschenk, und Eddy schwärmt in den höchsten Tönen von dir.«

Er lief feuerrot an und hielt den Blick starr auf die Straße vor uns geheftet.

»Was hältst du davon, wenn wir noch auf einen Drink ins White Lion gehen, bevor ich dich zur Farm fahre?«

Ehe ich antworten konnte, klingelte mein Handy.

»Hi, Tante Sue!«

»Onkel Arthur wird definitiv morgen aus dem Krankenhaus entlassen«, verkündete sie aufgekratzt. »Ist das nicht toll?«

»Großartig!«, pflichtete ich ihr bei. »Ich genehmige mir nur schnell einen Drink im White Lion, dann komme ich nach Hause. Ich hoffe, das ist okay?«

»Natürlich. Ich stelle so lange dein Essen warm. Viel Spaß!«

»Danke. Ach übrigens, ich hatte einen richtig schönen Tag in Paris, und es gibt hervorragende Neuigkeiten. Alles wird gut!«

Wir beendeten das Gespräch, und ich lehnte mich zurück und lächelte hochzufrieden in mich hinein. Die Zukunft der Appleby Farm war gesichert.

Im White Lion herrschte Hochbetrieb, wie nicht anders zu erwarten an einem Sonntagabend. Ross und ich steuerten auf direktem Weg die Bar an, wobei wir uns erst einmal an einigen Wanderern vorbeidrängen mussten, die bereits bedient worden waren. Lizzie konnten wir zunächst nicht entdecken, dann hörten wir sie im hinteren Teil des Lokals »Achtung, bitte!«, rufen und sahen, dass sie direkt vor der Dartscheibe leere Gläser einsammelte, was ich einigermaßen mutig fand.

Als sie uns erblickte, marschierte sie sogleich zu uns rüber – allerdings mit so finsterer Miene, dass Ross unwillkürlich hinter mir in Deckung ging.

»Sieht nicht gerade so aus, als würde sie sich freuen, uns zu sehen, oder?«, murmelte er.

»Na, Herzchen, ist dir 'ne Laus über die Leber gelaufen, oder was?«, feixte ich in dem Versuch, ihr ein Lächeln zu entlocken.

Lizzie schnaubte nur, knallte die leeren Gläser auf den Tresen und schnippte sich energisch das Haar über die Schulter.

»Hey, Ross hatte die Hände die ganze Zeit über am Lenkrad, großes Pfadfinderehrenwort«, sagte ich und hielt drei Finger hoch.

Sie machte ein betretenes Gesicht. »Weiß ich doch. Tut mir leid«, murmelte sie und küsste ihr Herzblatt zur Begrüßung. »Du hast mir gefehlt, Süßer.«

Prompt wurde Ross rot. »Ähm, ich geh mal kurz für kleine Jungs«, sagte er und machte sich auf den Weg zur Toilette.

»Du wirkst irgendwie gestresst, Lizzie«, stellte ich fest und umarmte sie.

Sie verdrehte die Augen und seufzte. »Ich sollte dich vermutlich fragen, wie es in Paris war, Freya, aber ich hatte einen richtigen Scheißtag. Du errätst nie, was ...«

Sie spähte über meine Schulter und schnaubte entnervt. »Nun sieh sie dir an! Was zum Geier führt sie jetzt wieder im Schilde?«

Ich drehte mich um und sah, wie eine zierliche (und für einen Besuch im Dorfpub reichlich aufgetakelte) Brünette Ross einen Fussel vom Pulli zupfte.

»Okay, das reicht«, knurrte Lizzie grimmig und wickelte sich ein Barhandtuch um die Faust. »Jetzt blas ich ihr die Lichter aus. Ross ist noch keine fünf Minuten da, und schon baggert sie ihn an.«

Da endlich fiel bei mir der Groschen. »Ist das etwa ...?«

»Ganz recht. Victoria.«

Zum Glück hatte sich Ross inzwischen aufs Klo flüchten können. Zwei Sekunden länger, und Lizzie hätte ihrer älteren Schwester vermutlich zwei Veilchen verpasst.

»Seit wann ist sie hier, wo wohnt sie, und warum bist du so sauer auf sie?«, fragte ich, ohne den Blick von diesem mysteriösen Wesen abzuwenden, das Lizzie derart auf die Palme bringen konnte.

»Sie ist seit heute da, obwohl sie eigentlich erst nächste

Woche kommen wollte; sie wohnt vorübergehend bei mir; und sie lässt keine Gelegenheit ungenutzt, um mir unter die Nase zu reiben, was für eine tolle Karriere sie im Gegensatz zu mir vorweisen kann. Und überhaupt führt sie sich auf wie eine Diva.«

Genau in diesem Augenblick nahm Victoria einen Schluck aus ihrer Teetasse und verzog so theatralisch das Gesicht, als hätte sie saure Milch getrunken.

»Igitt, was ist denn das für eine widerliche Brühe?«, stieß sie deutlich hörbar hervor. »Schmeckt ja wie Hühnerpipi. Wo bekommt man denn hier einen einigermaßen anständigen Tee?«

Ganz unrecht hatte sie nicht, wenngleich sie sich etwas undiplomatisch ausgedrückt hatte – der Tee im White Lion ist praktisch ungenießbar, und der Kaffee ist ehrlich gesagt keinen Deut besser. Nicht zu vergleichen mit den köstlichen Getränken, die ich unseren Gästen im Shenton Road Café kredenzt hatte ...

Ich schnappte nach Luft. »O mein Gott!«

Lizzie nickte. »Sag ich doch! Sie ist eine eingebildete Tussi.«

»Sie ist ein Genie!«, zischte ich. Mein Puls raste, als hätte man mir mehrere Liter ultrastarken Espresso injiziert. »Das ist *die* Idee! *Das* ist die Lösung!«

Lachend drückte ich der konsternierten Lizzie einen Kuss auf die Wange, rief »Bye!«, und spurtete los.

Auf der Appleby Farm angekommen riss ich die Tür auf, rief atemlos »Hallo, Tante Sue!«, schnappte mir eine Taschenlampe und raste über den Hof zur leer stehenden Scheune. Inzwischen war es dunkel geworden, und die Gebäude wirkten im silbernen Mondlicht wie verzaubert.

Manchmal könnte ich glatt heulen, so wunderschön ist es hier, dachte ich, während ich das Tor aufschob.

Drinnen blieb ich einen Moment stehen und ließ den Lichtkegel der Taschenlampe durch den großen Raum wandern. Er hatte eindeutig Potenzial, aber würde es sich auch nutzen lassen? Konnte ich diese Scheune zu einer Teestube umfunktionieren? Ich drehte ein paar Runden und versuchte mir vorzustellen, wie sie aussehen könnte. Hinten in der Ecke die Küche, an den Wänden entlang ein paar Tische und Stühle, vielleicht sogar eine Eistheke ... Die Wasser- und Stromleitungen müssten erst verlegt werden, was jedoch kein Problem darstellen sollte.

Ich hatte schon in vielen Pubs, Cafés und Hotels gearbeitet, aber ich hatte noch nie selbst ein Lokal geführt, geschweige denn eingerichtet. Andererseits hatte mir Shirley doch genau das ans Herz gelegt. Hatte ich wirklich das Zeug dazu?

Ich zuckte die Achseln und sah mich ein letztes Mal um, ehe ich zum Haupthaus zurückkehrte.

Die Appleby Farm Teestube, das einzige Lokal weit und breit, in dem man einen »einigermaßen anständigen Tee« bekam ... Das war entweder die genialste oder die dämlichste Idee, die ich je hatte.

Nachdem Tante Sue und ich bei einem köstlichen Hühnerragout das Neueste ausgetauscht hatten, ging sie zu Bett, und ich verzog mich ins Büro. Kaum saß ich an Onkel Arthurs Schreibtisch, sprang Björn auf meinen Schoß.

»Wie nett, dass du mir Gesellschaft leistest.« Ich streichelte über seinen seidig glatten Pelz. »Kann gut sein, dass ich ein bisschen moralische Unterstützung brauchen werde.« Damit griff ich zum Telefon.

»Shirley? Ich bin's, Freya. Hast du ein paar Minuten Zeit? Ich würde gern etwas mit dir besprechen.«

Als ich zehn Minuten später auflegte, war ich baff. Shirley hatte mit geradezu überbordender Begeisterung auf meine Idee von der Teestube reagiert und vorgeschlagen, den Namen durch den Zusatz »Vintage« zu erweitern. Genial!

»Ich stehe voll hinter dir. Wenn du diesen Plan nicht in die Realität umsetzt, verzeihe ich dir das nie«, hatte sie gesagt und versprochen, mir eine Liste ihrer Lieferanten zukommen zu lassen. Und sie hatte mich zu Tränen gerührt mit der Aufzählung meiner diversen Tugenden – Entschlossenheit, Hartnäckigkeit und Charme, um nur drei davon zu nennen. Zu guter Letzt hatte sie mir noch versichert, ich könne jederzeit wieder bei ihr im Café als Kellnerin anfangen, falls ich mit meinem Vorhaben scheitern sollte, was sie jedoch für absolut ausgeschlossen halte.

Okay, dieses war der erste Streich ...

Mein Gesicht glühte. War ich nicht noch etwas zu jung für Hitzewallungen? Ich fächelte mir mit einer Hand kühle Luft zu, während ich mit der anderen Charlies Nummer auf dem Handy aufrief.

Hör mal, Charlie, ich werde hier auf der Farm mein eigenes Lokal eröffnen, es könnte also noch Wochen – wenn nicht sogar Monate – dauern, bis ich zurückkomme ...

Kein Problem, lass dir ruhig alle Zeit der Welt. Na klar.

Träum weiter, Freya.

Ich schluckte und wählte Charlies Nummer.

»Freya! Ich hab den ganzen Tag an dich gedacht. Ich fühl

mich schrecklich einsam, so ganz allein hier in meinem Bett ...« Sein leises Lachen weckte Erinnerungen an die vergangene Nacht. War ich wirklich heute früh noch in Kingsfield gewesen? Es hatte sich so unglaublich viel getan in der Zwischenzeit ...

»Freut mich zu hören.« Ich drückte den Hörer an meine Wange und wünschte, ich könnte stattdessen seine Hand auf meiner Haut spüren.

»Ich hab morgen Frühschicht. Tja, das Leben eines Feuerwehrmanns ist mindestens genauso ungesellig wie das eines Farmers. Der muss ja schließlich auch früh raus, um die Kühe zu melken und die Felder zu bestellen.«

Ich grinste. »Wohl wahr.«

Hoffnung keimte in mir auf. Ich sah Charlie und mich gemeinsam auf einem Acker der Appleby Farm schuften ...

»Nicht, dass ich je ernsthaft in Erwägung ziehen würde, aufs Land zu ziehen. Ich kann nicht leben ohne Taxistände, Take-away-Inder und meine tägliche Ration verschmutzte Luft«, schob er hinterher, und meine Hoffnung verpuffte.

Ich seufzte.

»Hey, Schluss mit Trübsal blasen. Du schlägst dich doch ganz wacker, Süße. Ich hatte in den vergangenen Wochen viel Zeit zum Nachdenken. Natürlich ist es für uns beide schwer, dass wir uns nur so selten sehen können, aber ich bin unheimlich stolz auf dich. Wie viele Frauen würden schon freiwillig auf ihr bequemes Leben verzichten, um ihrer Familie zu helfen?«

Ich biss mir gerührt auf die Unterlippe. »Ist das dein Ernst?«

»Mein voller Ernst. Wie ist es in Paris gelaufen?«

Ich berichtete ihm von meinem Gespräch mit Mum, von

dem Kredit, den mir Dad gewähren wollte und von meiner irrwitzigen Idee, die Scheune in eine Teestube zu verwandeln, weil über kurz oder lang mehr Geld in die leeren Kassen der Farm gespült werden musste, damit sich Tante Sue und Onkel Arthur irgendwann zur Ruhe setzen konnten. Und die ganze Zeit über konnte ich mich des Gefühls nicht erwehren, dass jedes meiner Worte im Grunde ein Sargnagel für unsere Beziehung war. Als ich mir alles von der Seele geredet hatte, verstummte ich, atemlos und gespannt.

Charlie schwieg einen Moment lang. »Tu, was du tun musst, Baby«, sagte er schließlich leise. »Ich werde versuchen, dich von hier aus zu unterstützen, so gut es geht. Das muss ja nicht das Ende für uns sein ... Es sei denn, du willst es?«

»Aber nein«, schniefte ich und schüttelte den Kopf. Meine Tränendrüsen arbeiteten zum x-ten Mal an diesem Tag auf Hochtouren. Ich konnte mich wirklich glücklich schätzen, dass ich einen so verständnisvollen Freund hatte.

»Nicht weinen, Freya. Hör mal, ich könnte doch mit einem Kollegen meine Schichten tauschen und dich ein paar Tage besuchen kommen, sofern deine Tante und dein Onkel nichts dagegen haben ...«

»Das wäre toll«, krächzte ich heiser. »Herrje, wie gut, dass wir hier kein Bildtelefon haben. Mit meiner verlaufenen Wimperntusche sehe ich bestimmt aus wie ein Waschbär.«

»Aber ein süßer Waschbär«, sagte er sanft, und plötzlich kamen mir ernsthafte Zweifel. Warum wollte ich meinen Aufenthalt hier eigentlich unbedingt auf unbestimmte Zeit verlängern? Ich sollte dafür sorgen, dass die Farm baldmöglichst schuldenfrei war, eine zusätzliche Arbeitskraft für den

Sommer organisieren und mich vom Acker machen. Oder? Gott, war das alles verwirrend.

»Du tust das Richtige, Freya. Ich bin stolz auf dich.«

Etwas Passenderes hätte er mir wohl nicht sagen können. Mein Herz klopfte heftig vor Erleichterung. Seufzend schloss ich die Augen und stellte mir vor, dass er mich in seinen starken Armen hielt.

»Danke, Charlie. Genau das habe ich jetzt gebraucht.«

Eine Viertelstunde später fiel ich todmüde ins Bett und schlief auf der Stelle ein. Kein Wunder, nach all den Kilometern, die ich in den vergangenen achtundvierzig Stunden zurückgelegt hatte – und vor allem nach den damit verbundenen emotionalen Achterbahnfahrten. Am nächsten Morgen wachte ich früh auf, und als ich die Vorhänge öffnete, erwartete mich vor dem Fenster ein herrlicher Sonnenaufgang, der ganz Lovedale in ein goldenes Licht tauchte.

Ich atmete tief ein und ließ den Blick zufrieden über das Anwesen und die umliegenden Hügel und Wiesen wandern, über die Willow Farm und das Tal, das sich vor mir erstreckte.

»Alles ist möglich«, hieß es in meinem Minibuch *Die Welt nach Freya*, und das war für mich kein versponnenes Mantra, sondern meine tiefste Überzeugung. Wenn man das Gefühl hat, das Richtige zu tun, dann sollte man sich auf die Hinterbeine stellen und es anpacken.

Gestern Nacht war mir mein Einfall noch verrückt vorgekommen, doch jetzt, nachdem ein neuer Tag angebrochen war, wusste ich, es war die richtige Entscheidung. Ich würde meine eigene Teestube eröffnen.

Kapitel 17

So nach und nach spielte sich auf der Farm ein neuer Alltag ein. Tante Sue und ich hatten befürchtet, es könnte schwierig werden, Onkel Arthur zum Leisertreten zu bewegen, doch schon das morgendliche Waschen, Rasieren und Anziehen ermüdete den armen Kerl dermaßen, dass er sich nach dem Frühstück noch einmal hinlegen musste.

Mit Unterstützung von Lizzie und Ross hatte ich das Büro ein wenig um- und aufgeräumt, sodass der Raum jetzt deutlich freundlicher wirkte und auch nicht mehr so müffelte. Wir hatten den versifften alten Teppich herausgerissen, die Bodendielen geschrubbt und die Wände in einem hübschen Hellrosa gestrichen. Außerdem hatte ich jetzt meinen eigenen Schreibtisch, einen alten Nähtisch, den ich in der Scheune entdeckt und den Ross für mich abgeschmirgelt hatte.

Darauf standen mein funkelnagelneuer Laptop, eine Vase mit Blauglöckchen und – Trommelwirbel, bitte! – ein schnurloser Router. Jippie! Jetzt konnte ich mich endlich nach Herzenslust mit Skype, FaceTime und iMessage vergnügen.

Onkel Arthurs Tisch war praktisch unangetastet geblieben, ich hatte ihm lediglich eine Schicht Bienenwachsmöbelpolitur verpasst. Im Grunde war es ja nach wie vor sein

Büro, und ich freute mich schon mindestens genauso sehr wie er selbst darauf, dass er seine Tätigkeit hier wieder aufnahm, denn in vielerlei Hinsicht war ich nach wie vor total ahnungslos. Immerhin blickte ich bei der Korrespondenz für die Farm inzwischen einigermaßen durch.

An einem Freitagvormittag im Mai brütete ich gerade über den Antragsformularen für die Genehmigung der nötigen Umbaumaßnahmen an der Scheune, als mir Tante Sue mein Mittagessen brachte. Es gab Käsetoast und Tomatensuppe.

»Bei diesem ganzen Hightech-Kram könnten wir es inzwischen ja locker mit der Willow Farm aufnehmen«, sagte sie und stellte das Tablett neben mir ab.

»Mmm, lecker, danke!« Ich biss in den knusprigen Toast und wischte mir die Käsefäden vom Kinn, dann ließ ich – gänzlich unbeabsichtigt natürlich – ein Stück Brotrinde für Madge auf den Boden fallen, die sich mit hoffnungsfroher Miene neben mir postiert hatte.

»Hat Harry die Willow Farm eigentlich inzwischen von seinen Eltern übernommen?«, fragte ich.

»Ja, Nora und Jim sind schon vor ein paar Jahren nach Bournemouth gezogen. Die Glücklichen.« Tante Sue seufzte wehmütig. »Jim hat hier ja schrecklich unter seiner Arthritis gelitten, wie du dich bestimmt erinnerst, und angeblich wirkt das Klima dort unten wahre Wunder. Aber der arme Harry kann einem echt leidtun – so jung und schon so viel Verantwortung...«

Ich nickte. Mir war es bis vor Kurzem ganz gut gelungen, mich jeglicher ernst zu nehmender Verantwortung zu entziehen, und selbst jetzt, mit siebenundzwanzig, fand ich es schwer, mich daran zu gewöhnen.

»Bis jetzt hatte ich noch keine Gelegenheit, mit ihm zu reden, obwohl er mir schon ein, zwei Mal über den Weg gelaufen ist.«

Tante Sue lehnte sich an Onkel Arthurs Schreibtisch. »Es wundert mich, dass du ihn noch nicht besucht hast. Früher wart ihr zwei ja schier unzertrennlich. Nora und ich haben immer angenommen, dass aus euch irgendwann ein Paar wird.«

Ich lachte. »Nein, wir waren bloß befreundet, und das ist Jahre her. Inzwischen haben wir vermutlich rein gar nichts mehr gemeinsam. Trotzdem wäre es schön, ihn mal wiederzusehen.«

Doch für Sozialkontakte hatte ich zurzeit viel zu viel zu tun, sei es der Papierkram für den Umbau der Scheune, die Marktanalyse für die Speisekarte oder die Erstellung der Moodboards für das Interieur der Teestube. Und dann war da noch Onkel Arthurs Buchhaltung, bei der ich nach wie vor nicht ganz durchblickte.

»Der Junge hängt sich richtig rein, und durchaus mit Erfolg, was man so hört. Hat die ganze Verwaltung auf Computer umgestellt und angeblich sogar schon expandiert. Kein Wunder, dass er immer noch Single ist. Aber wer weiß, vielleicht hast du in ihm ja einen geheimen Verehrer…«

Ich grunzte belustigt. »Schluss mit der Kuppelei! Im Übrigen wird bei uns künftig auch alles computerisiert laufen. Und ich werde dir zeigen, wie man das Internet benutzt, Tante Sue. Da findest du alle möglichen tollen Rezepte.«

Verächtlich schnaubend schüttelte sie den Kopf. »Meine Kochbücher von Delia und Mary Berry reichen mir vollauf, vielen Dank.«

»Wusstest du, dass die beiden eine eigene Webseite haben? Ach, übrigens...« Ich legte den Toast ab und tippte ein wenig auf dem Laptop herum. »Ta-daaaa! Wir haben seit Neuestem auch eine!«

Tante Sue starrte ungläubig auf den Webauftritt der Appleby Farm Vintage Teestube.

»Du liebe Zeit!«, stieß sie hervor. »Kann man da etwa eine Tasse Tee bestellen?«

Ich lachte. »Nein, aber die Kunden können die Anfahrtsbeschreibung abrufen oder in der Speisekarte stöbern. Bei der Beschreibung deiner Torten fangen sie garantiert an zu sabbern. Vielleicht installiere ich sogar eine Webcam im Hühnerverschlag, um zu beweisen, dass unsere Eier tatsächlich aus Freilandhaltung stammen.«

Die Seite war noch nicht ganz fertig, aber ich fand sie schon jetzt fabelhaft. Sie war ein Abschiedsgeschenk von Anna gewesen, die erst letzthin wieder einmal bewiesen hatte, was für eine großartige Freundin sie war, indem sie die kümmerlichen Reste meiner Habseligkeiten in Kisten verpackt hatte, damit Charlie sie mir mitbringen konnte.

»Als sich Mum den Knöchel gebrochen hat, bist du von heute auf morgen nach Kingsfield gezogen«, hatte sie abgewunken, als ich mich neulich am Telefon überschwänglich bei ihr bedankt hatte. »Es überrascht mich nicht im Geringsten, dass du jetzt die Zelte hier abbrichst, um deiner Verwandtschaft beizustehen. Aber du wirst mir fehlen«, hatte sie leise hinzugefügt.

»Ooooch... Du mir auch, Anna«, hatte ich erwidert. »Aber du kannst mich jederzeit besuchen kommen. Die Einladung steht.«

Sie hatte einen Augenblick geschwiegen.

»Du kennst mich, Freya, ich bin am glücklichsten, wenn ich zu Hause bleiben kann. Und ich habe beschlossen, Mum in Zukunft am Samstagvormittag im Café zu helfen, damit sie auch mal ein bisschen Zeit für sich hat. Aber falls du mich brauchst, ruf an.«

Zum Abschied hatte sie dann versprochen, die Webseite für mich zu erstellen und mir jemanden zu vermitteln, der mir günstig einen Laptop besorgen konnte, und ich hatte beide Angebote angenommen.

»Wird dir das alles auch nicht zu viel, Freya?«, fragte Tante Sue besorgt. »Dein Onkel und ich sind dir sehr dankbar, aber ...«

Ich erhob mich und umarmte sie. »Ich weiß, schließlich betonst du es alle fünf Minuten. Aber glaub mir, ich war noch nie glücklicher. Okay, im Moment geht es in meinem Leben ziemlich rund, aber das ist mir ganz recht so. Ein bisschen Aufregung kann nicht schaden. Außerdem kommen Charlie und Ollie in ein paar Stunden, und ich kann es gar nicht erwarten, euch die beiden vorzustellen. Wer weiß, vielleicht findet Charlie es hier ja genauso schön wie ich ...«

Ich war hin- und hergerissen. Mal versuchte ich mir eine Zukunft mit Charlie auf der Farm vorzustellen, dann wieder rief ich mir in Erinnerung, dass ich nur vorübergehend hier war.

Andererseits könnte er sich von Kingsfield in den Lake District versetzen lassen. Feuerwehrleute wurden schließlich auch auf dem Land gebraucht.

»Ach, apropos ...« Sie zupfte verlegen an einem Faden, der vom Ärmelsaum ihrer Strickjacke abstand. »Ich muss noch die Betten beziehen. Wo sollen die zwei denn schlafen?« Wie süß, sie hatte ganz rote Wangen bekommen.

»Es ist wohl das Beste, wenn wir sie im Gästezimmer neben eurem Schlafzimmer unterbringen. Nur für den Fall, dass Olli mal nachts aufwacht«, sagte ich und griff nach meiner Suppe.

Tante Sue nickte erleichtert. »Einverstanden. Nicht, dass wir etwas dagegen gehabt hätten, wenn du und Charlie im Doppelbett...«

Jetzt war ich ebenfalls rot angelaufen. »Puh, noch ganz schön heiß, die Suppe«, murmelte ich und beugte den Kopf tief über den Teller. Ich bin zwar im Allgemeinen nicht prüde, aber bei der Vorstellung, dass sich Tante Sue und Onkel Arthur über mein Liebesleben unterhielten, stellten sich mir die Nackenhaare auf.

»Und, was hast du für heute Nachmittag geplant?«, erkundigte sie sich.

Ich lächelte sie an, dankbar für den Themenwechsel. »Eddy führt mich in die Wissenschaft der Fleischrinderzucht ein.«

Tante Sue und Onkel Arthur besaßen zurzeit ungefähr achtzig Rinder, und mit dem Erlös aus dem Verkauf der Kälber, die jedes Jahr geboren wurden, bezahlten sie Eddy, die Rechnungen für das Futter, den Tierarzt sowie alle weiteren laufenden Kosten. Solange sie die Rinderherde hatten, konnten sie sich also nicht zur Ruhe setzen. Andererseits würden sich die Kosten drastisch reduzieren, sobald sie keine Rinder mehr züchteten. Damit würde ihrem Ruhestand dann nichts mehr im Weg stehen. Aber wovon sollten sie leben, wenn sie die Herde verkauften?

Es war ein bisschen wie mit der Henne und dem Ei.

Eines stand fest: Onkel Arthurs Gesundheit hatte jetzt oberste Priorität, und eine große Farm zu bewirtschaften, war für einen fünfundsiebzig Jahre alten herzkranken Mann eindeutig nicht das Wahre.

»Das erzähle ich gleich deinem Onkel«, sagte Tante Sue. »Darüber freut er sich bestimmt. Er hat sich schon beschwert, weil er nicht zu seinen geliebten Rindern auf die Weide darf.« Sie verdrehte die Augen.

O Mann, und ich heckte hier hinter seinem Rücken allerlei Pläne aus, wann und wie seine Herde am klügsten verkauft werden sollte. Von Gewissensbissen geplagt teilte ich mir den Rest meines Käsetoasts mit dem Hund, und Tante Sue ging mit dem Tablett zur Tür.

»Ich glaube, in der Teestube bin ich besser aufgehoben als bei den Kühen, aber ich sollte doch zumindest in Grundzügen Bescheid wissen.«

»Schon gut, Liebes. Und danke für den Vorschlag, das mit der Silage auszulagern. Und auch dafür, dass ... du uns unsere Gläubiger vom Hals geschafft hast. Damit hast du deinem Onkel eine schwere Last von den Schultern genommen.«

»Immer gern.« Nachdem ich den Saatgutlieferanten und den Kredit für den Traktor bezahlt und die offene Steuernachzahlung beglichen hatte, war sogar noch etwas für eine zusätzliche Arbeitskraft übrig geblieben, und der Rest lag auf einem Bankkonto, als Reserve für unerwartete Ausgaben. »So, dann mache ich mich mal auf die Suche nach Eddy und lasse mir etwas über eure Herefordrinder erzählen.« Ich kicherte. »Meinst du, ich werde Gummihandschuhe brauchen?«

Auf dem Weg zum Oak Field erläuterte Eddy zu meiner Erleichterung, dass wir nicht auf Tuchfühlung mit den Kühen gehen würden, was mir ganz recht war, denn so friedlich die Tiere auch wirkten, waren sie mir aufgrund ihrer schieren Größe doch irgendwie unheimlich.

Die Herde war in drei Gruppen aufgeteilt, und auf dem Oak Field befanden sich gerade etwa dreißig Kühe mit ihren Kälbern. Durch die heruntergekurbelten Fenster drang der Geruch von frischem Gras und Kuhfladen herein, während wir sie im Landrover langsam umkreisten. Einige Tiere grasten, andere lagen im Schatten der drei Eichen oder säugten ihre Kälber, und zwei trieben es gerade ganz ungeniert miteinander, wie ich etwas peinlich berührt bemerkte.

Eddy brachte den Wagen in ein paar Metern Entfernung von ihnen zum Stehen. »Erhebender Anblick, nicht wahr?«

Ich sah zu ihm rüber. Meinte er etwa die rammelnden Rinder? Wohl kaum, denn sein aufmerksamer Blick glitt von einem Tier zum nächsten.

»Äh, ja«, pflichtete ich ihm bei.

»Als wir noch Milchkühe gezüchtet haben, mussten wir die Kälber natürlich getrennt von den Müttern aufziehen, aber ich finde es schöner, wenn die Kleinen hier draußen bei ihnen auf der Weide sein können.«

»Und, was steht heute so an?«

»Im Augenblick müssen wir nur kontrollieren, ob alles okay ist. Im Frühjahr lassen wir die Kühe und Stiere gemeinsam auf die Weide. Diese Ladys haben Dexter abbekommen, die Glücklichen.«

Eddy deutete auf den großen braunweißen Bullen mit der rosa Nase und den Löckchen auf der Stirn, der nun gemächlich wiederkäuend in der Mitte der Herde stand und aufmerksam zu uns rüberstarrte.

Ich nickte. »Ein wahres Prachtstück.«

»Im Mai oder Juni werden die Kühe trächtig, und kommenden Februar oder März werden dann die neuen Kälber geboren.« Wow. So eine Kuh ist ja ganz schön beschäftigt. Und es konnte gut sein, dass bereits jetzt einige Kälber unterwegs waren. »Woher wisst ihr eigentlich, ob sie trächtig sind oder nicht?«

»Dafür muss der Tierarzt einen Test machen. Rein optisch lässt sich das nicht feststellen. Aber bei der da stehen die Chancen schon mal gut.« Er deutete auf die Kuh, die an der dokumentarfilmreifen Performance vorhin mitgewirkt hatte. »Und morgen um zehn ist der Tuberkulosetest dran, vorausgesetzt, die letzte Tierarztrechnung ist beglichen worden.« Er musterte mich mit hochgezogener Augenbraue.

»Alles bezahlt«, versicherte ich ihm. Für die diversen offenen Rechnungen war ein ordentlicher Batzen Geld draufgegangen, aber zumindest musste sich Onkel Arthur deswegen vorerst keine Sorgen mehr machen.

»Gut. Im Juni dürfte der Großteil der Herde trächtig sein.« Er seufzte. »Was meinst du, war's das für Arthur?«

Mir wurde flau. Ich zögerte, wusste nicht recht, was ich sagen sollte. *Die Wahrheit. Sag ihm einfach die Wahrheit.*

»Keine Ahnung, Eddy. Noch will er nicht ans Aufhören denken, aber ich mache mir Sorgen um ihn, und Tante Sue auch. Ich weiß nur, dass sich einiges ändern muss. Und er hat immerhin eingewilligt, die Herstellung des Silofutters nach draußen zu geben.«

Eddy blies die Backen auf. »Sehr gut. Damit sollte man möglichst bald anfangen. Wenn das Gras erst geblüht hat, verliert es an Nährwert. Soll ich mich mal umhören?«

»Ja, das wäre klasse, danke.«

Er legte den ersten Gang ein und steuerte die linke Seite der Weide an, wo eine einzelne Kuh mit ihrem Kalb in der Sonne saß und döste.

»Weißt du, was ich tun würde?«, fragte er mit heiserer Stimme, den Blick starr auf die beiden Tiere gerichtet.

»Erzähl.«

»Wenn ich Arthur wäre, würde ich die halbe Herde zum Verkauf anbieten. Und zwar jetzt, solange das Vieh noch auf der Weide ist. Die trächtigen Kühe den Winter über zu versorgen macht bedeutend mehr Arbeit.«

»Danke, Eddy.«

Ich ergriff seine Hand und drückte sie.

Er sah mich an. In seinen Augen glänzten Tränen. Kein Wunder – wenn erst die Herde verkauft war, gab es hier auf der Farm keine Arbeit mehr für ihn. Und trotzdem hatte er mir ganz selbstlos diesen Rat gegeben.

Ich tätschelte seine Hand und deutete mit dem Kopf auf die Tiere vor unserer Nase. »Und, alles zu deiner Zufriedenheit so weit?«

»Jep, aber wir sollten sie auf die nächste Weide bringen. Hier haben sie schon fast alles abgegrast.«

»Ah, ja? Und wie läuft das ab?« Ich hatte eine Vision von uns beiden, wie wir die Tiere mit weit ausgebreiteten Armen vor uns herscheuchten.

Er gluckste. »Pass mal auf.« Der Wagen rumpelte im Schritttempo über die holprige Wiese auf das offene Gatter zu. Dort angekommen, lehnte sich Eddy aus dem Fenster und stieß einen gellenden Pfiff hervor.

»Auf, auf!«, donnerte er, gefolgt von einem weiteren Pfiff. »Na los! Hopp, hopp, hopp!«

Ich drehte mich um. Ein paar der Kühe kamen bereits im

Laufschritt auf uns zu, andere rappelten sich erst etwas schwerfällig vom Boden auf. »Irre! Darf ich auch mal?«

»Nur zu, aber es ist nicht ganz einfach.«

Ich beugte mich aus dem Fenster und brüllte aus vollem Hals: »Los, los, Mädels! Du auch, Dexter! Hopp, hopp! So ist's gut!«

Oh yeah, dachte ich und lehnte mich zufrieden zurück, nachdem wir die gesamte Herde auf die nächste Weide getrieben hatten. *Ich bin ein Naturtalent!*

Den ganzen Weg zurück zum Haus musste ich grinsen, und als ich auf dem Hof ein Auto stehen sah, das mir nur allzu bekannt vorkam, kriegte ich mich vor Glück kaum noch ein.

Charlie und Ollie waren da!

Kapitel 18

Ich saß draußen vor dem Haus auf der Wiese, gleich neben dem himmlisch duftenden Lavendelbusch, und suchte bei eBay nach gebrauchten Espressomaschinen. Ein Hoch auf die große Reichweite unseres WLAN! Ich hatte mich so positioniert, dass ich im Internet surfen konnte und sowohl Charlie als auch Onkel Arthur im Blick hatte, der im Schatten saß und Ollie beibrachte, wie man Stöcke schnitzt. Die beiden waren schon über und über mit Holzspänen bedeckt.

Ich schloss einen Moment lang genüsslich die Augen und ließ mir die Sonne ins Gesicht scheinen. Es war einer dieser Tage, an denen man sein Glück gar nicht fassen kann und sich gelegentlich selbst kneifen muss, um sich davon zu überzeugen, dass man nicht träumt.

Charlie werkelte gut gelaunt in Tante Sues Gemüsegarten herum. Sie hatte ihn mit einem Stoß Bambusstangen und einer Schubkarre Mist ausgestattet, und jetzt pflanzte er Erbsen und Brechbohnen. Tante Sue saß auf einem Gartenstuhl und schälte offiziell die Kartoffeln, wobei sie jedoch immer wieder zu ihm rüberschielte und verstohlen seinen braun gebrannten, mit Tätowierungen übersäten nackten Oberkörper betrachtete. Ich konnte es ihr nicht verdenken.

Eigentlich konnte ich noch gar nicht so richtig fassen, dass die beiden da waren, geschweige denn, wie rasch und nahtlos sie sich in den vergangenen achtundvierzig Stunden in das Moorcroftsche Familienleben eingefügt hatten. Natürlich gab es auch ein paar Wermutstropfen: Onkel Arthur war nach wie vor schwach und blass, ich hatte einen Sonnenbrand auf der Nase, Ollie hatte sich schon zwei Mal mit dem Taschenmesser in den Finger geschnitten, und Charlie war, kaum dass er sein T-Shirt ausgezogen hatte, gestolpert und in ein Büschel Brennnesseln gefallen. Autsch. Und nachdem Ollie gestern Abend zu Bett gegangen war, hatte einen kurzen Moment lang betretenes Schweigen geherrscht, als Tante Sue gegenüber Charlie erwähnt hatte, was für eine tolle Mutter ich doch abgeben würde ... Aber vielleicht hatte ich mir das ja auch nur eingebildet.

Wie dem auch sei, in diesem Augenblick war ich restlos glücklich.

Onkel Arthur hatte nicht mehr so entspannt gewirkt, seit ich an Ostern da gewesen war, und amüsierte sich köstlich über Ollie, der wie immer regelrechte Maschinengewehrsalven an Fragen abfeuerte und uns dazwischen an seinen Gedankengängen teilhaben ließ.

»*Cars* würde dir gefallen, Onkel Arthur«, sagte Ollie gerade ernst. »Da kommen sogar Traktoren vor. Ich hab die DVD mit. Wir könnten sie uns ja nachher anschauen.«

Onkel Arthur lachte. »Auf unserer Farm gibt es zwar Traktoren, aber leider keinen DVD-Player.« Tante Sue und er sind die einzigen Menschen, die ich kenne, bei denen sich neben dem Fernseher noch die Videokassetten stapeln.

»Ihr könnt euch den Film auf meinem Laptop ansehen«, schlug ich vor.

»Na, da haben wir ja noch mal Glück gehabt, was, Ollie?«, stellte mein Onkel fest und zwinkerte mir zu, dann reichte er Ollie einen dicken Stock, in den er seinen Namen geschnitzt hatte.

»Danke! Im Pfadfinderlager dürfen wir Marshmallows über dem Lagerfeuer braten. Nächstes Mal zeige ich den anderen Jungs, wie man einen Spieß schnitzt. Magst du Marshmallows?«

»Ja«, erwiderte Onkel Arthur »Aber noch lieber mag ich Stockbrot, das über dem Lagerfeuer geröstet wird. Hast du das schon mal gemacht?«

Ich musste lächeln. Das hatte ich früher auch sehr gern getan.

Ollie riss die Augen auf. »Nein, noch nie. Können wir das nachher machen?«

»Wenn es dein Dad erlaubt.«

»Dad?«, rief Ollie.

Charlie richtete sich auf und wischte sich mit dem Unterarm über die Stirn. Er sah zu mir rüber, und wir lachten. »Meinetwegen gern, wenn sich Onkel Arthur fit genug dafür fühlt.«

»Cool!«

Ich klopfte auf die Decke neben mir, und Charlie gesellte sich zu mir.

Tante Sue erhob sich, eine große Schüssel mit geschälten Kartoffeln in den Händen. »Will jemand Eis?«

»Ich!«, rief Ollie, ließ die Stöcke Stöcke sein und folgte ihr in Richtung Küche.

»Abends kannst du mir beim Melken helfen«, hörte ich sie sagen. »Damit du mal siehst, woraus Eis gemacht wird.«

»Cool!«

Onkel Arthur seufzte. »Es ist schön, mal wieder ein Kind hier zu haben. Schön, aber auch anstrengend.«

Charlie legte mir einen Arm um die Taille, und ich lehnte mich an ihn und musste mich sehr zusammenreißen, um ihn nicht an Ort und Stelle zu vernaschen, weil er so appetitlich roch – männlich und zitronig und erdig und eine Spur verschwitzt.

»Meinst du, deine Tante wäre bereit, heute Abend ein bisschen auf Ollie aufzupassen?«, flüsterte er mir ins Ohr, und meine Hormone begannen prompt verrücktzuspielen.

»Bestimmt. Was hast du vor?«

Ich sah in seine blauen Augen, und er wackelte vielsagend mit den Augenbrauen.

»Nein, sag nichts. Ich bin dabei«, sagte ich und besiegelte unsere Abmachung mit einem Kuss.

Während Ollie Tante Sue bei der Zubereitung des Brotteigs »half«, schichtete Charlie am Rand des Obstgartens Brennholz für ein Lagerfeuer auf, und dann machten wir uns auf den Weg zum Lake Windermere, wo wir in der Abendsonne am Westufer entlangspazierten. Es war friedlich und romantisch; nur wir beide, da und dort ein paar Enten und das sanfte Plätschern der Wellen.

Er war hingerissen, genau wie ich es mir erhofft hatte.

»Es ist wunderschön hier, Freya«, sagte er, als wir über den knirschenden Kies hinunter zum Wasser schlenderten. »Hier muss man sich doch fühlen, als wäre man immer im Urlaub. Und weißt du was?« Er bückte sich, um einen flachen Stein aufzuheben.

»Was?«

»Du bist schöner denn je. Ich weiß, es hält die Liebe

jung, wenn man sich eine Weile nicht sieht, aber...« Er zuckte die Achseln, dann holte er aus und ließ den Stein über die Wasseroberfläche hüpfen. »Ich kann es nicht genau benennen. Du warst ja schon immer bildhübsch, aber jetzt ... Ich weiß auch nicht, du strahlst so richtig von innen heraus.«

»Danke für das süße Kompliment, Charlie. Ich kann mir zwar nicht vorstellen, dass es stimmt, aber ich fühle mich tatsächlich lebendiger, wenn ich hier bin, und es kommt mir so vor, als hätte ich endlich den perfekten Job gefunden.«

»Verstehe...« Er presste die Lippen zusammen und runzelte die Stirn.

Herrje, wie unsensibel von mir!

»Entschuldige, Charlie, das ist mal wieder typisch für mich! Erst denken, dann reden, Freya. Oder überhaupt mal das Hirn einschalten...«

Er grinste und umarmte mich, und erst da wurde mir klar, dass sein Verdruss nur gespielt gewesen war. »Kein Problem. Reib mir nur ordentlich unter die Nase, wie toll du dein neues Leben findest.«

Ich legte ihm einen Arm um die Taille, und so spazierten wir zurück zu dem von Bäumen gesäumten Weg, der um den See führte.

»Na ja, ich bin fast die ganze Zeit draußen, und außerdem ist es höchst abwechslungsreich. Heute Nachmittag zum Beispiel hat mir Tante Sue gezeigt, wie sie aus der Milch von Gloria und Gaynor Schokoladeneis macht. Du hättest mal Ollies ungläubigen Blick sehen müssen, während er beobachtet hat, wie die Milch durch die Schläuche der Melkmaschine läuft. Und gestern hatte ich eine Hobbybäuerin aus Gloucestershire an der Strippe, die wissen wollte, ob Onkel Arthur ein paar Färsen zu verkaufen hat – so nennt man die jungen Kühe. Sie kommt nächste Woche mal vorbei, um sich die potenziellen Kanditatinnen anzusehen. Genau darauf hatte Eddy spekuliert, und ... Was ist? Was gibt's denn da zu lachen?«

»Nichts, ich ... Na ja, ich ...« Milde lächelnd schüttelte er den Kopf. »Ich gebe zu, ich bin nicht gerade begeistert darüber, dass wir jetzt eine Fernbeziehung führen, aber ich finde es schön zu sehen, mit wie viel Begeisterung du an deine neue Aufgabe herangehst, und ich freue mich für dich.«

»Und genau deshalb liebe ich dich«, murmelte ich. »Weil du mir mein Glück gönnst.«

»Okay, dafür hast du einen Kuss verdient.«

Er überzeugte sich davon, dass wir ungestört waren, dann zog er mich hinter den nächstbesten Baum und weiter ins Gebüsch.

»Danke. Für alles«, keuchte ich atemlos, nachdem wir uns im Laufe unserer Knutschsession ausgiebig in Laub und Rinde gewälzt hatten.

»Ich weiß, ich bin ein Held.« Er grinste. »Wie gedenkst du dich bei mir erkenntlich zu zeigen?«

»Wie wär's mit einem Bier im Pub?«, schlug ich vor. »Und danach sehen wir weiter ...«

Wie jeden Sonntagabend platzte das White Lion aus allen Nähten.

»Wo kommen denn die ganzen Leute her?«, fragte Charlie erstaunt, als ich ihn durch das Gewühl in Richtung Bar bugsierte. »Lovedale ist doch bloß ein winziges Nest!«

»Ich weiß, aber es ist ein langes Wochenende. Mal abgesehen von uns Landwirten« – ich zwinkerte ihm zu – »sind die meisten Gäste Touristen, die auf Campingplätzen oder in Cottages in der Nähe untergebracht sind.«

Ross stand schon an der Bar und plauderte mit Lizzie, die wie immer viel zu tun hatte.

»Lizzie, Ross, das ist Charlie«, sagte ich stolz, sobald sie eine Millisekunde Zeit hatte.

»Wow«, grinste Lizzie und musterte mein Herzblatt mit einem anerkennenden Nicken. »Sie hat schon erwähnt, was für ein Adonis du bist.«

»Ey, das hab ich gehört!«, sagte Ross mit gespielter Empörung. »Darf ich euch ein Bier ausgeben?«

Während er sich mit Charlie unterhielt, zog ich einen Barhocker heran und tratschte mit Lizzie, wann immer sie eine freie Minute hatte.

»Er ist umwerfend!«, zischte sie deutlich vernehmbar.

»Ich weiß«, sagte ich grinsend. »Wie läuft's denn mit deiner Schwester?«

»Ganz gut eigentlich«, erwiderte Lizzie. Es klang erstaunt, als wäre ihr das erst jetzt bewusst geworden. »Sie war gestern hier. Sie findet ihren Job toll und ist bei ihren Kollegen sehr beliebt – jedenfalls behauptet sie das. Und sie hat gesagt, sie hätte einen interessanten Mann an der Angel, aber sie wollte mir nicht verraten, wer es ist. Ich muss mir also wegen Ross keine Sorgen machen. Bis jetzt habe ich mich erst ein einziges Mal über sie geärgert.«

»Und wieso?«

»Weil diese eingebildete Kuh doch glatt angeboten hat, mir einen besseren Job zu verschaffen. Angeblich sucht Radio Lakeland noch Praktikanten fürs Backoffice. Ich meine, kannst du dir vorstellen, wie erniedrigend das wäre, wo doch meine Schwester dort Moderatorin ist? Und außerdem könnte ich nie in einem Büro arbeiten.«

Ross und Charlie, die ihre Unterhaltung beendet und die letzten Sätze mitgehört hatten, nickten, und wir sagten alle drei im Chor: »Ich auch nicht.«

Charlie legte mir einen Arm um die Schulter, und ich lehnte mich an ihn. Zu schade, dass er am Mittwoch wieder zurück nach Kingsfield musste. Ich genoss es sehr, mit ihm und Lizzie und Ross hier zu sein.

»Was willst du machen, wenn du zurückkommst?«, fragte Charlie, als hätte er meine Gedanken gelesen. »Du wirst wohl kaum wieder bei Shirley im Café arbeiten, oder?«

Ich blinzelte ihn an. »Also, darüber hab ich mir noch gar keine Gedanken gemacht. Ich meine, mit der Eröffnung der geplanten Teestube auf der Farm werde ich noch eine ganze Weile beschäftigt sein.« Auf meiner Stirn standen plötzlich Schweißtropfen.

»Oh.« Er lächelte halbherzig, und ich hätte mich ohrfeigen können.

»Ich helfe dir«, rief Lizzie, dann verzog sie das Gesicht und verschränkte die Arme. »Nicht, dass ich viel Freizeit hätte, aber auf diese Weise kann ich Victoria aus dem Weg gehen, und außerdem kann ich dann damit prahlen, dass ich an einer Unternehmensgründung beteiligt war. Und Victoria kann sich ihre ollen Jobangebote sonst wohin stecken.«

»Danke«, sagte ich und schluckte, ohne Charlie aus den Augen zu lassen. »Es wird jede Menge zu tun geben. Morgen zum Beispiel wollen wir die Scheune entrümpeln. Ich hoffe, das ist okay für dich, Charlie?«

»Ja, klar.« Er lächelte, aber es wirkte nicht sonderlich überzeugend.

»Und am Dienstag habe ich einen Termin bei der zuständigen Dame im Baureferat. Ich hoffe sehr, dass sie mir wenigstens schon mal eine mündliche Zusage erteilt.«

»Und einen Bauleiter hast du auch schon«, stellte Ross fest.

»Richtig.«

Ich hatte befürchtet, es könnte schwierig werden, die nötigen Handwerker aufzutreiben, doch kaum hatte ich neulich, genau hier an dieser Bar, die Worte »Ich suche ein paar verlässliche Handwerker« ausgesprochen, hatten alle Anwesenden einhellig erklärt, Goat sei mein Mann und auf einen glatt rasierten, breitschultrigen Glatzkopf gedeutet, der allein in der Ecke saß.

Seine Beine waren ungleich lang, was erst auffiel, als er aufstand und zu mir rüberkam, um sich vorzustellen. Er war nicht sonderlich gesprächig, aber sein Kostenvoranschlag erschien mir angemessen, und seine Planung zur Umgestaltung der Scheune entsprach genau meinen Vorstellungen. Mir war zwar schleierhaft, wie er mit seinen ungleich langen Beinen auf Leitern und dergleichen zurechtkam, aber ich traute mich nicht, ihn darauf anzusprechen.

»Ich freu mich schon darauf, das Geschirr zu besorgen. Am liebsten wäre mir ja eine kunterbunte Mischung aus hübschem altem Porzellan.« Ich dachte an meine Diskussionen mit Shirley. In meiner Teestube würde es keine weißen Einheitstassen geben, so viel stand fest.

»Au ja!«, rief Lizzie, die gerade für einen Gast eine Flasche Rotwein entkorkte.

»Und irgendwann werde ich dann wohl jemanden einstellen müssen, der den Laden für mich am Laufen hält, schätze ich.«

»Nimm mich!«, zischte sie, nachdem sie sich mit einem Blick über die Schulter versichert hatte, dass Bill sie nicht hören konnte. »Du kannst meinetwegen gern ein richtiges Einstellungsgespräch mit mir führen und so, aber ganz im Ernst, Freya, das wäre mein Traumjob!«

Ich lachte. »Okay, okay ...«

»Na, siehst du, Freya. Problem gelöst. Du wirst im Nu wieder zurück nach Kingsfield kommen können.« Charlie leerte sein Glas, stellte es auf dem Tresen ab und küsste mich auf die Wange.

»Ja, toll«, sagte ich mit gespielter Fröhlichkeit.

»Wie dem auch sei, wir sollten allmählich nach Hause. War schön, euch kennenzulernen, aber wir haben meinen Sohn bei Freyas Tante und Onkel gelassen.«

Wir verabschiedeten uns von Lizzie und Ross und traten in die kühle Nacht hinaus. Obwohl ein paar Wolken am Himmel hingen, war über uns die Mondsichel auszumachen, umgeben von Millionen glitzernder Sterne.

»In Kingsfield sieht man die Sterne längst nicht so gut«, murmelte Charlie. »Zu viele Straßenlaternen.«

»Stimmt«, pflichtete ich ihm bei und fügte im Stillen hinzu: *Und das ist nur einer der Gründe, warum ich so gern hier bin.*

Als wir am Gatter mit dem Schild »Appleby Farm« angelangt waren, blieb Charlie stehen und schlang mir einen Arm um die Taille. Ich legte ihm eine Hand in den Nacken und streichelte die weiche Haut gleich unter dem Haaransatz.

»Ich bin so froh, dass ich hergekommen bin. Jetzt kann ich mir wenigstens vorstellen, wo du bist und was du machst, wenn wir getrennt sind.«

Er trat noch näher, und ich schmiegte mich an ihn, bis kein Blatt mehr zwischen uns gepasst hätte.

»Und ich find's schön, mit dir anzugeben. Du kommst doch hoffentlich bald wieder?«

»Natürlich. Wenn du willst.« Er beugte den Kopf und küsste mich andächtig.

»Unbedingt.«

Ich strich mit den Fingerspitzen über seinen Dreitagebart und schloss die Augen, um mir genau einzuprägen, wie Charlie sich anfühlte und wie er roch.

»So, und jetzt musst du mir noch mal die Scheune zeigen«, murmelte er mit einem spitzbübischen Grinsen.

Ich musterte ihn erstaunt. »Die hast du doch schon gesehen.« Außerdem war es dunkel, und wir hatten keine Taschenlampe mit.

»Schon, aber da war Ollie dabei«. Er biss mich sanft in den Hals, und ich schauderte. »Diesmal sind wir ungestört – nur du und ich und ein paar Heuballen ...«

»Aha, daher weht der Wind. Tja, dafür müsstest du mich aber erst mal erwischen!« Kichernd spurtete ich los.

Er erwischte mich in der Tat. Aber nur, weil ich mich erwischen ließ.

Kapitel 19

Im Handumdrehen war der Dienstag angebrochen, der Tag also, an dem ich im Baureferat vorsprechen sollte. Als ich morgens in die Küche kam, saßen alle schon beim Frühstück.

»Ta-daa!«, trällerte ich und drehte eine Pirouette. »Wie seh ich aus?«

Sonst bin ich ja eher der burschikose Jeans-und-Sneakers-Typ, aber heute war ich optisch ganz darauf getrimmt, die Marke »Appleby Farm Vintage Teestube« zu repräsentieren, von dem geblümten Kleid und der Strickjacke (beides Leihgaben von Lizzie) über die Schuhe mit Schleifchen und Mini-Absätzen bis hin zu der Haarspange mit der Häkelblume. Und es fühlte sich fabelhaft an.

Ich knickste kokett, während Ollie klatschte und Charlie anerkennend pfiff.

Tante Sue presste sich die in Topfhandschuhen steckenden Hände an die Wangen. »Ganz bezaubernd, Freya. Nicht wahr, Artie?«

Dieser nickte. »Umwerfend. Du wirst sie alle um den Finger wickeln.«

Ich betrachtete meinen Allerwertesten im Spiegel über dem Kamin. »Ich glaube, an diesen Look könnte ich mich gewöhnen.«

Charlie grinste. »Ich auch.«

»Würstchen?«, fragte mich Tante Sue, die unseren Gästen soeben zwei Teller mit brutzelnden Köstlichkeiten hinstellte.

»Nein, danke. Heute begnüge ich mich mit einer Schale Müsli, vorausgesetzt, Onkel Arthur gibt mir was davon ab.« Ich nahm neben ihm Platz und knuffte ihn in die Rippen. Augenzwinkernd schob er mir die Schachtel hin. »Iss ruhig alles auf.« Er war von seiner neuen ballaststoffreichen Ernährung alles andere als angetan.

»Ich hab vorhin die Eier eingesammelt«, berichtete Ollie, der gerade sein Spiegelei unter einer Ketchuplawine begrub. »Bist du ganz sicher, dass du keins willst?«

»Ich glaube, ich spare mir meines fürs Mittagessen auf, Ollie.« Ich kippte etwas Müsli in eine Schale. »Ich habe heute irgendwie keinen Appetit. Aber trotzdem danke.«

»Hatte dein Dad denn noch ein paar hilfreiche Ratschläge auf Lager?«, wollte Onkel Arthur wissen.

Ich hatte gestern Abend noch meine Eltern angerufen, um mir für heute ein paar Tipps geben zu lassen. Mum hatte mir eingeschärft, mich unbedingt passend anzuziehen – nicht zu lässig, aber auch nicht zu schick.

»Du musst dich als Teil der Appleby Farm verkaufen«, hatte sie gesagt. »Es sind die Details, die die überzeugende Wirkung ausmachen. Ein hübsches Kleid ist ein absolutes Muss.«

Dad hatte mich mit dem nötigen Fachjargon vertraut gemacht.

»Solche Bauanträge müssen bestimmte Kriterien erfüllen. Du musst den zuständigen Beamten nur die richtigen Schlagworte hinwerfen, dann klappt es schon: Diversifizierung, Arbeitsplatzbeschaffung, behutsame Modernisierung, Entwicklung des Unternehmertums im ländlichen Raum ... Ach ja, und Besuchserlebnis. Das werden sie lieben.«

Ich war mir nicht sicher, ob ich mir all das merken konnte, aber zumindest hatten mir beide signalisiert, dass ich ihnen nicht egal war. Trotzdem rumorte es in meinem Magen wie in Tante Sues Eismaschine, wenn sie auf Himbeer-Häckselmodus steht. Ich war tierisch aufgeregt. Das hier war mein allererstes eigenes Projekt, und ich schäumte förmlich über vor Ideen und Plänen. Blieb nur zu hoffen, dass sich die zuständige Dame im Baureferat für meine Vision erwärmen konnte.

»Hallo, Erde an Freya!«, rief Charlie belustigt und riss mich damit aus meinen Gedanken.

Erst da wurde mir bewusst, dass ich Onkel Arthurs Frage noch nicht beantwortet hatte.

»Huch, tut mir leid, ich bin heute etwas zerstreut. Ähm, ja, er hatte mir ein paar Tipps gegeben und mir Glück gewünscht. Ich soll euch von ihm grüßen.«

Kam es mir nur so vor, oder hatte Onkel Arthur gerade ein leises Grunzen von sich gegeben? Wie dem auch sei, er hatte völlig recht, wenn er behauptete, die Holzspäne, die Lizzie für Skye auf den Stallboden streute, könnten auch nicht schlechter schmecken als dieses Müsli. Ich schob meine Schale beiseite. »Und, was steht bei euch heute auf dem Programm, Charlie?«

»Wir gehen im Nationalpark wandern, stimmt's, Ollie? Einmal rund um einen See namens Tarn Hows, einschließlich Picknick. Vielleicht springen wir sogar kurz ins Wasser.«

Ich ergriff über den Tisch hinweg seine Hand. »Oh, da

würde ich zu gern mitkommen. Es ist traumhaft dort. Sehr romantisch.«

»Igitt.« Ollie verzog das Gesicht und erntete kollektives Gelächter.

»Und wir haben heute alle Hände voll zu tun.« Onkel Arthur seufzte. Er hatte zur Abwechslung keinen Schlafanzug an, sondern einen alten Blaumann. »Der Tierarzt kommt, um die Rinder auf Tuberkulose zu untersuchen, und Eddy sagte, er hat eventuell jemanden gefunden, der sich um das Silofutter kümmern könnte. Ich sollte schleunigst…«

»Dein Müsli aufessen«, beendete Tante Sue den Satz für ihn.

»Ist Rindertuberkulose nach wie vor ein Problem, Arthur?«, wollte Charlie wissen.

»Allerdings. Nicht mehr ganz so häufig wie früher, aber erst vorige Woche hat ein Farmer an der schottischen Grenze seine gesamte Herde verloren.«

Tante Sue schnappte nach Luft. »Bis jetzt ist unser Vieh zum Glück verschont geblieben«, sagte sie und klopfte auf den Tisch. »Wir können nur hoffen und beten, dass es so bleibt.«

»Wieso denn, Tante Sue?«, fragte Ollie.

»Naja, wenn sich rausstellt, dass unsere Kühe krank sind, müssen sie von einem Schlachter abgeholt werden.«

Ollie schluckte die Antwort kommentarlos hinunter und widmete sich wieder seinen Würstchen.

Ich schauderte. »Grauenhafte Vorstellung, mit ansehen zu müssen, wie die Kühe reihenweise zum Schlachthof gebracht werden.«

»Ich will gar nicht daran denken.« Onkel Arthur schüttelte den Kopf. »Schon, weil es danach noch mindestens ein halbes Jahr dauert, bis man für den Rest des Bestands Entwarnung bekommt. Bis dahin darf man keine Tiere kaufen oder verkaufen. Für viele Farmer ist das der Ruin.«

»Kann man sich dagegen versichern, oder sind die Tiere und das Geld dann einfach weg?«, fragte Charlie.

Onkel Arthur seufzte. »Die betroffenen Farmer erhalten zwar eine Entschädigung, aber die liegt natürlich weit unter dem Marktwert. Es ist ein Riesenverlust. Ich hab mal von einem gehört, der...« Tante Sue und ich sahen uns an und lächelten. Über dieses Thema konnte er sich stundenlang auslassen.

Dann fiel mein Blick auf meine Armbanduhr, und ich sprang auf. »Du liebe Zeit, schon so spät!« Hastig griff ich nach meinen Unterlagen. »Ich muss los. Wünscht mir Glück!«

Von allen Seiten regnete es Küsse, und die Toi-toi-toi-Rufe hallten mir noch bis auf den Hof nach. Ich stieg in meinen Campingbus und holte tief Luft.

»So, los geht's, Bobby. Ein neues Abenteuer wartet!«

Vier Stunden später war das Projekt Appleby Farm Vintage Teestube so gut wie in trockenen Tüchern. Auf dem Nachhauseweg lief im Radio passenderweise *Tea for Two* von Doris Day, und ich sang aus vollem Halse mit, untermalt von einem verheißungsvollen Scheppern und Klirren, das aus dem Fußraum auf der Beifahrerseite drang.

Am türkisblauen Himmel war kein Wölkchen zu sehen, während ich durch Felder und Wiesen in allen nur erdenklichen Grünschattierungen kurvte, und aus allen Hecken tönte fröhliches Vogelgezwitscher... Okay, das Vogelgezwitscher konnte auch meiner Fantasie entsprungen sein, aber jedenfalls war ich total aufgekratzt und konnte mich an der Landschaft gar nicht sattsehen.

Patience Purdue, die Vertreterin des Baureferats, bei der ich vorgesprochen hatte, hatte sich als eine lebhafte ältere Dame mit Igelfrisur und korallenrotem Lippenstift entpuppt und war, wie es sich für eine Frau dieses Namens gehört, die Liebenswürdigkeit in Person.

Auf mein Vorhaben hatte sie geradezu enthusiastisch reagiert, wobei sie mir leider noch nicht offiziell grünes Licht hatte geben können, weil sie meine Pläne erst den übrigen Mitgliedern des Ausschusses vorlegen musste, aber sie hatte genickt und mir verschwörerisch zugezwinkert, und dann hatte sie mir die Adresse eines zauberhaften Secondhandladens in Kendal genannt, der auf Retro-Teeservices spezialisiert ist (daher das Scheppern aus dem Fußraum).

Sie hatte auch gesagt, sie sehe keinerlei Probleme, solange sich die Umbaumaßnahmen hauptsächlich auf das Innere der Scheune erstreckten und die ursprüngliche Gebäudesubstanz erhalten blieb. Worauf ich reichlich übermütig »Oh, dann sollte ich meinem Bauleiter wohl sagen, er soll die Abrissbirne wieder wegpacken«, entgegnet hatte – ein zugegebenermaßen etwas unüberlegter Scherz, aber wir hatten das Missverständnis zum Glück umgehend aus der Welt schaffen können. In diesem Zusammenhang war auch das Stichwort »nachhaltiger Tourismus« gefallen. *Das muss ich Dad erzählen*, dachte ich und kicherte in mich hinein.

Als ich nach Hause kam, stand auf dem Hof neben Ross' Kombi und Eddys Pritschenwagen ein schwarzer, mit Schlammspritzern übersäter Landrover, und vor mir hielt soeben ein Pick-up, den ich noch nie gesehen hatte.

Der Anblick all dieser Fahrzeuge erinnerte mich prompt

daran, dass ich mir dringend Gedanken über Parkplätze für die Gäste meiner Teestube machen musste.

Ich stellte Bobby hinter dem Pick-up ab und sammelte die Unterlagen vom Beifahrersitz ein, dann drehte ich mich wieder zur Fahrertür um – und fuhr heftig zusammen. Draußen vor dem Fenster, nur Zentimeter von mir entfernt, stand ein breit grinsender Mann und drückte sich die Nase an der Scheibe platt.

»Aaaaaaahhhhh!«

Mir war, als hätte jemand die Zeit um sechzehn Jahre zurückgespult. Ich stieg aus.

»Harry, du Spinner! Musst du mich so erschrecken?«

»Tag, Freya! Kratzbürstig wie eh und je, wie ich sehe.«

Er legte mir die Hände auf die Oberarme und küsste mich auf die Wange.

»Jawohl, und stolz darauf.« Ich grinste frech.

Er trat einen Schritt zurück und betrachtete mich. »Du bist ja echt erwachsen geworden«, sagte er leise.

Prompt lief ich rot an. Als wir uns das letzte Mal gesehen hatten, war ich achtzehn gewesen. »Das hättest du wohl nicht gedacht, dass du mich je in einem Kleid siehst, wie?«, sagte ich lachend. »Du hast dich aber auch ganz schön gemacht.«

Sein Kinn war markanter geworden und mit Bartstoppeln übersät, ansonsten war er aber eigentlich noch ganz der Alte – das zerzauste hellbraune Haar, die vollen Lippen, die funkelnden schokoladenbraunen Augen und das Grübchen am Kinn, wenn er lachte wie jetzt …

Er verschränkte die braun gebrannten Arme und lehnte sich an die Wand hinter ihm. Wow, seine Schulterpartie war ja richtig muskulös geworden! »Und du hast inzwischen die ganze Welt gesehen, nehme ich an – oder wie kommt es, dass du wieder da bist?«

»Nicht die ganze Welt, aber doch ein hübsches Stück davon. Aber jetzt hat ein paar Monate lang die Farm oberste Priorität. Und was führt dich so überraschend zu uns? Versteh mich nicht falsch, ich freu mich, dich zu sehen. Ich nehme mir schon die ganze Zeit vor, dich mal zu besuchen. Eigentlich seit ...«

»Seit du mich damals auf dem Knots Hill zur Schnecke gemacht hast, meinst du?« Eigentlich hatte ich »Seit wir uns im White Lion über den Weg gelaufen sind« sagen wollen, aber ich musste ihn ja nicht unbedingt an mein sturzbedingt etwas mitgenommenes Äußeres an jenem Abend erinnern.

»Äh, ja, tut mir leid, da war ich gerade ein bisschen gestresst und außerdem nass bis auf die Haut.« Ich hüstelte und musterte ihn erwartungsvoll.

»Verstehe.« Er grinste. »Also, ich bin auf der Suche nach Eddy, wegen der Wiesen, die für das Silofutter gemäht werden müssen. Ich hab zwar eine Liste der betreffenden Weiden bekommen, aber ohne Karte nützt mir die nicht viel. Deshalb würde ich sie gern mal alle mit ihm abfahren, damit ich möglichst bald anfangen kann.«

»Finde ich gut, dass er dich damit beauftragt hat.« Ich grinste und freute mich schon jetzt darauf, Harry künftig wieder regelmäßig zu sehen. Wie in alten Zeiten ...

»Danke« sagte er lächelnd. »Ich hab hier auch vorher schon ab und zu mit angepackt, vor allem bei der Ernte, aber jetzt haben wir es zum ersten Mal vertraglich festgemacht.«

Ich schirmte meine Augen vor der Sonne ab, die schon

hoch am Himmel stand. »Hervorragend. Onkel Arthur wird voraussichtlich den ganzen Sommer außer Gefecht sein, und Eddy hat schon allmählich Panik bekommen. Ich glaube, er ist gerade mit dem Tierarzt auf der Weide unterwegs.«

»Ja, ich hab seinen Range Rover erkannt. Kein Problem, ich warte.«

»Komm doch mit rein. Willst du eine Tasse Tee?«

Er nickte und folgte mir ins Haus.

»Apropos Tee, ich hab von deinen Plänen mit der Teestube gehört und finde die Idee super.« Auf meine verwunderte Miene hin fügte er hinzu: »Meine Mum hat mir davon erzählt.«

»Aber die lebt doch jetzt in ...«

»Bournemouth, richtig. Wahrscheinlich hat Hilary aus dem Postamt sie angerufen.«

Wir schüttelten belustigt den Kopf. In einem Kaff wie Lovedale weiß jeder alles über jeden.

»Hey, wie wär's, wenn ich dir die Felder zeige, dann musst du nicht auf Eddy warten.« Ich machte auf dem Absatz kehrt und marschierte zu seinem Auto.

»Und was ist mit dem Tee?«

»Den musst du dir erst verdienen.«

Kapitel 20

Da ich immer noch Lizzies Kleid und Stöckelschuhe trug, ließ ich mir von Harry beim Einsteigen in seinen Pick-up helfen und gab mir Mühe, mich dabei einigermaßen ladylike zu bewegen, statt mich wie sonst auf den Sitz zu fläzen.

Während wir langsam über die Feldwege rumpelten, trommelte er genau wie früher mit den Fingern aufs Lenkrad, im Takt zu einer Melodie, die nur er hören konnte. Es kam mir irgendwie seltsam und zugleich wie das Normalste der Welt vor, nach all der Zeit wieder mit ihm unterwegs zu sein. Erst jetzt wurde mir bewusst, dass er mir gefehlt hatte.

Schon eigenartig, wenn man jemanden, mit dem man jahrelang sehr viel Zeit verbracht hat, urplötzlich nicht mehr sieht. Aber so läuft das eben. Nach dem Schulabschluss verändert sich das Leben radikal – man fängt an zu arbeiten oder geht auf die Uni (oder, wie in meinem Fall, auf Weltreise) und bleibt nur mit einer Handvoll Menschen von früher in Verbindung. *Ich hätte mir einen Ruck geben und mich mal bei ihm melden sollen*, dachte ich. Aber irgendwie hatte unser Verhältnis gegen Ende unseres letzten gemeinsamen Sommers etwas seltsam Angestrengtes gehabt, und danach war ich lange auf Achse gewesen. Als ich schließlich wieder Kontakt zu ihm hatte aufnehmen wollen, hatte ich befunden, dass es zu spät war.

»Wie heißt das Feld da drüben?«, fragte Harry, während wir an der Obstplantage vorbeifuhren.

»Clover Field.« Inzwischen hatte ich mir sämtliche Namen eingeprägt. Ich konsultierte den Zettel, den er mir vorhin in die Hand gedrückt hatte. »Und es steht nicht auf der Liste.«

»Tut mir leid, Clover«, rief er aus dem Fenster. »Du stehst nicht auf der Liste.«

Ich kicherte. »Weißt du noch, wie uns Onkel Arthur in seinem Landrover das Autofahren beigebracht hat?«

Harry steuerte den Wagen durch eine schmale Lücke in der Steinmauer. »Jep. Soweit ich mich erinnere, hast du dich so dumm angestellt, dass dein Onkel meinte, nächstes Mal fährt er mit uns auf ein größeres Feld.«

Ich boxte ihn in den Arm. »Gar nicht wahr. Ich war am Steuer bloß selbstbewusster als du.«

Er prustete los. »So kann man es auch nennen. Rücksichtslose Raserin trifft es wohl eher! Ich glaube, in dem Sommer, in dem du siebzehn geworden bist und Autofahren lernen durftest, ist dein Onkel um mindestens zehn Jahre gealtert.«

Ich rieb mir das Kinn, als würde ich nachdenken. »Hm, und wer von uns beiden hat noch gleich die Führerscheinprüfung als Erster bestanden?«

Harry verdrehte die Augen. »Lassen wir das. Es war nett von ihm, dass er mir das Fahren beigebracht hat. Mein Vater wäre dafür nicht mehr fit genug gewesen. Er hat damals schon sehr unter seiner Arthritis gelitten.«

»Ich weiß. Der Ärmste. Wie geht's ihm denn inzwischen? Tante Sue sagt, das Klima im Süden tut ihm gut.«

»Ja, es geht ihm bestens, danke.« Er lächelte und verdrehte erneut die Augen. »Dass er Hunderte Kilometer weit weg wohnt, hindert ihn nicht daran, mich rumzukommandieren.«

Binnen zehn Minuten kam es mir so vor, als hätte es die vergangenen fünfzehn Jahre gar nicht gegeben. *Das ist echte Freundschaft – wenn man selbst nach so vielen Jahren einfach da weitermachen kann, wo man aufgehört hat,* dachte ich. Wir waren älter geworden, aber im Inneren waren wir dieselben geblieben.

»Gehe ich recht in der Annahme, dass du nach wie vor auf melancholische Männer-Rockbands stehst?«, feixte ich, seit jeher ein riesiger Backstreet-Boys-Fan, während Harry ›Musik zum Schlussmachen‹ bevorzugte, wie ich es nannte. Unsere unterschiedlichen Vorlieben in puncto Musik waren stets eine Art Running Gag zwischen uns gewesen.

Er hob eine Augenbraue. »Und gehe ich recht in der Annahme, dass dein Musikgeschmack nach wie vor zum Davonlaufen ist?«

»Nur zu deiner Information, inzwischen stehe ich auf Take That.«

Harry grunzte belustigt. »Keine weiteren Fragen, Euer Ehren.«

»Und was ist aus deiner Karriere als Schlagzeuger geworden?«, hakte ich nach. »Wolltest du nicht mal der nächste Wie-hieß-noch-gleich-der-Schlagzeuger-von-Nirvana werden?«

Er schüttelte den Kopf. »Dave Grohl, und nur zu deiner Information, ich *bin* Schlagzeuger. Ich hab zusammen mit ein paar Kumpels eine Band namens The Almanacs gegründet.«

»Echt? Cool!« Ich bin immmer sehr dafür, dass sich jeder seine Herzenswünsche erfüllt. »Freut mich für dich.«

»Ja. Wir haben zwar nicht allzu viele Gigs, aber wenn, dann steppt der Bär.«

»Soso. Ich nehme nicht an, dass mir eure Sachen gefallen werden, oder? Ich bin und bleibe ein Pop-Girl. Fahr mal da runter zum Bottom Field.«

Harry räusperte sich und rieb sich die Nase. »Ehrlich gesagt spielen wir auch Popsongs. Coverversionen. Wir treten auf Hochzeiten und Geburtstagspartys auf und haben ein recht breit gefächertes Repertoire für alle Altersgruppen auf Lager. Du solltest mal unsre Version von *Valerie* hören – da geht die Luzie ab!«

»Echt? Gib mir unbedingt Bescheid, wenn ihr das nächste Mal spielt.«

»Mach ich.« Er schob sich die aufgekrempelten Hemdsärmel über die Ellbogen. »Könnte allerdings ein Weilchen dauern – Steve, unser Gitarrist, ist vor Kurzem Vater geworden, deswegen pausieren wir gerade.«

Wir erzählten einander, was wir in den vergangenen Jahren so getrieben hatten, was bei ihm in zehn Sekunden erledigt war: Nach dem dreijährigen Landwirtschaftsstudium an der Harper Adams University hatte er den elterlichen Hof übernommen, damit sich sein Vater zur Ruhe setzen konnte. Bei mir dauerte es entschieden länger – auch deshalb, weil Harry immer wieder Anekdoten aus unserer Teenagerzeit einstreute.

»Okay, hab ich jetzt alle Felder gesehen, die gemäht werden müssen?«, sagte er schließlich.

Ich studierte seine Liste.

»Fast, das größte fehlt noch, Crofters Field. Hat gut dreieinhalb Hektar, glaub ich. Fahr einfach geradeaus bis zu dem Baum da drüben bei Colton Woods.«

Harry lächelte versonnen. »Dreieinhalb Hektar. Na ja. Ein Bekannter von mir weiter im Süden hat Äcker von mindestens acht Hektar und mehr. Hier ist irgendwie alles so kleinteilig.«

»Dafür sehen unsere Felder mit den Steinmauern und den hölzernen Zaunübertritten hübscher aus. Das ist doch das Besondere an Cumbria.« Ich seufzte und genoss den Ausblick über das Tal bis hinunter zum Lake Windermere.

»Wohl wahr, Mädel«, sagte Harry, und ich lachte über seine gelungene Imitation von Eddys altmodischer Ausdrucksweise.

»Wobei ich letztens hier draußen einen toten Dachs entsorgen musste, das war kein schöner Anblick.«

»Ach ja?« Harry musterte mich scharf. »Du weißt, dass die zu den gefährlichsten Überträgern der Rindertuberkulose gehören? Wann war zuletzt Vieh auf dieser Weide?«

»Keine Ahnung.« Ich zuckte die Achseln. »Ist schon eine Weile her, glaube ich. Aber heute ist ohnehin der Tierarzt deswegen da. Lass uns zurückfahren, ich kann es kaum erwarten, den anderen zu erzählen, wie gut meine Besprechung gelaufen ist.«

Harry nickte und machte kehrt.

Ein paar Minuten später hielten wir wieder auf dem Hof, und er stellte den Motor ab und stieg aus. Da er gerade nicht hersah, sparte ich mir das damenhafte Verhalten, öffnete die Tür und sprang einfach aus dem Auto – ein Riesenfehler, denn ich blieb irgendwo hängen, und da stand ich dann und konnte weder vor noch zurück. Mist! Das Kleid – *Lizzies* Kleid – hatte sich offenbar an irgendeinem Hebel neben dem Sitz verhakt, und als ich etwas unsanft daran zerrte, hörte ich den Stoff reißen. Ich sah an mir hinunter. Oh nein! Die Seitennaht war aufgeplatzt, und meine Oberschenkel waren höchst unziemlich entblößt. Ebenso vergeblich wie verzweifelt versuchte ich mich zu befreien.

»Harry!«, quiekte ich schließlich kläglich, »Hilfe, ich hänge fest«, und lief feuerrot an, als er um das Auto herumkam und bei meinem Anblick schallend zu lachen begann.

»Das ist nicht witzig!«, echauffierte ich mich. »Vor allem, weil das Kleid nur geliehen ist!«

Das erheiterte ihn nur noch umso mehr. Sein Lachen wirkte ansteckend, und schon bald konnte ich nicht mehr anders und stimmte mit ein. Wir lachten, bis uns die Tränen kamen.

»Entschuldige«, keuchte er. »Wirklich überhaupt nicht witzig.«

»Kein bisschen«, entgegnete ich atemlos und wischte mir die Tränen von den Wangen. »Steh hier nicht bloß rum, tu irgendwas!«

»Okay«, sagte er, vergeblich darum bemüht, sich wieder zu beruhigen. »Ich hebe dich mal hoch, vielleicht hilft das.«

»Gute Idee.« Ich legte ihm einen Arm um die Schultern, und er hob mich mühelos hoch. Er roch nach Gras, frisch gewaschener Wäsche und Zitronen, und die Härchen in seinem Nacken kitzelten meine Haut. Ich spürte, wie mir heiß wurde. Wir waren uralte Freunde, und trotzdem lag plötzlich ein Knistern in der Luft. *Ich bin auch nur ein Mensch*, dachte ich, *das ist eine völlig normale, natürliche Reaktion.*

Wir grinsten uns an. Unsere Gesichter waren nur Millimeter voneinander entfernt.

»Genau deshalb trage ich sonst immer Jeans«, sagte ich kichernd. »So, mal sehen, ob ich ...«

Ich fasste nach hinten und versuchte, das Kleid zu befreien, doch mein Arm war zu kurz.

»Geh mal ein Stück näher ran.«

»Okay, aber beeil dich, du bist ganz schön schwer.« Just als es mir endlich gelungen war, mich zu befreien, hörte ich eine Autotür knallen und Schritte auf uns zukommen.

»Schnell, lass mich runter«, befahl ich. »Ich glaube, Charlie und Ollie sind wieder da.«

Er setzte mich ab. »Okay, okay, immer mit der Ruhe.«

»Ganz recht, wir sind wieder da.«

Oh-oh. Ich wirbelte herum. Charlie hatte sich mit vor der Brust verschränkten Armen vor uns aufgebaut und sah misstrauisch von Harry zu mir und wieder zurück.

Mist. Ich konnte mir lebhaft vorstellen, wie verdächtig die Situation auf einen Außenstehenden wirken musste.

»Ach herrje«, murmelte Harry verhalten.

»Hallo Charlie!«, rief ich und zerrte den Saum des Kleides nach unten. »Das ist Harry Graythwaite, mein alter Freund von der Willow Farm.«

Harry streckte ihm die Hand hin, doch Charlie tat, als würde er es nicht bemerken.

»Sieht ja ganz danach aus, als hättet ihr einen netten Vormittag gehabt«, stellte er kühl fest und musterte mich prüfend.

»Eigentlich nicht, wir haben uns bloß gerade zusammen ein paar Felder angesehen, und beim Aussteigen bin ich mit dem Kleid hängen geblieben, aber Harry hat mich gerettet«, erklärte ich. Warum war ich so nervös? Ich hatte mir nichts vorzuwerfen, mal abgesehen von meinem undamenhaften Sprung aus dem Pick-up. Zeit für einen Themenwechsel.

»Wie siehts aus, möchte jemand Tee?«

Niemand antwortete.

Harry deutete auf den schwarzen Landrover, der gerade den Hof verließ. »Komisch, der Tierarzt ist ja immer noch da.«

Wir wechselten einen besorgten Blick.

Im selben Moment kam Eddy um die Ecke, gefolgt von Tante Sue und Onkel Arthur, der auffallend blass war.

Und ihre verkniffenen Mienen verhießen nichts Gutes.

Harry runzelte die Stirn. »Wie es scheint, gibt es schlechte Neuigkeiten.« Er schlug die Beifahrertür zu und ging Eddy entgegen. Ich folgte ihm.

Tante Sue hielt Onkel Arthurs Hand und sah aus, als würde sie gleich anfangen zu weinen.

»Was ist denn los?«, rief ich und eilte zu ihnen.

»Die Hereford-Rinder haben TB«, sagte Onkel Arthur mit Tränen in den Augen und ließ die Schultern hängen. »Fast die halbe Herde muss geschlachtet werden. Wir sind am Ende, Freya.«

»Nein!« Ich schnappte nach Luft und spürte, wie meine Knie nachgaben.

Das durfte doch nicht wahr sein! Nicht nach allem, was wir dieses Jahr schon durchgemacht hatten!

Harry legte mir eine Hand auf die Schulter, und obwohl Charlie danebenstand, ließ ich es geschehen. Wir würden zweifellos auf Harrys Unterstützung angewiesen sein, wenn wir diese neue Krise bewältigen wollten.

Falls es überhaupt möglich war, sie zu bewältigen.

WO DAS HERZ ZU HAUSE IST

Kapitel 21

Ich stand auf der Außengalerie der Scheune, in der ich mit etwas Glück schon bald die schönste Teestube im ganzen Lake District eröffnen würde, und genoss den Ausblick, den man von dort oben über die Farm hatte.

Es war Mitte Juni, gute zwei Wochen nach der Schreckensnachricht, dass vierzig Rinder wegen TB geschlachtet werden mussten. Charlie war noch am selben Abend nach Hause gefahren, einen Tag früher als geplant. »Ich hab den Eindruck, wir sind euch bloß im Weg. Wir gehören eben doch nicht hierher«, hatte er gesagt.

Nach außen hin sah es so aus, als hätte sich nicht viel geändert, aber das täuschte, und ich fragte mich, ob sich die Farm und alle, denen sie am Herzen lag, wohl je wieder von diesem Schock erholen würden. Onkel Arthur wirkte heute ganz besonders bedrückt, und ich war froh, dass ich da war, um ihm und Tante Sue beizustehen.

Ich lehnte mich an die Brüstung, atmete tief die süße Sommerluft ein und beobachtete, wie sich ein Traktor samt Mähdrescher in schnurgeraden Reihen durch das hohe Gras auf dem Beech Field arbeitete, vom einen Ende zum anderen und wieder zurück. Es war, als würde ich ein Tennismatch in Superzeitlupe verfolgen.

Der Traktor stammte von der Willow Farm, weshalb ich annahm, dass Harry am Steuer saß. Das Silofutter war nicht mehr für unser Vieh bestimmt; Harry erhielt es als Gegenleistung fürs Mähen. Nachdem wir jetzt nur noch halb so viele Tiere hatten, benötigten wir im Winter auch entsprechend weniger Futter.

Die stark dezimierte Herde befand sich auf dem Crofters Field zu meiner Linken. Arthur, Eddy und selbst Ross hatten sich die Schlachtung der infizierten Tiere sehr zu Herzen genommen, und die verwaisten Kälber hatten in der ersten Nacht ganz jämmerlich gemuht. Und auch ich hatte an jenem Abend geheult wie ein Schlosshund, dabei hatte ich genügend andere Probleme. Im Grunde konnte ich es mir beim besten Willen nicht leisten, untätig hier oben herumzustehen.

Ich überlegte, was ich zuerst machen sollte – aufschreiben, was bis zur Eröffnung der Teestube noch zu tun war, oder mich noch einmal mit den Moodboards für die Gestaltung des Interieurs beschäftigen, für das mir eine rustikal angehauchte, bunt zusammengewürfelte – sprich: billige – Einrichtung im Shabby Chic vorschwebte. Ich konnte aber auch in meinen VW-Bus steigen und ein paar Cafés im Lake District abklappern – natürlich nicht zum Spaß, sondern zu Marktforschungszwecken.

Nur eines wollte ich auf gar keinen Fall tun: über Charlie und unsere Fernbeziehung nachdenken. Ich hatte keine Gelegenheit mehr gehabt, die harmlose, aber verfänglich wirkende Situation mit Harry aufzuklären. Es war alles so schnell gegangen – Eddy und Ross hatten, unterstützt von Harry, die kranken Tiere von den gesunden getrennt, und Tante Sue und ich hatten Tee gemacht und mit vereinten

Kräften versucht, Onkel Arthur zu trösten und dafür zu sorgen, dass er sich nicht zu sehr aufregte. Und in der Zwischenzeit hatte Charlie seine und Ollies Sachen gepackt.

Dabei hatte der Tag so gut angefangen ...

»Freya! Freya! Freya!«

Und schon befand ich mich wieder in der Gegenwart.

Lizzie kam mit wehendem Haar quer über den Hof gerannt und erklomm die schmale Treppe zur Galerie, wobei sie tunlichst die morschen Stufen mied.

»Das musst du dir anhören!«, keuchte sie atemlos.

Sie schwenkte ein kleines Radio. »Meine Schwester interviewt gerade Harry Graythwaite!« Sie drehte am Lautstärkeregler.

»Ach, echt? Und ich dachte, er sitzt in dem Traktor da drüben!« Dann musste es wohl einer seiner Angestellten sein. Schade, ich hätte nichts dagegen gehabt, ihm mal wieder über den Weg zu laufen und mit ihm zu quatschen.

Lizzie schüttelte den Kopf. »Wohl kaum. Das Interview ist live. Psst.«

Hier ist Victoria Moon von Radio Lakeland, und ich freue mich sehr, den Landwirt Harry Graythwaite aus Lovedale bei mir im Studio begrüßen zu dürfen. Guten Morgen, Harry. Schön, dass Sie kommen konnten ...«

»Pfff. Sie steht auf ihn, eindeutig«, zischte Lizzie. »Der arme Kerl. Wir müssen ihn retten!«

Hi, Victoria. Vielen Dank für die Einladung.

Ich musste unwillkürlich lächeln, als ich seine Stimme hörte. Ich konnte ihn mir lebhaft im Studio vorstellen, wie er nervös an seinem Hemdkragen zerrte und überall Erdklümpchen aus dem groben Profil seiner Schuhe auf dem Boden hinterließ.

Victoria ließ ein perlendes Lachen hören, und Lizzy verdrehte die Augen.

Wie ich höre, modernisieren Sie gerade die elterliche Farm, einen traditionellen landwirtschaftlichen Betrieb in Lovedale, Harry.

Äh, ja, könnte man so sagen, erwiderte er.

Faszinierend! Erzählen Sie uns doch bitte etwas mehr darüber!

Ähm, na gut, also ... Ich hab das Farmerdasein quasi schon mit der Muttermilch aufgesogen und kann mir nicht vorstellen, was anderes zu machen. Ich habe die Willow Farm übernommen, als sich mein Vater zur Ruhe gesetzt hat, und seither versuche ich, ihr meinen Stempel aufzudrücken und sie möglichst zukunftsorientiert zu bewirtschaften, um ...

»Wieso interviewt sie ihn überhaupt?«, fragte ich Lizzie. Harry klang ein bisschen konfus, als wüsste er selbst nicht so genau, weshalb er im Radio war.

»Sie hat ihn sich im White Lion gekrallt. Das gehört garantiert zu ihrem Verführungs-Masterplan. Erst schmeichelt sie ihm, und wenn das nichts nützt, stalkt sie ihn so lange, bis er einknickt.«

Seine Antwort schien Victoria jedenfalls nicht sonderlich spannend zu finden, denn sie unterbrach ihn binnen kürzester Zeit.

Die Landwirtschaft boomt also?

Das nicht, aber die Bevölkerung wächst.

Ach Harry, Sie Witzbold! Victoria lachte gekünstelt. *Dann sind also all diese alleinerziehenden Mütter mit acht Kindern genau das, was reiche Farmer wie Sie brauchen?*

Lizzie stöhnte. »Sie ist echt unglaublich.«

Ähm ... Die Weltbevölkerung wächst ständig, und damit auch *der Bedarf an Nahrungsmitteln. Die Landwirte in Großbritannien versuchen, der gesteigerten Nachfrage entsprechend mehr qualitativ hochwertige Lebensmittel im Land zu produzieren. Die sind frischer und gesünder als die importierten, und außerdem kann auf diese Weise der CO_2-Ausstoß reduziert werden.*

Also, ich weiß nicht recht. Victoria kicherte. Vielleicht gäbe es weniger übergewichtige Menschen, wenn man weniger Lebensmittel produzieren würde. Oh, ich bekomme gerade die Anweisung, mal wieder ein bisschen Musik zu spielen. Bleiben Sie dran, liebe Hörer, gleich geht's weiter, aber jetzt erst mal All Together Now von The Farm.

»Klasse!« Grinsend schaltete Lizzie das Radio aus.

Ich blinzelte. Hatte ich irgendetwas verpasst? »Wie jetzt? Sogar ich hab mich für sie geschämt, dabei mag ich sie gar nicht«, flunkerte ich, aus purer Loyalität Lizzie gegenüber, denn eigentlich hatte ich nichts gegen Victoria. Im Gegenteil, insgeheim war ich ihr sogar dankbar, schließlich hatte sie mich auf die Idee mit der Teestube gebracht.

»Nachdem sie gerade so ziemlich die ganze Welt beleidigt hat, wird doch bestimmt jemand anrufen und sich über sie beschweren. Und dann wird sie gefeuert und muss sich kleinlaut bei Nacht und Nebel aus dem Staub machen, und ich seh sie frühestens an Weihnachten wieder.«

»Möglich wär's. Vielleicht verschafft ihr ihre Unverschämtheit aber auch eine riesige Fangemeinde und lässt die Einschaltquoten nach oben schnellen.«

Lizzie streckte mir die Zunge heraus. »Auf wessen Seite stehst du eigentlich? Und was treibst du überhaupt hier oben? Hast du aus der Ferne den Traktorfahrer angeschmachtet, weil du dachtest, es wäre Harry?« Sie knuffte mich in die Rippen.

»Quatsch. Ich hab mir mal die Tür da hinter mir angesehen.« Früher musste es hier eine Art Seilzug zum Hochziehen von Lasten gegeben haben. »Ich möchte sie durch Glasscheiben ersetzen lassen.«

»Super Idee. Ist toll hier oben. Sehr romantisch.« Sie breitete die Arme aus. »Oh, Romeo... Apropos, hast du mal wieder was von Charlie gehört?«

»Äh, ja.« Verlegen trat ich von einem Fuß auf den anderen und betrachtete meine Fingernägel.

Ich hatte nicht die geringste Lust, Lizzie von meinen letzten Telefonaten mit Charlie zu erzählen, die ungefähr so unterhaltsam waren wie die Wettervorhersage und nach denen ich immer einen dicken, fetten Kloß im Hals hatte, gerade so, als hätte ich ein Stück trockenes Brot verschluckt.

Natürlich erkundigte er sich jedes Mal nach Onkel Arthur und der Herde und wollte wissen, wie es mit der Teestube voranging, und ich fragte nach Ollie und dem Schrebergarten und ob er und seine Mannen sich mal wieder als Lebensretter betätigt hatten. Was mir jedoch Sorge machte, war das, was wir nicht mehr sagten: Er sagte mir nicht mehr, dass er mich liebte, und ich versprach ihm nicht mehr, dass ich bald nach Kingsfield zurückkommen würde. Es war höchste Zeit, dass wir uns mal wiedersahen, ehe alles noch schlimmer wurde.

»Sieh mal, da ist deine Tante.«

Ich spähte an Lizzie vorbei zum Haus hinüber. Tatsächlich stand Tante Sue am Gartentor und ließ prüfend den Blick über den Hof wandern.

»Huhu, Tante Sue! Suchst du mich?«, rief ich und wedelte mit den Armen.

»Ach, da bist du, Freya. Kannst du mal kurz runterkommen?«

»Klar.«

Ich drehte mich zur Treppe um, doch Lizzie hielt mich zurück. »Schlag Charlie doch vor, noch mal herzukommen. Ohne Ollie. Nur ihr zwei.«

»Das hatte ich mir auch schon überlegt. Ich ruf ihn nachher mal an.« Vielleicht konnte er, wenn er sich nicht um Ollie kümmern musste, ja sogar schon dieses Wochenende kommen. Ich seufzte und machte mich auf den Weg nach unten. Gleich darauf legte ich meiner Tante lächelnd einen Arm um die Schultern. »Na, was liegt an, Suzie?«

Sie gluckste. »Frechdachs.« Das türkisfarbene T-Shirt, das sie heute trug, brachte ihre Augenfarbe besonders gut zur Geltung und bildete einen reizvollen Kontrast zu ihrem weißen Haar. »Komm mit in die Küche. Dein Onkel möchte mit dir reden.«

Onkel Arthur hatte einen Stapel landwirtschaftlicher Zeitschriften und eine dünne Mappe mit der Aufschrift »Ruhestand« vor sich auf dem Tisch liegen und empfing mich, wie so oft dieser Tage, mit einem Seufzen und einem matten Lächeln.

Der Kardiologe hatte sich erstaunt über seine rasche Genesung gezeigt und Ausdrücke wie »eiserne Konstitution« und »unverwüstlich« verwendet. Der Mann musste Tomaten auf den Augen haben – meiner Meinung nach war mehr als offensichtlich, dass Onkel Arthur ein gebrochener Mann war, seit er die Hälfte seiner geliebten Herde verloren hatte.

»Setz dich, Freya.«

Er deutete auf den Stuhl am Kopfende des Tischs. Ich

ließ mich darauf nieder, und Tante Sue nahm ihm gegenüber auf der Bank Platz.

»Oje, das klingt ja ernst. Hab ich mal wieder einen Teebeutel in der Spüle liegen lassen?«

Schweigen. Mist, den beiden war ganz offensichtlich nicht zum Scherzen zumute.

»Freya, vielen Dank für alles, was du im Laufe der vergangenen Monate für uns getan hast«, sagte Onkel Arthur. »Ohne dich hätten wir das alles niemals geschafft.«

»Und zwar nicht nur in finanzieller Hinsicht.« Tante Sue tätschelte mir die Hand. »Deine Anwesenheit war für uns ein richtiger Lichtblick.«

»Das ist lieb von euch.« Ich hielt den Atem an, gespannt auf das »Aber«, das unweigerlich folgen würde.

»Aber so kann es nicht weitergehen.« Onkel Arthur strich über die Mappe, Tante Sue hüstelte.

»Der Verlust der halben Herde ist eine Katastrophe für uns ...«

»Aber auch eine gute Gelegenheit, uns Gedanken über unsere Zukunft zu machen«, ergänzte Tante Sue.

»Das freut mich sehr. Ich bin so froh, dass ihr es auch positiv seht.« Tante Sue flehte ihn schließlich schon so lange an, sich zur Ruhe zu setzen. Anscheinend waren ihre Worte jetzt endlich auf fruchtbaren Boden gefallen.

»Nun gilt es, unsere Möglichkeiten auszuloten«, fuhr er fort.

»Wir ziehen in Erwägung, das restliche Vieh zu verkaufen, und Ende des Jahres sehen wir dann weiter.«

Was? Mir wurde flau. »Dann sind die Pläne mit der Teestube also gestorben?«

»Nein, nein!«, protestierten sie unisono.

»So war das nicht gemeint. Die Teestube ist eine großartige Idee.«

Onkel Arthur schlug eine der Zeitschriften auf und deutete auf einen Artikel. »Viele Farmer suchen sich ein zweites Standbein, um über die Runden zu kommen. Da wird zum Beispiel von einer Farm berichtet, auf der es so eine Art Vergnügungspark für Kinder gibt. Außerdem bekommt man hier in der Umgebung nirgendwo eine halbwegs vernünftige Tasse Tee.«

»Geschweige denn ein Stück von einem meiner Kuchen.«

»Wir wollen wie gesagt noch bis Ende des Jahres abwarten, und dann entscheiden wir, ob wir bleiben und das Haus und den Garten behalten und die Felder und die Teestube verpachten oder ob wir alles verkaufen.«

»Und uns einen Bungalow zulegen«, fügte Tante Sue hinzu.

»Mit der Entschädigung, die wir von der Regierung für den Verlust des Viehs erhalten, könnten wir dir dann zumindest einen Teil deines Geldes zurückzahlen.«

»Oder eine Anzahlung für den Bungalow leisten«, murmelte Tante Sue.

Onkel Arthur sah mich an. »Kommt es dir auch so vor, als würde deine Tante versuchen, mir eine unterschwellige Botschaft zu vermitteln?«

Sie verschränkte die Arme vor der Brust, und wir lachten.

»Warum wollt ihr denn auch den Rest der Herde loswerden?«, fragte ich dann. »Ich meine, ganz unabhängig davon, ob ihr die Farm nun verkauft oder verpachtet, könnte es doch gut sein, dass euer Nachfolger – oder eure Nachfolgerin – die Herde übernehmen möchte.«

»Nachfolgerin?« Tante Sue setzte sich aufrecht hin. »Sollen wir das dahingehend interpretieren, dass du in Erwägung ziehst, die Farm zu übernehmen?«

»Sue!« Onkel Arthur schnalzte missbilligend mit der Zunge. »Wir dachten, es ist vielleicht einfacher, wenn der- oder diejenige ganz neu anfangen kann, mit einer leeren Leinwand, wie man so schön sagt. Besser gesagt mit leeren Weiden ...« Er verstummte, und mir zog sich das Herz zusammen vor Mitgefühl.

»Okay, das heißt, komme, was wolle, Ende des Jahres setzt ihr euch zur Ruhe?«

Sie nickten.

»Gut. Das ist eine klare Ansage, mit der ich arbeiten kann.« Ich stand auf.

»Wo willst du hin?« Sie musterten mich besorgt.

»Ins Büro. Mein Projekt ruft!«

Ich musste dringend mit Mr. Goat telefonieren – bei meinem Glück konnte es sonst gut sein, dass er womöglich inzwischen ausgebucht war, bis die Entscheidung des Baureferats in Bezug auf den Umbau der Scheune gefallen war.

Tante Sue hatte die aktuellen Entwicklungen mit Fug und Recht als gute Gelegenheit bezeichnet. Ich hatte ein halbes Jahr Zeit, meine Pläne in die Tat umzusetzen, und ich durfte nicht scheitern.

Ich wollte mich beweisen – und zwar nicht nur vor meinem Dad, der mir einen Kredit gegeben hatte und mir zum ersten Mal in meinem Leben etwas zutraute. Nein, es ging hier auch um mich selbst. Bislang war ich stets vor jeder Form der Verantwortung zurückgeschreckt, aber das hier war meine Chance zu zeigen, was ich draufhatte.

Als ich mich an meinem kleinen Schreibtisch niederließ, gingen mir Tante Sues Worte durch den Kopf: *Sollen wir das dahingehend interpretieren, dass du in Erwägung ziehst, die Farm zu übernehmen?*

Allein würde ich das niemals schaffen – und das wollte ich auch gar nicht. Schließlich hatte von vornherein festgestanden, dass mein Aufenthalt hier von begrenzter Dauer war. Sobald die Teestube lief, hieß es für mich auf zu neuen Ufern.

Aber bis dahin hatte ich vor, jeden einzelnen Augenblick meiner Zeit hier auszukosten.

Kapitel 22

Der nächste Tag fing gar nicht gut an. Ich erwachte mit Benny auf meiner Brust, und als wir gleichzeitig herzhaft gähnten, hauchte er mir ungeniert seinen übel riechenden Katzenatem ins Gesicht.

»Igitt, Benny! Was zum Henker hast du gefressen?«, stöhnte ich und richtete mich auf. »Hast du noch nie etwas von Zahnseide gehört?«

Von wegen »Morgenstund hat Gold im Mund«.

Dass ich mich gleich darauf unten in der Küche mit meinem Bruder Julian konfrontiert sah, trug auch nicht gerade zur Besserung meiner Laune bei.

Onkel Arthur saß in seinem Fauteuil und hatte sich hinter der Zeitung verschanzt. Als er mich erblickte, unterbrach er seine Lektüre und wackelte vielsagend mit den Augenbrauen.

Julian hatte eine Tasse schwarzen Kaffee vor sich stehen und wehrte sich mit Händen und Füßen gegen Tante Sues Versuche, ihm ein Frühstück zu servieren, was mir, der unerfreulichen morgendlichen Überraschung zum Trotz, ein Grinsen entlockte. Bei Tante Sues ausgefeilter Zermürbungstaktik geben früher oder später selbst die hartnäckigsten Essensverweigerer klein bei. Erst bietet sie ihrem

Gast etwas Shortbread zum Tee an, wenn das nichts nützt, schwenkt sie um auf ein pochiertes Ei auf Toast und preist dann ihren Kuchen an (»selbst gebackenen – nur ein klitzekleines Stück?«), nur um schließlich wieder beim Shortbread zu landen.

»Also gut, etwas Shortbread nehm ich gern«, brummte Julian.

Tante Sue seufzte erleichtert auf und häufte einen Riesenberg des schottischen Mürbeteiggebäcks auf einen Teller.

»Guten Morgen allerseits.« Ich trat zum Tisch und legte meinem Bruder statt einer Umarmung kurz die Hand auf die Schulter, ehe ich mich auf der Bank niederließ. »Hallo Julian.«

Wir musterten einander argwöhnisch. Auf die Idee, dass wir Geschwister sind, würde man rein optisch niemals kommen, erst recht nicht angesichts meiner aktuellen äußeren Erscheinung – ich war noch im Schlafanzug und leicht grün im Gesicht nach Bennys Geruchsattacke, meine Augen waren verklebt, die Haare zerzaust. Julian trug einen teuren Leinenanzug, und sein schwarzes Haar war nun, da er Mitte vierzig war, schon etwas schütter und an den Schläfen grau meliert. Er ließ unter dem Tisch die Knie auf und ab federn, und mit seinen schmalen Schultern und dem unruhigen Blick seiner braunen Augen erinnerte er mich an ein Wiesel.

»Morgen, Schwesterherz.« Er blickte ostentativ auf seine Armbanduhr. »Wird auch Zeit, dass du mal auftauchst. Dad hat mir schon erzählt, dass du hier ein bisschen Urlaub machst und es dir gut gehen lässt.«

Ich holte entrüstet Luft, um ihm gleich mal ordentlich die Meinung zu geigen, doch Tante Sue legte mir beschwichtigend eine Hand auf die Schulter und reichte mir eine Tasse Tee. »Ist das nicht eine schöne Überraschung?«

Mein Bruder sah mir in die Augen und grunzte höhnisch. »Tja, ich war bis spätnachts auf einer Konferenz in Edinburgh, und da dachte ich, statt im Hotel zu schlafen, fahre ich lieber durch und schau zum Frühstück bei euch vorbei ...«

Ich verdrehte die Augen. Als Nächstes sagte er garantiert, schlafen wäre was für Weicheier.

»Frühstück?«, wiederholte Tante Sue. »Wie wär's dann mit etwas gebratenem Speck?«

Onkel Arthur raschelte energisch mit der Zeitung und brummte verhalten: »Himmelkreuzdonnerwetter, Sue!«

»Außerdem wollte ich mal sehen, wie es dir nach dem Herzinfarkt so geht, Onkel Arthur«, fügte Julian aalglatt hinzu. »Ich muss schon sagen, es überrascht mich, dass du schon wieder auf den Beinen bist. Ich hoffe doch, du übernimmst dich nicht gleich wieder.« Aber ich fiel auf seine pseudofürsorgliche Masche nicht herein. Julian tat nichts ohne Grund. Er wollte irgendetwas. Schweigend trank ich meinen Tee.

»Mir geht es gut, mein Junge, danke der Nachfrage. Hab ich da gerade etwas von Speck gehört, Sue?«

»Vergiss es, Artie. Komm her, und iss dein Müsli.« Tante Sue nahm ihm etwas unsanft die Zeitung aus den Händen und warf ihm einen strengen Blick zu, wohl um ihm zu signalisieren, dass er gefälligst ein bisschen freundlicher zu seinem einzigen Neffen sein sollte.

»Cholesterin, Onkel Arthur.« Julian klopfte sich auf seinen Waschbrettbauch. »Ich selbst meide es wie die Kapitalertragsteuer. Du solltest an dein Herz denken, wenn du ... ähm ...« Er spitzte die Lippen, um an seinem Kaffee zu nippen. »... noch etwas von deinem Ruhestand haben willst.«

Gestern Abend hatte ich Dad telefonisch über Onkel Arthurs und Tante Sues Pläne informiert und ihn gefragt, ob ich ihm den Kredit gegebenenfalls auch später zurückzahlen könnte, und kaum einen Tag später steht plötzlich der Meister der günstigen Gelegenheit vor der Tür. Zufall? Wohl kaum.

Julian hatte mich eiskalt abblitzen lassen, als ich ihn im April um Hilfe gebeten hatte. Sein Besuch musste ein anderweitiges Motiv haben, und ich würde diese Küche erst wieder verlassen, wenn ich wusste, welches.

Onkel Arthur stemmte sich aus seinem Fauteuil hoch und schlurfte zum Tisch, um sich seine tägliche Ration Sägemehl einzuverleiben. »Wie lange wirst du uns denn mit deiner Anwesenheit beehren?«, erkundigte er sich. Es klang alles andere als erfreut.

»Ich schätze mal, du musst bald nach London zurück?«, fügte ich hoffnungsvoll hinzu.

»Ja.« Julian runzelte die Stirn. »Aber erst wollte ich mit euch beiden reden.« Er sah von Onkel Arthur zu Tante Sue und warf mir dann einen Blick zu, mit dem er offenbar bezwecken wollte, dass ich ihn mit den beiden allein ließ. Ich verschränkte die Arme vor der Brust und rührte mich nicht von der Stelle.

Tante Sue schenkte sich Tee nach und nahm neben Julian Platz. »Worüber denn, mein Junge?«

Er tätschelte ihr mit seiner Wieseltatze den Arm. »Ich will euch nicht aushorchen, also fühlt euch um Himmels willen nicht verpflichtet, euch mir anzuvertrauen ...«, säuselte er mit einem wenig überzeugenden selbstironischen Lachen, »... aber habt ihr schon darüber nachgedacht, wem ihr die Farm einmal vererben wollt?«

Ich schnappte nach Luft. »Julian!«

Der hatte ja echt Nerven!

»Ja, das haben wir.« Onkel Arthur schob das Kinn vor.

Julian schluckte.

»Wir haben immer gehofft, dass das Anwesen in der Familie bleibt« Tante Sue seufzte.

Onkel Arthur ließ seinen Löffel in die leere Müslischüssel fallen, wobei ein Spritzer Milch auf Julians Sakko landete. Ätsch! »Allerdings kann es gut sein, dass wir die Farm verkaufen müssen, um unser Auskommen für unseren Lebensabend zu sichern.«

Tante Sue zuckte die Achseln. »Wir wollen nämlich einen B...« Als sie Onkel Arthurs mahnenden Blick aufschnappte, verstummte sie abrupt.

»Hervorragend!« Julian haute so kräftig mit der flachen Hand auf den Tisch, dass wir alle zusammenfuhren.

»Darf ich fragen, was dich das angeht, Julian?«, meldete ich mich zu Wort. »Warum steckst du deine Nase in Angelegenheiten...«

Er wedelte mit der Hand, als wäre ich eine lästige Fliege. Unverschämtheit!

»Ich habe eventuell einen Käufer für die Farm.« Er lehnte sich zurück und grinste selbstgefällig. »Mit allem Drum und Dran. Warum noch bis Ende des Jahres warten, wenn ihr auch jetzt schon eine ruhige Kugel schieben könnt?«

Einen Augenblick herrschte Schweigen. Mein Herz raste, als wollte es jeden Moment explodieren.

»Einen Käufer?«, echote Tante Sue verdattert, und Onkel Arthur nickte nachdenklich.

Nein! Hör auf zu nicken!

Ich zwang mich, tief durchzuatmen. Das hier war allein ihre Entscheidung. Ein schneller Verkauf, ein stressfreies Leben – das klang verlockend, keine Frage. Doch was war mit mir? In meinen Augen brannten Tränen. *Und was wird dann aus meiner Teestube?*, hätte ich am liebsten geheult. *Ich habe doch schon alles bis ins kleinste Detail durchgeplant, und außerdem bin ich hier zu Hause!* Aber ich presste die Lippen zusammen, obwohl es mir unendlich schwerfiel.

»Ich weiß, ein unglaublicher Zufall, nicht?« Julian lachte, als könnte er es selbst nicht fassen. Allerdings. Meiner Meinung nach klang das alles eine Spur zu schön, um wahr zu sein.

»Der Interessent ist einer meiner Geschäftspartner. Ein Investor. Hat im Bereich Kabel-TV Millionen gescheffelt. Digitales Fernsehen. Da steckt richtig Kohle drin.« Er lehnte sich zurück. »Aber jetzt will er unbedingt Farmer werden und das Landleben genießen.«

Tante Sue hatte sich als Erste wieder gefangen. »Also, das ist ja ein Ding!«

Julian hob eine Hand. »Ich sollte euch vielleicht warnen – der Hof ist in einem ziemlich heruntergekommenen Zustand und vermutlich nicht ganz so viel wert, wie ihr annehmt.«

»Ach, ne«, knurrte ich.

Der gierige Blick, mit dem er sich in der Küche umsah, entging mir nicht, und ich konnte mir lebhaft vorstellen, wie er seinem Kumpel Bericht erstatten würde: »Total baufällig. Muss komplett entkernt werden. Aber die alte Bruchbude hat Potenzial.«

O Gott! Was für eine entsetzliche Wendung!

»Dafür könntet ihr euch eine Menge Geld sparen, wenn ihr euch direkt mit ihm einigt – Maklergebühren und dergleichen mehr.«

»Das ist ein sehr freundliches Angebot«, sagte Onkel Arthur vorsichtig, »aber wir wollten eigentlich nicht so von heute auf morgen das Feld räumen, stimmt's, Sue?«

Sie ergriff seine Hand. »Wir müssen realistisch sein, Artie. Eine solche Chance bekommen wir nicht jeden Tag.«

Gott sei Dank nicht, dachte ich. *Da hätte ich im Handumdrehen graue Haare!*

»Gebt mir in einem Monat Bescheid«, sagte Julian und erhob sich, als hätte er den Deal schon so gut wie in der Tasche.

»Einen Monat?!«, keuchte ich, und im selben Moment nickte Tante Sue. »Einverstanden.«

Ich warf Onkel Arthur einen flehentlichen Blick zu. »Ich lasse mich zeitlich nicht unter Druck setzen, Julian«, knurrte er und stand ebenfalls auf. »Diese Farm ist seit über hundert Jahren im Besitz der Moorcrofts. Deine Tante und ich müssen das Angebot erst in aller Ruhe bereden und überdenken.«

»Allzu lange wird sich mein Interessent nicht hinhalten lassen«, gab Julian kopfschüttelnd zu bedenken. »Das tun Leute wie er nie.«

Onkel Arthur musterte ihn mit schmalen Augen. »Und ich lasse mich nicht hetzen.«

Yeah! Ich hätte ihm am liebsten applaudiert.

»Tja, dann bin ich mal gespannt.« Mit gerunzelter Stirn tippte Julian auf seinem Telefon herum.

Irgendetwas war an der ganzen Sache faul. Wenn ich nur wüsste, was!

»Also, das verstehe ich nicht ganz, Julian«, sagte ich scharf. »Ich habe Dad erst gestern erzählt, dass sich Tante Sue und Onkel Arthur zur Ruhe setzen wollen, und du hast es binnen zwölf Stunden geschafft, einen Käufer für eine Farm *im Lake District* aufzutreiben. Während du auf einer Konferenz *in Edinburgh* warst. Wie praktisch«, ätzte ich.

»Du sagst es!«, rief er und legte Tante Sue einen Arm um die Schulter. »Eine weise Fügung des Schicksals, wie es scheint.«

Ich verdrehte die Augen. »Aber ...«

Er ließ mich nicht ausreden. »Besteht die Möglichkeit, dass ich mir das Anwesen kurz ansehe, bevor ich wieder aufbreche? Ich würde gern ein paar Fotos für meinen Interessenten machen. Er wird hingerissen sein, davon bin ich überzeugt.«

»Nur zu«, brummte Onkel Arthur und ging zur Tür.

»Ich wollte gerade die Kühe melken gehen, Julian. Du kannst gern mitkommen und zusehen.«

»Ähm, okay. Hervorragend.«

»Ich gehe nach oben und ziehe mich an«, verkündete ich. »Soll ich mich dann um die Hühner kümmern?«

Doch meine Frage verhallte ungehört – Tante Sue hatte sich auf die Suche nach Gummistiefeln für Julian gemacht, damit er sich seine schicken Treter nicht ruinierte.

Eine halbe Stunde später war ich geduscht und angezogen und hatte mich wieder etwas beruhigt. Sollten Onkel Arthur und Tante Sue tatsächlich beschließen, die Farm an diesen Kabel-TV-Fuzzi zu verkaufen – was ich nicht hoffen wollte –, dann hatte ich kein Recht, ihnen dabei im Weg zu stehen. Es ging hier schließlich um ihre Farm und ihre Zukunft. Allerdings hegte ich den dumpfen Verdacht, dass Julian sie irgendwie über den Tisch ziehen wollte.

Missmutig ging ich nach unten. Ich hörte den Briefschlitz klappern und spurtete zur Haustür, um zu verhindern, dass Madge, die schon dahinter lauerte, nach den Fingern des Briefträgers schnappte.

»Werbung, Werbung, Werbung«, murmelte ich, während ich die Post durchsah. Moment, was war das? Ein großer brauner Umschlag mit dem Absender des Baureferats!

Gespannt hielt ich die Luft an und riss ihn auf. Jetzt ging's um die Wurst. Patience Purdue hatte mir zwar allen Grund geliefert, optimistisch zu sein, was meine Teestube anging, aber man konnte nie wissen ... Vielleicht sollte ich mich lieber setzen. Nur für alle Fälle. Ich warf die restliche Post auf den Küchentisch und ging weiter in Richtung Büro. Ich hatte schon die Hand am Türknauf, als ich von drinnen die Stimme meines Bruders vernahm. Hörte sich ganz so an, als würde er telefonieren.

»Ja, ja, ich weiß ... die reinste Goldmine ... die alten Leutchen haben schon so gut wie unterschrieben ...«

Ich schlug mir eine Hand auf den Mund. Dieser verfluchte Mistkerl! Hatte ich's doch geahnt!

Von wegen *jetzt will er unbedingt Farmer werden und das Landleben genießen!*

Ich presste das Ohr an die Tür. Dummerweise pochte mein Herz so laut, dass ich nur die Hälfte verstehen konnte, aber spätestens, als er »Muss alles abgerissen werden« sagte, wollte ich zu ihm hineinstürmen. Doch genau in diesem Augenblick flog die Haustür auf, und Harry kam herein.

»Hallo? Jemand zu Ha…«

Ich hastete zu ihm und bedeutete ihm, leise zu sein.

»Oh, tut mir leid. Schläft jemand?«, fragte er im Flüsterton.

»Still! Hör dir das an!«, zischte ich und zog ihn zur Bürotür, hinter der Julian gerade »Haben keinen blassen Schimmer, was es wert ist« sagte und lachte.

»Wer ist das, und wovon redet er?«, wisperte Harry mit gerunzelter Stirn.

»Julian.« Ich schüttelte den Kopf. »Und es geht um die Appleby Farm.«

»Genau… Luxushotel, schicker Landsitz, Feriendorf – der Fantasie sind keine Grenzen gesetzt«, tönte Julian jetzt, und Harry und ich sahen uns entsetzt an.

»Das wird mein Durchbruch. Julian Moorcroft hat's geschafft.« Mit einem hässlichen Lachen beendete er das Gespräch.

»Schnell«, zischte ich, raste die Treppe hoch und zerrte Harry an der Hand hinter mir her bis zum mittleren Absatz, wo wir uns an die Wand drückten und die Luft anhielten, während Julian die Bürotür öffnete und fröhlich vor sich hin pfeifend auf den Hof hinaus ging.

Harry musterte mich fragend. Erst jetzt fiel mir auf, dass ich noch immer seine Hand umklammerte. Ich ließ sie los und sank entmutigt auf die oberste Treppenstufe.

»Was geht hier vor, Freya? Eigentlich wollte ich bloß den Traktorschlüssel holen, und dabei bin ich offenbar mitten in einen Agatha Christie-Krimi gestolpert.« Ich musste lächeln, meiner Wut auf Julian zum Trotz.

»Ach, Harry, als hätten wir nicht auch so schon genügend Probleme, ist jetzt auch noch mein Bruder unangemeldet hier aufgetaucht und behauptet, er hätte einen Käufer für die Farm gefunden, die ihm zufolge allerdings kaum etwas wert ist. Ich kann nicht fassen, dass er Tante Sue und Onkel Arthur so hinters Licht führen will!«

Harry hob eine Augenbraue. »Ich kenne Julian zwar nicht allzu gut, aber soweit ich weiß, wart ihr euch in puncto Geld noch nie einig.«

Ich seufzte. »Stimmt.«

»Es wäre ein Hohn, wenn die Farm für ein Luxushotel plattgemacht wird«, stellte er fest. »Wenn ich dir irgendwie helfen kann, lass es mich wissen, ja?«

»Mach ich, danke. .« Wir lächelten uns an, und ich hätte mich am liebsten einen Augenblick an ihn gelehnt.

»Und was ist das?«, wollte er wissen und deutete auf den Umschlag in meiner Hand.

»Wart's ab.« Ich atmete einmal tief durch, dann zog ich das Schreiben des Baureferats heraus und überflog es.

Antrag bewilligt.

»Ha! Ich habe grünes Licht für meine Teestube bekommen!«

»Glückwunsch! Das freut mich für dich.« Harry grinste. »Und was jetzt?«

Ich rappelte mich auf.

»Jetzt werde ich diesen Schleimscheißer auffliegen lassen.« Julian war ein nicht zu unterschätzender Gegner, aber ich hatte das Recht auf meiner Seite. »Wenn er meint, ich würde tatenlos mit ansehen, wie er mir beziehungsweise Tante Sue und Onkel Arthur die Farm wegnimmt, hat er sich getäuscht.« Ich holte den Traktorschlüssel für Harry und ging in den Hof.

Julian saß bereits in seinem schnittigen schwarzen Sportwagen und plauderte durchs offene Fenster mit Tante Sue und Onkel Arthur.

Ich beugte mich hinunter und spähte zu ihm hinein.

»Du wolltest dich doch nicht etwa verkrümeln, ohne dich von mir zu verabschieden, oder?«, fragte ich ihn und zwang mich zu einem Lächeln.

»Na ja, ich kann nicht den ganzen Tag warten, bis du endlich angezogen bist«, schnarrte er verächtlich.

Ich drehte mich zu Tante Sue und Onkel Arthur um. »Hat euch Julian von seinen Plänen erzählt? In Wahrheit will er die Appleby Farm nämlich zu einem *Luxushotel* umbauen lassen, nicht wahr, Julian?« Ich lächelte ihn zuckersüß an.

Er rieb sich den Nasenrücken. »Freya ...«

»Vielleicht aber auch zu einem schicken Landsitz oder einem Feriendorf.«

Tante Sue und Onkel Arthur starrten mich fassungslos an. »Der Fantasie sind keine Grenzen gesetzt, stimmt's, Julian?«

»Okay, okay. Geh mal aus dem Weg.« Er öffnete die Fahrertür und stieg aus, wobei er mitten in eine Pfütze trat.

»Deinen Interessenten, der durchs Fernsehen reich geworden ist und jetzt Farmer werden will, gibt es also gar nicht?«, fragte Tante Sue und hakte sich bei ihrem Ehemann unter. Prompt bekam ich ein schlechtes Gewissen. In meinem Drang, Julian als Lügner zu entlarven, hatte ich nicht bedacht, was für ein Schock das für sie sein musste.

»Doch, doch, es gibt ihn«, brummte Julian mit finsterer Miene und rubbelte vergeblich an seiner nass gespritzten Anzughose herum.

»Aber er hat offenbar nicht vor, selbst hier zu leben. Ich

möchte mich stellvertretend für Julian bei euch entschuldigen. Er hat versucht, sich auf eure Kosten zu bereichern.«

»Julian!«, stieß Tante Sue entsetzt hervor.

»Ist das wahr, Bürschchen?«, fragte Onkel Arthur streng.

»Nein!« Mein Bruder war puterrot angelaufen und rieb sich das Gesicht. »Ich gebe zu, ich hätte euch von Anfang an die Wahrheit sagen sollen, aber ich hatte Angst, dass ihr nicht verkaufen wollt, wenn ihr hört, dass der Interessent ein Bauunternehmer ist, der hier so einiges auf die Beine stellen möchte.« Er sah auf die Uhr. »So, jetzt muss ich aber wirklich zurück nach London.«

Ich grinste höhnisch. Auf einmal hatte er es eilig.

»Aber könntet ihr euch vorstellen, das Angebot anzunehmen, wenn ich euch den marktüblichen Preis für das Anwesen biete?«

»Vergiss es!« Ich verschränkte die Arme vor der Brust.

Onkel Arthur legte mir einen Arm um die Taille. »Wir können es uns nicht leisten, so ein Angebot rundweg abzulehnen, Freya«, murmelte er und fügte dann etwas lauter hinzu: »Dein bisheriges Verhalten gefällt mir gar nicht, Julian, aber wenn du mir ein vernünftiges, ehrlich gemeintes Angebot machst, lasse ich es mir durch den Kopf gehen. Und solltest du noch einmal versuchen, uns übers Ohr zu hauen, dann brauchst du dich hier nicht mehr blicken zu lassen, ist das klar?«

»Jep.« Julian nickte knapp. »Bis wann...«

»Wie gesagt, ich lasse mich nicht hetzen.« Onkel Arthur streckte ihm die Hand hin, und Julian schüttelte sie widerstrebend.

Dann stieg er ein, ließ den Motor aufheulen und raste davon. *Gott sei Dank.*

Tante Sue und Onkel Arthur gingen ins Haus, ich blieb jedoch noch einen Augenblick stehen und ließ die Atmosphäre der Farm auf mich wirken – den Charme des uralten Anwesens mit all seinen Gerüchen und Geräuschen und das überwältigende Gefühl, hier zu Hause zu sein.

Ich empfand es als ein Privileg, auf diesem wunderbaren Fleckchen Erde zu leben, auch wenn dieses Glück nun womöglich ein Ablaufdatum hatte. Bei dem Gedanken daran packte mich das blanke Entsetzen.

Ich musste dafür sorgen, dass die Appleby Farm im Besitz der Moorcrofts blieb. Keine Ahnung, wie ich das bewerkstelligen sollte, aber ich musste es zumindest versuchen.

Kapitel 23

Ich hatte ein Datum für die Eröffnung meiner Teestube ins Auge gefasst: Am 1. August sollte es so weit sein. Bis dahin blieben mir noch fünf Wochen. Schluck.

Zugegeben, das war ein ehrgeiziges Ziel, aber Mr. Goat zufolge war der Großteil der erforderlichen Arbeiten »kosmetischer Natur«, bis auf die Verlegung der Strom- und Wasserleitungen, den Boden und die sanitären Anlagen natürlich ... In der Scheune wurde emsig gewerkelt, während ich unter anderem damit beschäftigt war, die Secondhand-Einrichtung zusammenzukaufen. Ein Teil davon lagerte bereits im Schuppen.

Heute allerdings brütete ich im Büro über der Speisekarte, was teilweise dem miesen Wetter geschuldet war.

Es ist übrigens ein ungeschriebenes Gesetz hier oben, dass sich niemand über das Klima im Lake District beschweren darf, weil es ohne die häufigen Niederschläge nicht so viele Seen und grüne Wiesen und Felder gäbe, aber für meinen Geschmack regnet es trotzdem eine Spur zu oft.

Harry war mit Onkel Arthur zu einer Viehversteigerung gefahren – offiziell, um sich von ihm beim Kauf neuer Kälber beraten zu lassen, aber ich vermute mal, in erster Linie wollte er ihn ein bisschen aufheitern. Onkel Arthur freute sich seit Tagen darauf, mal rauszukommen und mit anderen Landwirten zu fachsimpeln und war heute schon mit den Hühnern aufgestanden. Tante Sue experimentierte in der Küche mit diversen Mehlsorten für Gäste mit Nahrungsmittelunverträglichkeiten, und einmal abgesehen von gelegentlichen Unmutsäußerungen wie »Das verflixte Zeug ist wie Staub!« und »Geht dieser Teig denn gar nicht auf?«, war es still im Haus.

Deshalb fiel ich auch vor Schreck beinahe vom Stuhl, als plötzlich das Telefon neben mir klingelte.

»Appleby Farm«, keuchte ich und presste mir eine Hand aufs Herz.

»Hallo, meine grünäugige Grazie.«

»Charlie!«, rief ich, hin- und hergerissen zwischen Verliebtheit und schlechtem Gewissen.

Ich hatte ihn dann doch nicht wie geplant angerufen und eingeladen, mich noch einmal allein zu besuchen – vor allem deshalb, weil ich mit meinem Projekt alle Hände voll zu tun hatte. Manches – die Auswahl der Fliesen für die Toiletten beispielsweise – machte mir Spaß, anderes, etwa der bevorstehende Besuch des Zuständigen vom Gesundheitsamt, weniger. Jedenfalls blieb mir zurzeit keine freie Minute zum Nachdenken, geschweige denn für ein Telefonat.

»Hör zu, ich weiß nicht, wie lange ich telefonieren kann. Ich hab Bereitschaftsdienst, und wenn ein Notruf reinkommt, muss ich weg.« Seine Stimme klang energiegeladen, jungenhaft und sexy. Im Hintergrund war Gelächter zu hören. Wahrscheinlich machten sich seine Kollegen über ihn lustig, weil er von der Arbeit aus seine Freundin anrief.

»Mein Held.« Ich lachte. »Trotzdem schön, von dir zu hören, selbst wenn es nur ein paar Minuten sein sollten.«

»Am Samstagabend steigt ein Grillfest im Feuerwehrhaus, mit Live-Band, ein paar Ständen, einer Lotterie und so. Das Übliche. Der Erlös wird für einen guten Zweck gespendet. Vic, unser Koch, ist für die Verpflegung zuständig, es gibt also bestimmt was Leckeres zu essen. Wie sieht's aus, hättest du Zeit und Lust?« Das klang verführerisch, und es war Charlie deutlich anzuhören, wie sehr er sich wünschte, dass ich kam. Aber ich konnte hier unmöglich weg.

Mr. Goat und sein Team hatten sich bereit erklärt, dieses Wochenende eine Sonderschicht einzulegen, um die Wasserrohre zu verlegen, und ich wollte vor Ort sein, um sichergehen zu können, dass sie keinen Mist bauten.

Andererseits hatte ich Charlie seit Wochen nicht gesehen... Vielleicht konnte ich ja am Samstag zur Grillparty hinfahren und mich am Sonntag mal wieder ausführlich mit ihm im Bett vergnügen, genau wie früher, als Spaß haben noch mein einziges Lebensziel gewesen war. Aber inzwischen hatte ich neue Ziele. Ich musste dafür sorgen, dass meine Teestube möglichst bald eröffnet wurde. *Immer diese Entscheidungen...*

»Bist du noch dran, Freya?«

»Ich kann nicht«, platzte ich heraus und fühlte mich furchtbar. »Ich würde schrecklich gern kommen, aber es geht nicht.« O Gott. Ich war wirklich die schlechteste Freundin der Welt.

»Schon klar.« Es klang resigniert. Endgültig. Ich sah seine enttäuschte Miene förmlich vor mir.

»Tut mir echt leid, Charlie...«

Ich erzählte ihm von meinem Zeitdruck, von der Baustelle und den gefühlten dreitausend Auflagen, die für das Okay vom Gesundheitsamt erfüllt werden mussten.

Er murmelte ein paar Mal »Mhm«, und »Verstehe«, und am Ende seufzte er. »Ich weiß, du leistest Großes dort oben, Freya, aber bitte komm trotzdem. Du brauchst doch auch mal einen Tag Pause.«

»Ein Farmer hat nie Pause.«

»Du bist aber kein Farmer, sondern meine Freundin«, wandte er ein. »Und ich liebe dich, und du fehlst mir. Und ich werde irgendwann vergessen, wie du aussiehst, wenn ich dich nicht bald mal wieder zu Gesicht bekomme.«

»Ich bin noch ganz die Alte, bis auf meinen Afrolook wegen des Dauerregens. Und ich liebe dich auch.«

Er seufzte erneut, schwieg aber. Die Sekunden vergingen. *Los, sag etwas, Charlie!*

»Hör zu, ich komme, sobald es geht. Oder du kommst mich noch einmal besuchen? Es ist doch nur für ein halbes Jahr.«

»Ein halbes Jahr?«, wiederholte er entsetzt.

Mist, das hatte ich ihm ja noch gar nicht erzählt.

Ich erklärte ihm, dass sich Tante Sue und Onkel Arthur mit Ende des Jahres zur Ruhe setzen wollten, möglicherweise auch schon etwas eher, falls sie die Farm an Julians Baulöwen verkauften. Danach herrschte erneut Schweigen.

»Du willst gar nicht wieder nach Hause, oder?«, stellte er schließlich fest. Es klang weder verärgert noch bissig, sondern einfach nur traurig.

Ich ließ mir seine Worte durch den Kopf gehen. *Nach Hause.* Genau da lag der Hund begraben. Kingsfield war ein nettes Städtchen, das so einiges zu bieten hatte – Charlie und Ollie, Anna, Tilly, Gemma und das Shenton Road Café ... Und trotzdem hatte ich mich dort nie so richtig daheim gefühlt.

Schenk ihm reinen Wein ein, Freya. Leg die Karten auf den Tisch.

»Du fehlst mir, Charlie, aber ... Weißt du noch, was ich dir bei unserem Spaziergang am Lake Windermere gesagt habe – dass ich mich hier viel lebendiger fühle?«

»Ja, ich erinnere mich. Im Grunde war mir damals schon alles klar.«

»Was?« Mein Herz klopfte zum Zerspringen, als ahnte es bereits, was nun kommen musste, obwohl sich mein Hirn noch gegen die Erkenntnis sperrte.

»Dass wir beide nicht für eine Fernbeziehung geschaffen sind.«

Ich schnappte nach Luft. »Was redest du denn da?« Wem versuchte ich hier eigentlich etwas vorzumachen? Meine Kehle war plötzlich wie ausgetrocknet. »Charlie, soll das heißen ...«

»Süße, ich denke die ganze Zeit an dich. ›Das muss ich Freya erzählen‹, sage ich mir immer, wenn etwas Lustiges passiert, und wenn ich am Café vorbeikomme, halte ich ganz automatisch Ausschau nach dir. Und nachts rieche ich an dem T-Shirt, das du getragen hast, als du vor deinem Kurztrip nach Paris bei mir warst ...«

»Och, wie süß.« Ich dachte an diese Nacht mit ihm. Seither war viel passiert, und die Farm war mir noch mehr ans Herz gewachsen. Eigentlich dachte ich kaum noch an etwas anderes als an meine Teestube ... »Hey, wie wär's, wenn wir uns spontan heute Abend in der Mitte treffen?«

»Nein, Freya. Fernbeziehungen sind einfach nicht mein Ding. Meine Arbeitszeiten sind total unregelmäßig, und du schuftest ohnehin Tag und Nacht, da bleibt einfach keine Zeit für Zweisamkeit. Tut mir leid, aber ich kann das nicht.

Also, ja, ich glaube, es ist das Beste, wenn wir uns trennen. Weil ich ganz einfach das Gefühl habe, dass du jetzt dort bist, wo du hingehörst, und dort auch nicht mehr weg willst, selbst wenn ich mich auf den Kopf stelle.«

Eine Träne kitzelte mich am Kinn, und erst da merkte ich, dass ich weinte.

»Es tut mir so leid, Charlie«, schluchzte ich. »Aber du hast recht. Ich muss jetzt hier sein.«

»Es braucht dir nicht leidzutun. Uns ist eben das Leben in die Quere gekommen – das Leben an zwei verschiedenen Orten. An meinen Gefühlen für dich hat sich nichts geändert, und ich bin nach wie vor stolz auf dich. Halt mich auf dem Laufenden, ja?«

Wir verabschiedeten uns und versprachen einander, in Verbindung zu bleiben, und die ganze Zeit über schrie eine Stimme in meinem Kopf: *Das ist doch verrückt! Lass nicht zu, dass er eure Beziehung beendet! Ihr schafft das schon! Was sind schon sechs Monate, verglichen mit einem ganzen Leben?*

Dann legte er auf, und ich starrte das Telefon an.

War das wirklich gerade passiert?

Ich legte die Stirn auf der Schreibtischplatte ab und war gerade im Begriff, hemmungslos loszuheulen, als ohne Vorwarnung die Tür aufging und Mr. Goat hereinkam. Er schwenkte eine Spraydose. »Also, wo sollen die Steckdosen hin?«

Wir verbrachten eine gute Stunde damit, an sämtlichen Wänden die Stellen zu markieren, an denen meiner Meinung nach eine Steckdose vonnöten sein würde – ein roter Punkt für eine einzelne, zwei für eine Doppelsteckdose –, und sollte Mr. Goat aufgefallen sein, dass ich dann und wann vor mich hin schniefte, so verlor er kein Wort darüber. Die Ablenkung tat mir gut, und als ich gegen elf in den Hof hinaustrat, waren sowohl meine Tränen als auch der vormittägliche Regenguss versiegt.

So kurz vor dem Mittagessen war es sinnlos, mit der Speisekarte weiterzumachen, also beschloss ich mir stattdessen zum Trost einen Ausritt auf Skye zu gönnen.

Als ich mich dem Pferdestall näherte, hörte ich Lizzie schon von Weitem »Don't Cha« trällern, wobei trällern eigentlich der falsche Ausdruck war – »grunzen« traf es eher.

Sie bearbeitete Skye gerade mit einem Schwamm und einem süßlich duftenden Lavendelshampoo und schwang dabei im Takt die Hüften. Als ich diskret hüstelte, fuhr sie erschrocken herum.

»Freya! Hergottchen, hast du mich erschreckt. Hey, warum hast du denn so rote Augen? Heuschnupfen? Brauchst du eine Antihistamintablette?« Sie ließ den Schwamm in den Eimer fallen. »Ich hab zufällig eine dabei.«

Ich breitete die Arme aus und schniefte: »Könntest du mich bitte mal kurz umarmen?«

Lizzie versteht sich glänzend aufs Umarmen, und Skye rieb die Nase an meiner Schulter, während ich schluchzend von dem Telefonat mit Charlie berichtete.

Lizzie hörte mir wortlos zu, und als ich sie nach ein paar Minuten losließ und einen Schritt zurücktrat, sah sie aus, als wäre sie selbst den Tränen nah.

»Was hast du denn?«

»Meine Beziehung mit Ross ist zum Scheitern verurteilt!«

»Was? Wie kommst du denn darauf?«

»Naja, wenn es bei dir und Charlie nicht geklappt hat mit der Fernbeziehung, wie soll es dann bei uns klappen?«

Ich spähte über ihre Schulter in Richtung Calf's Close, wo ihr Herzallerliebster gerade die Mauer reparierte. Gestern war nämlich die Herde ausgebüchst. Ein paar der Kühe hatten sich ganz artig im Pferch neben dem Kuhstall eingefunden, der Rest hatte einen kleinen Spaziergang nach Lovedale unternommen. Eine Kuh hatte auf der Grünfläche vor der Tankstelle gegrast, zwei hatten den Garten von Hilary, der Postbeamtin, verwüstet, eine weitere hatte ein Bad im Dorfteich genommen. Harry hatte uns netterweise dabei geholfen, sie wieder zur Farm zurückzutreiben. Es war wirklich ein Bild für Götter gewesen, wie er auf der Hauptstraße den Verkehr gestoppt und die Tiere mit rudernden Armen zur Farm zurückgescheucht hatte. Im Nachhinein finde ich es direkt schade, dass ich den Vorfall nicht gefilmt habe. Damit hätten wir bestimmt ein hübsches Sümmchen verdienen können.

Ross hat vorhin eine Runde durchs Dorf gedreht, um Schadenswiedergutmachung bemüht.

»Ja, ich weiß, noch ist er da«, sagte Lizzie, der mein Blick nicht entgangen war, »aber im September geht er wieder auf die Uni. Ein ganzes Jahr! Er wird mich bestimmt vergessen, bei all den blitzgescheiten Leuten, mit denen er in Shropshire zu tun hat.«

»Ach, Unsinn! In den Ferien kommt er doch zurück, und die sind fast länger als die Semester. Und bestimmt verbringt er auch die Wochenenden hier.«

»Meinst du?« Sie hickste und starrte mit Tränen in den Augen zu Ross hinüber.

Ich legte ihr einen Arm um die Schultern. »Ganz sicher. Und außerdem kannst du euch zwei nicht mit Charlie und mir vergleichen, weil Charlie und ich einfach total verschieden sind. Aber du und Ross, ihr seid voll auf einer Wellenlänge. Du liebst das Landleben, er auch, und ihr wollt beide im Lake District leben. Ihr habt dieselben Lebensziele.«

»Stimmt.« Sie nickte.

Charlie und ich dagegen hatten zwar eine schöne Zeit miteinander gehabt, aber mal abgesehen davon verband uns rein gar nichts. Das Ende war quasi vorprogrammiert gewesen.

Wir waren tatsächlich nicht wie füreinander geschaffen. Ich wollte hier in Lovedale bleiben und haufenweise Kinder in die Welt setzen, er dagegen war vollauf zufrieden mit Ollie und seinem Leben in Kingsfield.

Trotzdem war er ein toller Mensch, und ich hoffte sehr, dass wir wenigstens befreundet bleiben konnten – in Zukunft, wenn sich unsere Gefühle füreinander etwas abgekühlt hatten. Vielleicht bekam ich dann ja doch noch den großen Bruder, den ich mir immer gewünscht hatte.

»Hör zu, Lizzie, ich muss los. Bis später!«

Wenig später saß ich auf der noch leicht feuchten Bank im Obstgarten. Ich lehnte mich zurück und ließ die verspannten Schultern kreisen. Drei Anläufe hatte ich gebraucht, um den richtigen Ton zu treffen, aber jetzt war ich einigermaßen zufrieden.

Lieber Charlie,
mein halbes Jahr in Kingsfield war wunderschön, insbesondere die vier Monate, die ich MIT DIR verbringen durfte. Ich kann mich wirklich glücklich schätzen, dass wir an Weihnachten zusammengefunden haben. Du bist nicht nur ein umwerfend gut aussehender Mann, sondern ganz allge-

mein ein wunderbarer Mensch und ein tolles Vorbild für Ollie.
Als Du heute unsere Beziehung beendet hast, war mir, als hätte man mir ein Stück meines Herzens herausgerissen. Trotzdem glaube ich, dass Du das Richtige getan hast.
Es war tapfer und großmütig, und ich werde Dir immer dankbar dafür sein.
Wir hatten eine Menge Spaß miteinander, nicht?

In liebevoller Umarmung
Freya xx

PS: Ich hoffe, Du denkst trotzdem an mich, wenn Deine Outdoor-Girl-Tomaten reif sind...

Ich war immer noch traurig und fühlte mich einsam, und es würde zweifellos eine Weile dauern, bis ich über den Verlust hinweg war und nicht mehr bei allem, was ich erlebte, »Das muss ich Charlie erzählen« dachte, aber es ging mir schon etwas besser.

Ungefähr das ist wohl gemeint, wenn in amerikanischen Fernsehserien von »Closure« die Rede ist: Loslassen.

Kapitel 24

Ich blieb noch eine Weile zwischen den Obstbäumen sitzen und überlegte, was wir im Herbst mit den Äpfeln machen sollten (mein persönlicher Favorit war ja Bio-Cider), als sich Onkel Arthur neben mir auf der Bank niederließ.

»Wie ich höre, hast du heute einiges durchgemacht.« Er tätschelte meinen Oberschenkel. »Ich komme gerade aus der Küche, wo sich die anderen mit den glutenfreien Keksen deiner Tante das Gebiss verkleben, und Lizzie hat mir von deinem Telefonat mit Charlie erzählt. Tut mir wirklich leid. Irgendwie fühle ich mich auch ein bisschen dafür verantwortlich. Wenn meine Pumpe nicht beinahe den Geist aufgegeben hätte ...« Er schnalzte mit der Zunge.

»Aber nicht doch. Dass ich hier bin, war allein meine Entscheidung. Und weißt du was?« Ich lächelte schief. »Ich bereue es kein bisschen.« Ein paar Minuten saßen wir schweigend da und lauschten dem Vogelgezwitscher, während sich über uns die ersten Sonnenstrahlen einen Weg durch die Wolkendecke bahnten.

Ich seufzte. »Ich liebe diesen Obstgarten. Die Atmosphäre hier ist so schön und friedlich, fast als würde die Zeit stillstehen.«

»Ich weiß genau, was du meinst. Als ich noch ein kleiner

Junge in kurzen Hosen war, bin ich ständig auf diesen Bäumen herumgeklettert. Inzwischen sind sie allerdings ein gutes Stück größer.«

»Die Bäume oder deine Hosen?«, neckte ich ihn.

Er wackelte mit den Augenbrauen. »Wenn dir schon wieder zum Scherzen zumute ist, kann dein Liebeskummer ja nicht allzu schlimm sein.«

»Ich werd's überleben. Sag mal, sind das hier eigentlich nur Apfelbäume oder haben wir auch Birnen?«

Onkel Arthur schnaubte belustigt.

»Was ist?«

»Genau diese Frage hast du mir mit elf schon mal gestellt.«

»Ach, echt? Und, was hast du geantwortet?«

»Dass wir keine Birnbäume haben. Ich habe extra für dich einen gepflanzt, und nachdem er drei Jahre keine einzige Birne getragen hatte, gab's im vierten Jahr eine richtige Rekordernte. Komm mit, ich zeige ihn dir.«

Wir standen auf und gingen an ein paar Hennen vorbei in die hinterste Ecke des Gartens.

»Ach, richtig.« Ich lachte. »Jetzt erinnere ich mich wieder. An eine Rekordernte allerdings nicht.«

»Tja, das war in dem Jahr, als du vierzehn warst und die Ferien bei denen Eltern in Australien verbracht hast statt auf der Farm ... War ein ziemlich ruhiger Sommer.«

Ich stellte mir vor, wie Tante Sue und Onkel Arthur all die Birnen gepflückt hatten, obwohl niemand da gewesen war, um sie zu essen, und verspürte den Drang, mehr zu hören – noch weitere Geschichten über die Farm, am liebsten lustige. Mir war, als müsste ich seine Erinnerungen sammeln und für später aufheben, ungefähr so, wie man manchmal die auf einem Ausflug ans Meer gesammelten

Muscheln zur Hand nimmt und daran denkt, wie schön dieser Tag war.

Ich beaugte den Baum. »Dieses Jahr kriegen wir wieder jede Menge Birnen, und diesmal werde ich definitiv hier sein, um sie zu essen«, sagte ich und hakte mich bei ihm unter. »Sollen wir noch einen kleinen Spaziergang machen?«

Erfreut sah er mich an. »Gern.«

Wir beschlossen, die Route über die Felder zu nehmen, statt auf direktem Weg zurück zum Haus zu gehen. Als ich mich umdrehte, um das Gatter, das zum High Field führte, hinter uns zu schließen, fiel mir bei einem letzten Blick auf die Obstbäume auf, dass an einigen Ästen dichte grüne Knäuel hingen. Eigentlich an allen außer am Birnbaum.

»Ist das Efeu da in den Bäumen?«, fragte ich.

»Nein, das sind Misteln. Lästige Schmarotzer, die recht groß werden können.«

»Dafür wirken sie im Winter bestimmt sehr romantisch.« Und außerdem konnte man sie für gutes Geld auf dem Weihnachtsmarkt verkaufen. Heute sprühte ich ja förmlich vor Geschäftsideen!

Er gluckste. »So kann man es auch sehen ... Aber es gibt noch viel romantischere Ecken auf dieser Farm.«

»Das kann ich mir nicht vorstellen.«

Wir hatten nun das obere Ende des Oak Field erreicht, wo einige der Kühe weideten, und blieben stehen, weil Onkel Arthur ziemlich aus der Puste war.

»Jetzt sieh dir die beiden an.« Lächelnd deutete er auf zwei herumtollende Kälber, die für uns sogar einen kleinen Showkampf inszenierten.

»Süß!« Ich zückte mein Handy und schoss ein paar Bilder für die Facebook-Seite, die wir inzwischen hatten.

»Es mag albern klingen, aber meine Kühe sind für mich wie eine Familie. Sie werden mir fehlen, wenn wir erst alle verkauft haben.« Er seufzte, und wir gingen weiter.

»Wie war's denn auf der Auktion?«, erkundigte ich mich, um ihn auf andere Gedanken zu bringen.

»Es war schön, mal wieder dort zu sein. Für Harry war nichts dabei. Ich hätte zwar einen schönen Hereford-Stier gesehen, aber ...« Er zuckte die Achseln und schob die Hände in die Hosentaschen. »Die Zeiten sind wohl vorbei.«

Wir durften nach wie vor kein Vieh kaufen oder verkaufen, wobei Onkel Arthur ohnehin keine Verwendung für einen neuen Stier hatte.

Ich legte ihm eine Hand um die Taille und umarmte ihn.

Was für ein trauriges Ende seiner Karriere! Und keiner von uns wusste, wo wir in einem Jahr sein würden. Bei dem Gedanken krampfte sich mir das Herz in der Brust zusammen.

»Du bereust es doch nicht, dass du dein Leben lang Farmer warst, oder? Ich meine, wer würde nicht gern all dieses Land besitzen?«

»Land kann man nicht besitzen, Freya. Wenn überhaupt, dann ist es umgekehrt, und man ist allenfalls sein Hüter, mehr nicht.«

Er blieb stehen und beugte sich vornüber, die Hände auf die Oberschenkel aufgestützt, und Panik erfasste mich, als er einen Augenblick in dieser Haltung verharrte.

Dann richtete er sich auf und streckte sich. »Alles okay, keine Sorge. Aber die beiden Herzinfarkte waren wie ein Wink mit dem Zaunpfahl. Sie haben mich daran erinnert, dass jeder Tag ein Geschenk ist. Genau wie die Appleby Farm. Und eines Tages – schon bald – muss ich dieses Geschenk weitergeben. Landwirtschaft ist etwas für junge Leute.« Er sah mich an. »Vorhin auf der Aktion hab ich mich richtig alt gefühlt. Es waren nur noch eine Handvoll Männer aus meiner Generation da. Harry dagegen kannte alle und jeden.«

Ich lachte, dann hakte ich mich erneut bei ihm unter, und wir setzten unseren Weg fort.

»Das liegt daran, dass alle anderen in deinem Alter längst im Ruhestand sind und es sich im Süden gut gehen lassen, so wie Harrys Eltern.«

Er gluckste. »Wohl wahr. So, komm mit. Wer als Letzter auf dem Hügel oben ist, hat verloren. Ich muss dir noch etwas zeigen, bevor es wieder anfängt zu regnen.«

Der Hügel an der Grenze zu Colton Woods war der Punkt, der am weitesten vom Haupthaus entfernt war, und an klaren Tagen bot sich von hier oben ein atemberaubender Ausblick. Heute war es zwar diesig, aber die Aussicht war trotzdem traumhaft.

»Gleich geht's wieder los«, bemerkte Onkel Arthur mit einem Blick über die Schulter. Tatsächlich hing direkt hinter uns eine bedrohlich schwarze Wolkenwand, vorangetrieben von einem böigen Wind.

»Wir sollten zurückgehen.«

Zu spät. Sekunden später öffnete der Himmel seine Schleusen, und wir setzten rasch unsere Kapuzen auf. »Siehst du die kleine Hütte da drüben?«, rief Onkel Arthur über das Prasseln des Regens hinweg.

In einiger Entfernung duckte sich eine halb verfallene Holzhütte in die Ecke zwischen zwei alte Trockenmauern (die im Augenblick alles andere als trocken waren). Ich nickte, und wir eilten mit eingezogenen Köpfen darauf zu.

Wenig später saßen wir nebeneinander auf einer Holzbank im Inneren der Hütte. Sie hatte keine Tür, und das Dach war an mehreren Stellen undicht, trotzdem war es hier drin erheblich gemütlicher als draußen.

»Was ist das für eine Hütte?«, erkundigte ich mich. »Hier hab ich früher oft gespielt und mich schon damals gefragt, wieso sie hier steht.«

»Die stammt noch aus der Zeit, als wir Schafe gezüchtet haben. In der Ablammsaison hat der Schäfer hier die Nacht verbracht. Es gibt noch eine zweite, gleich hinter dem Wäldchen.«

Ihrem verfallenen Zustand zum Trotz wirkte die Hütte irgendwie heimelig. Sie hatte zwei Fenster, und in der Ecke gegenüber der Bank, die offenbar auch zum Schlafen gedient hatte, befand sich eine kleine Kochstelle, bei der allerdings der Kamin fehlte. Wenn man ein bisschen Arbeit hineinsteckte, ließe sich durchaus eine behagliche Unterkunft daraus zaubern.

Mein Hirn lief schon wieder auf Hochtouren. *Vergiss den Cider.* Eine neue und bedeutend einträglichere Geschäftsidee war geboren!

»Hast du schon mal von Glamping gehört, Onkel Arthur?«

»Nein. Was ist das?«

»Glamping steht für ›glamouröses Camping‹ und ist ein neuer Urlaubstrend. Wir müssten dafür bloß die Schäferhütten wieder bewohnbar machen.«

»Kein Problem. Eddy ist ein begnadeter Zimmermann.«

Was konnte es Schöneres geben, als gleich morgens beim

Aufwachen diesen Ausblick genießen zu können? Zu schade, dass ich mit Charlie nicht hier gewesen war ... Ich schüttelte den Kopf. Schluss mit den Tagträumereien!

»Hast du diese Hütte gemeint, als du vorhin gesagt hast, es gäbe noch romantischere Flecken auf der Farm?«

»Nein.« Er erhob sich stöhnend, und ich hatte prompt ein schlechtes Gewissen, weil ich ihn den Hügel hinaufgescheucht hatte, schließlich sollte er sich doch schonen.

»Komm mal hier rüber«, sagte er und trat an das glaslose Fenster, durch das der Wind den Regen hereinsprühte.

Von hier aus hatte man einen atemberaubenden Ausblick auf das gesamte Tal.

»Siehst du den kleinen See dort drüben, an der Grenze zur Willow Farm?«

Ich nickte. In diesem See hatten Harry und ich im Sommer oft geangelt.

»*Das* ist der romantischste Ort auf der ganzen Farm, denn dort habe ich deine Tante kennengelernt. Sie war mit ein paar Freundinnen vom Nachbardorf gekommen, mitten im Winter – der See war zugefroren, und die Bäume waren mit dickem Frost überzogen.«

»Klingt nach Wintermärchenlandschaft.«

»So was in der Richtung hat sie damals auch gesagt. Sie hat erzählt, sie wäre noch nie Schlittschuh gelaufen, und sie hat mich gefragt, ob ich ihre Hand halten und ihr aufs Eis helfen könnte. Und das hab ich dann getan.«

»Was für ein Gentleman.« Ich zog ihn vom Fenster zurück zur Bank.

»Sie hat sich an mich geklammert und geredet wie ein Wasserfall. Sie war ganz begeistert von der Appleby Farm, an der sie als Kind auf dem Weg zur Schule immer vorbeigekommen war. Und als sie mich dann mit ihren wunderschönen blauen Augen angesehen hat, da war's um mich geschehen.«

Ich seufzte wehmütig. »Liebe auf den ersten Blick.«

»Ja, das war es. Und deshalb ist dieser See für mich etwas ganz Besonderes.« Ob es für mich auf dieser Farm wohl auch einmal einen solchen besonderen Ort geben würde?

»Ich war ein Landei und hatte nicht viel Übung im Flirten mit hübschen Mädchen. Keine Ahnung, was mich geritten hat, als ich sie gefragt habe, ob sie mal mit mir im Dorf zum Tanzen geht. Ich konnte mein Glück kaum fassen, als sie Ja gesagt hat.«

»Erzähl mir von eurem geheimen Zeichen«, bat ich ihn, obwohl ich die Geschichte sicher schon hundert Mal gehört hatte.

»Schon wieder?« Er gluckste und kratzte sich am Kinn. »Also gut.«

Hingerissen lauschte ich, während er mir erzählte, dass er sich gleich bei dieser ersten Verabredung zum Tanzen Hals über Kopf in meine Tante verliebt hatte. Allerdings war er damals ziemlich schüchtern gewesen, und da er ihr seine Gefühle trotzdem hatte offenbaren wollen, hatte er einfach drei Mal ihre Hand gedrückt.

»Was hat das zu bedeuten?«, hatte sie ihn gefragt.

»Ich liebe dich«, hatte er geantwortet und bei jedem Wort erneut ihre Hand gedrückt.

»Ein paar Monate später haben wir geheiratet, und mit unserem geheimen Zeichen konnten wir uns jederzeit unbemerkt mitteilen, was wir empfanden.« Er zwinkerte mir zu. »Und das tun wir immer noch.«

»Rührend«, seufzte ich und küsste ihn auf die stoppelige Wange. »Ich finde es schön, dass ihr so verliebt und glücklich wart.«

»Ja, das waren wir.« Er wandte den Kopf zur Seite, doch der betrübte Glanz in seinen Augen entging mir nicht. »Obwohl wir über unsere Kinderlosigkeit beide sehr traurig waren.«

Tante Sue hatte zwar behauptet, Onkel Arthur hätte nicht so sehr darunter gelitten, aber vielleicht hatte er sich seinen Kummer bloß nicht anmerken lassen. Ich rutschte zu ihm rüber.

»Tante Sue hat mir das Kinderzimmer gezeigt. Es muss furchtbar schwer für euch gewesen sein.«

Er ergriff meine Hände.

»Drei Kinder haben wir verloren, zwei Jungs und ein Mädchen. Sie liegen auf dem Friedhof der Kirche gleich hinter dem Hügel.«

»Oh, nein!« Ich presste mir eine Hand auf den Mund. Drei! Tante Sue hatte nur von einem geredet. »Ich kann mir gar nicht vorstellen, wie schlimm das für euch gewesen sein muss.«

»Jedes Mal, wenn sie schwanger war, haben wir uns riesig gefreut. Diesmal klappt es, dachten wir immer, und dann ist unsere Familie endlich komplett. Und dann waren wir jedes Mal noch verzweifelter. Und das Schlimmste war, dass uns niemand sagen konnte, woran es lag...«

»Es ist so ungerecht! Ihr wärt so tolle Eltern geworden.« Ich umarmte ihn, und so standen wir eine Weile da, jeder in seine Gedanken versunken. Irgendwann sagte ich: »Ich weiß, es ist nicht dasselbe, aber immerhin habt ihr mich.«

»Und ich danke dem Schicksal jeden Tag dafür«, sagte er leise.

Ich lächelte und stand auf. »So, ich schätze, wir sollten uns auf den Rückweg machen, sonst empfängt uns Tante Sue womöglich mit dem Nudelholz.«

Inzwischen tröpfelte es nur noch. Hoffentlich holte sich Onkel Arthur in seinen feuchten Klamotten keine Erkältung! Ich hakte mich bei ihm unter und passte mein Tempo dem seinen an.

Minuten später sahen wir den Landrover auf uns zukommen. Eddy saß am Steuer, und Harry, der neben ihm saß, winkte mir zu.

»Euch hat's ja ordentlich eingeweicht«, meinte er grinsend. »Steigt ein. Ich hab euch ein trockenes Handtuch mitgebracht.«

»Danke«, sagte ich und öffnete die Tür. Ich hatte bereits eine Gänsehaut und fröstelte in meinen nassen Kleidern.

Harry zog einen Schokoriegel aus der Brusttasche und bot uns allen ein Stück davon an.

Ich ließ es auf der Zunge zergehen und merkte erst jetzt, was für einen Bärenhunger ich hatte.

»Harry hat gefragt, ob er sich Dexter mal ansehen kann«, berichtete Eddy.

»Ganz recht, ich ziehe nämlich in Erwägung, künftig auch Rinder zu züchten, Arthur.« Harry drehte sich zu uns um. »Da wäre es eigentlich klüger, mir statt Kälbern einen Stier zuzulegen. Ich dachte, wenn im November das Verbringungsverbot bei euch aufgehoben wird, könnte ich dir deinen Dexter abkaufen.«

Onkel Arthur strahlte ihn an. »Gern. Ich fände es schön,

wenn es noch Nachfahren meiner Hereford-Rinder in Lovedale gäbe. Und preislich können wir dem Jungen bestimmt ein bisschen entgegenkommen, nicht wahr, Eddy?«

Harry musterte ihn streng. »Vergiss es, Arthur. Ich bezahle den Marktpreis und keinen Penny weniger.«

Mein Onkel lächelte. »Der Junge hat das Herz am rechten Fleck.«

Harry zwinkerte mir zu, und ich hatte das untrügliche Gefühl, dass er Dexter vor allem kaufen wollte, um uns zu helfen, wie er es mir versprochen hatte. Ich schenkte ihm ein dankbares Lächeln, von einer Welle der Zuneigung zu ihm erfasst.

Eddy drosselte das Tempo und hielt neben der Weide, auf der sich die Kühe gerade befanden.

Onkel Arthur kurbelte das Fenster runter. »Man kann zwar nicht so viel erkennen, wenn sie liegen, aber auf mich machen sie einen ganz gesunden Eindruck. Was meinst du, Eddy?« Alle verbliebenen Kühe waren ausnahmslos trächtig. Blieb nur zu hoffen, dass der nächste Tuberkulosetest im Juli negativ ausfiel und keine weiteren Tiere geschlachtet werden mussten.

Eddy nickte. »Eine hat eine leichte Euterentzündung, und das dumme Vieh, das es gestern bis zur Tankstelle geschafft hat, hat einen wunden Fuß, aber abgesehen davon sind alle wohlauf.«

»Und Dexter ist ein wahres Prachtexemplar«, schloss Harry.

Onkel Arthur lehnte sich zurück und ergriff meine Hand.

»Ach, Freya, ich würde alles dafür geben, dass die Appleby Farm so bleibt, wie sie ist und nicht zu einem verdammten Hotel oder Feriendorf oder was auch immer umfunktioniert wird. Wobei mir deine Glamping-Idee auch ganz gut gefällt.«

»Glamping?« Harry hob eine Augenbraue.

»Freya meinte, die Leute würden uns dafür bezahlen, wenn wir sie in unseren Schäferhütten übernachten lassen«, erklärte Onkel Arthur.

»Allerdings«, sagte ich und ignorierte Eddys ungläubiges Schnauben.

Harry nickte nachdenklich. »Hm, interessanter Einfall.«

»Finde ich auch«, pflichtete Onkel Arthur ihm bei.

»Danke.« Ich drückte ihm die Hand und sah ihm in die Augen, und nahm mir dabei vor, mein Möglichstes zu tun, um ihm seinen Wunsch zu erfüllen und dafür zu sorgen, dass die Appleby Farm genauso blieb, wie sie war.

Kapitel 25

»Alles Gute zum Geburtstag, Freya!«, riefen Tante Sue und Onkel Arthur und hoben ihre Tassen. Und das, obwohl ich ihnen mehrfach gesagt hatte, dass ich keine Zeit für irgendwelches Geburtstagsgedöns hatte.

»Danke!«

Obwohl es selbst für einen schwülen Julitag schon seit den frühen Morgenstunden ziemlich heiß war, hatte Tante Sue darauf bestanden, mir ein amerikanisches Frühstück mit knusprigen Speckstreifen und Pancakes mit Ahornsirup zu machen, von dem selbst Onkel Arthur ausnahmsweise etwas abbekam. Aus Kingsfield waren gleich mehrere Karten eingetrudelt, und ich öffnete sie bedächtig und fühlte mich geschmeichelt, weil Tilly, Gemma und Shirley, die mich ja noch nicht einmal ein ganzes Jahr kannten, an meinen Geburtstag gedacht hatten. Ich grunzte belustigt, als ich die Karte mit dem anzüglichen Spruch sah, die Anna mir geschickt hatte, und gab sie weiter. Onkel Arthur verschluckte sich prompt an seinem Speck, und Tante Sue wollte wissen, was denn unter Okolyten zu verstehen sei.

»So«, sagte sie dann und holte ein großes, in geblümtes Papier eingeschlagenes Paket aus einem der Küchenschränke. »Das ist von uns.«

Ich öffnete es und fand darin einen Stapel Schürzen aus hellblauem Wachstuch.

Sie biss sich auf die Unterlippe. »Nicht gerade sehr passend für einen Geburtstag, ich weiß ...«

»Unsinn, die sind der Hammer!«, jubelte ich und band mir die oberste probehalber um.

Sie war mit dem Logo der Appleby Farm Vintage Teestube bedruckt, das Anna für mich als Geschenk zum achtundzwanzigsten Geburtstag entworfen hatte.

»Na, dann.« Sie versuchte, sich ihre Erleichterung nicht anmerken zu lassen, aber ihr stolzes Lächeln verriet sie.

Unter den Schürzen kam ein Dutzend farblich passender Geschirrtücher zum Vorschein.

»Toll«, sagte ich und küsste sie beide überschwänglich. »Wir werden umwerfend aussehen!« Ich hatte bereits einige Einrichtungsgegenstände in genau dem gleichen Enteneierblau angeschafft, das einen reizvollen Kontrast zu den weißen Möbeln, den dunklen Eichenholzbalken und den teils unverputzten Mauern bildete.

Allmählich nahm meine Teestube sehr konkrete Formen an, und das war auch gut so, denn bis zur Eröffnung blieb mir noch ein knapper Monat. Hilfe!

Es klopfte, und Lizzie kam herein, dicht gefolgt von Eddy, Harry und einem Paketboten.

»Happy Birthday!«, schmetterten Lizzie und Harry aus vollem Hals, die beiden anderen Männer schwiegen und traten etwas verlegen von einem Fuß auf den anderen.

Eddy hielt mir einen Strauß Rosen hin. »Hier, aus dem Garten. Alles Gute.«

Ich schnupperte daran. »Oh, die duften ja himmlisch! Danke, Eddy.« Ich drückte ihn an mich und schaffte es mit knapper Not, ihm ein Küsschen auf die Wange zu verpassen, dann machte er sich auch schon wieder von mir los.

Der Paketbote stellte eine große Holzkiste auf dem Tisch ab, dann hielt er mir sein elektronisches Dingsbums unter die Nase und versuchte Madge abzuschütteln, die sich in sein Hosenbein verbissen hatte. »Wenn Sie hier bitte unterschreiben würden...«

»Das ist ja aus Paris!«, staunte ich.

Nach dem etwas überstürzten Abgang des Boten verzogen sich sich Eddy und Onkel Arthur ins Büro, und Harry, der bis jetzt an der Schwelle gestanden und gewartet hatte, trat zu mir. Er hatte sich offenbar mir zu Ehren in Schale geworfen, denn er trug eine Jeans, die noch ziemlich neu aussah, und ein weißes T-Shirt, in dem seine gebräunte Haut gut zur Geltung kam.

»Herzlichen Glückwunsch, Freya«, sagte er, küsste mich auf die Wange und zog eine schon etwas ramponiert aussehende Karte aus der Gesäßtasche.

»Danke«. Ich lief rot an. Die letzte Karte von ihm hatte ich an meinem achtzehnten Geburtstag bekommen. Auch damals hatte er mich auf die Wange geküsst, und es war mir so vorgekommen, als wäre das ein Wendepunkt in unserer Freundschaft...

»Jetzt mach doch mal das Paket auf!«, befahl Lizzie, die vor Aufregung auf und ab hüpfte wie ein Gummiball.

Ich verdrehte die Augen. »Okay, okay.«

Wir versammelten uns um den Tisch, und ich stemmte mit einem Messer die Kiste auf.

Sie enthielt einen großen Karton und eine Geburtstagskarte von meinen Eltern, in die meine Mutter eine handgeschriebene Notiz gesteckt hatte.

Ich dachte, die könnten Dir in Deiner Teestube vielleicht gute Dienste leisten. Ich habe sie auf meinen Reisen durch aller Herren Länder gesammelt – ein Hobby von mir ...
Ich hoffe, Du wirst Dich daran ebenso erfreuen wie ich.
In Liebe
Mum
Xxx

»Das klingt ja höchst geheimnisvoll. Vielen Dank schon mal, Mum.« Ich riss den Karton auf und schnappte nach Luft.

»Du meine Güte!«

Wir beugten uns über den Karton und spähten hinein, und beim Anblick der zahllosen sorgfältig in Luftpolsterfolie gewickelten Tassen, Untertassen, Milchkännchen und Zuckerdosen stiegen mir Tränen in die Augen. Alles in allem waren es gut vierzig oder fünfzig Teile aus feinstem Porzellan in sämtlichen Formen und Farben – rosa und rot, silber und gold, gelb und grün, blau und schwarz, und dazwischen lugte sogar der Schnabel einer Kaffeekanne hervor.

»Die sind doch viel zu schön für die Teestube«, sagte Lizzie ehrfürchtig. »Was ist, wenn eine kaputtgeht?«

Ich schüttelte den Kopf. »Bei mir wird kein Geschirr geschont. Diese Prunkstücke sind viel zu schade, um bloß in irgendeinem Schrank herumzustehen!«

»Da hast du recht«, sagte Tante Sue. »Meine Mutter hat mir ihr Wedgwood-Service vererbt. Es war ein Hochzeitsgeschenk und ist nicht ein einziges Mal zum Einsatz gekommen.« Sie schüttelte den Kopf. »Was für eine Verschwendung.«

»So, jetzt musst du mein Geschenk aufmachen!«, erklärte Lizzie. »Allerdings ist es weder neu noch eine Überraschung.«

Sie reichte mir ein weiches, in zartes Seidenpapier gehülltes und mit einem Geschenkband verschnürtes Etwas. Ich brachte es kaum übers Herz, das hübsche Papier zu zerreißen, aber Lizzie scharrte vor Ungeduld schon förmlich mit den Hufen, also machte ich kurzen Prozess damit und riss es auf. Ihr »Geschenk« war das Kleid, das sie mir für den Termin mit Patience Purdue im Mai geliehen hatte.

»Dir steht es viel besser als mir«, sagte sie und zuckte die Achseln, als ich sie zum Dank umarmte. »Leider ist auf einer Seite die Naht ein Stück aufgeplatzt. Keine Ahnung, wie das passiert ist« – sie zwinkerte mir zu, und Harry grunzte belustigt – »aber das fällt kaum auf, und man kann sie sicher wieder zunähen.«

»Bestimmt. Vielen Dank euch allen. Ich fühl mich wie eine Prinzessin!«

»Dabei weißt du noch gar nicht, was du von mir bekommst!« Harry wackelte mit den Augenbrauen. »Aber eines kann ich dir gleich vorweg sagen: Es ist kein Rentierkitz!«

Wir sahen uns an und prusteten los, während Lizzie und Tante Sue mit ratlosen Mienen danebenstanden.

»Nicht zu fassen, dass du mich immer noch damit aufziehst!« Ich wischte mir eine Träne aus dem Augenwinkel. »Dein Gedächtnis ist echt unschlagbar.«

»Wie könnte ich das je vergessen?« Lachend erklärte er Lizzie: »Irgendwann wurde zu Weihnachten eine Sendung über Rentiere ausgestrahlt, und danach hat sich Freya wochenlang ein Rentier gewünscht.«

Stimmt, früher hatte ich ihm einfach alles anvertraut –

meine Gedanken, meine Träume, meine Pläne –, und er hatte mir stets geduldig zugehört und jede noch so dumme Idee von mir für toll erklärt.

»Ach, richtig!«, rief Tante Sue. »Noch ein halbes Jahr später wolltest du unbedingt eins zum Geburtstag!«

Harry nickte. »Genau. Sie wollte eine Rentierfarm eröffnen.«

»Ein auf Rentiere spezialisiertes Tierheim«, korrigierte ich ihn. »Essen wollte ich sie natürlich nicht.«

»Wie süß.« Lizzie seufzte ergriffen. »So, genug in Erinnerungen geschwelgt. Harry, dein Geschenk.«

»Äh, ja. Also, genau genommen ist es kein Geschenk, sondern vielmehr ... ein Erlebnis.«

»Oh«, sagte ich und lief rot an, als wäre ein »Erlebnis« mit Harry etwas Anrüchiges. Die verschwörerischen Blicke, die sich Lizzie und Tante Sue zuwarfen, taten ein Übriges.

Er sah auf die Uhr. »Und wir sollten uns schleunigst auf den Weg machen.«

»Wie? Jetzt gleich?«

Schluck.

Alle nickten und grinsten mich an.

»Aber ... Ich kann doch hier nicht einfach alles stehen und liegen lassen!«

Lizzie verdrehte die Augen. »Und ob. Es ist allerhöchste Zeit, dass du wieder mal ein bisschen an dich denkst.«

»Und zieh das Kleid an«, befahl Tante Sue und zwinkerte mir zu.

»Unbedingt.« Lizzie ließ ostentativ den Blick über meine abgetragenen Shorts und das T-Shirt wandern.

»Ja, zieh es an«, sagte auch Harry. »Dieses Prunkstück ist viel zu schade, um bloß im Schrank zu hängen.«

Eine Stunde später hatte ich Lovedale und meine lange To-do-Liste hinter mir gelassen und brauste mit Harry über die Landstraße in Richtung Hawkshed, und spätestens als wir am sonnigen Ufer des Lake Windermere entlangfuhren, hatte sich mein schlechtes Gewissen wegen all der liegen gebliebenen Arbeit in Luft aufgelöst.

»Du spannst mich ja ziemlich auf die Folter«, stellte ich nach einer Weile fest.

Er grinste mich an. »Ich dachte, es interessiert dich vielleicht, wie eine andere Farm den Sprung ins 21. Jahrhundert geschafft hat«, sagte er und bog auch schon in eine schmale Allee ein, die einem Schild am Straßenrand zufolge zur Rigg Farm führte. *Café, Campingplatz und Skulpturengarten* stand darunter.

»Ah, unser Ausflug dient Recherchezwecken? Dann muss ich ja gar keine Gewissensbisse haben, weil ich einen halben Tag blaumache!«

»Ganz recht. Aber keine Sorge, ein Stück Geburtstagstorte bekommst du trotzdem. Ich weiß doch, wie sehr ihr Mädels auf so etwas steht ....«

Wie gut, dass ich nicht darauf beharrt hatte, zu Hause zu bleiben! Das hier war die perfekte Kombination von Arbeit und Vergnügen.

»Die Rigg Farm gehört der Familie eines alten Bekannten von mir«, berichtete Harry, während wir den Parkplatz ansteuerten. »Seine Eltern züchten Schafe, und seine beiden Schwestern und er wollten sich auch irgendwie einbringen. Alice ist Bildhauerin und hat einen Skulpturengarten angelegt, in dem sie das ganze Jahr über ihre Werke ausstellt. Sie hat sogar schon einen Preis gewonnen. Mein Kumpel Tom, er ist übrigens der Leadsinger unserer Band, hat eine Lehre als Koch absolviert und betreibt jetzt das Café und den Laden. Sie verkaufen dort unter anderem Lammfleisch aus Eigenproduktion. Und Tessa, die Jüngste, hat kürzlich einen Jurtencampingplatz eröffnet.«

»Echt? Cool! Das ist ja ganz ähnlich wie meine Glamping-Idee!«

Harry hatte inzwischen geparkt und den Motor abgestellt. »Genau deshalb sind wir hier. Apropos, falls du dein Vorhaben wirklich in die Tat umsetzt, überlass ich dir dafür gern auch unsere beiden Schäferhütten.«

Ich war gerührt. »Danke, Harry. Das ist sehr großzügig von dir«, sagte ich und stieg aus dem Auto, wobei ich diesmal darauf achtete, dass mein Kleid nicht wieder in Mitleidenschaft gezogen wurde.

»Wenn ich irgendetwas dafür tun kann, dass die Appleby Farm im Besitz der Moorcrofts bleibt...« – er räusperte sich – »...und du in Lovedale, dann gib Bescheid. In meiner Familie waren seit Generationen alle Farmer, Freya... Wobei meine Mutter jetzt offenbar unter die Bodyboarder gegangen ist.« Er verdrehte die Augen, und wir grinsten uns belustigt an. »Jedenfalls kann ich mir nicht vorstellen, die Willow Farm jemals in fremde Hände zu geben. So, was willst du zuerst machen – dich umsehen oder deine Geburtstagstorte essen?«

»Mich umsehen.« Ich war noch ziemlich satt vom Frühstück.

Wir warfen einen kurzen Blick auf den Plan des Anwesens, der neben dem Café hing, ehe wir uns auf unsere Erkundungstour begaben.

Der Weg durch den Skulpturengarten war von Lavendelbüschen gesäumt, durch die man immer wieder einen Blick auf eines der zahlreichen bezaubernden steinernen Fabelwesen erhaschte, die Alice geschaffen hatte.

»Tut mir übrigens leid, das mit Charly und dir«, sagte Harry aus heiterem Himmel. »Er hat einen recht sympathischen Eindruck auf mich gemacht, auch wenn wir keinen guten Start hatten.«

Bei der Erinnerung an die verfänglich wirkende Situation, die jedoch völlig harmlos gewesen war, lief ich rot an.

»Ja, das war er … ist er. Aber …« Ich zögerte, wollte nicht zu sehr ins Detail gehen. »So was passiert eben. Und noch mal ein halbes Jahr Fernbeziehung hätten wir nicht überstanden.«

Er runzelte die Stirn und riss ein Ästchen von einem Lavendelbusch. »Ein halbes Jahr? Danach willst du wieder weg?«

»Äh, ja … nein … Keine Ahnung«, stotterte ich konfus. Der Weg wurde schmaler, sodass sich unsere Schultern beim Gehen berührten.

»Ich fühle mich unheimlich wohl im Lake District, und irgendwie ist mir erst jetzt als Erwachsene klar geworden, wie sehr Lovedale ein Teil von mir ist.«

Harry schmunzelte. »Kann ich gut nachvollziehen. Mir ging es genauso, wobei ich im Gegensatz zu dir nie anderswo gelebt hab, mal abgesehen von meinen drei Jahren Studium in Shropshire. Und selbst da konnte ich es kaum erwarten, wieder nach Hause zu kommen.«

Wir hatten das Ende des Weges erreicht, und er hielt mir das schmiedeeiserne Gatter auf, das zum Campingplatz führte.

»Danke«, sagte ich lächelnd. »Zumindest kannst du dir sicher sein, dass die Willow Farm dein Zuhause ist, so lange du es willst. Tante Sue und Onkel Arthur hängen ihren Job definitiv Ende des Jahres an den Nagel, komme, was wolle, und falls sie ihre Farm verkaufen ...« Ich schauderte. »Tja, ich schätze, dann hält mich hier nichts mehr.«

»Gar nichts?«

»Na ja ... nein.« Ich zuckte die Achseln.

»Verstehe.«

Hm. Das hatte ja fast beleidigt geklungen. Hatte ich etwas Falsches gesagt? Ich wirbelte herum und sah ihn an. Seine Miene war ausdruckslos.

»Äh, wie dem auch sei, ich bin mir noch nicht sicher, ob das mit der Teestube eine gute Idee ist oder ob ich mich damit bloß an den sprichwörtlichen Strohhalm klammere. Was meinst du?«, fragte ich mit einem Blick über die Schulter.

Harry war stehen geblieben, also hielt ich ebenfalls an.

»Ach, Freya«, sagte er, so leise, dass ich eine Gänsehaut bekam. Ich hielt den Atem an, wusste nicht, wie ich seine Reaktion interpretieren sollte.

Er ließ die winzigen lila Lavendelblüten auf die Erde rieseln. »Ob sich die Teestube finanziell lohnt, wird sich wohl erst mit der Zeit zeigen, aber ich habe den Eindruck, du hast Sue und Arthur damit nach allem, was sie in den vergangenen Monaten durchgemacht haben, neue Hoffnung gegeben, und schon deshalb ist dein Vorhaben meiner Ansicht nach ein Erfolg.«

Ich nickte. »Danke. Aus der Warte hatte ich es noch gar nicht betrachtet.«

Er sah mir einen Moment lang in die Augen, dann räusperte er sich. »Also, wenn du nur noch ein paar Monate hier bist, dann werde ich wohl – äh, *du*, meine ich – dann wirst du wohl das Beste daraus machen müssen.«

»Äh, ja«, murmelte ich verwirrt. Mein Mund war ganz trocken, und aus unerfindlichen Gründen raste mein Herz, als wäre ich einen Marathon gelaufen.

Dann hob Harry eine Augenbraue. »Du weißt schon, dass es unhöflich ist, jemanden anzustarren?«

»Entschuldige.« Ich spürte, wie ich rot anlief. Er deutete mit einer Kopfbewegung auf den Weg vor uns.

»Lass uns weitergehen, sonst bekommst du deine Geburtstagstorte nie.«

»Aye, Käpt'n.«

Die Rigg Farm war wirklich bezaubernd. Die ursprünglichen Gebäude und die neu hinzugekommenen bildeten eine harmonische Einheit, und jenseits eines kleinen Wäldchens waren die Spitzen der Jurten und ein paar Rauchschwaden – wohl von einem Lagerfeuer – zu sehen. Irgendwo johlten Kinder, vermutlich in dem am Fuße eines Hügels angelegten Labyrinth aus niederen Hecken, in dessen Zentrum eine riesige steinerne Sonnenuhr stand.

Ehe ich wusste, wie mir geschah, waren wir auch schon wieder an dem lang gezogenen Gebäude angelangt, in dem sich der Laden und das Café befanden, vor dem zwei ausgesprochen hübsche Schafe aus poliertem Kupfer standen, und siehe da, inzwischen war in meinem Magen tatsächlich Platz für ein Stück Kuchen.

Harry war vor einem Regal mit Flyern stehen geblieben, und ich kramte mein Handy aus der Tasche, um ein paar Fotos von den beiden Tafeln an der Wand zu schießen, auf denen jemand mit Kreide das Angebot des Tages notiert hatte, als ich plötzlich eine vertraute schrille Stimme vernahm.

»Harry! Was für ein Zufall!«

Ich drehte mich um und sah, wie sich Victoria auf meinen Begleiter stürzte, um ihn auf die Wange zu küssen, wobei sie ein Bein nach hinten hochwarf wie eine Disneyprinzessin. Sie trug eine riesige Sonnenbrille und ein hautenges schwarzes Kleid, unter dem sich ihre vorstehenden Hüftknochen deutlich abzeichneten, und sie hatte ein Mikrofon und allerlei anderes Equipment dabei.

»Stalkst du mich etwa?«, schnurrte sie. Soso. Die beiden waren inzwischen also beim Du angelangt. »Ha, du wirst ja ganz rot! Das muss dir doch nicht peinlich sein, mein Lieber. Insgeheim hab ich mir immer einen Stalker gewünscht.«

Ich gesellte mich zu den beiden. »Hallo, Victoria.«

Bildete ich es mir bloß ein oder verzog sie, als sie mich sah, angewidert die Mundwinkel, als wäre sie in einen Hundehaufen getreten?

»Tag, Freya. Gehört dieses Kleid nicht Lizzie? Dir steht es besser; ihre Hüften sind viel zu breit dafür. Du solltest dich unbedingt öfter mal so feminin anziehen.«

»Äh, danke«, stotterte ich, obwohl sie in diesen paar Sätzen so viele zweifelhafte Komplimente verpackt hatte, dass ich mit dem Zählen kaum nachkam.

»Was führt dich denn hierher?«, erkundigte sich Harry und verschränkte verlegen die Arme.

Victoria schenkte ihm ein strahlendes Lächeln. »Ich mache einen Beitrag für meine neue Sendereihe. In *Victoria's Secret Gardens* geht es um Parks, und der nächste Teil heißt dann wahrscheinlich *Victoria's Secret Shops*. Den Serientitel habe ich ganz bewusst gewählt. Markenassoziierung und so. Die Zuhörer sollen an sexy Unterwäsche denken, wenn sie meinen Namen hören.«

Sie sah zu mir. »Victoria's Secret macht Dessous, Freya.«
Frechheit!

»Ich lebe auf einer Farm und nicht auf dem Mond, Victoria.«

Harry legte mir eine Hand auf den Arm und schob mich in Richtung Café. »Tja, dann wollen wir dich nicht länger von der Arbeit abhalten, Victoria. Ach so, nur fürs Protokoll, Freyas Dessous sind sehr sexy.« Du lieber Himmel! Peinlich berührt sah ich an mir hinunter. Lugte etwa irgendwo meine (ehrlich gesagt alles andere als erotische) Unterwäsche hervor?

Victoria war der Unterkiefer heruntergeklappt, doch sie hatte sich gleich wieder im Griff und setzte ein professionelles Lächeln auf. »Ja, stimmt, ich sollte mich schleunigst wieder an die Arbeit machen und ein paar Besucher befragen. Ah, da kommen ja schon welche.« Wir verfolgten, wie sie sich auf dem Weg, der zum Parkplatz führte, auf die Lauer legte.

»Sie scheint ja ganz schön hinter dir her zu sein«, meinte ich mit einem Seitenblick zu Harry. »Seid ihr zwei …?«

Er hob eine Augenbraue. »Nein, besten Dank, die würde mich bei lebendigem Leibe auffressen.«

Na dann. Als sich ein schick gekleidetes Paar näherte, stürzte sie sich auf die beiden und hielt ihnen das Mikro unter die Nase. »Guten Tag! Ich bin Victoria Moon von Radio Lakeland. Darf ich Ihnen ein paar Fragen für meine Serie *Victoria's Secret Gardens* stellen?«

Bei der Nennung des Titels drehte sie sich zu Harry um und zwinkerte ihm übertrieben zu.

Die angesprochenen Herrschaften wechselten aufgeregte Blicke und räusperten sich. »Aber gern.« Die Frau betätschelte ihre Frisur, der Mann ließ die Schultern kreisen.

»Wie ich höre, haben Rentner freien Eintritt zum Skulpturengarten ... Das ist für Leute wie Sie bestimmt eine enorme finanzielle Erleichterung, nicht?«

Die Frau schnappte empört nach Luft, und ihr Ehemann erwiderte mit angesäuerter Miene: »Keine Ahnung, ich bin erst achtundfünfzig, und meine Frau noch jünger.«

»Ach, tatsächlich?« Victoria riss erstaunt die Augen auf, und ihre Interviewpartner marschierten mit grimmigen Mienen an ihr vorbei.

Wir sahen uns an und flüchteten ins Café, ehe wir einen Lachanfall bekamen.

»Man kann sie lieben oder hassen, aber unterhaltsam ist sie allemal«, stellte Harry kopfschüttelnd fest.

Sie lieben? Ich weiß nicht recht.

»So, dann komm mal mit, Geburtstagskind«, sagte er und nahm meine Hand. »Höchste Zeit für dein Stück Kuchen. Ich will mal hoffen, dass die hier nicht bloß Victoria Sponge Cake haben ...«

»Warte.« Ich blieb stehen. »Wie kommst du dazu zu behaupten, meine Unterwäsche wäre sexy? Du hast sie doch gar nicht gesehen.«

Jedenfalls nicht mehr seit unserer Kindheit, und er hatte wohl kaum von meinen Baumwollunterhosen mit den aufgedruckten Wochentagen geredet.

Er grinste spitzbübisch. »Also, ich nehme nicht an, dass diese rosa Spitzendinger, die vorhin in eurem Garten auf der Wäscheleine hingen, deiner Tante gehören. Und als du damals beim Aussteigen aus meinem Wagen mit dem Kleid hängen geblieben bist ...«

»Okay, okay, das reicht«, unterbrach ich ihn mit hochrotem Kopf und zog ihn zur Kuchentheke.

Kapitel 26

Nur noch eine knappe Woche bis zu unserem großen Tag!

Wobei ich eigentlich nicht allzu viel Aufhebens um die Eröffnung machen wollte, nachdem mir Anna davon abgeraten hatte, mit dem Argument, ein kurzer Testlauf sei manchmal hilfreich, um unauffällig etwaige Fehler im System ausbügeln zu können.

Sie sprach aus Erfahrung – als beispielsweise ihr Spezial-Datingportal *DieFrühaufsteher.com* online ging, hagelte es Beschwerden, weil einige der männlichen Interessenten den Namen allzu wörtlich interpretiert und Fotos von sich hochgeladen hatten, die ein gewisses Körperteil in Habachtstellung zeigten.

Seit meinem Geburtstag hatte ich mit der tatkräftigen Unterstützung von Lizzie, Tante Sue und Anna schier Unglaubliches geleistet.

Mittlerweile war unsere Webseite in Betrieb und gab Auskunft über unser Angebot an Speisen und Getränken, die zwanzig Sorten Tee für unsere »Volle Kanne«-Teekarte waren bestellt, die Secondhand-Espressomaschine, die ich in einem Café in Kendal erstanden hatte, war geliefert worden, und das Gesundheitsamt hatte grünes Licht gegeben.

Dafür sah es in der Scheune nach wie vor aus wie auf

einem Schlachtfeld. So waren die Küchenschränke zwar zusammengeschraubt, hatten aber noch keine Türen, die in Pappkartons herumstehenden Lüster mussten noch montiert werden, ein ganzer Stapel Bretter wartete darauf, zu einer Holzvertäfelung und zu Türstöcken verarbeitet zu werden, und überdies lag in sämtlichen Ecken noch Bauschutt.

Meine To-do-Liste war beängstigend lang, und jedes Mal, wenn ich hereinkam, erlitt ich eine kleine Panikattacke, obwohl Mr. Goat gelassen behauptete, wir lägen perfekt im Zeitplan.

Zum Glück sollte heute Verstärkung in Gestalt meiner bezaubernden Freundin Tilly eintreffen, und ich hoffte sehr, sie würde beruhigende Wirkung auf mich haben.

Dankenswerterweise hatte Bobby keine Faxen gemacht, sodass ich superpünktlich am Bahnhof in Oxenholme eintraf. Sobald ich geparkt und mich neben dem Schild mit der Aufschrift »Willkommen im Lake District« postiert hatte, fuhr der Zug ein. Ich stellte mich auf die Zehenspitzen und hielt nach Tilly Ausschau. Da tauchte sie auch schon auf und schlängelte sich mit ihrem lila Rollkoffer, winkend und von einem Ohr zum anderen grinsend, durch die ein- und aussteigenden Passagiere.

»Hi, Tilly!«

»Freya! Wie schön dich zu sehen!« Wir fielen uns um den Hals. »So, wen muss ich denn hier flachlegen, um an eine Tasse Tee zu kommen?«, feixte sie, frei nach Hugh Grant in *Tatsächlich Liebe*.

»Mich.« Kichernd schnappte ich mir ihren Rollkoffer und führte sie zum Parkplatz. »Wir haben alles, was das Herz begehrt: Darjeeling, Roiboos, English Breakfast, Earl Grey, Lady Gray ...«

Gleich nach dem Tee zeigte ich Tilly die Farm. Ich spazierte mit ihr durch den Obstgarten, stellte ihr Gloria, Gaynor und die Kälber vor und erzählte ihr, warum die Hereford-Herde so stark geschrumpft war; im Gegenzug berichtete sie mir, was sich in Kingsfield so alles getan hatte. Dann kehrten wir in die Scheune zurück, wo die Bauarbeiter inzwischen Feierabend gemacht hatten, und gönnten uns eine weitere Tasse Tee.

»Es ist wunderschön hier. Kein Wunder, dass du uns von heute auf morgen verlassen hast«, stellte sie mit einem verträumten Seufzer fest. »Ich an deiner Stelle hätte es genauso gemacht.«

Ich zog die Nase kraus. »Ich weiß, es kam ein bisschen überstürzt. Tja, das ist typisch für mich. Ich hatte schon immer Hummeln im Hintern.«

Als ich hinter mir jemanden pfeifen hörte, fuhr ich herum. Es war Harry, der soeben rücklings mit einem Stapel Stühle auf einem Handwagen hereingekommen war.

Bei seinem unverhofften Anblick schlug mein Herz auf einmal schneller.

»Herrje, warte, ich helfe dir«, rief ich und sprang auf.

Er stellte den Handwagen ab. »Dagegen gibt's übrigens Medikamente.«

»Wogegen?«, hakte ich nach.

»Gegen Hummeln im Hintern.« Er grinste.

Ich stemmte die Hände in die Hüften. »Haha.«

»Entschuldige, ich konnte nicht widerstehen.« Er deutete auf seine Fracht. »Wo sollen die hin?«

Ich hatte neulich einen sagenhaft günstigen Satz Tische und Stühle aus Kiefernholz ersteigert, und Harry hatte sich erboten, die ganze Ladung mit seinem Anhänger abzuholen. Während wir die Stühle in einer Ecke der Scheune stapelten, stellte ich ihm Tilly vor, dann ging er mit dem Handwagen wieder hinaus auf den Hof.

Tilly knuffte mich in die Rippen. »Der ist ja süß«, flüsterte sie.

Ich nickte. »Er wohnt auf der Nachbarfarm und ist für Tante Sue und Onkel Arthur wie ein Sohn. Wir kennen uns schon seit einer Ewigkeit.«

Harry erschien in der Tür. »Könntet ihr mir mit den Tischen helfen?«, fragte er, und wir eilten hinaus.

Zehn Minuten später waren sämtliche Tische und Stühle ausgeladen, und Harry machte sich wieder auf die Socken.

»Ehrlich gesagt hab ich das Gefühl, dass ich mich ziemlich verändert habe«, sagte ich, während ich uns frischen Tee aufbrühte. »Ich bin längst nicht mehr so rastlos wie früher.«

»Das merkt man.« Tilly lächelte. »Du bist zwar noch dasselbe Energiebündel wie früher, aber jetzt wirkst du irgendwie ... fokussierter.«

Ich nippte an meinem Tee und lächelte schief. »Ich könnte mir gut vorstellen, hier für den Rest meiner Tage glücklich zu sein. Klingt das sehr langweilig?«

»Es klingt, als wärst du bereits glücklich.« Tilly drückte meine Hand. »Ich wüsste da übrigens noch jemanden, der von der Appleby Farm absolut hingerissen wäre: Aidan. Hab ich dir schon von seiner neuen Serie erzählt? Sie heißt *Woodland Habitats* ...«

Ich hörte lächelnd zu, während sie mir wieder einmal von ihrem Freund vorschwärmte. Nicht, dass es mich gestört hätte. Ich freute mich für sie.

»So«, sagte sie und musterte mich streng, als sie fertig berichtet hatte. »Ich dachte, ich würde mir hier die Finger wund arbeiten, aber bis jetzt hab ich lediglich ein paar Stühle gestapelt und mich ansonsten von dir bedienen lassen wie die Queen. Wie kann ich helfen?«

»Hm, lass mich mal überlegen. Ah, ich weiß. Also, mal ganz ehrlich: Findest du das Interieur *vintage* genug?«

Sie hatte ihrer Begeisterung über die Teestube bereits Ausdruck verliehen, als sie sie das erste Mal betreten hatte.

Ich war selbst ganz angetan, fragte mich aber, ob die vorhandenen Stil-Elemente ausreichen, um in dem riesigen Raum das Flair zu schaffen, das mir vorschwebte. Okay, die geblümten Wimpel mussten noch aufgehängt werden, und sobald die Bauarbeiten abgeschlossen waren, würde ich das hellblaue Regal hinter der Theke mit meinem bunten Geschirr befüllen. Außerdem wollte ich alte Flaschen als Vasen auf die Tische stellen.

»Hm.« Tilly sah sich um und tippte sich dabei nachdenklich mit dem Finger an die Nasenspitze. »Ach, jetzt weiß ich, was fehlt, um deinem Café das gewisse Etwas zu verleihen: ein bisschen Kunst. Ein paar große Bilder, oder vielleicht ein paar Retro-Werbeplakate. ›Keep Calm and Have Another Cupcake‹, so was in der Art.«

»Stimmt! Genau das ist es!« In der dunkelsten Ecke hingen ein paar antike Spiegel, aber ansonsten waren die Wände bislang kahl. Ich strahlte sie an. Genau das hatte ich gebraucht: den unbefangenen Blick eines Außenstehenden. Ich selbst hatte einfach nicht mehr die nötige Distanz – ich schenkte ja sogar in meinen Träumen schon Tee aus. »Allerdings sollten sie möglichst günstig sein. Mir geht allmählich das Geld aus.«

Wir standen auf und berieten uns über die Größe und Anzahl der Bilder, da schneite Lizzie herein.

»Tilly!«, rief sie und stürzte sich mit ausgebreiteten Armen auf uns, um uns beide auf einmal zu umarmen wie ein Rugbyspieler seine Teamkollegen. »Ich bin Lizzie Moon, und ich freu mich riesig, dich endlich kennenzulernen.« Sie ließ uns los und sah grinsend von Tilly zu mir. »Wir werden bestimmt einen Heidenspaß miteinander haben. Genau wie die Mädels in *Drei Engel für Charlie*.«

Okay, der Spruch war gründlich in die Hose gegangen. Ich blinzelte konsterniert, und Tilly stierte betreten auf ihre Fingernägel.

Lizzie schlug sich die Hände vor den Mund. »Gott, bin ich dämlich, Freya. Ich könnte mich ohrfeigen. Oder willst du das lieber übernehmen? Dabei lag mir schon *Die drei Musketiere* auf der Zunge! Warum hab ich nicht *Die drei Musketiere* gesagt?«

»Keine Panik«, beruhigte ich sie. »Wir können das Thema ja nicht ewig totschweigen. Das mit Charlie und mir ist vorbei, und damit basta. Wie geht es ihm eigentlich, Tilly?«

Ich hatte mich schon vorhin nach ihm erkundigen wollen, es aber bleiben lassen, für den Fall, dass es ihm richtig mies ging, weil mich dann das schlechte Gewissen plagen würde.

Tilly verzog das Gesicht und wandte den Blick zur Decke. »Naja, noch bläst er Trübsal, aber das wird schon wieder.«

Ich schluckte und nickte. Der Ärmste.

»Er sollte schleunigst wieder in den Sattel steigen. Ein paar Verabredungen würden ihm guttun«, stellte Lizzie fest.

»Stimmt«, sagte ich und meinte es auch so. »Er hat ein nettes Mädchen verdient. Fällt dir niemand für ihn ein, Tilly?«

Sie musterte mich mit einem etwas nervösen Lächeln. Kein Wunder, schließlich hatte sie uns verkuppelt. Es fühlte sich zugegebenermaßen etwas eigenartig an, mit ihr über meine potenzielle Nachfolgerin zu reden. »Ich habe ihm auch schon ans Herz gelegt, sich auf die Suche nach einer Neuen zu machen, aber er sagt, dafür kommt er zu wenig unter Leute. Bei der Arbeit trifft er nur seine Kollegen, und in der Kleingartensiedlung gibt es keine passenden Kandidatinnen.«

»Ich werd Anna bitten, ihm zu erklären, wie das mit dem Onlinedating läuft, da ist sie schließlich Expertin.« Hm. Anna, die am liebsten zu Hause blieb und nicht die Absicht hegte, Kingsfield je zu verlassen ... Anna, die von Anfang an eine Schwäche für Charlie gehabt hatte ... Einen Versuch wäre es wert. »So, Themawechsel. Irgendwie ist es schräg, darüber zu diskutieren, mit wem ich meinen Ex verkuppeln könnte.«

Tilly klatschte in die Hände. »Ja, zurück zum Thema Deko. Wie könnte man diese nackten Wände verschönern?«

Lizzie hob die Hand. »Also, ich würde ein paar Meter Vintage-Tapete kaufen, mit Holzleisten rahmen und aufhängen.«

Tilly und ich sahen uns an. Perfekt!

»Du bist genial!« Ich drückte Lizzie einen fetten Schmatzer auf die Wange. »Total durchgeknallt, aber genial.«

Zum Abendessen gab es eine riesige Schüssel frisch geernteten Salat mit gebratenem Hühnchen, gefolgt von einem

Früchtebecher mit Joghurt und Baiser. Sämtliche Zutaten stammten von der Farm, selbst das Fleisch, wobei ich Onkel Arthur gebeten hatte, diesbezüglich unserem Besuch gegenüber lieber Stillschweigen zu bewahren.

Tilly war voll des Lobes, als wir uns anschließend mit einer Flasche Wein in den Garten setzten, um die letzten Sonnenstrahlen zu genießen. »Das war zum Niederknien, Mrs. Moorcroft. Sie müssen mir unbedingt das Rezept für den Nachtisch verraten.«

»Bitte nenn mich Sue. Und das Rezept ist nicht von mir; das hab ich aus dem Netz«, sagte sie mit einer nonchalanten Geste, dabei wäre sie vor Stolz sichtlich beinahe geplatzt. »Kochst du gern, Tilly?«

Diese nickte und nippte an ihrem Wein. »Sehr gern sogar, obwohl ich nicht sonderlich talentiert bin. In Zukunft möchte ich gern öfter Leute bewirten. In unserem neuen Haus werden wir nämlich eine richtig tolle Küche haben.«

»Tilly und Aidan kaufen sich gerade ein Haus«, erklärte ich Tante Sue.

Sie faltete die Hände. »Wie schön! Ich weiß noch gut, wie Artie und ich in unser erstes gemeinsames Zuhause gezogen sind.«

»Ach, ihr habt gar nicht von Anfang an auf der Farm gewohnt?«, hakte ich nach.

»Aber nein, Liebes, damals haben doch deine Großeltern noch gelebt, und dein Onkel war nur Landarbeiter. Wir haben in einem Cottage im Nachbardorf gewohnt.«

»Erzähl uns mehr darüber, Tante Sue.« Ich liebe es, wenn sie die alten Geschichten auspackt, vor allem die romantischen. Und so eine würden wir gleich zu hören bekommen, wenn ich das Funkeln in ihren Augen richtig interpretierte.

»Gern.« Sie gluckste. »Tja, damals ist man erst nach der Heirat zusammengezogen«, sagte sie mit einem Seitenblick zu Tilly, die prompt errötete.

»Pünktlich zum Ende unserer Hochzeitsreise war unser Cottage bezugsfertig. Wir waren mit dem Zug gefahren, und das letzte Stück mit dem Bus, und die Haltestelle lag einen knappen Kilometer außerhalb des Dorfes. Von dort musste man dann zu Fuß gehen. Rollkoffer gab es damals noch nicht, und Arthur, ganz Gentleman, hat darauf bestanden, beide Koffer zu tragen ...«

Wie auf Kommando erschien Onkel Arthur. Er hatte ein sauberes Hemd und seine schönste Sommerschiebermütze an und die Hundeleine in der Hand.

»Ich dreh eine Runde mit Madge«, verkündete er, was gleichbedeutend war mit »Ich geh auf ein Bierchen ins White Lion«.

»Ich erzähle den Mädels gerade von unserem Einzug in unser erstes Cottage, Artie.«

»Und wie man hört, warst du ein richtiger Gentleman.« Ich grinste.

Onkel Arthur setzte sich und wackelte mit den Augenbrauen. »Wenn das so ist, muss ich noch kurz bleiben und zuhören. Nicht, dass du womöglich die Tatsachen verdrehst.«

»Er war ziemlich aus der Puste, bis wir endlich an unserem neuen Zuhause angelangt waren, und seine Arme waren ganz taub«, fuhr Tante Sue schmunzelnd fort.

»Weil du so viele Schuhe eingepackt hattest«, brummelte Onkel Arthur. »Dabei sind wir für grade mal vier Tage nach Wales gefahren.«

»Eine Frau kann nie genug Schuhe dabeihaben«, meldete sich Tilly ernst zu Wort.

»Jedenfalls hat Artie trotz seiner eingeschlafenen Arme darauf bestanden, mich über die Schwelle zu tragen.«

»Damals war sie noch bedeutend leichter«, zischte Onkel Arthur und entwischte gerade noch dem Klaps, den ihm Tante Sue verpassen wollte.

»Also hab ich die Tür aufgeschlossen, und mein Herkules hier hat die Koffer abgestellt und mich hochgehoben, aber leider haben seine Kräfte nur noch für einen Kuss ausgereicht, dann hat er mich fallen lassen. Wir sind beide zu Boden gegangen; ich zuerst, und er auf mich drauf.«

»Oh nein!«, rief ich und biss mir auf die Unterlippe.

»Es wird noch schlimmer.« Onkel Arthurs Schultern zuckten bereits vor Lachen, Tante Sue barg das Gesicht in den Händen. »Unsere gesamte Verwandtschaft und unsere Freunde hatten sich in der Küche versteckt, um uns zu überraschen, und als sie herauskamen, lagen wir in einer höchst kompromittierenden Stellung im Flur auf dem Boden. Man hätte eine Stecknadel fallen hören, so still war es im ersten Moment, und dann ist meine Mutter mit der Handtasche auf Artie losgegangen und hat gezetert: ›Und das am helllichten Tag und bei offener Haustür! Schäm dich, du Wüstling!‹«

Wir prusteten los, und Onkel Arthur erhob sich.

»Aber immerhin hatte ich es geschafft, meine schöne Frau über die Schwelle zu tragen, und dafür danke ich dem Schicksal bis heute«, sagte er, küsste Tante Sue auf die Wange und machte sich mit Madge auf den Weg zum Pub.

Tante Sue gluckste. »Heute kann ich darüber lachen, aber damals hat es einen Monat gedauert, bis ich mich wieder zum Treffen des Frauenvereins getraut habe.« Sie stand auf und ging in die Küche.

»Wir wollen zwar noch nicht gleich heiraten«, sagte Tilly kichernd, »aber die Geschichte behalte ich auf jeden Fall im Hinterkopf.«

Ich grinste, doch bei all der Romantik, die sie und Tante Sue verbreitet hatten, kam ich mir zum ersten Mal seit der Trennung von Charlie so richtig allein vor. Und obwohl ich versucht hatte, mir nichts anmerken zu lassen, hatte Tilly offenbar erraten, was in mir vorging, denn sie knuffte mich in die Rippen und sagte: »Warum rufst du ihn nicht einfach an?«

»Nein.« Ich schüttelte den Kopf. Hoffentlich war meine Birne nicht so rot, wie sie sich anfühlte! »Er sieht mich nicht als Frau. Für ihn werde ich immer das schlaksige Mädchen mit den aufgeschrammten Knien bleiben, das ihn im Sackhüpfen besiegt hat.«

Tilly lachte. »Hast du echt mit Charlie *Sackhüpfen* gespielt oder ist das eine verharmlosende Umschreibung, die ich noch nicht kenne?«

Mist. Sie hatte von Charlie gesprochen, und ich hatte an Harry gedacht. Wie peinlich! Jetzt lief ich erst recht feuerrot an.

»Was? Oh. Entschuldige ...« Ich setzte mich etwas anders hin, und dann kam zum Glück Lizzie angaloppiert. Sie wedelte mit den Armen wie ein wild gewordener Dirigent.

»Hey, Mädels!«, rief sie. »Meine Schwester mag ja eine total nervige Tussi sein, aber sie hat auch ihre guten Seiten.«

Sie legte eine Kunstpause ein, um die Spannung zu erhöhen. »Victoria hat versprochen, deine Teestube am Tag der Eröffnung in ihrer Sendung zu erwähnen!«

»Cool!« Ich sprang auf und reckte triumphierend die Faust. »Danke, Lizzie.«

Klasse! Ein bisschen Werbung gleich am ersten Tag würde uns einen glänzenden Start verschaffen.

Scheiß auf den Testlauf.

Was sollte schon groß schiefgehen?

Kapitel 27

Nur noch vierundzwanzig Stunden!

Tief durchatmen, Freya.

Jep. In vierundzwanzig Stunden würde die Appleby Farm Vintage Teestube ihre Pforten öffnen. Im Augenblick hatte sie allerdings noch gar keine. Mr. Goat und sein Team waren gerade damit beschäftigt, die gläsernen Eingangstüren zu montieren. Auch an den WC-Kabinen fehlten noch die Türen; im Augenblick musste man noch etwas exhibitionistisch veranlagt sein, wenn man die Toiletten benutzen wollte.

Dieses war der letzte Streich, danach waren die Bauarbeiten abgeschlossen – und zwar exakt zum vereinbarten Zeitpunkt.

In den vergangenen Nächten hatte ich kaum ein Auge zugetan, und ich verdankte es wohl nur dem Adrenalin, das mein Körper unablässig ausschüttete, dass ich nicht schon im Stehen einschlief. Auch alle anderen Beteiligten werkelten so hyperaktiv vor sich hin, als hätten sie eine Überdosis Koffein erwischt. Tante Sue befüllte die Eistruhe, Eddy bastelte aus den restlichen Brettern Bilderrahmen, und Lizzie, die sich im White Lion ein paar Tage freigenommen hatte, brachte das Geschirr auf Hochglanz, ehe sie es in die blauen

Regale hinter der Theke stapelte. Tilly hatte ich damit beauftragt, die geblümten Wimpel aufzuhängen und im Garten Wicken für die Vasen zu schneiden sowie die von Eddy fertiggestellten Rahmen mit Tapeten zu bestücken.

Tante Sue hatte bergeweise Kuchen und Torten gebacken, die schon darauf warteten, von Lizzie, Tilly und mir dekoriert zu werden. Die Scones würden wir erst in allerletzter Minute machen, damit sie am Eröffnungstag richtig schön fluffig waren.

Im Augenblick kümmerte ich mich mit Ross um die Beschilderung. Nachdem wir die Wegweiser vor und auf dem zum Parkplatz umfunktionierten Clover Field aufgestellt hatten, machten wir uns mit Schaufel, Fertigzement und einem zwei Meter hohen Pfosten aus Eichenholz auf den Weg zur Abzweigung an der Lovedale Lane.

»So, das sollte tief genug sein«, meinte Ross mit einem Blick in das Loch, das er für den Pfosten gegraben hatte, und wischte sich mit dem Unterarm den Schweiß von der Stirn.

»Okay. Soll ich den Pfosten halten, und du machst das mit dem Zement?«

Er nickte, und ich umklammerte den Pfosten, während er den Fertigzement aus dem Sack kippte. »Ist dir eigentlich klar, dass du eine echte Inspiration für Lizzie und mich bist, Freya?«, fragte Ross, wobei er meinem Blick geflissentlich auswich.

Ich lachte. »Danke, aber es gibt bestimmt bessere Vorbilder als mich«, winkte ich ab, obwohl ich geschmeichelt war.

»Nein, im Ernst.« Er hob den Kopf und sah mich an. »Und irgendwann will ich genau das machen, was du machst – einer Farm im Lake District neues Leben einhauchen.«

»Hey, du könntest doch mit dem Geld, das du geerbt hast, die Appleby Farm kaufen!« Dass ich darauf nicht schon viel eher gekommen war! »Wenn du den Betrieb übernimmst, könnte auch Eddy bleiben.«

Eddy ist fast sechzig und hat sein ganzes Leben lang im Dienst von Onkel Arthur und Tante Sue gestanden. Ich kann mir nicht vorstellen, dass er glücklich wäre, wenn er plötzlich auf einer anderen Farm arbeiten müsste.

»Schön wär's, Freya.« Ross grinste schüchtern. »Aber meine Erbschaft reicht für eine Farm dieser Größe nicht aus. Außerdem will ich erst mein Studium beenden und noch mehr Erfahrung sammeln, ehe ich in eine eigene Farm investiere.«

»Verstehe. War auch nur so eine Idee.« Ich seufzte. »Okay, jetzt kommt der große Augenblick.«

Ich nahm das Holzschild zur Hand, riss die Schutzfolie ab und reichte es Ross. Es war wunderschön geworden – das schwarze Logo der Appleby Farm Vintage Teestube auf hellblauem Grund.

Er befestigte es an dem Pfosten, dann traten wir beide ein paar Schritte zurück und betrachteten unser Werk. Ich war unfassbar stolz. Ich hatte es tatsächlich von einer einfachen Kellnerin in Kingsfield zur Managerin eines eigenen Cafés gebracht! Blieb nur die Frage, wie lange ich diesen Posten bekleiden würde.

Mein Bruder rief jede Woche an, um sich zu erkundigen, ob schon eine Entscheidung gefallen war. Bis dato hatte ihm Onkel Arthur eine endgültige Antwort verweigert, aber wie lange würde es dauern, bis er einknickte?

Nachdem ich so viel Zeit und Energie in meine Teestube investiert hatte, konnte ich den Gedanken, dass Julian daherkam und alles kaputtmachte, nicht ertragen.

Ich seufzte resigniert, und Ross, der dies offenbar fälschlicherweise als Ausdruck der Zufriedenheit interpretierte, legte mir einen Arm um die Schultern. »Wir sind schon ein tolles Team.«

»Ja, das sin... Huch!« Ich fuhr herum, als hinter uns ein Hupen ertönte und ein Wagen mit kreischenden Bremsen hielt.

Es war Victoria in einem kleinen roten Sportflitzer mit offenem Verdeck. Sie schob sich die Brille ins Haar. »Na, na, na, ihr zwei«, sagte sie mit einem hinterhältigen Grinsen und tadelnd erhobenem Zeigefinger. »Wenn Lizzie wüsste, was ihr zwei hier treibt...«

Ich ignorierte ihre Stichelei einfach. »Wie findest du unser Schild?«

Sie kniff die Augen zusammen, als müsste sie die Aufschrift mühsam entziffern. »Sehr... rustikal. So, wo soll ich parken?«

Hä?

Ich sah Ross an, doch der zuckte lediglich die Achseln.

Victoria verdrehte die Augen. »Lizzie hat dir doch hoffentlich erzählt, dass ich über deine Teestube berichten werde, oder?«

Ich schluckte. »Ja, schon, aber...« Von einem Besuch war keine Rede gewesen.

»Aha, zum Parkplatz geht's da lang«, sagte Victoria mit einem Blick auf das soeben montierte Schild. »Dann bis gleich!«

Damit trat sie aufs Gas und hüllte uns in eine Staubwolke.

»Mist!«, stieß ich entsetzt hervor. »Und was jetzt? Es ist noch kein einziger Kuchen fertig!«

»Hm.« Ross legte die Stirn in Falten.

Ein Bericht im Radio war unsere große Chance, und die durfte ich auf keinen Fall vermasseln. *Denk nach, Freya!*

»Ross, gib mir dein Walkie-Talkie.«

Er reichte es mir, und ich schaltete es ein und spurtete los.

»Eddie, ist Tante Sue in der Nähe?«

»Ja.«

»Sag ihr, sie soll alles liegen und stehen lassen und sofort eine Ladung Scones machen – möglichst kleine, damit es schneller geht. Victoria Moon ist auf dem Weg zur Teestube. Ich wiederhole: Victoria Moon ist auf dem Weg zur Teestube. Ach, und sag den Bauarbeitern, sie sollen sich dünnmachen, wenn wir kommen.«

Mein Puls raste, aber ich hatte einen Plan. Derartige Herausforderungen *liebte* ich. Ich würde Victoria einfach mit einer Führung hinhalten, bis Tante Sues Scones fertig waren.

Ich hastete zum Parkplatz, für den Fall, dass Victoria Hilfe beim Tragen ihres Equipments benötigte, doch zu meiner Verblüffung hatte sie nur eine kleine Handtasche dabei.

»Ich bin dir ungeheuer dankbar, Victoria«, sagte ich und rüstete mich mental für mein allererstes Radiointerview. »Das wird uns bei der Eröffnung ordentlich Zulauf bringen.«

»Allerdings.« Sie setzte ihre überdimensionale Sonnenbrille wieder auf. »Deine Teestube wird übrigens die erste Station in meiner Serie *Victoria's Secret Cafés* sein.«

»Klasse!« Ich ging bewusst langsam, um Zeit zu schinden. »Wie ist denn die Gartenserie angekommen?«

Sie winkte ab. »Ach, die hab ich vorzeitig beendet. Irgendwie sind Grünanlagen doch alle gleich, und das hab ich dem Chefgärtner von Highfield Hall auch ganz unverblümt gesagt.«

Ich hob eine Augenbraue und versuchte, ernst zu bleiben. »Hat Highfield Hall nicht kürzlich vom Tourismusverband von Cumbria eine Auszeichnung für seinen Senkgarten erhalten?«

»Echt?« Sie blieb stehen und starrte mich an. »Merkwürdig, die zuständigen PR-Fuzzis haben neulich sämtliche Werbeverträge mit Lakeland Radio gekündigt. Man sollte doch meinen, dass sie den Etat erhöhen, nachdem sie einen Preis abgesahnt haben, das bringt doch Kundschaft ... Keinen Funken Verstand. So, können wir loslegen? Ich hab nicht den ganzen Tag Zeit.«

»Klar!« Ich strahlte sie an. »Als Erstes zeige ich dir die Farm.«

Ich lief zu absoluter Höchstform auf.

Zunächst führte ich sie in den Obstgarten und erwähnte, dass in unseren Apfelkuchen und Apfelsaft nur Bioäpfel kommen, dann gingen wir an Calf's Close vorbei, wo die Jersey-Kühe grasten, deren Milch von Tante Sue zu Butter und Eis verarbeitet wird. Nach der Besichtigung der neuen Molkerei zeigte ich Victoria den Küchengarten und erzählte ihr, dass wir unsere Erdbeer- und Himbeermarmelade selbst einkochen, und anschließend kehrten wir wieder in den Obstgarten zurück. Dort setzten wir uns auf eine Bank, und Victoria warf einen flüchtigen Blick auf die Fotos und in die Pressemappe, die ich für die Journalisten, die morgen hoffentlich kommen würden, vorbereitet hatte. Hinter mir hörte ich Goat seinem Team Anweisungen zurufen. Die Glastüren waren inzwischen montiert, und irgendwann huschte Tilly mit einem großen Strauß Wicken an uns vorbei, aber von Tante Sue und ihren Scones war weit und breit keine Spur.

Ich zupfte nervös an meinem T-Shirtkragen herum. Was nun? Ich hatte Victoria alles gezeigt. »Ähm, sollen wir jetzt das Interview machen? Ich könnte dir noch erzählen, wie ...«

Victoria hob die Hand. »Bitte, verschone mich, sonst schlafe ich auf der Stelle ein. Ich würde jetzt wirklich gern die Teestube sehen, und ich will mal hoffen, dass du mir eine Tasse Tee anbietest. Ich bin am Verdursten.«

Ich hob eine Augenbraue, blieb aber gelassen.

»Natürlich.« Ich lachte eine Spur zu laut. »Komm mit.«

Im selben Augenblick kam Tante Sue aus dem Haus und eilte über den Hof in Richtung Scheune. Sie trug ein mit einem karierten Geschirrtuch zugedecktes Backblech. Perfektes Timing!

Mit heftig klopfendem Herzen führte ich Victoria zur Scheune und schnappte unwillkürlich nach Luft, als ich eintrat.

Ich war nur eine gute Stunde weg gewesen, aber meine Helferlein hatten in meiner Abwesenheit wahre Wunder vollbracht. Mit Tränen in den Augen ließ ich den Blick über die gerahmten Rosentapetenabschnitte an der Wand und die mit frischen Blumen befüllten Vasen gleiten, die auf den Tischen standen und Sommerduft verbreiteten.

Von den Bauarbeitern war weisungsgemäß nichts zu sehen, dafür stand Lizzie hinterm Tresen, und Tante Sue, die vom Backen ganz rote Wangen hatte, hatte sich hinter der Eistheke postiert.

Es war einfach alles rundum perfekt. So perfekt, dass ich kein Wort herausbrachte.

Auch Victoria schwieg. Ihrer Miene nach zu urteilen, war sie gegen ihren Willen beeindruckt.

Tilly rückte ihr einen Stuhl zurecht und bedeutete ihr, sich zu setzen.

»Tee?«, krächzte ich.

»Und Scones?«, fügte Tilly hinzu.

Victoria sah ostentativ auf die Uhr. »Keine Kohlenhydrate nach dreizehn Uhr«, verkündete sie affektiert und musterte uns abschätzig. »Ich bevorzuge den schlanken Look.«

Ich sah, wie Tante Sue etwas in sich hineinmurmelte und die Hände in die Hüften stemmte.

Lizzie schnaubte verächtlich. »Keine Kolenhydrate nach dreizehn Uhr? Seit wann?«

»Hier, unsere Teekarte«, sagte ich und hielt Victoria die »Volle Kanne«-Karte unter die Nase, um von den kritischen Worten ihrer Schwester abzulenken. »Wir haben es uns zum Ziel gesetzt, unseren Gästen die größte Auswahl an Teesorten im gesamten Lake District anzubieten.«

»Ach, bring mir einfach irgendeinen.« Victoria wedelte mit der Hand, als wäre sie gelangweilt oder entnervt – ihre riesige Sonnenbrille ließ keine näheren Rückschlüsse darauf zu – und schob die Karte von sich. »Was Tee angeht, bin ich nicht sonderlich wählerisch.«

Wie bitte? Ich war nur deshalb auf die Idee mit der Teestube gekommen, weil sie sich über den Tee im White Lion beschwert hatte! Aber ich schluckte die bissige Bemerkung, die mir auf der Zunge lag, hinunter und lächelte honigsüß, während Lizzie ihrer Schwester eine Kanne English Breakfast Tea brachte.

»So, bitte sehr, *Madam*«, sagte sie. »Eine Kanne Tee für die nicht wählerische Teetrinkerin.«

Victoria nahm ihre Tasse zur Hand und führte sie zum Mund, stellte sie aber sogleich scheppernd wieder ab. »Du liebe Zeit, was ist denn da oben los?«

Ich folgte ihrem Blick zu dem großen Fenster unter dem Dach der Scheune, vor dem Mr. Goat und seine drei Mannen standen – mit dem Rücken zu uns, die Unterarme aufs Balkongeländer gestützt – und uns ihre Maurerdekolletés präsentierten.

Dort hinauf hatten sie sich also verzogen. Schluck.

Kein Wunder, wenn meinen Gästen bei dem Anblick der Appetit verging!

Am liebsten hätte ich mit den Fingern geschnippt, um Victorias Aufmerksamkeit wieder auf den eigentlichen Anlass ihres Besuchs zu lenken. »Also, wie findest du es?«

»Ganz nett.« Sie nickte abwesend.

Ganz nett? Mehr fiel ihr zu unserer Teestube nicht ein?

Jetzt wurde ich allmählich sauer. Nicht zu fassen, dass ich sie so oft verteidigt hatte, wenn sich Lizzie über sie beschwert hatte!

Immer schön lächeln, Freya. Denk an die Publicity. Die hat jetzt oberste Priorität.

»Vielen Dank für das Kompliment«, sagte ich jovial. »Und, hast du alle Informationen, die du für deinen Bericht brauchst? Mir ist aufgefallen, dass du dir gar keine Notizen gemacht hast.«

»Nicht nötig, ist alles da drin gespeichert.« Sie tippte sich an die Schläfe und stand auf. »Ich habe ein bemerkenswertes Gedächtnis für Details.« Wie es aussah, wollte sie gehen. Ein Glück.

»Hervorragend. Ich bringe dich noch zum Auto.«

An der Tür drehte sie sich zu mir um. »Ich hatte ja gehofft, dass mir Harry über den Weg laufen würde.« Sie zog einen Schmollmund. »Schade.«

Ich schüttelte den Kopf. »Im Moment gibt es hier nichts zu tun für ihn. Er kommt erst Mitte August wieder her, wenn das nächste Mal gemäht werden muss.«

»Ach, stimmt ja, das hat er gestern Abend im Restaurant erwähnt. Hatte ich kurz vergessen...«, flötete sie.

Ich setzte ein Lächeln auf. Versuchte sie etwa, mich eifersüchtig zu machen? Na, da musste sie früher aufstehen. Ich war höchstens neugierig und vielleicht ein kleines bisschen enttäuscht. Ich hatte angenommen, Harry würde auf Frauen mit etwas mehr Niveau und Tiefgang stehen. Aber gut. Seine Entscheidung. Mir konnte das alles egal sein. Total egal.

Victoria schnippte mit den Fingern vor meiner Nase herum. »Dann bis demnächst, du Träumelinchen. Den Weg zum Parkplatz finde ich auch allein.«

Sie marschierte hinaus, und ich atmete erleichtert auf.

Draußen auf dem Hof drehte sie sich noch einmal um und winkte. »Und vergiss nicht, dir morgen meine Sendung anzuhören!«

»Mach ich!«, rief ich und winkte zurück.

»Gut gemacht, Freya!« Tilly legte mir einen Arm um die Taille. »Wobei sie eine Spur passiv-aggressiv auf mich gewirkt hat.«

»Willkommen in der Welt der Familie Moon«, knurrte Lizzie, die sich soeben zu uns gesellt hatte. »Ich fürchte, sie sieht dich als Konkurrentin, Freya.«

Ich runzelte die Stirn. »Konkurrentin? Inwiefern?«

Lizzie und Tillie sahen sich an. »Harry«, sagten sie wie aus einem Mund.

»Ist total offensichtlich, sogar für mich, dabei kenne ich ihn kaum«, fügte Tilly hinzu.

»Harry und ich sind bloß alte Freunde«, wehrte ich ab und errötete unter dem prüfenden Blick der beiden.

»Hat jemand Lust auf frische Scones?«, rief Tante Sue da und stellte das unangetastete Resultat ihrer Blitzbackaktion auf einen Tisch in der Mitte der Teestube. »Wär doch schade, wenn ich sie ganz umsonst gemacht hätte.«

»Au, ja!«, rief ich. »Und Goat und seine Männer sollen auch runterkommen. Mal sehen, ob die nach dreizehn Uhr noch Kohlenhydrate essen ...« Ich kicherte.

Wie erwartet blieb kein Krümelchen übrig.

Kapitel 28

Extrabreites Band für die Türen, große goldene Schere aus Tante Sues Nähkörbchen, Postkarten mit der Aufschrift »Wish you were here at Appleby Farm« für die Besucher, Freya-Schlüsselanhänger als Glücksbringer – jetzt hatte ich alles beisammen. Ich hatte an alles gedacht und mein Möglichstes getan oder es zumindest versucht. Ich verließ die Teestube, zog möglichst leise die Tür hinter mir zu und blieb einen Augenblick stehen. Mit geschlossenen Augen atmete ich tief die taufeuchte Morgenluft ein.

Noch war es still auf der Farm. Die Hühner hockten in ihrem Stall, und auch die Kälber schliefen noch. Nur von Skye war gelegentlich ein Schnauben zu vernehmen.

Ich sah auf die Uhr. Fünf. Ich sollte mich wirklich noch mal in die Falle hauen ...

Gegen neun stand ich frisch geduscht und mit einer Banane im Magen in der Küche. Sämtliche Mitarbeiter meines Teams hatten sich um den Tisch versammelt, bis auf Onkel Arthur, der unter der Zeitung begraben in seinem Fauteuil saß und schnarchte. Wir trugen unsere »Uniform« – Jeans, weißes Oberteil und Schürzen. Wie ich sie alle liebte!

Sie waren so hilfsbereit und eifrig bei der Sache gewesen

und hatten mich so tatkräftig unterstützt! Ohne sie hätte ich es niemals geschafft, und das hätte ich ihnen auch furchtbar gern gesagt, aber ich war so gerührt, dass auch nur ein einziges nettes Wort gereicht hätte, mich in Tränen ausbrechen zu lassen.

Und das konnte ich mir jetzt nicht leisten.

Ich atmete tief durch, blinzelte und räusperte mich. *Reiß dich zusammen, Freya.*

Tilly, Lizzie und Tante Sue würden mir den ganzen Tag in der Teestube helfen, und Onkel Arthur sollte, nachdem er mit der goldenen Schere feierlich das Band durchgeschnitten hatte, im Büro etwaige telefonische Anfragen von Vertretern der Presse beantworten. Ich hatte die *Gazette* und einen lokalen Fernsehsender eingeladen (Warum auch nicht? Wer nicht fragt, kommt zu nichts...), und möglicherweise würde uns jemand von der Zeitschrift *Cumbrian Homes* beehren. Onkel Arthur hatte sich in letzter Zeit ein bisschen übernommen, weshalb ihm die Krankenschwester, die neulich hier gewesen war, um nach ihm zu sehen, die Leviten gelesen hatte. Ein ruhiger Tag im Büro würde ihm also guttun.

Ich begann die Programmpunkte für den heutigen Tag zu verlesen, kam jedoch nur bis zur feierlichen Eröffnungszeremonie durch Onkel Arthur, dann sprang Madge laut kläffend auf. Im selben Moment klopfte es. Ich öffnete die Haustür und erblickte den Boten von Lakeland Flowers, der mir im Frühling schon einmal einen Strauß Blumen geliefert hatte. Jedenfalls kam es mir so vor, als wäre es derselbe Bote – hinter dem riesigen Strauß war er nämlich kaum zu sehen.

»Miss Moorcroft?«

»Das bin ich!«, rief ich mit einem strahlenden Lächeln. »Von wem mag der sein?«

Lizzie tippte auf Charlie, Tilly auf Harry.

»Lies die Karte!«, riet mir Tante Sue aufgeregt.

Während ich den Erhalt quittierte, schnupperten die drei entzückt an den exotischen Blüten.

»Keine Karte«, stellte Tante Sue enttäuscht fest.

»Nicht?« Der Bote runzelte die Stirn. »Moment, ich sehe mal im Wagen nach.«

»Du hast einen heimlicher Verehrer, Mädel«, tönte Onkel Arthur aus seinem Lehnsessel. Ein beunruhigender Gedanke. Die einzigen Männer, mit denen ich in den vergangenen Wochen zu tun gehabt hatte, waren Eddy und der Tierarzt, und die entsprachen beide nicht ganz meiner Vorstellung von einem Traummann.

Der Bote eilte hinaus, dicht gefolgt von Madge, und kehrte zwei Minuten später mit bedauernder Miene zurück.

»Nichts, tut mir leid«, sagte er. »Manche Absender legen keine Karte bei. Rufen Sie in der Zentrale an, die können Ihnen sagen, von wem die Blumen sind.« Er reichte mir eine Visitenkarte und zwinkerte mir zu.

»Sag ich doch, ein heimlicher Verehrer. Gibt's noch Tee?« Hoffnungsvoll hielt Onkel Arthur seine Tasse hoch.

Lizzie erhob sich und stellte Wasser für ihn auf.

»Egal«, sagte ich und steckte die Visitenkarte ein. Die Nachforschungen mussten warten. »Der Strauß macht sich bestimmt toll auf der Theke neben der Kasse. Tante Sue, du hast ein Händchen für Blumen – kann ich sie dir anvertrauen?« Ich hielt ihr den Strauß hin.

»Natürlich, Liebes.« Sie wickelte ihn aus der Folie und betrachtete prüfend die Stängel.

»Ich muss schon sagen, Freya, du verstehst dich hervorragend aufs Delegieren«, bemerkte Onkel Arthur.

»Tja, ich war beim Meister in der Lehre.« Ich grinste und sah, wie Tante Sue die Augen verdrehte. »Okay, wo war ich stehen geblieben?«

»Bei der Eröffnungszeremonie«, erinnerte mich Tilly.

»Ach ja, danke.« Ich ergriff ihre Hand und drückte sie. Tilly war mir eine unbezahlbare Stütze gewesen, und ich würde sehr traurig sein, wenn sie uns heute Abend verließ. Aber es musste sein, denn Aidan wollte mit ihr nach Venedig, wo er ein piekfeines Hotel gebucht hatte. Ich hatte angeboten, sie zum Bahnhof zu fahren, sobald wir Feierabend gemacht hatten.

»Also, ich gehe mal davon aus, dass Patience Purdue kommt, und natürlich jemand vom Fremdenverkehrsamt, und ...« An dieser Stelle wurde ich erneut von Madge unterbrochen, die jetzt draußen im Flur saß und jaulte.

»Herrgott noch mal, Madge! Wenn das so weitergeht, werden wir hier nie fertig!«, stöhnte ich gereizt und marschierte zur Haustür, um sie hinauszulassen.

Tante Sue gluckste. »Du kennst sie ja, Freya, sie will ihr Ei.«

Ich sah auf die Uhr. Tatsächlich. Kurz vor halb zehn. O Gott. Um elf sollte die Teestube eröffnet werden!

Tilly kicherte. »Ich kann's kaum erwarten, Aidan zu erzählen, dass ihr einen Hund habt, der genau weiß, wann es halb zehn ist und ...«

»Ach du lieber Himmel, Freya!«, kreischte Lizzie, »Victorias Sendung fängt gleich an!«

Es dauerte volle vier Minuten, bis wir das Radio gefunden und den richtigen Sender eingestellt hatten. Schweißtropfen standen mir auf der Stirn, und es bedurfte all meiner Selbstdisziplin, um nicht laut aufzuheulen vor Frust. Hoffentlich war der Beitrag nicht schon gelaufen!

Doch nein, soeben verkündete ein übertrieben fröhlicher Wetterfrosch, für den späteren Nachmittag seien leichte Schauer zu erwarten, dann übernahm Victoria.

Es ist jetzt zwanzig vor zehn, und am Mikrofon ist Victoria Moon. Wie meine Fans wissen, unternehme ich gern Ausflüge und klappere für meine Hörer im Rahmen meiner Serie ›Victoria's Secrets‹ allerlei Geheimtipps im Lake District ab.

»Yippie«, rief Lizzie. »Wir haben es doch noch nicht verpasst!«

»Pssst!«, zischte ich.

Heute beginnt nun eine neue Reihe mit dem Titel Victorias Secret Cafés. Und für den ersten Beitrag habe ich eine recht ungewöhnliche Lokalität auf einer alten Farm in Lovedale besucht.

Ich schauderte und schielte zu Lizzie hinüber. Irgendwie hatte ich plötzlich ein ungutes Gefühl bei der Sache, und Lizzies Miene nach zu urteilen, schien es ihr ähnlich zu gehen.

Ich wandte meine Aufmerksamkeit wieder dem Radio zu.

Die Appleby Farm Vintage Teestube befindet sich, wie der Name schon vermuten lässt, auf einer Farm und wird heute eröffnet. Ich durfte mir allerdings schon vorab exklusiv einen Eindruck davon verschaffen. Freya Moorcroft, die Betreiberin des Etablissements, erhebt den Anspruch, ihren Gästen die größte Auswahl an Teesorten im gesamten Lake District anzubieten – wobei man mir einen reichlich einfallslosen English Breakfast Tea serviert hat. Sie lachte verächtlich.

Lizzie schappte nach Luft. »Diese dreiste Kuh!«, echauffierte sie sich und blähte die Nüstern. Ich legte ihr eine Hand auf den Arm. »Lass uns erst hören, was sie sonst noch zu sagen hat«, murmelte ich beschwichtigend, obwohl ich ehrlich gesagt selbst ziemlich empört war.

Mein Urteil? Tja, leider konnte ich die hausgemachten Kuchen und Torten, mit denen das Café auf seiner Webseite wirbt, nicht verkosten. Sie seufzte, und ich schüttelte den Kopf, als ich Tillys Blick aufschnappte.

Echt unfassbar, diese Frau.

Dafür kann ich berichten, dass das Interieur bislang eher rustikal als vintage wirkt, aber das kann sich ja noch ändern. Zumindest haben sich mir die Bauarbeiter bei meinem gestrigen Besuch von ihrer Schokoladenseite präsentiert. Wieder lachte sie schrill.

Tilly war ziemlich blass geworden, Lizzie hatte die Stirn auf der Tischplatte abgelegt, und Tante Sue und Onkel Arthur wechselten verdatterte Blicke.

Ich hatte genug gehört und stand auf, doch bevor ich das Radio ausschalten konnte, verspritzte Victoria die letzte Ladung Gift.

Übrigens, noch eine klitzekleine Warnung an meine werten Hörer: Man hat mir zugetragen, dass auf der Appleby Farm kürzlich eine ansteckende Seuche ausgebrochen ist. Am besten warten Sie also noch ein, zwei Monate ab, ehe Sie sich hinwagen. So, jetzt gibt es wieder etwas Musik ...

Mir wurde übel.

Ich drehte die Lautstärke runter und warf einen Blick in die Runde.

»Das war's«, flüsterte Tante Sue, der Tränen über die Wangen liefen. »Jetzt kommt bestimmt niemand.«

Onkel Arthur legte ihr einen Arm um die Schulter, und sie barg das Gesicht in seiner Halsbeuge und begann zu schluchzen.

»Es tut mir schrecklich leid, Freya«, murmelte Lizzie zerknirscht. »Ich hätte mir denken können, dass es so ausgeht. Das ist alles meine Schuld.«

Tilly stand auf, um mich zu trösten, aber ich schüttelte wortlos den Kopf, stürmte hinaus und rang nach Luft. Wie hatte uns Victoria das nur antun können? Und warum? Und was sollte ich jetzt machen?

Ich stolperte in den Vorgarten, riss das Gatter auf und ließ mich auf die Erde plumpsen. Der Frust trieb mir die Tränen in die Augen. Den ganzen Sommer hatte ich auf den heutigen Tag hingeschuftet, hatte unzählige Probleme bewältigt, und jetzt das!

Ich fühlte mich ausgelaugt, und meine Glieder kamen mir bleischwer vor.

Und wie ich so auf das Kopfsteinpflaster vor mir starrte, bemerkte ich in ein paar Metern Entfernung einen kleinen weißen Umschlag, auf dem *Freya* stand. Er musste aus dem Blumenstrauß gefallen und unter das Auto des Boten gesegelt sein.

Rasch stand ich auf, schnappte mir das Kuvert und riss es auf.

Mit angehaltenem Atem zog ich die Karte heraus.

Herzlichen Glückwunsch zur Eröffnung deiner Teestube.
Ich bin sicher, es wird ein voller Erfolg. Tut mir leid, dass ich nicht dabei sein kann.
xxx
Dein stolzer Dad

Ha! Damit hätte ich nun wirklich als allerletztes gerechnet.

Lachend drückte ich die Karte an mich. Mein Dad war stolz auf mich!

Was saß ich hier noch herum und winselte vor mich hin wie ein trauriges Hündchen?

Danke, Dad, dachte ich. *Dein Timing ist absolut perfekt.*

Und er hatte recht – unsere Teestube wurde bestimmt ein voller Erfolg.

Von neuer Energie erfüllt stürmte ich zurück zum Haus.

»Auf, auf, Leute!«, schrie ich. »In einer Stunde geht die Party ab!«

Kapitel 29

Ich setzte ein breites Lächeln auf und holte tief Luft. Tilly, Lizzie und Tante Sue musterten mich skeptisch.

»Zugegeben, dieser Radiobericht war wenig hilfreich … Okay, das war die Untertreibung des Jahrhunderts …« Mein Lachen geriet zum Krächzen. »Es war ein herber Schlag, auf den wir gut hätten verzichten können.«

Ich starrte in leere Mienen.

»Ach, kommt schon, Leute«, versuchte ich es erneut. »Schluss mit den Leichenbittermienen! Ich glaube an das, was wir hier machen, und ich weiß, dass ihr genauso davon überzeugt seid. Und wenn die Leute unsere Teestube erst einmal gesehen haben, werden sie Feuer und Flamme sein.«

Erst jetzt fiel mir auf, dass Onkel Arthur nicht mehr in seinem Fauteuil saß. Er stand neben der Küchentür, wippte auf den Füßen vor und zurück und ließ die Münzen in seiner Hosentasche klimpern.

»Sag es ihr«, flüsterte Tante Sue.

»Was? Was ist denn los?« Ich schluckte und spürte, wie sich meine Nackenhaare sträubten.

Onkel Arthur hustete, verschränkte die Arme vor der Brust und hielt den Blick gesenkt, als er sagte: »Dein Bruder hat gerade angerufen.«

Ich stöhnte. »Nicht schon wieder. Er soll uns gefälligst in Frieden lassen, vor allem heute, wo wir ...« Ich verstummte, als ich die nervösen Blicke der anderen aufschnappte. »Was habt ihr denn?«

»Er hat einen Käufer für die Farm gefunden, Freya«, murmelte Tante Sue. Ihre Wangen waren gerötet.

»Einen Landwirt«, ergänzte mein Onkel und strich sich übers Kinn. Sein Gesicht war so grau wie damals nach dem Herzinfarkt.

»Aber ...« Ich wusste nicht, was ich sagen sollte. Wortlos sank ich auf die Bank am Küchentisch.

Ich war für alle Eventualitäten gerüstet: Wir hatten vegane, glutenfreie, nussfreie und diabetikergeeignete Leckereien und – sehr zu Tante Sues Missfallen – sogar ein Eis, das keine Milch enthielt. Für Regenwetter standen Schirme bereit, für Sonnenschein ein paar Biertischgarnituren; außerdem gab es einen Eimer Karotten und kleine Tütchen mit Körnerfutter, das die Kinder unseren Hühnern hinstreuen konnten. Ich hatte mit allem gerechnet, nur nicht mit einem Sabotageakt meines Bruders zur elften Stunde.

Tilly und Lizzie setzten sich zu mir und murmelten tröstende Worte.

Was hatte es denn für einen Sinn, unsere Teestube zu eröffnen, wenn wir gar nicht wussten, ob sie in ein, zwei Monaten überhaupt noch existierte? Wobei dank Victoria ohnehin unwahrscheinlich war, dass überhaupt jemand kam. Das Radio war noch an, und wie auf ein Stichwort ertönte erneut Victorias Stimme. Gespannt wie ein Flitzebogen sperrte ich die Lauscher auf.

Ah, ich höre, wir haben einen Anrufer in der Leitung, flötete sie. *Hallo! Sie sind live auf Sendung, und Sie sprechen mit Victoria Moon!*

Ähm, hi, sagte ein junger Mann, dessen Stimme mir bekannt vorkam. *Ich habe gerade den Bericht über die Appleby Farm Vintage Teestube gehört und ...*

Moment mal, war das etwa ...?

Nicht so hastig! Victoria kicherte. *Verraten Sie unseren Zuhörern doch bitte erst einmal Ihren Namen und woher Sie kommen.*

Oh, tut mir leid. Ich heiße Harry Graythwaite und komme aus Lovedale.

Mein Herz begann zu rasen. Was hatte er vor?

»Ist das etwa dein Harry?«, zischte Tilly.

Ich nickte, und erst, als mich Lizzie in die Rippen knuffte, wurde mir bewusst, dass mir ein gravierender Fehler unterlaufen war, und ich lief feuerrot an. *Mein* Harry?

Ach, hallo, mal wieder, Harry. Erneut ließ Victoria ihr nerviges Gekicher hören.

Ich biss die Zähne zusammen. Diese Frau war das reinste Flirtmonster.

Also, wie gesagt, ich rufe wegen der Appleby Farm Vintage Teestube an, denn ehrlich gesagt, war ich nach Ihrem Bericht vorhin ein bisschen verwirrt.

Ich nickte. *Willkommen im Klub.*

Als ich neulich dort war, habe ich nämlich einen köstlichen Karamell-Schokoladenkuchen gegessen, und dazu gab es ein Kännchen Lapsang Souchong.

Tante Sue und ich sahen uns an und zuckten die Achseln. Das war uns neu.

Ach, wirklich?, fragte Victoria ungläubig. *Tja ...*

Und der Ausblick von der Farm ist einfach atemberaubend.

Mit einem Wort: Wow. An klaren Tagen sieht man von Lovedale aus sogar den Lake Windermere, der wie ein Saphir in der Ferne glitzert ...

Bei Ihnen klingt das ja richtig romantisch, hauchte Victoria.

Ist es auch, erwiderte er und fuhr mit gesenkter Stimme fort: *Und ganz im Vertrauen, was die ansteckende Seuche angeht, wäre wohl eine etwas sorgfältigere Recherche angebracht gewesen. Tatsächlich sind vor einer Weile einige Rinder der Appleby Farm an TB erkrankt, allerdings stellt diese Krankheit keine Gefahr für den Menschen dar. Außerdem hat die tierärztliche Untersuchung vor einer Woche ergeben, dass alle noch auf der Farm befindlichen Tiere gesund sind.*

Tante Sue und Onkel Arthur lächelten sich erleichtert an, und ich überkreuzte Zeige- und Mittelfinger. Nur noch ein Test im September, und wenn auch der negativ ausfiel, konnte das Leben auf der Farm wieder seinen normalen Gang gehen.

Äh ... tatsächlich?, stotterte Victoria. *Das wusste ich nicht.*

Tja, meiner Meinung nach braucht die Appleby Farm unsere Unterstützung mehr denn je. Wir sind alle Teil einer einzigartigen Gemeinschaft hier in Cumbria, und die Moorcrofts tun alles in ihrer Macht Stehende, um eine traditionelle Lakeland-Farm zu erhalten. Das ist doch sehr löblich und sollte unterstützt werden, finden Sie nicht?

Äh, ich ...

Wie könnten wir unsere Kinder denn besser mit unserem Kulturerbe vertraut machen, als mit ihnen eine Farm zu besuchen, auf der man frische eigene Erzeugnisse genießen kann? Und soweit ich weiß, gibt es für die ersten fünfzig Kinder, die heute die Appleby Farm besuchen, kostenlose Cookies.

Hilfe! Ich sah auf die Uhr.

Verbleibende Zeit bis zur Eröffnung: eine Stunde.
Bereits vorhandene Cookies: null.

»Wir haben keine Cookies«, flüsterte Tante Sue denn auch nervös.

Ich machte »Pssst!«, während sich Victoria erkundigte, ob Harry zur Eröffnung kommen würde.

Nein, ich kann leider nicht, eine meiner Berkshire-Säue ist trächtig und kann jeden Moment werfen. Letztes Mal hat sie acht Ferkel bekommen, und eines ist bei der Geburt stecken geblieben...

Okay, okay, bitte keine weiteren Details, Harry, unter unseren Hörern sind auch Kinder.

Verstehe. Also, Freya, falls du gerade zuhörst, es tut mir leid, aber ich... Es knackte, dann tutete es in der Leitung.

Oje, wie es scheint, wurde die Verbindung unterbrochen, beeilte sich Victoria zu sagen. *Tja, dann kommt jetzt noch einmal etwas Musik.*

Ich schaltete das Radio aus und stand auf. Mir schwirrte der Kopf wie in meinem ganzen Leben noch nie. »Okay. Ganz egal, ob die Farm verkauft wird, ganz egal, wie viele Gäste heute kommen, eins steht fest: Die Appleby Farm Vintage Teestube öffnet heute ihre Pforten, und zwar in einer knappen Stunde. Mit seinem heroischen Versuch, Schadensbegrenzung zu betreiben, hat uns Harry nach Victorias fieser Aktion eine zweite Chance geliefert, und die müssen wir nützen. Also, lasst uns jetzt da rausgehen und unseren Besuchern einen rauschenden Empfang bereiten.«

Tilly und Lizzie johlten zustimmend und klatschten.

»Ach ja, hat zufällig jemand ein Cookies-Rezept auf Lager?«, fragte ich lachend.

»Ja, ich!«, rief Tilly. »Ich backe mit meinen Schülern oft Schokoladencookies.«

»Fabelhaft!« Ich strahlte sie an. »Also, alles in die Startlöcher. Tante Sue, die Scones bitte. Lizzie, du gehst schon mal vor und stellst Tassen und Teller auf die Tische. Und ich werd inzwischen das Obst für die Eisbecher schnippeln. Hopp, hopp!« Ich klatschte in die Hände, und sie sprangen auf und stoben in sämtliche Richtungen davon.

Und von einer Minute auf die andere waren wir alle wieder voller Elan und Vorfreude. Schon füllte sich die Küche mit Mehlstaubwolken und Schokoladenduft. Onkel Arthur schlurfte hinaus in Richtung Büro. Ich hastete ihm nach.

»Onkel Arthur!«

Er drehte sich um, und ich ergriff seine Hand. »Ich weiß, wie wichtig es ist, dass ihr euch zur Ruhe setzt. Und ich bin total dafür. Ehrlich. Wenn es jemand verdient hat, auf seine alten Tage das Leben zu genießen, dann ihr zwei ...«

»Na, na«, brummte er. »Du musst nicht unbedingt derart auf unserem Alter rumreiten.«

Ich schluckte verunsichert. Verhielt ich mich richtig? Sollte ich einfach hinnehmen, dass sie die Farm verkauften, und es ihnen so leicht wie möglich machen? Oder sollte ich kämpfen? Denn wenn Land erst einmal verkauft ist, dann ist es auf Nimmerwiedersehen weg. »Ich will nicht, dass ihr die Farm verkauft«, stieß ich hervor. »Gebt mir eine Chance. Lasst es mich wenigstens versuchen!«

»Glaub mir, Freya, ich täte nichts lieber, als die Farm an dich zu übergeben, und das weißt du auch«, sagte er mit hängenden Schultern und wischte mir mit dem Daumen eine Träne von der Wange.

Ich nickte.

»Mein Geld reicht leider nicht, und ich weiß auch noch nicht so genau, was ich mit so viel Land anstellen soll, aber hier drin« – ich tippte mir aufs Herz – »habe ich das untrügliche Gefühl, dass ich die Farm erhalten kann. Ich weiß nur noch nicht, wie. Müsst ihr denn wirklich verkaufen? Könnt ihr nicht weiter hier wohnen und die Felder verpachten?«

Er hob die Mütze an und kratzte sich am Kopf.

»Dein Bruder sagt, er hat ein gutes Angebot von einem anderen Farmer, der an einer Übernahme interessiert ist. Über den Preis haben wir noch nicht geredet, aber in meinen Augen ist es schon ein Plus, wenn der Betrieb weiterlaufen kann wie bisher. Und deine Tante bekommt endlich den Bungalow, auf den sie schon so lange scharf ist.«

»Okay, aber warte noch zwei Monate, ehe du Julian zusagst«, flehte ich ihn an. »Bis dahin sollte die Teestube laufen, und vielleicht ist mir dann auch eine Alternative eingefallen.« Mir war bewusst, wie lächerlich das klang. In diesen zwei Monaten würden garantiert keine Wunder geschehen – es sei denn, ich gewann im Lotto.

»Also gut«, flüsterte Onkel Arthur mit einem Blick in Richtung Küche. »Aber behalt es für dich, ja? Wenn deine Tante davon erfährt, bin ich einen Kopf kürzer, wenn nicht sogar zwei.«

Ich drückte ihm einen Kuss auf die unrasierte Wange. »Danke, danke, danke! So, und jetzt muss ich los. Meine Teestube wartet darauf, eröffnet zu werden.«

Gegen elf hatten sich bereits zahlreiche Gäste aus Lovedale und den umliegenden Dörfern vor der Scheune versammelt, darunter auch etliche Familien mit aufgekratzten Kindern.

Neben Patience Purdue und einer unscheinbaren Dame namens Jayne vom Fremdenverkehrsamt war ein Fotograf der *Gazette* gekommen, und im Grunde auch sonst alles, was in Lovedale und Umgebung Rang und Namen hatte.

Den diversen vormittäglichen Dramen zum Trotz war ich bestens gelaunt. Gemeinsam mit Ross hatte ich die blaue Schleife vor die verschlossene Scheunentür gespannt (nur um festzustellen, dass wir Lizzie eingesperrt hatten, aber zum Glück gab es ja den Notausgang), und jetzt war alles bereit für den großen Moment.

Ich winkte Tante Sue und Onkel Arthur zu mir und reichte ihnen die goldene Schere.

Als ich mich räusperte, ertönte aus den Mündern von Müttern und Vätern allenthalben ein mahnendes »Psst!«.

»Guten Morgen allerseits und herzlich willkommen auf der Appleby Farm! Ich danke Ihnen vielmals, dass Sie gekommen sind, um mit uns die Eröffnung unserer Teestube zu feiern. Und ich hoffe sehr, dass Sie alle Stammgäste werden und die Appleby Farm Vintage Teestube in den kommenden Monaten zu einem Treffpunkt für Jung und Alt avanciert.«

Verstohlen überkreuzte ich hinter dem Rücken Zeige- und Mittelfinger und schickte ein kurzes Stoßgebet gen Himmel, auf dass sich Julians Interessent einfach in Luft auflösen möge.

»So, dann schlage ich vor, wir schreiten zur Tat ...«

Ich brach ab, weil ein Taxi mit einem Affenzahn angerast kam und mit quietschenden Bremsen im Hof hielt. Eine elegante, groß gewachsene Frau stieg aus, knallte die Tür zu und kam auf uns zu, so schnell es ihre Stöckelschuhe erlaubten.

»Mum!«, rief ich.

»Freya! Ich bin doch hoffentlich nicht zu spät dran?«

»Nein. Onkel Arthur, hiermit übergebe ich das Wort an dich«, sagte ich grinsend und lief ihr entgegen, um sie zu umarmen.

»Hiermit erkläre ich die Appleby Farm Vintage Teestube für eröffnet«, verkündete Onkel Arthur und durchtrennte mit einiger Mühe das breite hellblaue Band.

Die Türen schwangen auf, die Wartenden drängten nach vorn, und Tilly, Lizzie und Tante Sue schoben sich durch die Menge, um ihre Plätze hinter dem Tresen einzunehmen.

»Ich freu mich riesig, dass du da bist, Mum.« Ich wedelte mit den Händen vor meinem Gesicht herum und konnte kaum die Tränen zurückhalten.

»Du hast doch nicht ernsthaft angenommen, ich würde mir das entgehen lassen, oder? Das ist doch dein großer Tag!« Sie lachte.

»Komm mit, wir suchen dir gleich mal einen Tisch.«

»Einen Tisch? Vergiss es.« Sie schlüpfte aus ihrem Blazer. »Hol mir lieber eine Schürze. Ich bin gekommen, um euch zu helfen!«

Ich konnte mein Glück kaum fassen. Meine Mutter war extra aus Paris angereist, um in meiner Teestube zu kellnern!

»Danke, Mum!«

Kapitel 30

Um fünf nach fünf verließen die letzten Gäste die Teestube und schlugen den Weg zum Parkplatz ein.

»Vielen Dank für's Kommen!« Ich winkte ihnen noch einmal, dann reckte ich triumphierend die Faust. »Yeah! Und jetzt gibt's Bier und Blubberwasser!«

Tilly entkorkte mehrere Flaschen Prosecco, ich reichte Gläser und Bierflaschen herum, und dann stieß ich mit meinem Team auf unseren höchst erfolgreichen ersten Tag an.

Neben meinen Angestellten (wie herrlich, das sagen zu können!) hatte ich auch Mr. Goat und seine Männer sowie Eddy und Ross zu dem Umtrunk eingeladen, und im Nu herrschte ausgelassene Partystimmung.

Ich ging mit der Proseccoflasche herum und schenkte nach, reichte Bierflaschen und -gläser herum und bedankte mich bei jedem Einzelnen mit einem Kuss auf die Wange oder einer Umarmung für die tatkräftige Unterstützung.

Meine Mutter lehnte an der Eistheke und plauderte mit Tante Sue und Onkel Arthur. Sie hatte wie ein Pferd geschuftet, hatte die Tische abgeräumt und war unzählige Male mit schmutzigem und sauberem Geschirr zwischen der Scheune und der Küche im Haupthaus hin und her gelaufen, weil dort mehr Platz war. Trotzdem wirkte sie immer noch elegant und taufrisch, dabei musste sie Paris schon zu nachtschlafender Zeit verlassen haben.

Ich dagegen hatte – großer Fehler – völlig vergessen, meine Helfer in die Bedienung der Espressomaschine einzuweisen, weshalb ich selbst den ganzen Tag bis zum Abwinken Cappuccinos und Latte Macchiatos hatte zubereiten müssen, und dank der Dampfdüse des Milchaufschäumers hatte sich mein spärliches Make-up schon vor Stunden verflüchtigt. Immerhin konnte ich mir dafür in nächster Zeit die Gesichtsbehandlungen sparen.

»Noch etwas Prosecco, Mum?«, fragte ich und schenkte ihr nach. »Was hast du denn?«

Meine Mutter sah aus, als könnte sie jeden Moment in Tränen ausbrechen. Sie schlang mir einen Arm um die Taille und küsste mich geräuschvoll auf die Wange. »Ich bin *unheimlich* stolz auf dich, Liebes. Die Teestube ist wunderschön geworden. Man kann sich kaum noch vorstellen, dass das mal eine ganz gewöhnliche alte Scheune war.«

Hach, das ging runter wie Öl. »Danke, Mum. Aber alle hier haben mitgeholfen, und ohne Dads Kredit hätte ich es nie und nimmer geschafft.«

»Wo ist Rusty überhaupt?«, erkundigte sich Onkel Arthur mit gerunzelter Stirn.

Mum befingerte ihre Perlenkette. »Der konnte mal wieder nicht weg. Ein wichtiges Meeting in der Bank, bei dem er nicht fehlen durfte ...«

Onkel Arthur schnalzte mit der Zunge, und ich verspürte die altvertraute Enttäuschung. Für Dad würde die Arbeit immer oberste Priorität haben. So war er eben. Aber zumindest hatte er mir einen wunderschönen Blumenstrauß geschickt.

Ich lehnte den Kopf an Mums Schulter. »Naja, du bist ja da, und du kannst ihm eine Speisekarte mitbringen, und etwas Kuchen.«

»Apropos Kuchen, uns sind die Scones ausgegangen«, bemerkte Tante Sue. »Vielleicht mache ich morgen noch eine andere Sorte. Was meinst du, Freya?«

»Au ja. Irgendwer hat mich gefragt, ob wir nicht auch Scones ohne Früchte haben.«

»Hier, das Rezept für die Cookies, Tante Sue«, sagte Tilly und reichte Tante Sue einen zusammengefalteten Zettel. »Ähm, Freya, hast du mal eine Minute?« Sie zog mich etwas beiseite. »Es war toll bei euch, aber ich muss los, wenn ich meinen Zug erwischen will, obwohl ich gerne noch bleiben würde ...«

Ich umarmte sie. »Was für ein Glück, dass du da warst! Ohne dich und dein Rezept wären wir verloren gewesen! Typisch Harry, den Leuten hinter unserem Rücken irgendwelche Versprechungen zu machen.«

Ich verdrehte die Augen, dabei konnte ich es kaum erwarten, mich persönlich bei ihm zu bedanken. Vielleicht wären auch trotz Victorias hinterhältigem Bericht Leute gekommen, aber bei dem Gedanken an seinen Unterstützungsaufruf und an das, was er über die einzigartige Gemeinschaft in Cumbria und die Schönheit der Gegend gesagt hatte, kamen mir selbst jetzt noch die Tränen. »Ein Jammer, dass er ausgerechnet heute den Geburtshelfer spielen musste.«

»Ja, diese dämliche Sau hatte ein echt blödes Timing.«

Lizzie, die eben dazugestoßen war, knurrte: »Überlasst sie mir. Diesmal ist sie definitiv zu weit gegangen.« Ich schnaubte belustigt in mein Sektglas. »Ich glaube, Tilly meinte

Harrys trächtige Berkshire-Sau und nicht deine überaus entzückende Schwester.«

Tilly nickte lachend. »Und wir hatten recht – sie steht total auf Harry.«

»Hör bloß auf«, brummte ich missmutig. »Mir wird schon schlecht, wenn ich nur daran denke.«

Tilly und Lizzie grinsten sich süffisant an. »Dann gibst du also zu, dass ...«

Ich hob die Hand. »Ich gebe gar nichts zu. Ich bin bloß mit ihm befreundet und finde, er hat ein nettes Mädel verdient. Eine Frau, die seine Leidenschaft fürs Landleben teilt und wie er beim Ausblick über das Lovedale Valley ins Schwärmen gerät.«

»Oder beim Anblick des Lake Windermere, der in der Ferne glitzert wie ein Saphir?« Lizzie zwinkerte mir zu.

»Ach, lass mich in Frieden.« Es hätte mich nicht gewundert, wenn ich ein leises Zischen vernommen hätte, als ich mir die kühle Proseccoflasche an die glühende Wange presste.

»Keine Sorge, du bist mich gleich los. Ich bin mit Ross zur Verlobungsparty einer Freundin in Kendal eingeladen. War schön, dich kennenzulernen, Tilly. Freya, wir sehen uns morgen.« Sie verteilte ein paar geräuschvolle Luftküsse und machte sich dann mit ihrem Herzallerliebsten auf den Weg.

»Okay, ich verabschiede mich mal von Tante Sue und den anderen«, sagte Tilly und stellte ihr leeres Glas ab.

Ich nickte und sah mich suchend nach dem Mineralwasser um. Da ich versprochen hatte, Tilly zum Bahnhof zu bringen, hatte ich bloß einen winzigen Schluck Prosecco zum Anstoßen getrunken.

Onkel Arthur trat zu mir und ergriff meine Hand. »Du hast dich großartig geschlagen, Freya. Selbst als es vormittags gleich an mehreren Fronten haarig wurde, hast du nicht die Nerven verloren. Du hast zweifellos Führungsqualitäten und bist wie dafür geschaffen, einen Betrieb zu leiten.«

»Danke, Onkel Arthur. Ich glaube, ich habe endlich meine Nische gefunden.«

Wir lächelten uns an, dann kam auch schon Tilly, um ihm auf Wiedersehen zu sagen.

Als wir wenig später am Bahnhof von Oxenholme eintrafen, waren am Horizont bereits die Wolken auszumachen, die die im Radio angekündigten leichten Schauer bringen würden.

»Du kommst mich doch bald wieder besuchen, oder?«, fragte ich und drückte Tilly kräftig an mich.

»Na, klar! Versuch doch mal, mich davon abzuhalten! Und nächstes Mal bringe ich Aidan mit. Er ist bestimmt genauso hingerissen wie ich. Gut möglich, dass er einen Teil seiner *Woodland-Habitats*-Serie hier dreht. In diesem Wäldchen namens Colton Woods zum Beispiel. Ich rufe ihn an, sobald ich im Zug sitze.«

»Mach das! Ich kann ihm alles zeigen. In Colton Woods habe ich als Kind oft gespielt.«

»Mit Harry?«, hakte sie mit einem hinterhältigen Grinsen nach.

Ich verdrehte die Augen. »Ja, mit Harry. Wir haben dort abends dem Heulen der Eulen gelauscht, und auf dem Hang an der Rückseite des Hügels haben wir im Frühling oft Glockenblumen gepflückt und im Nachbardorf für zehn

Pence an Leute verkauft, die aus dem Gottesdienst kamen... Eigentlich bloß ich. Harry hat sich geweigert.«

»Aha! Du warst also schon damals sehr geschäftstüchtig. So, ich fürchte, ich muss los.«

»Okay. Ich wünsche dir einen traumhaften Urlaub in Venedig!«

Ich sah ihr nach, während sie mit ihrem Rollkoffer den falschen Bahnsteig ansteuerte – den, auf dem die Züge nach Schottland hielten –, und verfolgte kichernd, wie sie gleich darauf schnaufend und mit hochrotem Kopf wieder auftauchte und sich zum richtigen Bahnsteig begab.

Als ich den Motor anließ, meldete mein Handy mit einem Piepsen, dass ich eine SMS erhalten hatte. Sie war von Charlie.

Hi, Freya. Ich hoffe, bei der Eröffnung ist alles glattgelaufen. Ruf mich an, wenn du mal eine freie Minute hast.
X
Charlie

Wie lieb, dass er daran gedacht hatte! Ich nahm mir vor, ihn nachher vom Festnetztelefon aus anzurufen.

Auf dem Rückweg nach Lovedale dachte ich angestrengt nach, statt wie sonst das Radio voll aufzudrehen und mitzusingen.

Die Uhr tickte. In den kommenden acht Wochen musste ich mir überlegen, wie sich der Verkauf der Farm verhindern ließ.

Ich hatte ja schon eine ganze Reihe verrückter Ideen gehabt, und es gab zweifellos noch viele weitere Möglichkeiten. So konnte ich zum Beispiel die Teestube als Partylocation vermieten. Oder eine Vermarktungsstrategie für Tante Sues Bio-Eiskreationen ausarbeiten – es mussten sich doch neben dem White Lion noch andere Abnehmer finden.

Im Grunde entsprach es genau meiner Vorstellung von einem Traumjob, mich um so viele verschiedene Baustellen gleichzeitig kümmern zu müssen. Wenn ich das alles durchzog, würde ich garantiert nie wieder über Langeweile klagen! Allerdings war ich nicht sicher, ob und wie ich das alles sinnvoll unter einen Hut bringen konnte.

Und wie sollte ich Onkel Arthur und Tante Sue überzeugen, wenn ich keinen vernünftigen Businessplan auf den Tisch legen konnte, der ihnen die gewünschte finanzielle Freiheit garantierte?

Ein leichter Nieselregen setzte ein, und ich schaltete die Scheibenwischer ein.

Schluss mit dem Gegrübel. Mir schwirrte der Kopf. Kein Wunder, schließlich war ich seit vierzehn Stunden auf den Beinen, und in dieser Zeit war unheimlich viel los gewesen. Vielleicht sollte ich Harry spontan einen Besuch abstatten und mit ihm über meine Pläne sprechen. Schaden konnte es eigentlich nicht. Ich wollte mich ohnehin bei ihm bedanken, und möglicherweise hatte er ja irgendwelche genialen Einfälle. Vorausgesetzt, er steckte nicht noch bis über beide Ellbogen in seiner … Hebammentätigkeit. Igitt. Dieses Bild wurde ich bestimmt nicht so bald wieder los.

Im Nu war ich wieder in Lovedale, und an der Abzweigung zur Willow Farm setzte ich ohne groß darüber nachzudenken den Blinker (hätte ich darüber nachgedacht, dann hätte ich angehalten und mir zumindest die Haare gebürstet) und lenkte Bobby auf den holprigen Feldweg zur Willow Farm.

Gleich würde ich Harry sehen. Gut so, denn heute war mir klar geworden, wie wichtig er mir war. Ich war förmlich dahingeschmolzen, als er sich am Vormittag in Victorias Sendung für mich und mein Projekt starkgemacht hatte. Wobei der heutige Tag keine Ausnahme war, wenn ich es mir recht überlegte. Er erinnerte sich an jede Kleinigkeit, was mich betraf, etwa daran, dass ich mir ein Rentierkitz gewünscht hatte. Er hörte mir zu, wenn ich ihm von meinen verrückten Ideen erzählte, und er empfand das Gleiche für die Willow Farm wie ich für die Appleby Farm.

Wir waren uns so ähnlich – viel ähnlicher, als Charlie und ich eigentlich –, und es gab so vieles, das uns verband ...

Und da machte es in meinem Kopf auf einmal »Klick!«

Ich schnappte nach Luft und umklammerte das Lenkrad. »Ich liebe ihn! Ich liebe Harry Graythwaite!«

Eigentlich wusste ich es schon lange. Seit Wochen, wenn nicht gar Monaten. Doch erst heute war es mir bewusst geworden.

Ich lachte, verwundert und erleichtert zugleich. Endlich war mir so einiges klar!

Da gab es nur ein Problem: Er schien nicht das Gleiche für mich zu empfinden wie ich für ihn. Wenn dem so wäre, hätte er es mir doch irgendwann gezeigt, mich zum Beispiel gefragt, ob ich mit ihm ausgehen will. Hatte er aber nicht.

Hat er doch, meldete sich eine leise Stimme in meinem Kopf zu Wort. *Er war mit dir auf der Rigg Farm. Das war doch im Grunde ein Date, nicht?*

Nein, der Ausflug zur Rigg Farm war sein Geburtstagsgeschenk an mich gewesen und hatte obendrein beruflichen Zwecken gedient. Der zählte nicht.

Obwohl du dich so gut amüsiert hast?, hakte die Stimme nach.

Es war trotzdem kein Date, konterte ich bestimmt. Aber unerwiderte Gefühle hin und her, er war der beste Freund, den ich mir vorstellen konnte, und genau das gedachte ich ihm gleich zu sagen.

Ich war seit Jahren nicht mehr auf der Willow Farm gewesen, aber ich fand mich dennoch zurecht. Das Haupthaus lag am Ende der Zufahrt, die restlichen Gebäude befanden sich dahinter und waren nicht wie bei uns um einen zentralen Hof gruppiert.

Direkt vor dem Haus stand ein fremdes Auto – und mein Herz begann heftig zu pochen, als ich schon von Weitem erkannte, dass es sich um Victorias roten Sportflitzer handelte.

Was wollte die denn hier? Ich stellte Bobby neben einer ausladenden Eiche ab und stieg aus. Zu dumm, dass ich bloß mein ärmelloses Oberteil anhatte, denn inzwischen regnete es stärker. Ich kam mir vor wie eine Spionin, als ich bis ans Ende der Zufahrt huschte und dort hinter einer Baumgruppe Deckung suchte.

Mit angehaltenem Atem reckte ich den Hals und spähte zum Haus hinüber. Himmel, da waren sie!

Harry stand direkt vor der Haustür. *Und Victoria Moon, dieses verdammte Miststück, hatte ihm die Arme um den Hals geschlungen und schmiegte sich an ihn!* Ihre Nasen waren nur Zentimeter voneinander entfernt, und Harry hatte die Arme erhoben, als wollte er ihr Gesicht in beide Hände nehmen und sie küssen.

O Gott, bloß weg hier.

Mit eingezogenem Kopf hastete ich zurück zum Auto, sprang hinein und fuhr im Rückwärtsgang davon.

Erst als ich wieder auf der Landstraße angekommen war, merkte ich, dass meine Hände zitterten. Dass ich für Harry nur eine gute Freundin war, damit hätte ich vielleicht noch leben können, doch zu akzeptieren, dass die beiden ein Paar waren, würde mir verdammt schwerfallen.

Andererseits hatte es mehrere Anzeichen dafür gegeben, aber die hatte ich Idiotin ja ignoriert.

Es war wohl doch kein Zufall gewesen, dass sie uns auf der Rigg Farm über den Weg gelaufen war. Außerdem war Harry bei ihr im Studio gewesen, und bei ihrer Stippvisite auf der Appleby Farm hatte sie angedeutet, dass er sie zum Essen ausgeführt hatte. Offenbar war ihr Verführungs-Masterplan, wie Lizzie es genannt hatte, aufgegangen.

Und trotzdem... Harry und *Victoria Moon*?

Er hatte etwas Besseres verdient. Und wenn er echt auf Frauen wie sie abfuhr, dann war er nicht der Mann, für den ich ihn gehalten hatte.

Egal. Ich würde deswegen jetzt keine Tränen vergießen.

Entschlossen kurbelte ich das Fenster hinunter, ließ die feuchte Luft herein und atmete tief durch.

Die Abzweigung zur Appleby Farm kam in Sichtweite, und gleich darauf parkte ich Bobby im Hof und ging erschöpft ins Haus. Es war niemand zu sehen, worüber ich ganz froh war. Mir war nicht nach reden zumute. Ich ging nach oben und wollte mir gerade ein Bad einlassen, als das Telefon klingelte.

»Freya? Hier ist Aidan. Tilly hat mich gerade vom Zug aus angerufen, und ich möchte dir einen Vorschlag machen, der sich vielleicht ein bisschen verrückt anhört...«

Ich lächelte matt. »Nur zu. Ich steh auf Verrücktheiten.«

Eine halbe Stunde später lag ich mit einem kühlen Glas Weißwein in der Badewanne, und wieder einmal wirbelten mir haufenweise Ideen im Kopf herum. Aidan hatte mich zu absolutem Stillschweigen verpflichtet. Sein Vorschlag war in der Tat verrückt, aber auch genial, und ich konnte es kaum erwarten, ihn mit Tilly zu besprechen. Noch aufregender war jedoch: Ich hatte mal wieder einen neuen Plan, um sicherzustellen, dass die Appleby Farm im Besitz der Moorcrofts blieb. Und er erschien mir durchaus realistisch.

Es liegt was in der Luft

Kapitel 31

Vor meiner Rückkehr in den Lake District gestalteten sich meine Sonntage (besser gesagt, Sonntagnachmittage) stets nach demselben Muster: aufwachen, nach meinem Wasserglas tasten und den erquickenden ersten Schluck trinken, verbunden mit dem heiligen Schwur, nie wieder Sambuca in derart rauen Mengen zu konsumieren, sowie der Hoffnung, dass die Fotos, auf denen ich Grimassen schneide wie Miley Cyrus, nicht auf Instagram gelandet waren.

Doch das ist längst vorbei.

Heutzutage setze ich mich sonntags oft schon gegen acht Uhr morgens an den Schreibtisch, um E-Mail-Anfragen zu beantworten, einen Blick auf die Besucherzahlen unserer Webseite zu werfen oder so glamouröse Waren wie Tee, Servietten und dergleichen zu bestellen. Und um ehrlich zu sein, liebe ich mein neues Leben. Es ist nicht perfekt – wer kann schon von seinem Leben behaupten, es sei perfekt? –, aber ich habe zum allerersten Mal das Gefühl, genau dort angekommen zu sein, wo ich hingehöre und genau das zu tun, was mir Spaß macht.

Zuhause ist ein so unscheinbares Wort, und doch bedeutet es so unendlich viel.

An diesem speziellen Sonntagvormittag Mitte September – einem sonnigen, klaren, schon etwas frischen Herbsttag – war ich damit beschäftigt, diverse wichtige Termine in meinen nigelnagelneuen Wandkalender einzutragen.

Unter anderem – Trommelwirbel, bitte! – die Hochzeit von Tilly Parker und Aidan Whitby, die in vierzehn Wochen auf der Appleby Farm über die Bühne gehen würde! Yippie!

Ich hätte mich schon angesichts einer simplen Einladung ungemein geehrt gefühlt, doch dass ich die Feierlichkeiten höchstpersönlich ausrichten durfte, empfand ich als eine geradezu überwältigende Vertrauensbekundung. Manchmal konnte ich es noch gar nicht richtig glauben. Angefangen hatte alles mit Aidans Anruf vor sechs Wochen, am Abend nach der Eröffnung der Teestube. Damals hatte er mir unter dem Siegel der Verschwiegenheit erzählt, dass er Tilly in Venedig einen Antrag machen wollte, und außerdem, dass er die Organisation der Hochzeit komplett auszulagern gedachte, um die ganze Angelegenheit für Tilly möglichst stressfrei zu gestalten. Ich kannte Aidan nur flüchtig, aber nach diesem Telefonat wusste ich, dass er einer der süßesten, aufmerksamsten und romantischsten Männer war, die ich kannte. Und natürlich hatte ich auf der Stelle eingewilligt, ihre Hochzeit auf der Appleby Farm auszurichten.

Zwei Tage später hatte mich dann Tilly aus Venedig angerufen und mir – abwechselnd lachend und schniefend – vom Antrag berichtet. Ein von Aidan bestellter Gondoliere hatte sie kurz vor Sonnenuntergang am Hotel abgeholt, um mit ihnen zur Seufzerbrücke zu schippern, und dort hatte Aidan sie dann gebeten, ihn zum glücklichsten Menschen der Welt zu machen und ihn zu heiraten. Mit Kniefall und allem Drum und Dran. Sie hatte geantwortet, sie fühle sich geehrt und würde ihn gern heiraten, solange er sich nur möglichst rasch wieder hinsetzte, weil ihr vom Schwanken der Gondel schon ganz flau im Magen sei. Er hatte ihr einen Ring angesteckt, und der Gondoliere hatte eine Flasche Sekt geöffnet und sie zur Weinbar seiner Schwester gefahren, wo sie einander den ganzen Abend lang mit warmen Crostini gefüttert und noch mehr Sekt getrunken hatten.

Wenn das kein romantischer Antrag war, was dann?

»Ich hatte ihn doch neulich vom Zug aus angerufen und ihm von der Farm und der schönen Umgebung erzählt, und als er sich dann nach deiner Telefonnummer erkundigt hat, dachte ich echt, er will den nächsten Teil seiner neuen Fernsehserie in Lovedale drehen. Aber das ist natürlich noch besser. Ich bin ja so glücklich!«

Das war ich ebenfalls. Die beiden würden sich am 20. Dezember in der Kirche auf der anderen Seite von Colton Woods das Jawort geben, und gefeiert wurde dann in der Appleby Farm Vintage Teestube. Ich zählte schon die Tage. Tilly war gern bereit, mir die Auswahl der Blumen, der Speisen und Getränke, des Fotografen und des Hochzeitsautos überlassen; lediglich das Brautkleid wollte sie selbst aussuchen. Es würde eine Feier im kleinen Kreis werden, mit einigen wenigen Freunden und Familienmitgliedern, und sie hatte mich gefragt, ob es mir etwas ausmache, dass sie Charlie eingeladen hatte. »Keineswegs!«, hatte ich ihr versichert. »Es ist doch längst Gras über die Sache gewachsen. Kein Problem.«

Charlie hatte mir ja am Tag der Eröffnung eine SMS geschickt und geschrieben, ich solle mich melden, und genau das hatte ich getan. Wir hatten ein bisschen über dies und jenes geplaudert, und weil ich den Eindruck hatte, dass er sich einsam fühlte, hatte ich ihm geraten, mal im Shenton

Road Café zu frühstücken, an einem Samstag, wenn Anna dort aushalf. Schon am darauffolgenden Wochenende hatte er sich ein Herz gefasst und war mit Ollie hingegangen, und siehe da, die drei hatten sich auf Anhieb verstanden. Ollie, der Goldjunge, hatte Anna sogar gefragt, ob sie zum Drachensteigen im Park mitkommen wolle, und so hatte »eins zum anderen geführt«, wie Anna mir noch am selben Tag telefonisch berichtet hatte. Es sei zwar noch reichlich früh, und sie wollten es langsam angehen lassen, aber sie hatte mich trotzdem schon mal informieren wollen, damit ich es nicht womöglich von jemand anderem erfuhr.

Ich hatte beteuert, dass ich mich sowohl für sie als auch für Charlie aufrichtig freute. Alles andere wäre egoistisch gewesen, zumal Anna so glücklich geklungen hatte. Die beiden würden einander bestimmt guttun. Trotzdem war die Situation noch neu und ungewohnt für mich, weshalb ich versuchte, nicht allzu oft an Charlie zu denken. Und an Harry ebensowenig. Leider erwies es sich als schwierig, ihm aus dem Weg zu gehen, denn er schien dieser Tage mehr Zeit auf unserer Farm zu verbringen als auf seiner eigenen. Er hatte die Gerstenernte übernommen, und vergangene Woche hatte er Eddy geholfen, den Kuhstall winterfest zu machen. Victoria hatte sich nicht mehr blicken lassen. Zum Glück. Ich verspürte nicht die geringste Lust, ihr und Harry noch einmal beim Turteln zusehen zu müssen.

Lizzie bezweifelte nach wie vor, dass zwischen den beiden etwas lief. »Außer vielleicht in Victorias Fantasie.«

»Aber ich hab's doch mit eigenen Augen gesehen«, wandte ich ein. »Sie waren drauf und dran, sich zu küssen.« Wir schauderten beide. Armer Harry.

Wenn Harry auf der Farm zu tun hatte, kam er früher

oder später meist auch kurz in der Teestube vorbei. Diese Woche hatten wir allerdings noch keine drei Worte gewechselt. Einmal war er angesichts eines feuchtfröhlichen Junggeselinnenabschieds nach einer halben Minute wieder geflüchtet, und tags darauf war ich zu beschäftigt gewesen, weil ich mich um ein Rudel rüstiger Rentner kümmern musste, das sich nach einer kleinen Wanderung bei uns stärken wollte.

Irgendwie fehlte er mir, mit seinem Lächeln, seinen schlechten Witzen und seinen Frotzeleien.

Und mir fehlte das Herzklopfen, das ich bekam, wann immer er in der Nähe war … Sei's drum, zurück zu meinem Wandkalender.

Ich nahm den dicken blauen Stift zur Hand, mit dem ich die Reservierungen eintrug. Eben hatte jemand per E-Mail die Teestube für einen Geburtstag gebucht. Das normale Tagesgeschäft lief gleichmäßig gut, und die Partybuchungen nahmen stetig zu. Besonders beliebt waren wir bei der Mutter-Kind-Fraktion, bei der die kleinen Tütchen mit Getreide zum Füttern der Hühner der Renner waren.

Mein Blick fiel auf den 30. September. »TB« stand dort im Kalender. Ich hoffte inständig, dass der Tierarzt dann endgültig Entwarnung gab, damit Onkel Arthur entscheiden konnte, was mit seiner Herde geschehen sollte.

Aber noch schicksalsträchtiger war der Tag danach, denn am 1. Oktober wollte Onkel Arthur Julian mitteilen, ob er die Farm an seinen Interessenten verkaufen würde oder nicht.

Mein Magen vollführte einen Salto. An Ideen mangelte es mir nicht, aber in finanzieller Hinsicht standen meine Pläne nach wie vor auf wackeligen Beinen.

Im Allgemeinen funktioniere ich nach dem Prinzip »Kommt Zeit, kommt Rat«. Blieb nur zu hoffen, dass mir auch diesmal die rettende Idee zuflog, ehe es zu spät war, damit Onkel Arthur das Angebot von Julians mysteriösem Käufer ablehnen konnte. Die Angelegenheit erschien mir nach wie vor nicht ganz koscher. Warum sollte sich jemand, der schon eine Farm bewirtschaftete, noch eine zweite zulegen wollen? Außerdem konnte es sich eigentlich nur um einen Interessenten aus der Umgebung handeln, uns war diesbezüglich allerdings nichts zu Ohren gekommen. Deshalb hegte ich insgeheim die Befürchtung, dass es doch wieder eine dubiose Baugesellschaft war, die alles zubetonieren und in eine Anlage mit Luxus-Ferienapartments verwandeln würde. Tja, wer auch immer der Interessent war, er würde die Farm frühestens Ende des Jahres in die Finger bekommen – und wenn es nach mir ging, überhaupt nicht.

Ich nahm die dünne Mappe aus der Schublade, die meine zugegebenermaßen noch recht unausgegorenen Rettungspläne für die Farm enthielt. Kaum hatte ich sie aufgeschlagen, da vernahm ich vor dem Fenster hinter mir ein Geräusch. Ich fuhr herum und wäre vor Schreck beinahe vom Stuhl gefallen wäre, als ich mich einem braunweiß gescheckten Pferdeschädel gegenübersah.

»Herrgott noch mal, ihr habt mich zu Tode erschreckt!«, schimpfte ich und öffnete das Fenster, um Skye zu streicheln.

»Heute ist dein Glückstag, Freya«, tönte Lizzie, die auf seinem Rücken saß. »Ich werde dir nämlich heute in der Teestube zur Hand gehen. Unentgeltlich.«

»Klasse! Dann mach ich uns Frühstück, während du Skye in den Stall bringst. Ich hab nämlich noch nichts im Magen.«

Sie schob die Unterlippe vor. »Willst du gar nicht wissen, wie du zu der Ehre kommst?« Sie schenkte mir ein etwas halbherziges Lächeln. Aha, daher wehte der Wind.

»Na ja, ich vermute mal, Ross musste wieder auf die Uni?«

Lizzie verdrehte die Augen. »Bingo. Er hat zwar vorhin angerufen und gesagt, dass ich ihm jetzt schon fehle. Aber ich werde einfach die Vorstellung nicht los, dass er sich dort mit seinen Kommilitonen prächtig amüsiert. Und da dachte ich, Geschirr spülen und Scones buttern bringen mich auf andere Gedanken.«

»Da kann ich helfen, ich kann dich gern den ganzen Tag einspannen. Und vielleicht kannst du mir ja sagen, wie ich aus meinen diversen Ideen in den kommenden zwei Wochen einen ordentlichen Businessplan zusammenschustern soll. Ich will meinem Bruder einen Strich durch die Rechnung machen.«

»Das ist mal 'ne klare Ansage. Mach mir ein Sandwich mit Rührei, dann stehe ich zu allem zur Verfügung.« Sie schnalzte mit der Zunge. »Abmarsch, Skye«, befahl sie und nahm die die Zügel auf.

Ich sah den beiden noch kurz nach, während sie über das Kopfsteinpflaster in Richtung Stall klapperten, dann schloss ich das Fenster und ging in die Küche.

Dort hatten Tante Sue und Onkel Arthur gerade ihr Frühstück beendet.

»Guten Morgen allerseits«, sagte ich und küsste sie beide auf die Wange. »Na, wo soll's denn hingehen?«

Tante Sue hatte keine Schürze an, und Onkel Arthur trug seine beste Hose, was darauf hindeutete, dass sie etwas vorhatten.

»Artie, zeig Freya die Broschüren.«

Mir war bereits aufgefallen, dass sich neuerdings statt der Landwirtschaftszeitschriften allerlei Prospekte von Seniorenresidenzen und hiesigen Immobilienmaklern auf dem Tisch stapelten.

Onkel Arthur seufzte und begann umständlich die Stapel durchzusehen.

Ich nahm inzwischen eine Pfanne vom Haken über dem Herd, zerließ ein Stück Butter und schlug vier frische Eier in die Pfanne.

»Was hältst du davon?« Tante Sue hatte ihrem Mann einen Flyer abgenommen, klappte ihn auf und hielt ihn mir unter die Nase.

»Oaklands Seniorenkomplex – exklusiv für Menschen über sechzig«, las ich, während ich mit einem Holzspatel die Eier vom Pfannenboden löste.

»Da gibt es ein Gemeinschaftszentrum, einen Arzt und sogar ein Fitnessstudio«, erklärte Tante Sue.

»Wozu brauche ich ein Fitnessstudio?«, brummte Onkel Arthur. »Ich habe sechzig Hektar Wiesen und Weiden vor der Haustür, da kann ich nach Herzenslust spazieren gehen. Ich will frische Luft und schöne Ausblicke, und nicht mit einem Haufen lebender Mumien auf engstem Raum zusammengepfercht sein.«

Ich räusperte mich und schluckte ein belustigtes Kichern hinunter. Mit seinen fünfundsiebzig war er vermutlich zehn bis fünfzehn Jahre älter als so mancher Bewohner im Oaklands Seniorenkomplex, doch das behielt ich wohlweislich für mich.

»Wenn wir die Farm verkaufen, werden uns diese sechzig Hektar Wiesen und Weiden aber nicht mehr gehören, Artie.«

»Ich werde mir heute das Hochzeitsmenü für Tilly und Aidan überlegen«, sagte ich in dem Versuch, diplomatisch das Thema zu wechseln.

Es funktionierte. Tante Sue ließ sich neben Onkel Arthur auf die Bank sinken. »Ach«, seufzte sie, »ich kann es kaum erwarten, die festlich geschmückt Teestube zu sehen.«

Die Tür schwang auf, und Lizzie kam herein. »Morgen!« Perfektes Timing, ich hatte gerade unsere Sandwiches mit Rührei auf den Tisch gestellt.

»Ich würde den Hochzeitsgästen gern etwas Besonderes servieren; etwas richtig Feines, das aber unkompliziert in der Zubereitung ist«, fuhr ich fort.

»Mmmh!« Lizzie quetschte sich Ketchup auf ihr Sandwich.

»Wie wär's mit Spaghetti Bolognese?«

Ich rümpfte die Nase. »Inwiefern ist das denn etwas Besonderes?«

Sie blies die Backen auf. »Du hast wohl noch nie *meine* Spaghetti Bolognese probiert.«

»Nein, das nicht, aber ich hatte trotzdem an etwas Originelleres gedacht. Am besten ein typisch englisches Gericht.«

Onkel Arthur hüstelte. »Wie wär's denn mit Roastbeef? Schließlich findet die Hochzeit auf einer Rinderfarm statt. Wir können ja eigens dafür eine Kuh schlachten lassen.«

Ich setzte mich. »Du bist ein Genie! Braten ist genau das Richtige für einen kalten Dezembertag.« Ich zögerte. »Aber nur, wenn keine von den Hübschen dran glauben muss.«

»Tststs!«, machten Lizzie, Tante Sue und Onkel Arthur unisono. Ich errötete und beugte mich tief über meinen Teller.

»Ich weiß, ich weiß.«

Tante Sue stand auf und hielt Onkel Arthur sein Tweedsakko hin. »Auf, auf! Gegen Mittag sind wir wieder da, Freya. Und keine Sorge, die Scones sind schon fertig und müssen nur noch auskühlen. Hast du dein Scheckbuch eingesteckt, Artie? Für die Anzahlung, meine ich.«

»Hä?« Er riss die Augen auf.

»Kleiner Scherz. Gehen wir!«

Sie machten sich auf den Weg, und Lizzie und ich blieben am Tisch zurück.

»Diese Hochzeit wird absolut cool«, sagte Lizze und schenkte sich Tee ein. »Ich bin schon total gespannt auf Aidan. Er ist bestimmt voll trendy.«

Ich lachte. »Wie kommst du denn darauf?«

»Na ja, er will auf einer Farm heiraten, das ist doch im Moment total in. Nächstes Jahr heiraten sechs meiner Freundinnen, und vier von ihnen feiern auf einer Farm.«

»Ach, echt?« Interessant! Vielleicht war das ja die rettende Idee, auf die ich so lange gewartet hatte. Ich sah auf die Uhr. »Himmel, schon fast elf. Es wird Zeit aufzuschließen. Trägst du die Milch? Ich nehme den Zitronenkuchen.«

»Okay.«

Wir erhoben uns und räumten den Tisch ab.

»Übrigens ist Harry gestern das erste Mal nach einer ganzen Weile mal wieder im White Lion aufgetaucht, und er meinte ...«

»Sag mal, wie ist deine Einstellung zu Gewürzschnitten?«

Sie blinzelte verdattert. »Ambivalent. Kann es sein, dass du versuchst, das Thema zu wechseln?«

Ich nahm zwei Krüge Milch aus dem Kühlschrank und drückte sie ihr in die Hand. »Ganz deiner Meinung.«

»Ach ja?«

»Ja. An Gewürzschnitten scheiden sich die Geister, genau wie bei Marmite. Mit Kaffeekuchen verhält es sich ähnlich, den mögen auch viele nicht.« So, damit sollte ich die Harry-und-Victoria-Unterhaltung erfolgreich im Keim erstickt haben. Als ich die Scones in eine Plastikbox stapelte, klingelte im Büro das Telefon.

»Kannst du schon mal vorgehen und aufschließen? Ich komme gleich nach.«

Vielleicht war das ja wieder eine Anfrage für eine Babyparty. Erst vorige Woche hatte eine werdende Mutter ihre Freundinnen in die Teestube eingeladen, um ihre Geschenke zur bevorstehenden Geburt entgegenzunehmen, und die Mädels waren entzückt gewesen und hatten Unmengen an Cupcakes vertilgt – und dabei jede Menge anzügliche Witze gerissen, obwohl nicht ein Tropfen Alkohol im Spiel gewesen war.

»Appleby Farm Vintage Teestube, Freya am Apparat.«

Ein verächtliches Schnauben tönte aus dem Hörer, gefolgt von einem verhaltenen Kraftausdruck, anhand dessen ich den Anrufer zweifelsfrei identifizieren konnte.

»Hallo, Julian«, brummte ich missmutig.

»Du spielst also immer noch das lustige Teeparty-Spielchen? Tut mir ja echt leid Freya, aber mit diesem Unsinn ist jetzt ein für alle Mal Schluss. Wir müssen mit diesem Deal vorankommen. Ist Onkel Arthur da?«

»Nein, er ist mit Tante Sue unterwegs. Sie wollten sich ein paar B... ähm, Brabanter ansehen.«

»Brabanter? Um Himmels willen, wozu brauchen die beiden in ihrem Alter noch ein Pferd? Na, kann mir ja egal sein. Richte ihnen aus, dass morgen Vormittag ein Mr. Turner vorbeikommt, um den Wert des Anwesens zu schätzen. Wenn sie damit ein Problem haben, sollen sie mich anrufen.«

»Morgen? Aber ... bis zum ersten Oktober sind es noch zwei Wochen!«

»Was soll denn in diesen zwei Wochen noch groß passieren? Ein Wunder? Der Käufer will endlich Nägel mit Köpfen machen, es gibt bereits konkrete Pläne. Ihr habt ihn jetzt lange genug hingehalten, und ich kann ... Ich meine, Arthur kann es sich nicht leisten, ihn zu verärgern, sonst kommt das Geschäft womöglich nicht zustande.«

Konkrete Pläne? Das klang ja sehr ominös. Wozu brauchte ein Farmer Pläne?

»Gibt es eigentlich irgendetwas, das dir wichtiger ist als Profit, Julian?«

»Was für eine naive Frage.«

Damit war das Gespräch beendet.

Ich ging wieder in die Küche, schnappte mir den Kuchen und die Scones und trat auf den Hof hinaus. Die herbstlichen Sonnenstrahlen auf meinem Gesicht beruhigten mich augenblicklich.

Vielleicht hatte Julian ja recht – vielleicht war ich tatsächlich naiv, und höchstwahrscheinlich würde ich nie reich werden, aber zumindest wusste ich, was ich brauchte, um glücklich zu sein. Und ich war ziemlich sicher, dass mein Bruder keinen blassen Schimmer hatte, was wahres Glück überhaupt ist.

Kapitel 32

Bei der Rückkehr von ihrer Besichtigungstour war die Stimmung zwischen Onkel Arthur und Tante Sue etwas gereizt.

»Also, das war ja wohl ein totaler Reinfall«, knurrte Tante Sue und pfefferte die Broschüre in den Mülleimer.

»Diese Bungalows sind durch die Bank nicht viel größer als ein Kaninchenstall. Wir müssten unsere Möbel übereinanderstapeln! Und erst die Küchen, Freya! Die sind so winzig, da müsste ich die Pfannkuchen glatt senkrecht braten! Meinen AGA-Herd würde ich da jedenfalls nie unterbringen. Und Speisekammern gibt es auch keine! Und der Garten, kaum größer als eine Schuhschachtel!«

Ich wollte sie darauf hinweisen, dass es wohl nötig sein würde, sich von dem einen oder anderen Möbelstück zu trennen, doch in Anbetracht ihrer finsteren Miene hielt ich mich lieber zurück.

»Also, ich war angenehm überrascht«, verkündete Onkel Arthur.

»Ja, das hab ich gemerkt«, fauchte Tante Sue und schnitt reichlich rabiat ein paar Scheiben Brot. »Keine fünf Minuten hat es gedauert, da hast du auch schon bei den anderen Schurken im Gemeinschaftszentrum gesessen und Domino gespielt!«

Onkel Arthur zwinkerte mir zu und schwenkte eine Handvoll Münzen – unrechtmäßig erworbenes Geld, wie ich annahm.

»Und außerdem liegt dieser Seniorenkomplex direkt an der Hauptstraße, wo Tag und Nacht Autos vorbeirasen. Da hat man doch nie seine Ruhe! Nein«, sie schüttelte den Kopf, »für mich war das nichts.«

»Aber das hier war doch nicht übel, oder?« Onkel Arthur schwenkte eine Broschüre mit der Aufschrift »Sunset Living – Luxusseniorenresidenz«. »Mit Hallenbad und Sauna.«

Tante Sue entriss sie ihm und drückte ihm stattdessen ein Sandwich in die Hand.

»Ich will in einer schönen, ruhigen Gegend leben und nicht in einem vermaledeiten Feriendorf!«

»Ach, apropos Feriendorf – Julian hat vorhin angerufen«, meldete ich mich zu Wort. »Morgen kommt irgend so ein Immobilienfuzzi, um die Farm zu besichtigen.« Damit war das Thema Seniorenresidenzen abgehakt.

Danach hatte ich keine Gelegenheit mehr gehabt, ungestört mit Tante Sue zu reden, also schlüpfte ich, als es Abend wurde, in Gummistiefel und Blaumann und begab mich zum Melkstand. Tante Sue führte gerade Gloria und Gaynor herein. Die beiden Kühe trotteten gutmütig auf ihre Plätze und versenkten sogleich die Schnauzen im Trog.

Eigentlich hätten hier vierzehn Kühe auf einmal gemolken werden können, sieben auf jeder Seite. Der Anblick der ganzen Gerätschaften weckte Erinnerungen an die Zeiten, als die Appleby Farm noch ein Milchviehhof gewesen war. Von außen unterschied sich das Gebäude mit seinen moosbewachsenen Steinmauern nicht sonderlich von den anderen. Es war ziemlich groß und hatte dem etwas strengen Geruch zum Trotz mindestens genauso viel Potenzial wie die Scheune, in der sich jetzt die Teestube befand. Wenn ich mir die Melkmaschinen und den Tank wegdachte, konnte ich es mir durchaus als Laden vorstellen, oder möglicherweise auch ...

»Herrje, ist mein Rücken steif heute«, stöhnte Tante Sue, als sie sich vornüberbeugte, um Glorias Euter abzuwischen.

»Warte, ich helfe dir.«

Während Tante Sue die Vakuumpumpe anwarf, stülpte ich die Melkbecher über die Zitzen der beiden Kühe. Es war keine große Kunst – man musste nur genau zielen, der Rest erledigte sich quasi von allein.

Eine Weile lauschten wir schweigend den hypnotisierend eintönigen Geräuschen der Pumpe und verfolgten, wie die Milch durch die durchsichtigen Schläuche in den Tank floss.

»So, dann erzähl mal, warum du vorhin so auf hundertachtzig warst«, sagte ich schließlich.

Sie trat näher, warf einen Blick über die Schulter und zischte: »Ich habe einen Bungalow gefunden: zwei Zimmer, eine große Wohnküche mit Platz für meinen AGA-Herd ... Ideal für uns. Auf einer Farm gute drei Kilometer von hier werden mehrere ehemalige Wirtschaftsgebäude zu Wohnhäusern umgebaut. Es gibt sogar eine Busverbindung, für den Fall, dass ... Du weißt schon.«

Ja, ich wusste, was sie meinte. Falls Onkel Arthur etwas passierte, war sie auf öffentliche Verkehrsmittel angewiesen.

»Die Besichtigungstouren heute sollten nur ein Test sein. Ich dachte, wenn ich ihm zeige, wie furchtbar diese Seniorenresidenzen sind, dann lässt er sich auf meinen Vorschlag, einen halb fertigen Bungalow zu kaufen, bestimmt mit Handkuss ein. Aber der Schuss ist gewaltig nach hinten losgegangen, wie du gesehen hast.« Sie lächelte matt.

Ich legte ihr einen Arm um die Schultern. »Du Dummerchen! Er liebt dich so sehr, dass er zu allem Ja und Amen sagen würde.«

»Ich weiß.«

Wir lachten.

»Dann stört es dich also nicht, dass ihr künftig weniger Platz haben werdet?«

Sie schüttelte den Kopf. »Ich bin heilfroh, wenn ich endlich nicht mehr Treppensteigen muss.«

»Und was ist mit ... euren Möbeln?« *Vor allem mit denen oben im Kinderzimmer?*, dachte ich. Anscheinend begriff sie, was ich meinte, denn ihre Miene wurde weich. »Es wird Zeit, unser altes Leben hinter uns zu lassen und ein neues zu beginnen. Artie sagt immer, wenn wir einen Sohn gehabt hätten, dann ... Aber man kann nie wissen, stimmt's? Vielleicht hätte unser Sohn – oder unserer Tochter – lieber in einem Krankenhaus oder bei der Armee gearbeitet. Dann hätten wir trotzdem niemanden gehabt, an den wir die Farm übergeben können.«

Aber ich bin doch auch noch da!

Und meine neueste Geschäftsidee war brillant. Jedenfalls meiner Ansicht nach. Sie war rentabel und lag voll im Trend, und wir würden damit die Gebäude und einen Teil des zur Farm gehörigen Lands schonend nutzen. Die Sache hatte nur zwei große Haken: Es ging dabei nicht um Landwirtschaft, und ich hatte nicht das nötige Geld, um Onkel Arthur und Tante Sue die Farm abzukaufen.

Was dann wohl bedeutete, dass ich mit meiner brillanten Idee einpacken konnte.

»Das war's dann, schätze ich«, stellte Tante Sue fest. »Was?« Konnte sie etwa Gedanken lesen? »Ach so, die Milch.« Ich schmunzelte, und sie schaltete die Pumpe ab.

Nachdem wir die Kühe von den Melkbechern befreit hatten, führten wir sie über den Hof zurück auf die Weide.

»Die beiden Mädels werden mir fehlen, wenn wir erst mal in unserem neuen Bungalow wohnen«, sagte Tante Sue und schloss das Gatter hinter uns. »Und die Hühner auch. Aber wir können sie ja jederzeit besuchen, wenn die neuen Besitzer den Betrieb übernommen haben.«

Mir wurde schwer ums Herz. Was sie anging, war der Verkauf offenbar bereits beschlossene Sache. Sie hatte sich längst mit dem Gedanken angefreundet, dass die Farm bald nicht mehr im Besitz der Familie sein würde. Für mich dagegen war das nach wie vor eine Horrorvorstellung. Schon seltsam – noch vor einem halben Jahr war die Appleby Farm für mich lediglich die Kulisse meiner schönsten Kindheitserinnerungen gewesen, und jetzt war sie das Zentrum meines Lebens. Mein Ein und Alles.

Ich holte tief Luft und setzte ein tapferes Lächeln auf. »Kleiner Spaziergang zum Verkaufsstand gefällig?«

Tante Sue nickte und hakte sich bei mir unter. »Ich hab zwar noch zu tun, aber das kann warten.«

Ihr arthritisches Knie machte ihr wieder zu schaffen, und ich passte mein Tempo dem Ihren an, während wir den Hof überquerten und dem Feldweg bis zur Landstraße folgten.

Der Verkaufsstand hatte in den Sommermonaten eine hübsche Stange Geld eingefahren. Im Juli und August hatten unsere Erbsen, Beeren und Salatkartoffeln reißenden

Absatz gefunden, und jetzt verkauften wir Äpfel, Maiskolben und natürlich unsere Eier.

Ich verteilte den Inhalt der Vertrauenskasse auf unsere Hosentaschen. »Was meinst du, wird mich der neue Eigentümer die Teestube weiterführen lassen?«

»Aber natürlich! Warum denn nicht? Wir können ja für alle Fälle eine entsprechende Klausel in den Kaufvertrag einbauen.«

Ich nickte und spürte, wie mir die Tränen in die Augen stiegen.

Weil Julian die Finger im Spiel hatte und ich mir beim besten Willen nicht vorstellen konnte, dass sich sein Interessent als rustikaler Farmer mit einer apfelbäckigen Ehefrau an seiner Seite entpuppen würde.

Sie tätschelte mir die Hand. »Wie dem auch sei, morgen werden wir mehr erfahren, Freya.«

Allerdings. Ich schauderte.

Tags darauf um Viertel nach neun fuhr Mr. Turner, der Gutachter, mit einem schicken Kombi vor. Tante Sue führte ihn in die Küche, bedeutete ihm, er solle sich zu Onkel Arthur und mir an den Tisch setzen und bot ihm eine Tasse Tee an.

Madge, die unter dem Tisch lag, ließ ein leises Knurren hören, was ich nur zu gut nachvollziehen konnte. Der Bursche hatte etwas Bedrohliches an sich. Seine Haare waren nichtssagend braun, und er hob ständig die rechte Augenbraue. Und außerdem schob er jedes Mal das Kinn nach vorn, ehe er den Mund aufmachte, was ihm das Aussehen eines übellaunigen Boxers verlieh, im tierischen wie im sportlichen Sinne.

»Kommen Sie von weit her?«, erkundigte sich Tante Sue freundlich.

Boxervisage.

»Lancaster. Einfach die M6 hoch.«

Er legte sein Klemmbrett sowie eine Kamera und einen kleinen Laserentfernungsmesser auf den Tisch.

»Wo lebt denn der Farmer im Moment?«, erkundigte sich Onkel Arthur.

»Welcher Farmer?«

»Na, der Interessent. Kommt er aus der Gegend?«

Mr. Turner konsultierte sein Klemmbrett und schob das Kinn vor. »Es handelt sich weniger um einen Farmer als vielmehr um einen großen Landwirtschaftsbetrieb.«

Eine Welle der Panik erfasste mich. Ich hatte es geahnt! Typisch Julian. Von wegen Farmer. Er hatte erneut gelogen, um Onkel Arthur zum Verkauf zu bewegen. Ich sah zu meinem Onkel hinüber, der alarmiert die buschigen Augenbrauen gehoben hatte.

»Und welche Art von Landwirtschaftsbetrieb, wenn ich fragen darf?«, hakte ich nach. Es klang aggressiver als beabsichtigt.

Mr. Turner wurde blass. »Tut mir leid, Details sind mir nicht bekannt.«

Das bedeutete dann wohl, dass er sie nicht verraten durfte.

»Vielen Dank für den Tee, Mrs. Moorcroft.« Er stand auf und begab sich mit seinem Kram nach draußen.

Wir sahen ihm schweigend nach.

Tante Sue vergrub die Finger in ihrer Schürze. »Was führt Julian wohl jetzt wieder im Schilde?«

Onkel Arthur grunzte. »Keine Ahnung, Sue. Wir werden einfach abwarten und uns überraschen lassen müssen.«

Mitnichten. Ich sprang auf, lief in den Flur und schlüpfte in meine Gummistiefel.

Es war ein kalter, feuchter Tag, weshalb Onkel Arthur recht erleichtert gewirkt hatte, als Mr. Turner darum gebeten hatte, das Anwesen allein besichtigen zu dürfen.

Er stand neben der Hundehütte, mit dem Rücken zum Hühnerverschlag, und fotografierte gerade den Kuhstall.

»Mr. Turner!«, rief ich und eilte zu ihm hinüber. »Ich muss mit Ihnen reden.«

Und auf einmal ging alles ganz schnell. Ein Huhn stob flatternd aus der Hundehütte und pickte Mr. Turner in die Wade, worauf dieser vor Schreck einen Luftsprung machte und das Klemmbrett fallen ließ. Madge begann wütend zu kläffen, als befürchtete sie, dass dieser Unbekannte ihr das Frühstücksei streitig machen könnte, und dann stürzte sie sich auf ihn und verbiss sich in sein Hosenbein. Wenigstens hoffte ich, dass es nur das Hosenbein war. Jedenfalls taumelte er ein paar Schritte rückwärts und jaulte auf, als er unsanft an die Hundehütte stieß.

»Rufen Sie gefälligst diese verdammte Töle zurück!«, rief er und rieb sich den Rücken.

Doch das war gar nicht nötig, denn in diesem Augenblick ließ Madge von ihm ab und verschwand in ihrer Hütte, um sich ihr Ei zu holen.

Ich bückte mich, um sein Klemmbrett aufzuheben und schnappte entsetzt nach Luft. Das oberste Blatt war verrutscht, und darunter erblickte ich eine Skizze, die keinen Zweifel daran aufkommen ließ, welches Schicksal der Appleby Farm drohte. Eigentlich war darauf nur noch das Haupthaus zu erkennen. Die übrigen Gebäude sollten laut diesen Plänen mehreren langen, flachen Hallen weichen.

Tante Sue und Onkel Arthur kamen angelaufen. »Was ist denn passiert?«

Mr. Turner, der sich inzwischen wieder gefangen hatte, versuchte mir das Klemmbrett zu entwinden. »Geben Sie her! Das geht Sie gar nichts an!«, bellte er.

»Das geht mich sehr wohl etwas an!«, fauchte ich.

Onkel Arthur zeterte: »Wie reden Sie denn mit meiner Nichte?«, und dann kam auch noch Eddy auf dem Traktor in den Hof gefahren.

Er stieg ab und marschierte auf uns zu. Seine Stiefel verursachten einen Heidenlärm auf den Pflastersteinen. Nanu? Neue Schuhe *und* saubere Jeans? Ich blinzelte ungläubig. Es geschahen noch Zeichen und Wunder. Auf jeden Fall konnte ich Mr. Turner erfolgreich in Schach halten, bis ich mir seine Unterlagen genauer angesehen hatte. Der Entwurf des Architekten umfasste vier lange Kuhställe, zwei riesige Melkstände, ein Veterinärgebäude, eine Abkalbstation sowie mehrere Bürogebäude.

»Das ist keine traditionelle Farm, das ist ...« Ich suchte nach dem richtigen Ausdruck.

Mr. Turner machte sein Boxergesicht. »Intensive Milchviehhaltung«, führte er meinen Satz zu Ende.

Wir schnappten kollektiv nach Luft.

»Ist das wahr, Arthur?«, fragte Eddy scharf. »Du verkaufst die Farm an einen Massentierhaltungsbetrieb, in dem die Kühe nie auf die Weide dürfen und nie die Sonne sehen?«

Nun bin ich zwar keine Expertin auf diesem Gebiet, aber ich habe doch den einen oder anderen Artikel über intensive Milchviehhaltung gelesen und weiß, dass sie höchst umstritten ist und Lichtjahre entfernt von der Art von

Nutztierhaltung, wie sie bislang auf der Appleby Farm praktiziert wurde.

»Unsinn«, knurrte mein Onkel. »Noch ist die Entscheidung nicht gefallen.«

Eddy nickte mit grimmiger Miene. »Aber das wird sie.«

»Ich bin fünfundsiebzig, Eddy, und ich bekomme das Geld bar auf die Hand.« Onkel Arthur zuckte matt die Achseln. »Was hab ich denn für eine Wahl? Was ist, wenn ich noch einen Herzinfarkt erleide und ...«

»Hör auf!«, heulte Tante Sue auf und hielt sich die Ohren zu. Wie bitte? Ich stierte Onkel Arthur mit offenem Mund an. Zog er tatsächlich immer noch in Erwägung, Julians Angebot anzunehmen? Und das, nachdem wir von den Plänen seines Interessenten erfahren hatten? Mir wurde übel. Warum musste immer alles auf Geld hinauslaufen?

»Ähm, kann ich dann weitermachen?«, meldete sich Mr. Turner zu Wort. »Außerdem wüsste ich gern, wer für den Schaden hier aufkommt.«

Er deutete auf seine Hose, in der vorn ein großes Loch klaffte, sodass sein nacktes weißes Knie zu sehen war. Am liebsten hätte ich kräftig an dem herunterhängenden Stück Stoff gezogen. »Die Hosenrechnung können Sie Ihrem Klienten schicken. Er wird Sie sicher übernehmen. Und jetzt gehen Sie. Sie haben hier nichts mehr zu suchen.«

Tante Sue sah aus, als würde sie gleich in Tränen ausbrechen. Onkel Arthur legte ihr einen Arm um die Schultern.

Mr. Turner schob das Kinn vor. »Höchst unangenehm, wie die Situation jetzt eskaliert ist. Daran ist nur dieses dumme Huhn schuld.«

»Nein, daran ist allein mein Bruder schuld, und den werde ich mir jetzt gleich mal telefonisch vorknöpfen.«

Damit drehte ich mich um und stürmte ins Haus.

Wahrscheinlich hätte ich noch einen Moment warten sollen, bis ich mich wieder etwas beruhigt und mir ein paar hieb- und stichfeste Argumente zurechtgelegt hatte, aber ich war viel zu wütend.

»Wie konntest du nur?«, stieß ich hervor, sobald ich ihn an der Strippe hatte.

»Ich nehme an, Mr. Turner war da«, erwiderte er ruhig.

»Dein Interessent wird diese wunderschöne alte Farm mit seinen Plänen zerstören, und die Landschaft obendrein! Und an die armen Kühe denkst du wohl überhaupt nicht! Weißt du eigentlich, wie sehr sie unter dieser intensiven Milchtierhaltung leiden?«

Julian gähnte demonstrativ. »Wach auf, Schätzchen. Landwirtschaft bedeutet heutzutage nicht mehr, dass kleine Kälber fröhlich auf der Weide herumtollen. Arthur züchtet ja auch keine Haustiere, sondern Rindfleisch. Die Landwirtschaft ist ein Industriezweig wie jeder andere auch, und genau nach diesem Prinzip agiert mein Interessent. Er investiert Millionen in eine moderne Produktionsanlage der britischen Nahrungsmittelindustrie.«

»Tja, er kann sich seine Millionen sonst wohin stecken. Wir wollen sie nämlich nicht haben.«

Ich knallte den Hörer auf die Gabel, dass der Tisch wackelte, und verharrte einen Augenblick mit der Hand auf dem Telefon. *Tief durchatmen, Freya.* Sekunden später klingelte es. Ich nahm ab, auf eine weitere Verbalattacke meines Bruders gefasst.

»Appleby Farm, Freya am Apparat«, knurrte ich mit zusammengebissenen Zähnen.

»Hallo Liebes, hier ist Mum. Dad und ich sind gerade am Flughafen in Manchester gelandet. Wir gehen jetzt noch etwas essen, und dann machen wir uns auf den Weg zu euch. Ich hoffe, ihr seid heute Abend zu Hause? Dein Vater und ich haben ein paar Neuigkeiten für euch.«

»Mum!« Ich schluckte. »Äh, gut, okay, wir sind da. Ich freu mich!«

Mit klopfendem Herzen legte ich auf. Mein Vater war seit Jahrzehnten nicht mehr auf der Farm gewesen. Was hatte das zu bedeuten?

Kapitel 33

Am Nachmittag fuhr Tante Sue mit Onkel Arthur ins nächste Dorf, um den noch im Bau befindlichen Bungalow zu besichtigen, in den sie sich verliebt hatte. »Nicht übel«, lautete sein Urteil, was sie dahingehend interpretierte, dass er ihn ebenfalls ideal fand. Dass die Bauarbeiten noch nicht abgeschlossen waren, fand sie besonders attraktiv, denn auf diese Weise hatten sie die Möglichkeit, ihr künftiges Domizil noch mitzugestalten.

Eddy verbrachte den Großteil des Tages in der Teestube und blies Trübsal. Als einmal gerade alle Gäste versorgt waren, unterhielten wir uns eine Weile, und ich erzählte ihm von meinem Herzenswunsch, die Farm zu kaufen.

»Dafür bräuchtest du so um die siebenhundertfünfzigtausend Pfund, Mädel«, erwiderte er.

Tja. Das konnte ich dann wohl aufstecken.

Er wiederum vertraute mir an, dass er neuerdings eine Freundin hatte – eine Frau, die von der Küste in Morecambe stammte, im Frischfischgeschäft war und ihre Sachen aus einem Lieferwagen heraus verkaufte. Sie verkehrte des Öfteren im White Lion und verstand sich hervorragend auf die Zubereitung brauner Shrimps in Muskatbutter. Er hatte ihr ein Kompliment dafür gemacht, und so hatte alles angefangen. Inzwischen hatte sie schon mehrfach angedeutet, dass sie es schön fände, wenn er sich einen neuen Job »mit normalen Arbeitszeiten« suchen würde, damit sie an den Wochenenden etwas mehr Zeit miteinander verbringen konnten.

»Das freut mich für dich, du Geheimniskrämer!« Ich beglückwünschte und umarmte ihn, und er lief feuerrot an und ließ es widerstandslos über sich ergehen. Sehr aufschlussreich. »Das erklärt dann wohl die neuen Stiefel und die gebügelten Jeans.«

»Nun, ja. Sie hat dafür gesorgt, dass ich mich ein bisschen schicker mache.« Er zuckte die Achseln. »Natürlich hatte ich nicht vor, Arthur hängen zu lassen, schon gar nicht nach dem Herzinfarkt und so. Aber jetzt ...« Er blies die Backen auf und schüttelte bekümmert den Kopf.

Ich stieß ihn etwas unsanft mit dem Ellbogen an. »Hey! Ich will dir und deinem Liebesglück zwar nicht im Weg stehen, aber diese Moorcroft hier« – ich tippte mir mit dem Zeigefinger auf die Brust – »ist noch nicht gewillt, die Lanze zu strecken.«

Er nahm meine Hand und drückte sie, und dann küsste er mich sogar auf die Wange. »Gib Laut, wenn ich dir irgendwie helfen kann.«

Als Mum und Dad gegen halb sieben mit dem Taxi vorfuhren, hatten sich die Bewohner der Appleby Farm auf einen etwas brüchigen Waffenstillstand geeinigt, nämlich auf die Erkenntnis, dass wir unterschiedlicher Meinung waren und auf keinen gemeinsamen Nenner kommen würden.

Die Stimmung war inzwischen wieder etwas besser, wenn auch leicht besorgt in Anbetracht der gewaltigen

Gepäckmengen, mit denen meine Eltern angereist waren. Während das Taxi davonfuhr, gingen Dad und Onkel Arthur zögernd aufeinander zu. Ich zermarterte mir das Hirn, konnte mich aber nicht entsinnen, die beiden je zusammen gesehen zu haben. Mit angehaltenem Atem verfolgte ich, wie Onkel Arthur seinem »kleinen« Bruder die Hand hinstreckte. Dieser ergriff sie, zog ihn an sich und klopfte ihm auf den Rücken.

Mum und Tante Sue begrüßten sich lächelnd mit einem Wangenkuss.

»Schön, wieder da zu sein.« Dad betrachtete das Haupthaus. »Hier sieht es noch genauso aus wie in meiner Erinnerung. Als hätte sich nicht das Geringste verändert. Unser alter Herr wäre stolz auf dich, Arthur.«

Onkel Arthur machte sich von ihm los und murmelte verhalten »Das wage ich zu bezweifeln«.

O Gott. Ich spürte, wie mir die Tränen in die Augen stiegen, und wagte es nicht, irgendjemanden anzusehen. Stattdessen fiel ich Mum um den Hals, drückte sie an mich und atmete den vertrauten Duft ihres Parfüms ein.

Mum lachte. »Das nenne ich einen herzlichen Empfang.«

»Ich freu mich riesig, dass du da bist«, murmelte ich.

»Bezieht sich das auch auf mich?«, erkundigte sich Dad.

»Aber klar doch.« Sein Schnurrbart kitzelte mich, als ich ihm einen Kuss auf die Wange gab.

Ich deutete auf die Koffer. »Ihr wollt wohl hier einziehen, wie?«

Er öffnete den Mund, doch Tante Sue klatschte in die Hände und rief: »Jetzt kommt endlich rein! Das ist doch kein Staatsempfang.«

Zehn Minuten später saßen wir alle am Küchentisch, und nachdem alle Anwesenden mit Tee und Kaffee versorgt und die üblichen Floskeln à la »Milch?« und »Reicht mir mal jemand den Zucker, bitte?« abgehakt waren, senkte sich ein fast greifbares, spannungsgeladenes Schweigen auf uns herab.

Mum war die Erste, die unter dem Druck einbrach. »Wir wollen eventuell wieder nach England ziehen«, platzte sie heraus. »Rusty geht in Rente. Wir werden Paris verlassen.«

»Echt? Das ist ja großartig! Und wo in England wollt ihr euch niederlassen?«, fragte ich. *Hoffentlich irgendwo hier in der Nähe,* dachte ich, sprach es jedoch nicht laut aus – ich wusste ja selbst nicht genau, wie lange ich noch hier sein würde.

»Nun ...«

»Du gehst in Rente, Rusty? Einfach so?« Tante Sue ließ die Schultern hängen. »Da könnte man ja glatt neidisch werden, was, Artie?«

Onkel Arthur murmelte »Schön wär's«, und schlürfte geräuschvoll seinen Tee.

»Na ja ...« Dad rutschte etwas auf der Bank hin und her, als würde ihn seine beigefarbene Hose zwicken, dann gestand er: »Es war ehrlich gesagt nicht meine Entscheidung. Ich wurde in den Ruhestand versetzt, und jetzt müssen wir natürlich aus der Dienstwohnung raus.«

»Dafür bekommt er eine schöne Abfindung«, fügte Mum hinzu und tätschelte seine Hand. »Zum Dank für all seine harte Arbeit.«

»Ich hatte ja auch auf eine Art goldenen Händedruck gehofft, aber der hat sich bei näherer Betrachtung eher als Judaskuss entpuppt.« Onkel Arthur seufzte.

»Nicht doch, Artie«, tröstete ihn Tante Sue. »Deine Gesundheit hat jetzt oberste Priorität. Diese Farm bringt dich noch ins Grab.«

Mum musterte mich fragend, doch ich schüttelte den Kopf und formte mit den Lippen ein lautloses »Später...«.

»Weißt du, Arthur«, Dad fuhr sich mit der Hand über den kahlen Schädel, »jetzt, wo ich nicht mehr bei der Bank bin, habe ich das Gefühl, dass sich mein gesamtes Lebenswerk in nichts aufgelöst hat. Ich beneide dich um diese Farm, denn was auch immer passiert, sie wird immer da sein.«

Mit offenem Mund starrte ich ihn an. Anscheinend empfand Dad in Bezug auf die Appleby Farm plötzlich genau wie ich. Seltsam, bis jetzt hatte er nie auch nur ein gutes Wort dafür gefunden. Wie hatte er sich noch gleich ausgedrückt? »*Die britische Landwirtschaft ist die reinste Geldverbrennungsmaschinerie...*« Und nicht zu vergessen: »*Am Anfang des Jahres hat man nichts, und am Ende genauso wenig, außer vielleicht noch mehr Schulden...*«

»So?« Onkel Arthur kratzte sich am Kinn. »Und wieso konntest du es dann gar nicht erwarten, von hier wegzukommen, Rusty? Und warum warst du all die Jahre kein einziges Mal hier?«

»Weil ich hier überflüssig war«, erwiderte Dad unwirsch. »Ich war schon immer der Bücherwurm. Du warst größer, kräftiger und älter als ich, und wenn Dad Hilfe brauchte, hat er immer dich gerufen. Also bin ich gegangen.«

Onkel Arthur schüttelte bedächtig den Kopf. »Das hat Mum das Herz gebrochen. Du warst immer ihr Liebling.«

»Tatsächlich?« Dad wirkte so geknickt, dass ich Mitleid mit ihm empfand. Merkwürdigerweise wusste ich genau, wie er sich gefühlt haben musste – auch ich hatte mich stets ungeliebt gefühlt und den Eindruck gehabt, dass er Julian bevorzugte. Schon verrückt, wie sich die Geschichte wiederholt.

»Ich habe mein gesamtes Leben der Bank gewidmet«, fuhr Dad fort. »Und dann komme ich am Freitag ins Büro, um ein paar Unterlagen zu holen, und da sitzt ein neuer Mitarbeiter an meinem Schreibtisch. Keiner meiner Kollegen hat auch nur eine Miene verzogen. Man hat mich kommentarlos ersetzt und mir brieflich mitgeteilt, dass wir aus unserer Wohnung ausziehen müssen. Einfach so.« Er schnippte mit den Fingern. »Und was bleibt mir jetzt noch? Was habe ich vorzuweisen? Nichts.«

»Du hast doch mich«, sagte ich leise. »Und Mum.« Genau genommen hatte er auch Julian, aber an den wollte ich jetzt nicht denken.

Dad starrte mich einen Augenblick an und schüttelte dann den Kopf. »Natürlich. Tut mir leid. Und mir ist vollauf bewusst, dass ich nicht gerade der beste Vater der Welt war.«

Jetzt war ich es, die ihm die Hand tätschelte.

Mum lächelte ihn an. »Schätzchen, die Niederlassung in Paris war winzig, als du gekommen bist, und jetzt floriert sie. Und überhaupt solltest du das als eine Gelegenheit für einen Neustart betrachten. Überleg doch mal – jetzt können wir uns endlich ein Zuhause ganz nach unserem Geschmack suchen. Ein gemütliches Häuschen statt einer schicken Mietwohnung.«

»Genau das habe ich zu Artie auch gesagt, als die Hälfte unserer Rinder an TB erkrankt ist«, meldete sich Tante Sue zu Wort. »Das war für uns *die* Gelegenheit, endlich mal über unsere Zukunft nachzudenken.«

Dad erhob sich und stellte sich ans Fenster, die Hände in die Hüften gestemmt. »Ich hatte unrecht, was dich und deinen unermüdlichen Einsatz für die Farm anging, Arthur«, sagte er. »Ja, ich habe Geld auf dem Konto liegen, aber du hast das dort draußen. Ich war andauernd auf Achse, stand ständig unter Strom. Mein Leben war geprägt von sinnloser Profitgier. Du dagegen hast dein Leben damit verbracht, die einfachen Dinge des Lebens zu genießen, hast dich um das Land gekümmert und dafür gesorgt, dass es für nachfolgende Generationen erhalten bleibt. Das hier ist dein Vermächtnis!«

»Ach, hör doch auf mit deinem versponnenen Geschwätz.« Onkel Arthur rieb sich das Gesicht. »Was weißt du schon über das Leben hier? Wenn du glaubst, du hast den Stress für dich allein gepachtet, dann täuschst du dich. Du hast ja keine Ahnung ...«

»Nicht aufregen, Arthur«, flehte Tante Sue. »Denk an deinen Blutdruck!«

Er schob seinen Stuhl zurück, stand auf und baute sich vor Dad auf. »Ich habe weiß Gott lange genug als Landwirt geschuftet. Ja, ich fand es sehr erfüllend, aber dafür sind Sue und ich längst nicht so viel in der Welt herumgekommen wie ihr.«

»Das vielleicht nicht, Arthur, aber wer will schon reisen, wenn er dieses Paradies vor der Haustür hat?« Dad seufzte zufrieden.

»Ich bin fünfundsiebzig, und ich kann mich nicht erinnern, wann ich zuletzt im Urlaub war«, schnauzte ihn Onkel Arthur an. »Und wahrscheinlich hätte ich mir auch dieses Jahr wieder keinen einzigen Tag Ruhe gegönnt, wenn mich nicht meine zwei Herzinfarkte dazu gezwungen hätten.

Dazu kommt, dass dieses Jahr finanziell für uns die reinste Katastrophe war. Wenn uns Freya nicht geholfen hätte, die Zeit bis zum Verkauf der Rinder zu überbrücken, wären wir noch tiefer im Schuldensumpf versunken. Das war Stress pur, das kannst du mir glauben, du aufgeblasener ...«

»Na, na«, unterbrach ihn Dad mit sanftem Tadel.

»Und wenn meine einzige Möglichkeit, an einen goldenen Händedruck zu kommen, darin besteht, mein Land an einen landwirtschaftlichen Großbetrieb zu verkaufen«, fuhr Onkel Arthur fort und fuchtelte mit dem Zeigefinger vor Dads Nase herum, »dann werde ich zum ersten und einzigen Mal in meinem Leben unsere Bedürfnisse über die der Farm stellen, damit meine Frau ihren Lebensabend in einem Zuhause ganz nach *ihrem* Geschmack verbringen kann!«

»Du willst verkaufen?«, echote Mum entsetzt.

Einen Augenblick herrschte geschocktes Schweigen, dann straffte Onkel Arthur die Schultern und holte tief Luft.

»Jawohl, Margo. Verkaufen. So sieht's aus, ob ihr's glaubt oder nicht.« Damit setzte er energisch seine Schiebermütze auf und stürmte hinaus.

Tante Sue gab einen erstickten Laut von sich und schlug sich die Hände vor den Mund, und meine Eltern wechselten bestürzte Blicke.

Herrje. Derart aufgebracht hatte ich Onkel Arthur ja noch nie erlebt.

Auch Tante Sue war sichtlich mit den Nerven am Ende. Während Mum versuchte, sie zu trösten, stand ich auf und ging zu Dad hinüber, der sich nachdenklich über den Schnurrbart strich.

»Onkel Arthur ist nicht sauer auf dich, Dad. Er regt sich bloß über die Situation an sich auf. Er würde gern seine eigene Zukunft und zugleich die Zukunft der Farm sichern, aber das ist leider alles andere als einfach.«

Dad nickte. »Der Arme. Das war kein leichtes Jahr für ihn. Und dann komme auch noch ich daher mit meinem Hast-du's-gut-Auftritt...« Er drehte sich zu Mum und Tante Sue um. »Es tut mir leid, Sue. Soll ich ihn suchen gehen?«

Sie schüttelte den Kopf. »Er ist bestimmt bei den Kühen auf der Weide. Aber keine Sorge, er beruhigt sich schon wieder.«

»Soll ich dir dann mal die Teestube zeigen, Dad?«

Er lächelte mich an. »Ich dachte schon, du fragst nie. Gehen wir.«

Es war gar nicht so leicht, mit meinen vor Nervosität schwitzenden Händen die großen Glastüren aufzuschließen. Ich trat einen Schritt beiseite und bedeutete ihm hineinzugehen.

Da hatte ich mir jahrelang eingeredet, es wäre mir egal, was mein Vater von meinem Lebenswandel hält, aber erst jetzt wurde mir bewusst, dass das nur eine Art Schutzmechanismus gewesen war. Mit heftig pochendem Herzen verfolgte ich, wie er schweigend hierhin und dorthin schlenderte, um mein Werk zu inspizieren, und dabei immer wieder den Kopf schüttelte – vor Verblüffung, wie ich hoffte, und nicht vor Enttäuschung. Er blieb stehen und spähte zu dem Fenster hinauf, das auf die Außengalerie hinausging. Kein Detail entging seiner Aufmerksamkeit – er betrachtete die Wimpelgirlande, die gerahmten

Tapetenstücke, die Eistheke, begab sich sogar hinter den Tresen und nahm das Regal mit Mums Geschirr in Augenschein.

Komm schon, Dad, spann mich nicht so auf die Folter!

»Na, was meinst du?«, fragte ich, als ich es nicht mehr aushielt.

»Ich bin begeistert«, konstatierte er schlicht und lachte dann. »Deine Mutter hatte recht – du hast ganze Arbeit geleistet.« Er schüttelte den Kopf. »Wenn ich daran denke, dass ich als kleiner Junge in dieser Scheune gespielt habe ... Ganz ehrlich, ich bin beeindruckt.«

»Danke, Dad«, sagte ich erleichtert und strahlte ihn an. »Dann findest du es also nicht zu rustikal?« *So wie Victoria Moon*, dachte ich und verzog das Gesicht.

»Ganz und gar nicht! Es hat Charme.«

Ich holte das Gästebuch. »Wirf mal einen Blick hier rein. Eigentlich war es für Anregungen und Verbesserungsvorschläge gedacht, aber die meisten haben einfach ein paar nette Kommentare reingeschrieben.«

Ich konnte nicht widerstehen, ein wenig anzugeben. Jetzt, da ich endlich einmal die volle Aufmerksamkeit meines Vaters hatte, sonnte ich mich regelrecht darin.

»Setz ich doch, ich bringe dir eine Tasse Tee. Wir haben die größte Auswahl an ...«

»Der kommt mir schon zu den Ohren raus. Du hast nicht zufällig etwas Stärkeres da?«

Hatte ich. Ganz hinten im Kühlschrank standen noch ein paar Flaschen Bier von der Eröffnung im August. Ich schnappte mir zwei und machte sie auf.

»Ah!« Dad schmatzte genüsslich mit den Lippen. »So etwas wie das hier ließe sich doch sicher auch auf anderen

Farmen machen. Hast du schon daran gedacht, weitere Teestuben zu eröffnen?«

»Nein.« Aber das war eine hervorragende Idee. »Meinst du denn, es gibt einen Markt dafür?«

Er nahm einen weiteren Schluck aus seiner Flasche und nickte. »Du könntest ja mal ein paar Landwirten einen entsprechenden Vorschlag unterbreiten.«

»In erster Linie geht es mir darum, die Appleby Farm zu retten, Dad.«

Er runzelte die Stirn. »Mir ist bei unserer Ankunft gleich aufgefallen, dass die Stimmung etwas gedrückt war.«

Ich hob eine Augenbraue. »Das ist die Untertreibung des Jahrhunderts.«

Ich berichtete ihm, was sich in den vergangenen Wochen ereignet hatte und dass Julian quasi alle fünf Minuten angerufen hatte, um Onkel Arthur zum Verkauf der Farm zu bewegen.

»Gütiger Himmel!« Dad blinzelte mich entgeistert an. »Er hat den alten Knaben unter Druck gesetzt?«

Ich nickte. »Und wie. Ich glaube, inzwischen hat Onkel Arthur das Gefühl, wenn er dieses Angebot nicht annimmt, bleibt er auf seinem maroden Betrieb sitzen. Und Tante Sue kann es ohnehin kaum erwarten, dass er sich endlich zur Ruhe setzt.«

Dad erhob sich und ging zur Glastür, um auf den Hof hinauszublicken, genau wie vorhin in der Küche. »Unvorstellbar, dass all diese schönen alten Gebäude nur um des Profits willen einem Massentierhaltungsbetrieb weichen sollen. Der reinste Hohn.«

»Du sagst es.«

War das zu fassen? Ausgerechnet jetzt, da Onkel Arthur

im Begriff war, das Handtuch zu werfen, gingen meinem Vater die Augen auf.

Nachdem ich die leeren Flaschen weggeräumt hatte, verließen wir die Teestube wieder. »Ich weiß ja, dass man den Fortschritt nicht aufhalten kann und dass sich auch landwirtschaftliche Betriebe weiterentwickeln müssen ...« Ich zuckte die Achseln. »Aber es muss doch einen Mittelweg geben, oder? Es muss doch möglich sein, mit der Zeit zu gehen und sich trotzdem an traditionellen Arbeitsweisen zu orientieren.« Wir schlugen ohne ein Wort darüber zu verlieren den Weg zum Obstgarten ein. So nah hatte ich mich Dad in meinem ganzen Leben noch nie gefühlt. Ich hatte direkt weiche Knie deswegen.

»Diese Farm bedeutet dir sehr viel, stimmt's?«, fragte er.

Ich schluckte und nickte.

»Wenn du bestimmen könntest, wie es weitergeht, was würdest du tun?«

Er beobachtete mich genau, als wäre er ernsthaft an meiner Meinung interessiert.

Mir wurde ganz heiß vor Stolz. »Ich hätte da durchaus ein paar Ideen«, sagte ich. Hoffentlich erwartete er nicht, dass ich gleich ins Detail ging!

Inzwischen waren wir beim Obstgarten angelangt. Dad pflückte zwei Äpfel vom nächstbesten Baum und reichte mir einen. Ich biss hinein. Mmmm, saftig und süß. Perfekt für die Herstellung von Cider. Da sollte ich dringend ein paar Recherchen anstellen.

»Die Sache mit dem Vorruhestand hat mich ziemlich überrumpelt, und ich muss zugeben, mir graut davor. Ich frage mich ...« Er tippte sich ans Kinn. »Also wie wär's damit: Wenn du mir ein tragfähiges Konzept vorlegen kannst, wie sich diese Farm einigermaßen profitabel betreiben lässt, dann sorge ich für die Finanzierung.«

Wir sollten Geschäftspartner werden? Damit hatte ich nun wirklich nicht gerechnet. *Sag etwas, Freya.*

»Coolio!« *Na, toll,* stöhnte ich innerlich. Genau so was will ein Geschäftsmann hören.

»Deine Mum und ich werden uns für eine Woche im Gilpin Hotel einquartieren, wir werden also reichlich Zeit haben, alles durchzusprechen. Wie hört sich das an?«

Ich trat zu ihm und umarmte ihn.

»Toll! Danke, Dad!«

Kapitel 34

Als Mum und Dad sich auf den Weg zum Hotel machten, war ich regelrecht high.

Dad hatte sich vorhin auf die Suche nach seinem Bruder gemacht, und dann waren die beiden ins White Lion gegangen, um sich auszusprechen. Etliche Bierchen später waren sie dann Arm in Arm zurückgekommen – ein herzerwärmender Anblick. Es freute mich riesig, dass meine Eltern eine ganze Woche in Cumbria sein würden. Mum hatte bereits versprochen, mir so oft sie konnte in der Teestube zu helfen. Fast noch schöner fand ich aber, dass mir Dad zugehört hatte – richtig zugehört. Zum ersten Mal in meinem Leben hatte ich das Gefühl, dass er mein Potenzial erkannte und Wert auf meine Meinung legte. Unsere Ansichten würden zwar nicht immer übereinstimmen, aber ich fühlte mich ihm eindeutig schon etwas näher, was sich ganz erstaunlich anfühlte.

Ich sprühte förmlich vor Energie, also beschloss ich, auf Skye auszureiten, bevor ich mich daranmachte, einen ordentlichen, erwachsenen Businessplan für Dad auszuarbeiten.

Auf dem Weg zum Stall erspähte ich im Obstgarten eine vertraute Gestalt, die sich nach einem dicken roten Apfel reckte.

»Lizzie!« Ich rannte zu ihr und winkte ihr dabei übermütig zu.

»Was ist denn mit dir los?«, fragte sie lachend und umarmte mich. »Gibt's was Neues?«

»Eine ganze Menge. Hast du kurz Zeit?«

»Fünf Minuten. Ich wollte nur schnell zwei Äpfel für Skye und mich holen und dann eine Runde durch den Wald auf ihr drehen.«

Mir war schon aufgefallen, dass sie ihre Reithose und eine Fleecejacke trug.

»Oh, nein! Dasselbe wollte ich gerade tun. Bitte, lass mich, Lizzie. Ich muss hier mal 'ne Weile raus.«

Sie verdrehte die Augen, grinste aber. »Na gut. Aber mir ist so langweilig. Ich hab heut Abend frei, Bills Tochter Natalie ist nämlich von ihrer Weltreise zurück und wollte unbedingt meinen Bardienst übernehmen. Ich glaube, sie ist scharf auf meine Stelle. Wenn also dein Angebot noch steht, dann würde ich gern in der Teestube arbeiten.« Sie pflückte sich einen kleineren Apfel und biss hinein.

Bislang kellnerte sie gratis für mich und durfte sich dafür an Tee und Kuchen bedienen. Sie war ein Arbeitstier, immer freundlich zu den Gästen, aber einen festen Job konnte ich ihr nicht anbieten. Noch nicht. Ich wollte ihr gerade von meiner Unterhaltung mit Dad berichten, als sie plötzlich einen Luftsprung vollführte und mit vollem Mund rief: »Ach, das hab ich dir ja noch gar nicht erzählt! Es gibt tolle Neuigkeiten.«

»Dann lass mal hören. Aber schluck erst runter, oder gib mir einen Regenschirm.« Demonstrativ wischte ich mir mit dem Ärmel über die Wange.

»Oh, sorry.« Sie kicherte. »Also, stell dir vor, Victoria ist entlassen worden und geht nach Liverpool zurück. Sie kann dort wieder ihre alte Stelle bei Liver FM antreten. Frag mich nicht, wie sie das geschafft hat. Sie behauptet, man hätte sie nur vorübergehend zu Radio Lakeland versetzt und sie wäre heilfroh, hier wegzukommen. Ich habe allerdings gehört, dass sie sich mal wieder ziemlich in die Nesseln gesetzt hat. Sie hat in ihrer Sendung ein Interview mit Miss Cumbria nach dem nächsten Musikstück angekündigt und dann vergessen, das Mikro abzuschalten. Tja, und so konnte jeder hören, wie sie diese Miss Cumbria doch tatsächlich als hässliche Sumpfkröte mit einem Arsch wie ein Brauereipferd bezeichnet hat. Ich wette, das hat sie den Job gekostet.«

Ich grinste. »Kein Wunder, dass sie gehen muss. Es ist ja im gesamten Lake District keiner mehr übrig, den sie noch nicht beleidigt hat!«

Lizzie verzog das Gesicht. »Ich hoffe nur, den Leuten ist klar, dass ich anders bin als sie.«

»Natürlich.« Ich umarmte sie. »Alle lieben dich. Ich weiß, ich sollte mich über das Unglück anderer Menschen nicht freuen, aber ich werde ihr keine Träne nachweinen.« Dann fiel mir etwas ein. »Und was ist mit Harry?«

Lizzie schmunzelte. »Den hab ich gestern im Dorf getroffen, und da hat er erzählt, dass sie ihm gewaltig auf die Nerven gegangen ist. Er hat sich bloß mir zuliebe nicht zu sehr darüber ausgelassen.« Sie klimperte mit den Wimpern. »Aber anscheinend hat sie ihn wohl tatsächlich gestalkt und ist mehrfach unangemeldet bei ihm zu Hause aufgetaucht, um sich an seiner Schulter auszuweinen. Sie hat behauptet, sie hätte sonst niemanden zum Reden, und er wäre der Einzige, der sie versteht …«

Ich runzelte die Stirn. »Victoria hat so getan, als hätte er sie zum Dinner ausgeführt, und ich habe mit eigenen Augen gesehen, wie sie eng umschlungen vor seiner Tür standen.«

Lizzie zuckte die Achseln. »Vielleicht war das ja eine der Gelegenheiten, bei denen sie sich an seiner Schulter ausgeweint hat.«

Mein Herz schlug unwillkürlich schneller. Hatte ich etwa doch Gespenster gesehen?

»Weißt du was? Wenn du echt nichts dagegen hast, dass ich mir Skye ausleihe, dann reite ich gleich mal rüber zur Willow Farm und sage kurz Hallo.«

»Soso.« Lizzie hob eine Augenbraue. »Du stehst auf ihn, stimmt's?«

»Nein!« Mist. Warum war meine Stimme auf einmal eine Oktave höher? Ich räusperte mich. »Er ist bloß ... Ach, ich weiß auch nicht. Ich brauch wen, um ein paar Ideen für die Farm zu besprechen, und er ist ein toller Zuhörer. Außerdem wirkt er immer so ... beruhigend auf mich.«

Ich glaubte mir beinahe selbst.

Lizzies Mundwinkel zuckten. »Ach komm. Ein gedeckter Apfelkuchen wirkt beruhigend. Harry Graythwaite dagegen ist wie Tiramisu: appetitlich und unwiderstehlich, bittersüß und mächtig ...«

Mir wurde ganz heiß. »Wie auch immer«, unterbrach ich sie hastig. »Also, kann ich Skye haben? Es sieht irgendwie natürlicher aus, wenn ich auf einem Pferd aufkreuze.«

»Du gibst also zu, dass du auf ihn stehst?«

Ich zuckte unverbindlich die Achseln.

»Na ja, ist ja auch egal. Ich glaube, ich back inzwischen einen gedeckten Apfelkuchen.« Sie zog eine Plastiktüte aus der Jackentasche und bückte sich, um etwas Fallobst einzusammeln, das noch einigermaßen brauchbar aussah. »Ross kommt übers Wochenende heim, und ...«

»Und muss dringend beruhigt werden«, vervollständigte ich ihren Satz.

»Tiramisuuuuuuuuu«, gurrte sie, und ich verdrehte die Augen und stürmte zum Pferdestall.

Die Willow Farm liegt etwas weiter außerhalb von Lovedale und ist noch länger im Besitz der Graythwaites als die Appleby Farm in unserer Familie. Harrys Vater hatte Schafe gezüchtet, und ehe er sich zurückgezogen hatte, waren die Weiden der Nachbarfarm das ganze Jahr über mit weißen Flecken übersät gewesen.

Einmal, in einer verschneiten Februarnacht, hatten Harry und ich aufbleiben dürfen, um die Geburt von zwei Lämmern miterleben zu können. Wir hatten sie mit dem Fläschchen gefüttert, weil das Mutterschaf die beiden nicht hatte trinken lassen wollen, und ich hatte das Gefühl gehabt, Teil von etwas ganz Besonderem zu sein.

Inzwischen weideten keine Schafe mehr auf den Feldern der Willow Farm, und wenn ich ehrlich sein soll, wusste ich gar nicht genau, was für eine Art von Landwirt Harry eigentlich war.

Da ich den Weg über die Felder und den Knots Hill genommen hatte, näherte ich mich dem Haupthaus von hinten. Ich kam an mehreren offenen Ställen vorbei – einige davon aus Stein und mit Schieferdach, andere mit modernen Ziegelmauern und Wellblechdächern – in denen zahlreiche Rinder standen.

Beim Geklapper von Skyes Hufen auf den Pflastersteinen

stob eine Hühnerschar auseinander, doch es war keine Menschenseele zu sehen, allerdings drang aus irgendeinem Gebäude Hundegebell. Ich stieg ab, schlang die Zügel locker um einen Zaunpfahl und hielt nach Harry Ausschau. Ich wollte schon nach ihm rufen, ließ es dann aber doch bleiben, völlig gefangen genommen vom Ausblick über das Tal in Richtung Appleby Farm. Er hatte fast etwas Magisches. Eine Weile stand ich einfach nur da, einen Fuß auf der untersten Stange des hölzernen Gatters, und ließ die Atmosphäre dieser Herbstlandschaft, die sich vor mir ausbreitete, auf mich wirken. Skye hinter mir schnaubte unruhig, und ich tastete, ohne mich umzudrehen, nach ihrer Nase, berührte dabei jedoch eine fremde Hand.

»Huch!« Ich wirbelte herum. »Harry! Wo zum Teufel kommst du denn so plötzlich her?«

Seine Augen funkelten belustigt. »Fragt das Mädchen, das sich unangemeldet auf meiner Farm rumtreibt«

Er trug eine olivgrüne Wachstuchjacke, Jeans und Gummistiefel und passte in dieser Aufmachung perfekt ins Bild. Irgendwie richtig sexy sah er aus. Hatte ich echt gerade »sexy« gedacht? Ich kriegte ganz heiße Wangen. »Entschuldige, ich hätte vorher anrufen sollen. War aber eine ganz spontane Entscheidung.«

»Kleiner Scherz. Ich freu mich, dich zu sehen. Und ich wollte dich nicht erschrecken, aber du warst so in die Aussicht vertieft ... Ich ehrlich gesagt auch.« Er grinste, und ich überlegte, ob er den Blick über das Tal oder den auf meinen Allerwertesten meinte. »Ich kann mich an dieser Landschaft einfach nicht sattsehen. Ist schon ein echtes Glück, hier zu leben«, fuhr er fort. Also doch nicht meinen Hintern. Schade eigentlich. *Du Flittchen.*

Ich räusperte mich. »Ja, es ist wirklich wunderschön hier. Felder, so weit das Auge reicht. Wie lange es wohl noch so bleibt, ehe das alles im Namen des Fortschritts unter einer Betondecke verschwindet?«

»Na ja, Fortschritt ist ja nicht zwangsläufig negativ. Man muss bloß seine Nische finden.«

»Wohl wahr.« Schließlich war ich selbst jahrelang auf der Suche nach meiner Nische gewesen.

»Wenn du magst, führe ich dich ein bisschen rum.« Er zauberte eine Karotte aus der Jackentasche und verfütterte sie an Skye.

Ich lachte. »Hast du da auch was für mich drin?«

Herrje, was redete ich bloß wieder für einen Quark!

Er hob eine Augenbraue und lachte leise. »Tut mir leid, das war's, aber ich könnte dir stattdessen meine hübschen kleinen Schweinchen zeigen.«

Ich schnaubte, weil selbst das irgendwie zweideutig klang. »Deine Schweinchen?«

Harry verdrehte die Augen. »Ja, komm mit.«

Er führte mich über den Hof. »Ich hab nur sechs Hennen, anders als ihr. Aber die gehören unbedingt zu einer richtigen Farm. Und ich mag's, wie sie so auf dem Hof rumpicken«, sagte er. Ich erzählte ihm von dem Huhn, das jeden Tag um Punkt halb zehn ein Ei für Madge in der Hundehütte hinterlässt, und wir lachten alle beide.

Dann waren wir am Schweinekoben angekommen, in dem inmitten einer riesigen Schar Ferkel – auf den ersten Blick zählte ich achtzehn Stück, aber bei dem Gewusel dort drin war schwer zu sagen, wie viele es tatsächlich waren – drei dicke schwarze Schweine herumschnüffelten.

»Darf ich vorstellen: meine Berkshire-Beauties. Einen

Eber habe ich auch«, erklärte Harry stolz. »Er hat einen eigenen Stall, drüben hinter dem Kuhstall.«

»Die sind ja süß! Sind da auch die dabei, von denen du Victoria vor der Eröffnung unserer Teestube erzählt hast?«

»Ja. Gutes Gedächtnis«, sagte er anerkennend und knuffte mich in die Rippen. Ich hätte ihn am liebsten umarmt, weil er bei der Erwähnung von Lizzies Schwester keine Miene verzogen hatte.

Trotzdem wollte ich auf Nummer sicher gehen. Ich atmete tief durch. »Victoria hat übrigens mal erwähnt, du hättest sie in ein Restaurant ausgeführt. Stimmt das? Ist da was gelaufen zwischen euch?«

»Um Himmels willen, nein!« Er riss die Augen auf. »Wir haben uns bloß zufällig bei der Eröffnung eines Restaurants in Kendal getroffen. Erinnerst du dich an meinen Kumpel Tom von der Rigg Farm?«

Ich nickte.

»Der wird immer wieder zu solchen Sachen eingeladen und hat mich mitgenommen. Und Victoria war für Radio Lakeland da.«

Eines der ausgewachsenen Schweine kam zu uns rüber, und Harry beugte sich über die Mauer, um es hinter dem Ohr zu kraulen, wobei er ein paar zärtliche Worte murmelte.

»Das ist schon etwas anderes als die Schafe, die dein Vater gezüchtet hat, oder?«, bemerkte ich grinsend.

»Ja, es ist noch etwas gewöhnungsbedürftig, aber ich wollte unbedingt etwas anderes machen. Auf lange Sicht möchte ich noch weitere seltene Tierarten züchten. Vor ein paar Jahren gab es im ganzen Land nur noch eine Handvoll Berkshire-Schweine. Es wäre eine Katastrophe gewesen, wenn sie ausgestorben wären.«

»Tja, dank der drei Mädels hier ist der Bestand wieder beträchtlich angewachsen.« Ich lächelte.

Er nickte mit ernster Miene und trat einen Schritt näher. »Es klingt vielleicht ein bisschen gaga, und meinem Bankberater gegenüber würde ich es nicht erwähnen, aber ich empfinde mich als eine Art Hüter. Nicht nur des Landes, sondern auch des Viehs. Ab nächstem Jahr möchte ich auf jeden Fall reinrassige Rinder züchten wie dein Onkel. Sobald Dexter den TB-Test hinter sich hat, werde ich Arthur ein Angebot für ihn machen.«

Ich seufzte. »Danke, Harry. Ich weiß es zu schätzen, zumal du ja ohne Weiteres einen anderen Preisstier kaufen könntest, statt auf Dexter zu warten.«

Er zuckte die Achseln. »Wir Farmer helfen einander eben. So war das schon immer. Und für Arthur ist es bestimmt beruhigend, wenn er weiß, dass Dexter ein gutes neues Zuhause gefunden hat.«

Ich starrte ihn an. *Du bist so ein Goldschatz.*

»Du erinnerst mich ein bisschen an Noah«, sagte ich.

Er warf den Kopf in den Nacken und prustete los, und es klang so ansteckend, dass ich einfiel.

»Du bringst mich einfach immer wieder zum Lachen. Du bist schon ein verrücktes Huhn.«

»Ich? Na vielen Dank.« Ich lächelte und rümpfte dann die Nase. »Können wir vielleicht weitergehen? Ich dachte immer, Kuhkacke sei übel, aber was deine Rasselbande Beauties da produziert, stinkt echt scheußlich.«

»Hört gar nicht hin, meine Süßen, für mich duftet ihr himmlisch«, rief Harry über die Mauer. »Aber wenn die Lady Rindermist bevorzugt, dann gehen wir eben weiter.«

Wir schlenderten in Richtung Kuhställe, wobei er vor

sich hin summte, und ich überlegte, wann ich ihm von meinen Plänen erzählen sollte. Er hatte sich von klein auf darauf vorbereiten können, die elterliche Farm zu übernehmen. Ich dagegen hatte noch einigen Nachholbedarf.

»Du hast schon als kleiner Junge gewusst, dass du einmal Farmer werden willst, nicht?«, brach ich das Schweigen.

Er nickte und lächelte.

Ich legte ihm eine Hand auf den Arm. »Es freut mich, dass dein Traum in Erfüllung gegangen ist. Ehrlich gesagt bin ich einen Tick neidisch. Du hast immer voll und ganz hierhergehört, ich hingegen hab mich jahrelang ziellos von Ort zu Ort treiben lassen.«

Wobei ich mich hier inzwischen ziemlich zu Hause fühlte.

Er blieb stehen und schüttelte den Kopf, den Blick zum Boden gesenkt. »Und ich beneide dich um deine Freiheit. Du hast recht, das hier ist das Leben, das ich immer haben wollte, und ich würde es gegen nichts in der Welt eintauschen. Nicht, dass ich viele Alternativen hätte. Aber manchmal... Na ja, hin und wieder wird mir hier alles ein bisschen zu eng. Seit du wieder da bist, frage ich mich manchmal, was gewesen wäre, wenn...«

Mein Herz begann heftig zu pochen.

»Wenn ich wie du gereist wäre, Hunderte von Menschen kennengelernt und unzählige berufliche Möglichkeiten ausgelotet hätte. Ich weiß, Cumbria ist und bleibt meine Heimat, aber gelegentlich fühle ich mich hier auch wie gefangen. Weißt du, dass ich seit fünf Jahren nicht mehr im Urlaub war? Irgendwie findet sich nie der richtige Zeitpunkt, ganz zu schweigen vom richtigen Reisegefährten.«

»Du könntest doch mit mir verreisen«, platzte ich heraus.

Was er da gerade gesagt hatte, erinnerte mich an Onkel Arthur, und es stimmte mich traurig. Zögernd machte ich einen winzigen Schritt auf ihn zu, schlang ihm die Arme um den Hals und umarmte ihn. Und eine oder zwei Sekunden lang erwiderte er die Umarmung.

Mit geschlossenen Augen stand ich da und fragte mich, wie er wohl reagieren würde, wenn ich ihn küsste. War ich für ihn tatsächlich nur eine alte Freundin mit Kumpelstatus, oder könnte ich doch mehr sein? Mein Herz klopfte wie verrückt. Harry trat einen Schritt zurück und sah mir in die Augen. Mir blieb beinahe das Herz stehen. Einen Moment lang dachte ich, er würde mich küssen. Er hob die Hand und strich mir sanft über die Wange.

»Genau das ist es ja, Freya«, murmelte er matt. »Du bist bald schon wieder unterwegs zu einem neuen Abenteuer, zur nächsten Station deiner Weltreise. Und ich, ich bleibe hier zurück, wie immer.« Traurig lächelte er mich an. Das war ja wohl ein vielversprechendes Zeichen, oder nicht?

»Wenn du wüsstest, Harry. Ja, ich stehe vor einem neuen Abenteuer. Aber diesmal ist es ein bisschen anders. Ich habe Pläne. Große Pläne«, verkündete ich, aber noch ehe ich ihm erklären konnte, dass ich nicht im Mindesten die Absicht hatte, Lovedale in nächster Zukunft wieder zu verlassen, huschte ein Schatten über sein Gesicht, und er wandte sich abrupt ab.

Dann schüttelte er den Kopf und sagte forsch-fröhlich: »Die habe ich auch.« Damit deutete er auf einen der beiden Kuhställe, und wir setzten unseren Weg fort.

»Du hast ja schon einige Rinder.«

»Schon, aber die sind gekauft und nicht gezüchtet«, erwiderte er. »Und sie bleiben im Durchschnitt nur etwa vier Monate auf der Farm, bis sie schlachtreif sind. In dieser Zeit wird jedes Tier individuell betreut, regelmäßig gewogen und so gefüttert, dass es kerngesund ist. Ich habe mir bereits einen recht guten Ruf erarbeitet.«

»Das freut mich für dich«, strahlte ich ihn an. Ich war aufrichtig beeindruckt. Wobei ich ehrlich gesagt lieber noch einmal auf dieses Hand-streicht-sanft-über-Wange-Ding zurückgekommen wäre.

»Und ich habe noch ein weiteres spannendes Projekt in der Pipeline«, fuhr Harry fort und tätschelte der Kuh, die ihm am nächsten war, den Hals. »Nächstes Jahr fange ich mit dem Anbau schnell wachsender Bäume an. Weiden, um genauer zu sein.«

»Ah, für Biobrennstoff?«, fragte ich. Wie gut, dass ich mir angewöhnt hatte, Onkel Arthurs alte Landwirtschaftszeitungen zu lesen!

»Genau.« Harry blieb stehen. Seine Miene hatte sich erhellt. »Es ist ein Langzeitprojekt, aber ich hoffe, dass wir da groß einsteigen können. Dafür bräuchte ich allerdings etwas mehr Land.«

»Wieso?«

»Na, weil ich meine Weiden für das Vieh benötige.«

Ha! Das war's! Das war die Lösung! Das fehlende Puzzleteil!

Ich wirbelte herum, und er starrte mich alarmiert an. »Ist alles okay?«

Ich fing an zu lachen und ergriff seine Hände. »Ich könnte dich küssen, Harry.«

Sein Lächeln erstarb, und er sah mich ernst an. »Dann tu's doch.«

Dann tu's doch.

Ich war total überrumpelt. Natürlich hatte ich das in erster Linie rhetorisch gemeint, aber nicht nur. Ich schob mich an ihn heran und fuhr ihm mit den Fingern durchs Haar.

»Dann tu ich's«, sagte ich leise.

»Freya«, stöhnte er, schlang die Arme um mich und zog mich an sich.

Es fühlte sich so gut an, so richtig, als hätte es schon immer so sein sollen. Vielleicht hatte ich ja von hier weggehen müssen, um zu erkennen, dass ich nicht nur Lovedale und die Appleby Farm liebte, sondern auch Harry, meinen Freund aus Kindertagen.

Ich hob den Kopf, bis sich unsere Lippen berührten, und dann war es so weit. Wir küssten uns.

Doch schon nach ein paar Sekunden machte sich Harry von mir los und wich zurück.

»Freya, das ist keine besonders gute ... Ich kann das nicht.« Er sah mich an, und bei seinem gequälten Blick wurde mir ganz mulmig.

»Was hast du denn?« Ich ließ die Hände sinken. »Was ist los?«

»Es tut mir leid.« Er umfasste mein Kinn und strich mir mit dem Daumen über die Wange. »Ich kann das nicht«, wiederholte er. Seine Miene war verschlossen.

»Warum? Was ist denn so schrecklich daran, mich zu küssen?«, fragte ich gekränkt und den Tränen nah.

»Du ... du bedeutest mir einfach zu viel. Es steht zu viel auf dem Spiel.« Erneut wich er einen Schritt zurück und ließ die Schultern hängen. »Das hier – Lovedale, ich, die Farm deines Onkels – wird dir nie genug sein.«

Ich schnappte nach Luft. »Quatsch!« Was war denn auf einmal mit ihm los? Mir schwirrten tausend Gedanken durch den Kopf.

Er sah weg, dann wieder zu mir und schüttelte bekümmert den Kopf. »Sobald die Appleby Farm erst verkauft ist, hält dich hier nichts mehr, das hast du selbst gesagt. Und für nur ein bisschen Spaß ... bin ich einfach nicht der Typ.«

Ich lief feuerrot an. »Davon kann doch gar keine Rede sein, Harry. Dafür liegt mir viel zu viel an dir.«

»Und mir an dir.«

Wieder strich er mir über die Wange, und wir starrten uns an. Mein Herz raste vor Enttäuschung, und ich versuchte vergeblich zu verstehen, was in ihm vorging und seinen plötzlichen Stimmungsumschwung verursacht hatte.

»Du reitest jetzt besser zurück. Es wird bald dunkel«, sagte er schließlich leise.

Ich nickte und stieg in den Sattel, und er löste die Zügel und reichte sie mir.

»Du bist vermutlich die beste Freundin, die ich je hatte«, erklärte er lächelnd.

Damit war dann wohl alles klar. Ich würde für ihn nie mehr sein als das – eine Freundin. Mühsam schluckte ich den Kloß hinunter, der mir in der Kehle steckte und setzte ein tapferes Lächeln auf. »Und du der vermutlich beste Freund, den ich je hatte.«

Kapitel 35

Tags darauf ging mir Tante Sue in der Teestube zur Hand. Es waren nur zwei Tische besetzt, und das war auch ganz gut so, denn ich war total unausgeschlafen. Nicht nur meine Pläne für die Farm hatten mich wachgehalten, sondern natürlich auch das kränkende Erlebnis mit Harry gestern Abend. Kein Wunder also, wenn ich alles durcheinanderbrachte. Vorhin hatte ich einem Gast statt Erdbeermarmelade ein Schälchen Ketchup gebracht, und gerade eben hatte ich eine Teekanne mit heißer Milch statt mit kochendem Wasser gefüllt.

Tante Sue schimpfte mit mir. »Du brauchst eine Pause. Kein Wunder, nachdem du gestern noch wer weiß wie lang unten im Büro herumgewerkelt hast. Hast du an dem Businessplan für deinen Vater gearbeitet?«

»Ja. Tut mir leid, wenn ich dich gestört habe.«

Sie kniff mich in die Wange, genau wie früher. »Red keinen Unsinn, Freya. Du bist ein Engel.«

Dann hakte sie sich bei mir unter und führte mich zu einem Tisch ganz hinten in der Ecke. »Setz dich. Ich bringe dir eine schöne Tasse Tee.«

Während sie sich um die Gäste kümmerte, nutzte ich meine Auszeit, um die Teestube einmal mit kritischem Blick zu betrachten. Es waren noch weitere Vintage-Elemente hinzugekommen. So hatte ich beispielsweise in einem Secondhandladen eine hübsche gepolsterte Pinnwand mit kreuz und quer darüber gespannten Satinbändern entdeckt, hinter die wir die liebevoll ausgewählten Dankeskarten im Retro-Design klemmen konnten, die uns unsere Gäste immer wieder schickten. Zudem hatte ich hinter der Kasse diverse Schwarzweißaufnahmen der Farm aus den 1940er-Jahren aufgehängt, alle in unterschiedlichen Rahmen.

Eine Ecke der Teestube wirkte noch etwas leer, und ich fragte mich gerade, ob mir Tante Sue wohl ihre alte Kommode dafür überlassen würde, als Lizzie hereinkam. Sie schenkte sich einen Tee ein und gönnte sich eines der köstlichen Baiser-Teilchen mit Pistazien, die wir neuerdings auf der Karte hatten.

Dann setzte sie sich mir gegenüber, biss in das Schaumgebäck und ließ es sich mit geschlossenen Augen auf der Zunge zergehen. »Wenn deine Tante aufhört, die Dinger zu backen, weil sie in Ruhestand geht, werde ich in ihrem Vorgarten kampieren und weinen.«

»Ich auch«, sagte ich und stibitzte mir ein Stück von ihrem Teller. Die Suche nach einer neuen Kuchenbäckerin stand längst auf meiner To-do-Liste. Meine Scones waren zwar ganz annehmbar, für sehr viel mehr hatte ich jedoch weder die Zeit noch das nötige Talent.

Lizzie musterte mich. »Du wirkst ungefähr so griesgrämig, wie ich mich fühle.«

Na toll. Die Gäste, die ich noch nicht mit meinem miesen Service vergrault hatte, verscheuchte ich mit meiner sauertöpfischen Miene. Ich zwang mich zu einem Lächeln. »Besser?«

Als Antwort erhielt ich ein halbherziges Achselzucken. »Ich glaube, Bills Tochter versucht mich in den Wahnsinn zu treiben, damit ich kündige. Seit sie die Fruchtsäfte im Kühlschrank nach Farben statt nach Marken umsortiert hat, finde ich überhaupt nichts mehr. Sie behauptet, es sähe hübscher aus.« Sie nahm einen Schluck Tee. »Und, gab es gestern Tiramisu?«

Ich spähte zu Tante Sue hinüber, die gerade einer Kundin erklärte, wo sich der Bahnhof der dampfbetriebenen historischen Eisenbahn befand.

»Eine Löffelspitze voll«, flüsterte ich und bedeutete ihr, gefälligst leiser zu reden.

Sie formte die Lippen zu einem kreisrunden »O« und hopste aufgeregt auf dem Stuhl auf und ab. »Habt ihr euch geküsst?«

Ich nickte und konnte bei der Erinnerung an den magischen Augenblick ein Lächeln nicht unterdrücken.

»Ich wusste es! Das wird großartig. Ross und ich und du und …« Sie brach ab, als ich den Kopf schüttelte. »Was ist?«

»Es hat keine fünf Sekunden gedauert, dann war es auch schon wieder vorbei.«

»Was?«

»Er hat gesagt, er kann das nicht, und dann hat er mich nach Hause geschickt. Bitte erspar mir irgendwelche tröstenden Worte, Lizzie, sonst fang ich an zu heulen.«

Sie nickte mit großen Augen und nippte wortlos an ihrem Tee.

Ich zuckte hilflos die Achseln. »Vielleicht hat er ja recht, er will unsere langjährige Freundschaft nicht aufs Spiel setzen.«

»So ein Quatsch. Ihr seid doch wie füreinander geschaffen! Das ergibt überhaupt keinen Sinn.«

Ich verstand es ja selbst nicht. Vergangene Nacht war ich alles unzählige Male noch einmal durchgegangen. Dabei war mir wieder eingefallen, dass sein Verhalten in den letzten Sommerferien, die ich auf der Farm verbracht hatte, ähnlich rätselhaft gewesen war. Irgendetwas war plötzlich anders gewesen – und zwar, nachdem ich ihm eröffnet hatte, dass ich jetzt erst einmal die Welt bereisen wollte.

»Wann kommst du zurück?«, hatte er gefragt.

»Wenn ich alles gesehen habe«, hatte ich geantwortet, und danach war er dann ständig schlecht gelaunt gewesen. Gestern Abend hatte er erwähnt, sich manchmal eingesperrt zu fühlen, und er schien davon überzeugt zu sein, dass ich Lovedale bei der erstbesten Gelegenheit wieder den Rücken kehren würde. Er erfasste offenbar nicht, dass es mir glatt das Herz bräche, wenn ich die Farm jetzt verließe.

»Tja, ich werde die Abfuhr wohl unter Erfahrung verbuchen und hinter mir lassen müssen. Es könnte gut sein, dass wir in Zukunft zusammenarbeiten, deshalb ist es wahrscheinlich das Beste, wenn wir nur Freunde sind. Sonst würde es früher oder später womöglich kompliziert«, sagte ich mit tapferer Miene.

Lizzie spitzte die Lippen.

Ich legte ihr die Speisekarte hin, ehe sie etwas erwidern konnte. »So, Themawechsel. Was könnten wir unseren Gästen noch servieren?«

»Ah, schön, dass du fragst.« Sie setzte sich etwas anders hin. »Frisch gemachte Crêpes – die passen perfekt zu Eis. Du könntest dir eine dieser Spezialpfannen zulegen. Und außerdem ein paar Sachen speziell für Kinder – Cookies, Cupcakes, Sandwichs im Miniformat ...«

Ich nickte. »Beides gute Ideen.«

»Echt?« Sie setzte sich aufrecht hin. »Dann hab ich die Stelle also?«

»Ja.« Ich lachte. »Sollte es eine geben, dann hast du sie.« Die letzten Worte gingen unter, weil sie aufgesprungen war und mich umarmte.

Tante Sue kam zu uns rüber, um die leeren Tassen und Teller einzusammeln. »Sieht aus, als ginge es dir schon etwas besser, Freya«, bemerkte sie.

»Es wird, Tante Sue, es wird.« Ich stand auf. »Und jetzt muss ich dringend telefonieren.«

Fünf Minuten später saß ich an meinem Schreibtisch und wählte eine Nummer, die ich im Tiefschlaf hätte aufsagen können.

Er nahm nach dem zweiten Klingeln ab. »Willow Farm?«

»Harry, hier ist Freya«, sagte ich mit zitternder Stimme und fuhr mir mit der Zunge über die Schneidezähne.

Ein, zwei Sekunden herrschte Schweigen am anderen Ende der Leitung. Dann sagten wir beide zugleich: »Wegen gestern Abend ...«

»Warte«, rief ich. »Lass mich zuerst reden.«

Er lachte. »Okay.«

Ich drückte den Hörer ans Ohr.

»Ich wollte dir nur sagen, dass mir mein Benehmen von gestern Abend sehr peinlich ist. Aber ich verspreche dir, es wird nicht wieder vorkommen.«

»Du musst dich nicht ...«

»Doch, muss ich, Harry. Ich will nicht, dass irgendetwas

unser Verhältnis belastet, wo wir doch hoffentlich in Zukunft zusammenarbeiten werden.«

»Zusammenarbeiten? Inwiefern?«

»Na, im Rahmen deines Biobrennstoff-Projekts! Ich will nicht, dass das, was gestern Abend passiert ist, zwischen uns steht und es womöglich gefährdet, okay?«

Er atmete hörbar aus. »Okay.«

»Gut.« Ich lachte verlegen. »Tja, nachdem wir das geklärt haben, freut es dich vielleicht zu hören, dass ich eventuell eine Lösung für dein Problem habe, was den Anbau von schnell wachsenden Hölzern angeht. Kannst du morgen Abend gegen halb acht vorbeikommen?« Ich hielt den Atem an.

»Kann ich.«

»Hervorragend. Dann erklär ich dir alles. Und gleich noch eine Frage: Meinst du, die Almanacs können am 20. Dezember auf der Hochzeit von Tilly und Aidan spielen?«

Er lachte. »Du steckst mal wieder voller Überraschungen, Freya. Ich frage mal bei den anderen nach, aber ich wüsste nicht, was dagegensprechen sollte. Es ist allmählich an der Zeit, dass Steve seinen Vaterschaftsurlaub beendet.«

»Klasse! Dann bis morgen.«

Ha. Zwei Fliegen mit einer Klappe. Gut gemacht, Freya.

Ich schluckte und warf einen nervösen Blick in die Runde, die sich um den Küchentisch versammelt hatte. Erwartungsvolle Gesichter reihum. Im Frühjahr hatte ich – reichlich unbesonnen, aber mit heiligem Ernst – verkündet, ich würde die Appleby Farm retten, und dieses Ziel verfolgte ich nach wie vor. Blieb nur zu hoffen, dass meiner Familie meine Vorschläge gefielen.

Es war sieben Uhr abends, und wir hatten gerade die Reste eines überbackenen Hühnerragouts weggeräumt. Jetzt standen Kaffee und eine Packung Schoko-Minz-Täfelchen auf dem Tisch. Ich hatte mich mit meinem Laptop am Kopfende postiert, neben mir einen Notizblock, auf dem ich mir die wichtigsten Stichpunkte aufgeschrieben hatte. Tante Sue und Onkel Arthur saßen links, Mum und Dad rechts von mir.

»Danke, dass ihr gekommen seid«, sagte ich nervös. Eine zugegebenermaßen etwas alberne Einleitung, wenn man bedachte, dass fünfzig Prozent meines Publikums hier wohnte.

Mum schenkte mir ein ermutigendes Lächeln. Sie sah anders aus als sonst, schon, weil sie Jeans und ein rosa T-Shirt anhatte und das Haar offen trug. So entspannt, ja, gelöst hatte ich sie noch nie erlebt. Und auch Dad wirkte weniger feldwebelmäßig als sonst. Die beiden hatten sich dicht aneinandergequetscht und hielten Händchen wie Teenager. Da lag wohl was in der Luft.

Onkel Arthur steckte sich ein Schoko-Minz-Täfelchen in den Mund und hob die Hand, worauf Tante Sue die Schachtel sogleich zu Mum und Dad hinüberschob, außerhalb der Reichweite ihres Mannes.

»Ja, Onkel Arthur?«, sagte ich.

»Ich möchte dir für alles danken, was du in diesem Jahr getan hast, aber ich will nicht, dass du dich dafür verantwortlich fühlst, wie es mit uns und der Farm weitergeht ...« Er streckte die Hand nach der Schachtel aus, überlegte es sich unter Tante Sues strafendem Blick jedoch anders. »Ich gebe mir daran selbst die Schuld«, fuhr er fort, »mit meinem ganzen Geschwafel von wegen diese Farm wäre ein

Geschenk und so. Aber ich bin ein alter Mann und muss mich damit abfinden, dass heutzutage der Hase eben anders läuft.«

»In der modernen Landwirtschaft wird nicht zwangsläufig alles anders gemacht«, widersprach ich. »Fortschritt bedeutet nicht, dass die Verbindung zur Vergangenheit völlig gekappt wird.« Ich dachte an Harry, der sich als Hüter des Lands sah, als Noah des 21. Jahrhunderts ... Ich sollte mal einen Zahn zulegen, denn er würde in ein paar Minuten hier aufschlagen.

Ich atmete tief durch. »So, bitte spart euch die restlichen Fragen bis zum Schluss auf, ja?« Ich suchte Blickkontakt zu jedem Einzelnen von ihnen und begann: »Die Appleby Farm sieht heute im Grunde nicht viel anders aus als vor zweihundert Jahren, aber mit meiner Strategie werden wir sie ins 21. Jahrhundert katapultieren. Und so wird die Zukunft aussehen ...« Ich tippte auf eine Taste, und mein Laptop erwachte aus dem Ruhemodus. »Ta-daaa! Wir lassen im Grunde alles, wie es ist.« Auf dem Bildschirm erschienen die Worte »Appleby Farm Vintage Company«.

Mum fasste sich ergriffen an den Hals. »Ich bin jetzt schon Feuer und Flamme, Schätzchen!«

Dad tätschelte ihr das Knie. »Krieg dich mal wieder ein, Margo«, brummte er. »Ich kann mir nicht vorstellen, wie das funktionieren soll.«

»Ich weiß, die meisten Geräte sind museumsreif, das Dach des Haupthauses gehört erneuert, und die Dächer der Schäferhütten haben mehr Löcher als ein Schweizer Käse. Aber ich habe hier eine wunderbare Kindheit und Jugend verbracht, nicht zuletzt dank eurer Liebe.« Ich sah zu Tante Sue und Onkel Arthur.

Tante Sue strahlte mich an und schob die Schachtel mit den Schoko-Minz-Täfelchen zu Onkel Arthur zurück.

»Auch auf die Gefahr hin, dass das ein bisschen kitschig klingt, möchte ich diese Liebe an andere Menschen weitergeben ...«

Mein Vater zupfte mit skeptischer Miene an seinem Schnurrbart.

»Keine Sorge, Dad, mein Konzept erfüllt drei wichtige Voraussetzungen. Erstens: den Verbleib der Farm im Besitz der Moorcrofts. Zweitens: die Schaffung der erforderlichen finanziellen Bedingungen für den Umzug und Ruhestand von Tante Sue und Onkel Arthur. Und drittens: Rentabilität dank Diversifizierung und Fortschritt bei gleichzeitiger Besinnung auf unsere Wurzeln.«

Ich erklärte, dass die Appleby Farm Vintage Company künftig aus vier Sparten bestehen sollte: Bewirtung (dieser Bereich bestand bislang nur aus unserer Teestube, war aber ausbaufähig), Ferienunterkünfte, Lebensmittelproduktion sowie (hier rechnete ich mit Skepsis) die Organisation von Hochzeiten.

»Welche Arten von Lebensmitteln?«, hakte Dad sogleich nach.

Ich schnalzte mit der Zunge. »Du sollst dir die Fragen doch für hinterher aufheben.«

»Ach ja, entschuldige«, sagte er mit angemessen zerknirschter Miene.

Ich erläuterte meine zugegebenermaßen noch etwas unausgegorenen Vorstellungen in puncto Cidererzeugung (nach meiner Einschätzung konnten wir gut neunzigtausend Liter pro Jahr produzieren) und wie ich Tante Sues Eis zu einer Marke aufbauen und im gesamten Lake District vertreiben wollte. Dann erzählte ich ihnen vom Erfolg des Jurtencampingplatzes auf der Rigg Farm, der regelmäßig von Firmen für Betriebsausflüge gebucht wurde.

»Deshalb werden wir die alten Schäferhütten renovieren und zu einfachen Ferienunterkünften umbauen. Netterweise wird Harry uns auch seine beiden überlassen, und ich werde noch einige weitere erwerben. Unser Motto heißt ›Back to the basics‹. Dads Banker-Kontakte werden hellauf begeistert sein!«

Den Verkaufsstand an der Landstraße wollte ich durch einen im alten Molkereigebäude untergebrachten Laden ersetzen. Damit wir auch genügend Obst, Gemüse und Beeren für den Verkauf zur Verfügung hatten, würden wir allerdings den Garten erweitern müssen.

»Hochzeiten?«, meldete sich Onkel Arthur zu Wort. »Und das war keine richtige Frage, also spar dir den Rüffel.«

Ich nickte aufgeregt. Damit waren wir bei meinem Lieblingsthema angelangt, und ich hoffte inständig, sie von diesem Teil meiner Pläne überzeugen zu können.

»Einer aktuellen Studie zufolge – die Details erspare ich euch jetzt – planen derzeit siebzig Prozent aller Bräute, die im kommenden Jahr heiraten werden, eine Hochzeit auf einer Farm. Es ist ein regelrechter Boom.«

»Ach ja?« Dad wirkte noch nicht hundertprozentig überzeugt. »Ist aber immer gut, sich einem neuen Absatzmarkt anzuschließen.«

»Und im Dezember findet dank Tilly und Aidan unsere allererste Hochzeit auf der Appleby Farm statt, wodurch wir jede Menge Fotomaterial für unsere Flyer und den Webauftritt haben werden. Für den stilechten Transport des Brautpaars zur Kirche würde ich mir gern ein Pferd und eine Kutsche zulegen. Ach, da fällt mir ein, eigentlich würde sich dafür auch Bobby hervorragend eignen.«

Ich machte mir gleich eine entsprechende Notiz.

»Aber was das Wichtigste ist: An der Farm selbst wird nichts verändert. Falls künftige Generationen wieder in die Schaf- oder Rinderzucht einsteigen wollen, dann können sie das tun.«

Mum, die während meiner Ausführungen immer wieder zustimmend genickt hatte, hüstelte diskret. »Liebes, das klingt ja alles äußerst vielversprechend, aber was ist mit deinem Leben? Wenn du rund um die Uhr arbeitest – und das wirst du dem Vernehmen nach müssen – dann wird es wohl keine künftigen Generationen geben.«

Tja, da hatte sie wohl recht.

»Mum, wenn ich bereit bin, eine Familie zu gründen, bist du die Erste, die es erfährt, okay?

»Wirklich?«, fragte sie erfreut, und wir lächelten uns verstohlen zu. In diesem Jahr waren wir ganz schön vorangekommen. Tante Sue fing meinen Blick auf und zwinkerte beifällig.

Dann kam ich zum nächsten Punkt auf meiner Liste – Eddy. Er sollte künftig in seiner Funktion als »Farm Manager« für die Instandhaltung der Gebäude und für die Renovierung der Schäferhütten zuständig sein und uns eine Mostpresse für die Ciderproduktion bauen.

Auch über die Zukunft der Farmtiere hatte ich mir Gedanken gemacht. Benny, Björn und Madge würden natürlich mit Tante Sue und Onkel Arthur umziehen, die Jerseykühe dagegen mussten bleiben, schließlich spielten sie eine tragende Rolle bei der Eisherstellung. Kanye würde ich verkaufen, Kim wollte ich behalten, genau wie die Hühner, denn, wie Harry ganz richtig bemerkt hatte, auf eine richtige Farm gehören einfach ein paar Hennen.

Tante Sue war die Erleichterung deutlich anzusehen. »Das freut mich zu hören. Im Garten unseres Bungalows könnten wir allerhöchstens zwei Hühner halten.«

»Ach, du willst einen Bungalow? Das hast du ja noch gar nicht erwähnt«, feixte Onkel Arthur, was ihm einen Klaps aufs Hinterhaupt eintrug.

»Von den Kälbern werde ich eines behalten und das andere verkaufen«, fuhr ich fort. »Ach, übrigens will Harry Dexter definitiv haben.«

Onkel Arthur seufzte, und ich geriet ins Stocken, weil ich wie ein Tornado über seine geliebte Farm hinwegfegte. Doch er ergriff meine Hand und drückte sie. »Sprich ruhig weiter, Freya«, murmelte er.

»Wirst du irgendwann auch das Thema Geld anschneiden?«, erkundigte sich Dad.

»Äh, ja, dazu komm ich gleich.«

Genau das war der Punkt, der mir mein gesamtes Konzept um die Ohren fliegen lassen konnte. Es fußte nämlich auf mehreren gewagten Annahmen, von denen ich nur hoffen konnte, dass ich richtig damit lag. Ich sah auf die Uhr. Eine Minute vor halb acht. Harry musste jeden Moment aufkreuzen.

»Mum, Dad, könntet ihr euch vorstellen, künftig auf der Farm zu leben?« Ich hielt gespannt den Atem an.

»Du liebe Zeit!«, stieß Dad hervor.

Die beiden blinzelten wie Bären, die nach dem Winterschlaf aus ihrer Höhle ins Sonnenlicht tappten. Kein Wunder, sie hatten fünfundzwanzig Jahre lang ein Luxusleben im Ausland geführt.

Ausgerechnet in diesem Augenblick klingelte das Telefon.

»Mist, gerade jetzt, wo es spannend wird!« Tante Sue erhob sich stöhnend und hinkte ins Büro.

Meine Eltern starrten einander noch immer fassungslos an, da klopfte es an der Haustür, und ich lief in den Flur, um Harry hereinzulassen.

Ich musterte ihn gespannt, doch seine Miene war durch und durch freundlich, als hätte es unser peinliches Treffen gestern Abend nie gegeben.

»Ich komme doch nicht zu spät, oder?«, fragte er und küsste mich auf die Wange.

»Nein, dein Timing ist perfekt.« Ich führte ihn in die Küche, wo er Onkel Arthur und Dad die Hand schüttelte und Mum ebenfalls mit einem Küsschen begrüßte, ehe er sich setzte.

»Ich habe meine Eltern gerade gefragt, ob sie sich vorstellen könnten, hier zu leben. Nur vier, fünf Jahre, bis ich es mir leisten kann, die Farm zu kaufen.« Ich sah zu meinen Eltern. »Wenn ihr Onkel Arthur das Haupthaus, die Wirtschaftsgebäude und ungefähr acht Hektar Land abkauft ...«

»Nur acht Hektar?«, unterbrach mich Onkel Arthur, und ich hob den Zeigefinger.

»Moment, ja? Also, ich schätze, acht Hektar reichen mir für mein Vorhaben. Und jetzt kommt Harry ins Spiel.«

Harry stützte die Ellbogen auf den Tisch und nickte. »Ich möchte gern expandieren, und Freya meinte, ich sollte mich da vertrauensvoll an dich wenden.«

Ich legte Onkel Arthur einen Arm um die Schulter. »Harry braucht dringend mehr Land. Wenn du ihm die restlichen fünfzig Hektar verpachtest, dann bleibt es in der Familie, und ihr habt ein dauerhaftes Einkommen.«

»Tatsächlich?«, fragte Onkel Arthur, von einem Ohr zum anderen lächelnd.

Harry nickte erneut. »Ja. Und ich finde Freyas Vorschlag klingt nach einer vernünftigen Lösung. Komm doch die nächsten Tage mal rüber zur Willow Farm, dann zeige ich dir, was genau ich vorhabe. Es geht um Biobrennstoffe.«

»Gern.«

»Also, wir hatten tatsächlich in Erwägung gezogen, uns im Lake District niederzulassen«, sagte Dad nachdenklich. »Was meinst du dazu, Margo?«

Mum brachte einen Moment lang kein Wort heraus. Ihre Unterlippe zitterte, und in ihren Augen schimmerten Tränen. »Ich finde, es klingt wunderbar!«

»Ich bin beeindruckt, Freya. Du scheinst wirklich an alles gedacht zu haben«, lobte mich Dad.

»Klasse!« Ich sprang auf und klatschte in die Hände. »Und in fünf Jahren ...«

»Bist du Mitte dreißig«, unterbrach mich Dad. »Ich muss deiner Mutter recht geben; das, was du da planst, ist ein echter Kraftakt für eine alleinstehende Frau. Was ist mit deinem Privatleben? Was ist mit der Liebe?« *Hilfe! Erde tu dich auf und verschling mich!*

Harry rutschte unruhig auf der Bank hin und her, und ich zermarterte mir das Hirn, doch ehe mir eine witzige Antwort darauf einfiel, nahte die Rettung in Gestalt von Tante Sue.

»Freya, da ist eine Freundin von Lizzie am Telefon, die unbedingt die *Hochzeits-Location* besichtigen will!«, verkündete sie mit weit aufgerissenen Augen. »Sie wollte wissen, ob sie ein paar Hochzeitsfotos mit unseren Kühen machen kann.«

»Warum nicht?« Ich zuckte die Achseln. »Mit einer hübschen großen Schleife um den Hals geben Gloria und Gaynor bestimmt ein tolles Hintergrundmotiv ab.«

Onkel Arthur schnaubte belustigt und stieß Harry mit dem Ellbogen in die Rippen. »Also, das schlägt ja wirklich alles, oder?«

»Außerdem wollte sie wissen, wo sie und ihre Brautjungfern sich umziehen und zurechtmachen können.«

Auch das hatte ich mir bereits überlegt. Ich stand auf. »Wann will sie denn heiraten?«

»Im Juni.«

»Perfekt, bis dahin sollten die Umbauarbeiten abgeschlossen sein. Hier im Erdgeschoss wird es künftig einen Empfang und ein Badezimmer geben.«

Onkel Arthur kratzte sich am Kopf. »Ah ja? Und wo?«

»Dort, wo jetzt das Büro ist. Und für das neue Büro möchte ich den Heuboden über dem Melkstand ausbauen.«

Damit sauste ich aus der Küche, in der Harry nur noch amüsiert den Kopf schüttelte und meine Eltern sich zankten, wem von ihnen beiden ich am meisten nachschlüge.

Als ich ein paar Stunden später ins Bett schlüpfte, schwirrte mir noch immer der Kopf von diesem denkwürdigen Abend. Jetzt konnte Julian mit seinen Massentierhaltungsplänen endgültig einpacken. Meine Eltern würden die Farm kaufen und mir bei der Gründung der Appleby Farm Vintage Company behilflich sein. Tante Sue hatte Onkel Arthur überredet, gleich morgen früh ein Angebot für den Bungalow ihrer Träume abzugeben. Und Lizzie würde demnächst die Leitung der Teestube übernehmen. Das Einzige, was mir an diesem perfekten Abend gefehlt hatte, war jemand, mit dem ich mein Glück teilen konnte. Und ehe ich einschlummerte, galt mein letzter Gedanke Harry.

Kapitel 36

Die folgenden Wochen vergingen wie im Flug. Die Hälfte meiner Zeit verbrachte ich mit Patience Purdue vom Baureferat, weil ja die Nutzungsänderungen einiger unserer Gebäude genehmigt werden mussten, und hatte mehrere Besprechungen mit der ebenfalls überaus liebenswürdigen Jayne vom Fremdenverkehrsamt, die mich über diverse Förderungsmöglichkeiten aufgeklärt hatte, die ich beantragen konnte, was seinerseits natürlich wieder zu weiteren Besprechungen führte. Irgendwann scherzte Mr. Goat, bei diesem Arbeitsquantum könnte er am besten gleich seinen Wohnwagen im Hof aufstellen, um sich Anfahrt und Heimweg zu ersparen. Jedenfalls hofften wir, dass es nur ein Scherz war.

Wir feierten das erfreuliche Ergebnis des letzten TB-Tests, und danach versteigerten Eddy und Onkel Arthur die Kälber auf einer Auktion, während Preisbulle Dexter in Harrys Besitz überging.

Anfang Oktober war mir eine kurze Verschnaufpause vergönnt, als ich mit meiner frischgebackenen Teestuben-Managerin Lizzie übers Wochenende in die Yorkshire Dales fuhr, wo wir in einer absolut zauberhaften Schäferhütte auf einem Hügel neben einem Bach nächtigten. Zwei Tage auf so engem Raum miteinander zu verbringen, schweißte uns noch mehr zusammen und förderte interessante Details zutage. Zum Beispiel, dass Lizzie was, das Putzen von Arbeitsflächen angeht, einen kleinen Tick hat – nicht die schlechteste Eigenschaft, wenn man im Gaststättengewerbe arbeitet. Sie wiederum fand heraus, dass ich im Schlaf lache, was zwar weniger nützlich ist, aber zumindest weiß sie jetzt, dass ihre Chefin glücklich ist.

Tags darauf machten wir uns nach einem ausgiebigen englischen Frühstück mit vielen neuen Ideen im Gepäck auf den Rückweg. Als wir auf der Farm eintrafen, wurde gerade eine von Harrys Schäferhütten geliefert. Sie war in noch baufälligerem Zustand als unsere, weshalb Harry und Eddy ihre Renovierung zu einem Langzeitprojekt für den Frühling erklärten. Eddy hatte bereits mit der Instandsetzung unserer ersten Hütte alle Hände voll zu tun. Die Einrichtung sollte natürlich im Vintage-Stil sein, mit einem kleinen Tisch und zwei Bänken, die nachts zu einem Doppelbett umfunktioniert werden konnten. Am anderen Ende würde er eine winzige Küchenzeile einbauen, und in der Mitte den kleinsten Kaminofen der Welt, damit Tilly und Aidan in ihrer Hochzeitsnacht nicht froren.

Tante Sue hatte sich mit Feuereifer in die Auswahl der Fliesen und anderer innenarchitektonischer Details für ihren Bungalow gestürzt, der nun schon fast bezugsbereit war, und Dad hatte inzwischen den Wert des Haupthauses schätzen lassen und sich mit Onkel Arthur auf einen Preis dafür geeinigt. Julians Reaktion auf den entgangenen Deal bereitete mir einige Bauchschmerzen, doch Dad hatte mich beruhigt.

»Der hat bestimmt bald das nächste Projekt an der Angel«, hatte er zuversichtlich gesagt.

Und recht behalten – Julian hatte nicht sonderlich verärgert gewirkt und behauptet, er sei derzeit ohnehin vollauf mit Kaufverhandlungen über Land an der Küste von Norfolk beschäftigt, auf dem er einen Windpark errichten wollte.

Wahrscheinlich nahm er an, dass er die Farm ohnehin irgendwann von Mum und Dad erben würde, aber darüber wollte ich mir nicht jetzt den Kopf zerbrechen.

***

Mitte Oktober, nur einen Monat nachdem Lizzie offiziell ihre neue Stelle angetreten hatte, ging sie voll in ihrer Rolle als Managerin der Teestube auf und mischte auch kräftig in sämtlichen anderen Bereichen der Appleby Farm Vintage Company mit.

»Damit ich dich im Notfall vertreten kann«, hatte sie mir erklärt, während sie ein paar Stapel Flyer, die sie auf einer Hochzeitsmesse verteilen wollte, in Kartons verpackte. »Außerdem möchte ich zum ganzen Betrieb gehören, nicht nur in die Teestube.«

Genau deshalb befanden wir uns eines schönen Morgens um Punkt acht auch in der Molkerei, um sie in die hohe Kunst der Speiseeisherstellung einzuweisen.

»Wir sollten einen Tag der offenen Tür organisieren«, erklärte sie mir, während sie frische Milch in den Pasteurisierer füllte und es schaffte, selbst mit ihrem Haarschutz dabei absolut hinreißend auszusehen. »Und dazu ein paar Feinkostläden und Gastronomen aus Bowness und Windermere einladen. Dann können sie zusehen, wie wir unser Eis herstellen, und es auch gleich verkosten. Vielleicht tun sich auf diese Weise ja neue Absatzmöglichkeiten auf. Oder wir laden jemanden von Radio Lakeland ein. Natürlich wen Netteres als meine Schwester.«

»Du...« – ich bohrte ihr einen Zeigefinger in die Rippen – »... bist ein Genie!«

Lizzie hatte außerdem angeregt, in der Scheune ein Zwischengeschoss mit Zugang über die Außengalerie einzuziehen, was massenhaft zusätzlichen Raum schuf. Auf diese Weise mussten wir die Teestube nicht jedes Mal komplett für den Normalbetrieb schließen, wenn jemand etwas bei uns feiern wollte. Dass ich da nicht selbst draufgekommen war!

Ich begann die entsteinten Pflaumen (natürlich aus Eigenanbau) für unsere heutige Eiskreation zu pürieren, während Lizzie Eier in eine Edelstahlschüssel schlug.

»Ach, übrigens, gestern Abend hat Tilly angerufen. Aidan lässt fragen, ob wir das Roastbeef selbst machen oder das einer der Cateringfirmen überlassen wollen, die für seinen Fernsehsender tätig ist. Die haben eine mobile Küche. Andererseits sind es ja nur dreißig Personen, das müssten wir doch schaffen, zumal uns Mum ihre Hilfe angeboten hat...«

»Also, ich würde das Angebot mit dem Caterer auf jeden Fall annehmen. Erstens wirkt das glamouröser und professioneller, und zweitens wirst du auch so schon genug um die Ohren haben, ohne ständig in die Küche rennen zu müssen, um nach dem Fleisch zu sehen. Nimm's mir nicht übel, Freya, aber wenn du gestresst bist, glühst du wie eine Tomate.«

Ich grunzte. »Na, vielen Dank auch. Also gut, dann buche ich den Caterer. Und Ross will wirklich als Weinkellner fungieren?«

»Jep.« Lizzie wackelte mit den Augenbrauen. »Das gehört alles zu meinem Masterplan, damit er sich schon mal an den Gedanken gewöhnen kann. Ich werd auch die eine oder andere klitzekleine subtile Bemerkung fallen lassen, damit er glaubt, er wäre ganz von allein auf die Idee gekommen, dass wir heiraten sollten.«

Ich starrte sie an. »Ihr seid doch noch gar nicht so lange zusammen!«

»Ein halbes Jahr«, entgegnete sie überheblich, ehe sie den Treteimer öffnete und einen Berg Eierschalen entsorgte. »Im nächsten Sommer ist er mit dem Studium fertig, und dann kann unser gemeinsames Leben beginnen. Er ist der Richtige, das spüre ich – warum also warten?«

Tja, da kann ich leider nicht mitreden, dachte ich trübsinnig. Tilly hatte vor einiger Zeit etwas sehr Ähnliches in Bezug auf Aidan gesagt, und in zweieinhalb Monaten würden sie heiraten. Da musste also offenbar was Wahres dran sein. Ich stellte die Schüssel mit den pürierten Pflaumen ab, um Lizzie zu umarmen. »Ich freue mich so für dich«, sagte ich, unfähig, die Traurigkeit in meiner Stimme zu kaschieren.

»Okay.« Lizzie machte sich von mir los und stemmte die Hände in die Hüften. »Es ist höchste Zeit, dass wir etwas gegen dein Singledasein unternehmen. Es ist zu deprimierend und obendrein schlecht fürs Geschäft. Hiermit leite ich die Operation *Date my Boss* ein.«

Ich seufzte und hielt ihr eine Kanne Sahne hin. »Das Problem ist: Ich muss die ganze Zeit an Harry denken.«

»Hm.« Lizzie legte die Stirn in Falten, kippte die Sahne in den Pasteurisierer und reichte mir die leere Kanne.

»Ich hätte ehrlich gesagt nicht damit gerechnet, dass ihr euch so anstellen würdet.«

»Tja ... Keine Ahnung, was schiefgelaufen ist. Bis ich ihn geküsst habe, war alles bestens.«

»Was? *Du* hast *ihn* geküsst?«, wiederholte sie erstaunt. »Ganz schön mutig!«

Ich lief feuerrot an und stellte fest, dass das Schlimmste an diesen weißen Schutzhauben, die man bei der Eisherstellung tragen muss, der Umstand war, dass ich mich nicht hinter meinen langen Haaren verstecken konnte. »Na ja, ich dachte, er will es auch, und bin ihm quasi auf halbem Weg entgegengekommen. Aber dann hat er es sich anders überlegt. Jetzt bereue ich es. Wahrscheinlich bin ich für ihn immer noch der Wildfang, mit dem er früher auf Bäume geklettert ist und Hütten und Katapulte gebaut hat.«

Lizzie tätschelte meinen Arm. »Ach, Süße – ähm, Boss, meine ich –, du weißt doch, wie Farmer so sind. Irgendwie nicht gerade auf Tuchfühlung mit ihren Gefühlen. Vielleicht braucht er ja bloß einen kleinen Schubs. Weißt du was? Ross ist dieses Wochenende da. Ich werde ihn bitten, sich mit Harry auf ein Bier im Pub zu verabreden, und du ziehst dir was Hübsches an, machst dich ein bisschen zurecht und kommst auch hin. Wenn er dich so sieht, wird er garantiert erkennen, dass aus dem Wildfang inzwischen eine verführerische Frau geworden ist.«

Ich seufzte. »Ich weiß nicht ...«

»Vertrau mir einfach«, sagte sie und tippte mir mit einem Löffel, an dem noch Pflaumenpüree klebte, auf die Nasenspitze. »Ups.«

Ich schnappte nach Luft, musste zugleich aber auch kichern. »Lizzie! Hab ich jetzt etwa eine rote Nase?«

Sie schnitt eine Grimasse und prustete los. »Ein bisschen.«

»Okay. Du hast es nicht anders gewollt.« Ich tauchte einen Löffel in die Schüssel mit dem Kakaopulver und zielte.

Just in diesem Moment klopfte es an der Glastür der Molkerei. Lizzie duckte sich, und mein Schuss ging im wahrsten Sinne des Wortes nach hinten los.

»Hilfe!«, krächzte ich mit zugekniffenen Augen. »Ich bin kakaoblind!«

»Hi, Lizzie.«

Oh-oh. Das klang verdächtig nach Harry.

Lizzie versuchte zu antworten, brachte aber nur ein Gurgeln heraus.

»Ich suche Freya. Ist sie das etwa?«

Mist. Es *war* Harry.

»Lizzie! Geschirrtuch!«, befahl ich und streckte blind die Hand aus. Sekunden später hatte ich mir den Kakao aus den Augen gewischt und konnte wieder sehen. Vermutlich sah ich jetzt so aus, als hätte ich ein missglücktes Experiment mit Selbstbräuner hinter mir.

»Morgen, Freya«, sagte Harry, der sich das Lachen kaum verkneifen konnte. »Dein Onkel schickt mich. Wir fahren mal kurz rüber zur Willow Farm, damit er sich ansehen kann, was ich in Bezug auf mein Biobrennstoffprojekt so plane. Ich dachte ... Er dachte, vielleicht willst du ja mitkommen.«

Ich blinzelte ihn an, dann schüttelte ich den Kopf, wobei eine Kakaowolke von meiner Haube aufstob. Lizzie, die schräg hinter ihm stand, hielt sich den Bauch und kicherte lautlos in sich hinein.

»Nein, danke, ich habe zu tun.«

»Das seh ich.« Harry hustete – oder tat so – und klopfte sich auf die Brust.

»Sie kommt mit, Harry«, giggelte Lizzie. »Gib ihr nur fünf Minuten.«

»Okay«, japste Harry. »Ich warte im Hof.«

»Na, toll«, brummte ich, sobald er draußen war.

»Eine sehr verführerische junge Frau ... so schokoladig, so pflaumig«, kicherte sie.

»Ich erwürg dich«, knurrte ich mit zusammengebissenen Zähnen.

Verglichen mit dem eher beschaulichen Leben auf der Appleby Farm ähnelte die Willow Farm einem Bienenstock. Drei Mann hatte Harry heute im Einsatz. Einer war in einem Kuhstall mit einem Strohgebläse zugange, der zweite bediente eine computergesteuerte Futtermischmaschine, und der dritte pflügte einen Acker, auf dem demnächst Wintergerste angepflanzt werden sollte.

»Hat sich 'ne Menge getan hier in den letzten Jahren«, stellte Onkel Arthur beeindruckt fest, als wir Dexter in seinem neuen Zuhause besuchten. »So viele verschiedene Gerätschaften hab ich ja mein Lebtag noch nicht gesehen.«

»Ich bin auf Qualitätsprodukte aus«, entgegnete Harry, der nur gegrinst hatte, als ich vorhin in sauberer Kleidung und mit kakaofreier Visage auf dem Hof zu ihnen gestoßen war. »Vor allem jetzt, wo ich mit Dexter in die Rinderzucht einsteige und ihn zum Decken ausleihe. Natürlich behalte ich dabei immer die Gewinnspanne im Hinterkopf. Berkshire-Schweine züchten wir natürlich auch«, sagte er, um einen neutralen Tonfall bemüht, konnte jedoch nicht verhehlen, wie stolz er auf sich war.

Ich war ebenfalls stolz auf ihn und musste an mich halten, ihm das nicht auf die Nase zu binden. Stattdessen hakte ich mich bei Onkel Arthur unter. »Können wir auch deinem Pferd einen Besuch abstatten, Harry?«, bat ich. »Das haben wir letztes Mal versäumt.«

»Klar. Kommt mit.« Harry ging voraus. »Storm ist die große Ausnahme. Pferde werfen keinen Profit ab.«

»Aber dafür hat man eine Menge Spaß mit ihnen«, hielt ich dagegen.

Harry sah mich an und schüttelte grinsend den Kopf. *Du und dein Spaß,* schien er damit sagen zu wollen.

Es gab Stellplätze für fünf Pferde, von denen jedoch vier leer waren. In der hintersten Box stand Storm, ein bildschöner kastanienbrauner Hengst mit weißer Blesse. Ich tätschelte ihm den Hals und fing einen feixenden Blick von Harry auf, als dieser eine Karotte aus der Jackentasche zog und sie dem Tier hinhielt.

»Mehr hab ich leider nicht«, sagte er bedauernd, und da ich nicht genau wusste, ob er mit mir oder dem Pferd redete, hielt ich vorsorglich den Blick auf meine Gummistiefel gesenkt und hütete mich, noch einmal zu fragen, ob er für mich auch was hätte.

»Soweit ich mich erinnere, war deine Schwester eine richtige Pferdenärrin«, bemerkte Onkel Arthur.

»Stimmt.« Harry nickte. »Früher waren alle Boxen voll. Weißt du noch, Freya? Jeder von uns hatte ein eigenes Pferd.«

Ich nickte. »Wie geht's Jenny denn so?«

»Ganz gut, glaube ich. Wir sehen uns nicht allzu oft, sie lebt in Schottland.« Er seufzte, als würde ihm seine Familie fehlen. »Du weißt ja, sie konnte es kaum erwarten, erwachsen zu werden und von der Farm wegzukommen. Schon komisch, dass sie dann ausgerechnet einen Lachszüchter geheiratet hat. Die beiden haben zwei niedliche Töchter.«

Onkel Arthur schüttelte den Kopf. »Bis auf dich sind anscheinend alle Graythwaites abgewandert, während die Moorcrofts nach und nach wieder zurückkommen.«

Bei dem Gedanken an Jennys wunderhübsches weißes Pony fiel mir etwas ein. »Sag mal, Harry, hattet ihr nicht auch eine Kutsche?«

»Äh, ja, die steht hier irgendwo in einem der Schuppen. Wieso?«

»Sieh dich vor, Harry, sonst spannt sie dich gleich in ihren Hochzeitsbetrieb auf der Appleby Farm ein«, feixte Onkel Arthur. »Aber jetzt erzähl mal, was du mit dem Land vorhast, hinter dem du her bist.«

Die Willow Farm mochte ja voll computerisiert sein, doch im Büro herrschte erheblich größeres Chaos als früher bei Onkel Arthur. Außerdem müffelte es ziemlich nach Hund, weil gut ein Drittel des Raums von einer ausgesprochen freundlichen roten Setterhündin und ihrem Wurf bevölkert wurde. Kaum war ich neben dem Laufstall in die Knie gegangen, um die herumwuselnden und kläffend ihrem Schwanz nachjagenden Welpen zu bestaunen, da kam auch schon einer von ihnen angehopst – und ich war auf der Stelle verliebt. Ich hob das Hündchen hoch und drückte die Nase in sein leicht nach Hefe riechendes Fell, das genau die gleiche Farbe hatte wie meine Haare. »Seht mal, ich in Hundegestalt.«

»Ah ja?« Harry kratzte sich an der Nase. »Ist mir bisher gar nicht aufgefallen. Die Mutter heißt Belle, die Welpen haben noch keine Namen.«

Onkel Arthur zog die Nase kraus. »Nicht gerade der

typische Farmerhund.« Trotzdem war er von Belle sichtlich hingerissen und bückte sich, um sie hinter den seidigen Ohren zu kraulen.

»Ich weiß. Eigentlich wollte ich auch einen ganz anderen, aber als ich Belle gesehen habe, konnte ich nicht widerstehen«, gestand Harry etwas verlegen. »Die Vorbesitzer haben sie im Tierheim abgegeben, weil sie ihnen zu viele Faxen gemacht hat, und dann wollte sie keiner haben, weil sie trächtig war.«

Gott, war der Mann süß. Erneut schmiegte ich mein Gesicht an das rotbraune Fellbündel, damit man mir nicht ansah, dass ich förmlich dahinschmolz.

Dann begannen Harry und Onkel Arthur über den Anbau von schnell wachsenden Hölzern zu fachsimpeln, ich konnte mich jedoch nicht dazu durchringen, dem Gespräch mit der gebührenden Aufmerksamkeit zu folgen. So ein Wurf Welpen ist eben einfach viel interessanter. Als ich kurzerhand in den Welpenlaufstall stieg, streckte sich Belle genüsslich, sprang heraus und überließ sie meiner Obhut.

Bis die Männer die Nutzung von Onkel Arthurs nicht mehr benötigten Feldern durchdiskutiert hatten, war ich von den kleinen Quälgeistern ausgiebig abgeleckt, angeknabbert und von einem sogar angepinkelt worden. Und als Onkel Arthur schließlich zum Aufbruch blies, legte ich die beiden Welpen, die auf meinem Arm ein Nickerchen machten, widerstrebend in ihren schon recht mitgenommenen Weidenkorb und stieg aus dem Laufstall. Hoffentlich fiel der nasse Fleck auf meiner Jeans nicht weiter auf.

»Die Frage, wer sich um mein Land kümmert, wenn ich es nicht mehr tun kann, war meine allergrößte Sorge.« Onkel Arthur schüttelte Harry enthusiastisch die Hand.

»Ihr zwei habt das Problem für mich gelöst, und ich kann euch gar nicht genug dafür danken«, sagte er mit Tränen in den Augen, und sein Adamsapfel hüpfte, als er schluckte.

Er legte mir einen Arm um die Taille und den anderen um Harrys Schultern, und als mich dieser lächelnd ansah, fühlte ich genau wie damals in der verschneiten Nacht bei der Geburt der Lämmer Verbundenheit mit ihm und dass wir Teil von etwas ganz Besonderem waren.

Kapitel 37

Es war November, und vom Lake Windermere her pfiff ein durchdringender, eisig kalter Wind durchs Tal, als ich mich am Morgen auf den Weg zum Clover Field machte, um nach dem aktuellen Stand des neuen Sanitärtrakts zu sehen.

Wir hatten als Standort für die Schäferhütten das Feld gleich hinter dem Obstgarten gewählt. Dort waren sie außer Sichtweite, aber dennoch noch nah genug am Haupthaus, dass Mr. Goat die Hütten an dessen Leitungssystem anschließen konnte.

»Das da«, sagte ich und deutete auf ein Bad im Stil der 1940er in Mr. Goats Katalog.

»Sieht aus wie das von meiner Großmutter«, stellte er in einem Tonfall fest, der andeutete, dass dies nicht unbedingt als Kompliment aufzufassen war. »Und über der Ersatzklopapierrolle hatte sie immer so ein gehäkeltes Dingsbums.« Er schauderte. »Meinen Sie nicht, dass Ihren Gästen etwas Moderneres lieber wäre?«

»Sehen Sie mal da rüber«, sagte ich und zeigte auf die Schäferhütte, in der Eddy gerade einen Edelstahlabzug für den Kaminofen einbaute. »Wenn meine Gäste Wert auf eine moderne Unterbringung legen, dann sind sie bei uns falsch.

Hier ist alles Vintage Style. Danke für den Tipp mit den gehäkelten Klorollenverkleidungen.«

Er verdrehte die Augen, und ich gab ihm den Katalog zurück und marschierte über die feuchte Wiese zu Eddy hinüber, der auf allen vieren vor dem Kaminofen kauerte. Sein Hund Buddy trippelte mir entgegen und stellte sich um Aufmerksamkeit heischend auf die Hinterbeine.

»Tag Eddy. Sieht gut aus«, sagte ich. Zu spät ging mir auf, dass das in Anbetracht von Eddys Pose reichlich doppeldeutig war.

Buddy ließ sich von mir unterm Kinn kraulen, dann verzog er sich wieder in die Ecke, in der er vorhin gedöst hatte.

»Eine richtige Scheißarbeit ist das«, grunzte Eddy, ohne den Kopf aus dem Loch in der Mauer zu nehmen. »Ich hab das Dach an der falschen Stelle aufgeschnitten.«

»Ach herrje.« Ich presste die Lippen zusammen und verkniff mir ein Lachen. Eddy wollte partout nicht den Anschein erwecken, dass ihm sein neues Betätigungsfeld großen Spaß machte, dabei liebte er die Hütte heiß und innig. Bei schönem Wetter saß er in der Mittagspause gern auf einem Campingstuhl davor und trank seine Rinderbrühe aus der Thermoskanne.

Ich hatte kurz mit dem Gedanken gespielt, die Einrichtung im bunten Cath-Kidston-Design zu gestalten, hatte mich farblich dann aber doch lieber an der Außenumgebung orientiert. Die Wirkung war genauso beruhigend und erholsam, wie ich es mir vorgestellt hatte: Holzpaneele an den Wänden, lindgrüne und taubengraue Stoffe, und für die Küche hatte ich ein umwerfendes Set himmelblauer Vorratsdosen aus Emaille aufgestöbert.

Bei Eddy schien die Farbpalette allerdings ihre Wirkung zu verfehlen.

»Kannst du den Kaminofen nicht einfach ein Stück verschieben?«

Er tauchte auf und sah mich mich gerunzelter Stirn an. Mit seinem rußverschmierten Gesicht sah er richtig bedrohlich aus.

»Werd ich wohl müssen, aber dann ist die Symmetrie futsch.«

Zum Glück erübrigte sich die weitere Diskussion über die Wichtigkeit eines symmetrisch platzierten Kaminofens, denn Tante Sue erschien schnaufend in der Tür. Sie trug Onkel Arthurs Anorak und Gummistiefel, ihr Gesicht war gerötet.

»Was ist denn los? Ist die Käuferin schon da?«

Zum Glück war die Dame aus Gloucestershire, die uns im Mai die Herde hatte abkaufen wollen, noch immer interessiert, und da die Rinder auch den letzten TB-Test bestanden hatten, konnten sie jetzt endlich den Besitzer wechseln. Vermutlich war ihr für heute Vormittag anberaumter Besuch mit ein Grund dafür, dass Eddy noch griesgrämiger war als sonst.

Ich legte ihm eine Schulter auf die Hand, um ihm mein Mitgefühl auszudrücken, und er tätschelte sie.

Tante Sue schüttelte den Kopf. »Nein, deine Freundin Anna hat angerufen. Es geht um unseren Interwebauftritt. Sie hat irgendwas von einem Pflocker gesagt...« Tante Sues Verständnis des Internets war nach wie vor höchst lückenhaft, und ich konnte diese Nachricht nicht einordnen.

»Ist sie noch am Telefon?«

Tante Sue nickte.

Ich rief »Danke!«, und spurtete los.

Ein paar Minuten später erklomm ich die Treppe zu meinem neuen Büro, das noch nicht ganz fertig war, aber ich hatte dort bereits Strom sowie einen Telefonanschluss, und an der Wand neben meinem Schreibtisch hing mein Kalender. Tapeten und Bodenbelag konnten noch warten.

»Anna?« Ich ließ mich auf meinen Stuhl plumpsen und atmete einmal tief durch. »Bist du noch dran?«

»Ja. Wusstest du, dass ein Video von deiner Teestube gerade viral geht und dass die Frau, die es eingestellt hat, einen Youtube-Kanal mit drei Millionen Abonnenten hat? Und sie ist aus Brighton, wo sämtliche Top-Vlogger sitzen!«

»Nein, das wusste ich nicht.« Ich lachte. »Aber ich nehme mal an, das ist gut, oder?« Schließlich waren die Mädels beim letzten Junggesellinnenabschied neulich aus Brighton gewesen.

»Jep. Sie hat bloß in der Teestube gefilmt und ein paar Bilder von Kühen bei Instagram hochgeladen, und allein heute Vormittag haben fünfzigtausend Leute deine Webseite angeklickt.« Anna betreut auch weiterhin unseren Internetauftritt und sorgt dafür, dass er stets auf dem neuesten Stand ist, außerdem hostet ihre Firma ihn auf ihrem Server, was auch immer das heißen mag.

»Was bedeutet das für uns?«, fragte ich.

»Es bedeutet, dass die Appleby Farm Vintage Teestube es geschafft hat, Freya. Und dass ihr mehr Scones werdet backen müssen, weil euch die Leute die Bude einrennen werden, Süße.«

»Meinst du?«

»Jep. Es gibt noch mehr Neuigkeiten.« Anna legte eine Kunstpause ein. »Wir werden uns bald sehen. Charlie nimmt mich mit zur Hochzeit von Tilly und Aidan.«

»Cool«, kreischte ich. »Klasse!«

»Ist das dein Ernst?«, hakte sie besorgt nach. »Ich möchte nämlich auf keinen Fall, dass ...«

»Das ist mein voller Ernst, Anna. Charlie ist ein Goldschatz, und du ebenfalls. Ich freu mich riesig, ehrlich.«

Ich vollführte sogar einen kleinen Freudentanz in meinem Büro, und Anna tat das Gleiche in Kingsfield.

Kaum hatten wir aufgelegt, klingelte das Telefon erneut. Eine Anfrage für einen einundzwanzigsten Geburtstag. Dann wollte jemand wissen, ob man unseren Partyraum für Firmenfeiern mieten könne. Und es riss nicht ab: ein Junggesellinnenabschied, eine nachmittägliche Teeparty für fünfzehn Personen ...

Ich schaltete den Anrufbeantworter ein und warf einen Blick aus dem Fenster. Der Parkplatz war fast voll, und zwischen den familienüblichen Kombis und SUVs standen auch niedliche kleine Fiats und Minis.

Ich eilte hinunter in die Teestube, wo ich mich erst einmal durch den Ansturm vor dem Tresen drängen musste, hinter dem Mum und Lizzie mit hochroten Köpfen rotierten. Sie wirkten erleichtert, als ich mir eine Schürze schnappte und mich zu ihnen gesellte.

»Was darf's sein?«, fragte ich den Gast an der Spitze der Schlange strahlend.

Sobald sich die Gelegenheit ergab, berichtete ich den beiden aufgeregt von unserem Youtube-Debut, das zweifellos der Auslöser für den gesteigerten Andrang war, und es war wohl nur unseren durch all das ausgelösten Adrenalinausstößen zu verdanken, dass wir den Tag einigermaßen durchstanden. Als Lizzie schließlich das »Geöffnet«/»Geschlossen«-

Schild an der Tür umdrehte, waren wir alle mit unseren Kräften am Ende.

»Das war der absolute Hammer«, stellte Lizzie fest. »Viele unserer heutigen Kundinnen waren im heiratsfähigen Alter. Die Appleby Farm Vintage Company wird voll durchstarten, Süße – ich meine, Boss. Hey, wir könnten doch nächstes Jahr ein Vintage-Festival veranstalten! Damit könnten wir garantiert zum Vintage-Mekka hier oben werden.«

»Im Moment hab ich ganz andere Sorgen.« Mit gerunzelter Stirn beäugte ich die kümmerlichen Reste der Kuchentheke. »Tante Sue ist so mit Kistenpacken beschäftigt, dass sie kaum noch mit dem Backen nachkommt.«

»Ich könnte ihr helfen«, meldete sich Mum zu Wort. »Das wollte ich schon die ganze Zeit vorschlagen, aber ich wollte mich nicht aufdrängen; schließlich ist das ihre Domäne. Aber wenn wir mehr backen müssen, liefert mir das das perfekt Argument, einen neuen Ofen anzuschaffen.« Entsetzt griff ich mir an die Kehle. »Du willst doch hoffentlich nicht den AGA rausschmeißen, oder? In eine Farmküche gehört einfach ein AGA.«

»Nein, nein, der AGA bleibt, aber ich hätte zusätzlich gern einen dieser großen Gastro-Backöfen aus rostfreiem Stahl. Davon träume ich schon seit Jahren. Wenn wir ein jüngeres Publikum ansprechen wollen, dann sollten wir auch ein paar aktuellere Rezepte ausprobieren.«

Lizzie hob eine Augenbraue. »Zum Beispiel? Rosinenbrötchen?«

Lachend schüttelte Mum den Kopf. Sie hatte sich die Haare zu einem eleganten Knoten hochgesteckt und sah noch genauso frisch und gepflegt aus wie um zehn Uhr am

Morgen. Ich war unheimlich stolz auf sie – nicht nur, weil sie so hübsch war, sondern weil sie ihr Leben als Bankiersfrau in einer Pariser Luxuswohnung anscheinend klaglos gegen das einer Bedienung auf einer heruntergekommenen nordenglischen Farm eingetauscht hatte. Was ich ihr gar nicht zugetraut hätte, wie ich beschämt feststellte.

»Nein, ich dachte da eher an Macarons, Zitronentartelettes oder Tiramisu-Schnitten«, sagte sie.

Bei dem Wort Tiramisu zwinkerte mir Lizzie verschwörerisch zu, und ich warf ihr einen warnenden Blick zu.

»Das wäre toll, Mum, danke.« Ich seufzte. »Wenn das so weitergeht, werden wir die Kuchen und Torten vermutlich bald von externen Lieferanten beziehen müssen. Wir sollten allerdings dafür sorgen, dass sie sich genau an unsere Rezepte halten, damit Qualität und Geschmack gleich bleiben.«

Lizzies Augen begannen zu leuchten. »Wie wär's, wenn wir ein eigenes Rezeptbuch herausgeben?«

»Du und deine Ideen!« Ich lachte. »Kein Wunder, dass ich fix und alle bin! Da kann ich ja kaum noch Schritt halten!«

Lizzie erhob sich, umarmte uns zum Abschied und machte sich auf den Heimweg. Sie bewohnte nach wie vor ein Zimmer über dem White Lion, und im Augenblick beneidete ich sie richtig darum. Wenn meine Eltern in ein, zwei Wochen hier einzogen, wollten sie als Erstes das Zwischengeschoss zu einem großen Schlafzimmer mit Bad und begehbarem Kleiderschrank umbauen lassen, und die Rezeption und die Toilette im Erdgeschoss waren auch noch nicht fertig. Bis kurz vor der Hochzeit von Tilly und Aidan würde hier das totale Chaos herrschen.

Ich seufzte, und Mum legte mir einen Arm um die Schultern.

»Armer Schatz. Dir bleibt überhaupt keine Zeit mehr für ein Sozialleben, von einem Liebesleben ganz zu schweigen.«

Ich lachte leise und lehnte mich an sie.

»Ist schon okay, Mum. Ehrlich. Im Moment ist es mir wichtiger, den Laden hier zum Laufen zu bringen, damit ich meine Schulden bei dir und Dad abzahlen kann. Das Sozialleben kann warten, und das Liebesleben ebenfalls.«

Mum hauchte mir einen Kuss auf den Scheitel, und ich spürte, wie die Anspannung von mir abfiel.

»Die Liebe sollte immer oberste Priorität haben, Freya, denn deine Arbeit wird dich nicht lieben oder Erinnerungen mit dir austauschen, wenn du alt bist. Und vor allem beschert sie mir keine Enkelkinder, die ich hemmungslos verwöhnen kann.«

»Ich hab's mir nicht ausgesucht, dass ich noch Single bin, Mum.«

»Weißt du eigentlich, dass ich deinem Vater meine Karriere geopfert habe?«

Ich schüttelte den Kopf.

»Ich hatte gerade einen Kurs an der Cordon-Bleu-Kochschule in Manchester absolviert und mich erfolgreich um eine Lehrstelle in einer Pariser Pâtisserie beworben, als wir uns kennengelernt haben.«

Ich machte mich von ihr los und sah sie an. »Mann! Warum hast du mir das nie erzählt?«

»Weil ich dachte, du bist bestimmt entsetzt. Von wegen Chancengleichheit und so. Etwas derart Altmodisches würden Frauen heutzutage nicht mehr machen. Aber in den Siebzigern war das noch anders.«

»Pâtissière?«, wiederholte ich erstaunt. Kein Wunder, dass sie sich so hervorragend aufs Kochen und Backen verstand!

»Dein Vater hatte damals gerade eine Beförderung in Aussicht und hätte mich auf keinen Fall begleiten können. Deshalb wollte er mit mir Schluss machen. Er hat gesagt, ich würde ihm schon zu viel bedeuten, und es würde ihm das Herz brechen, wenn ich nach Frankreich ginge, obwohl wir noch gar nicht so lange ein Paar waren. Also habe ich dem Betreiber der Pâtisserie geschrieben, dass ich die Lehrstelle nicht antreten kann.«

Sieh an. Von der Seite kannte ich Dad noch gar nicht.

Wie rührend, die Vorstellung, dass sich die beiden so geliebt hatten!

»Tja, über kurz oder lang sind wir dann doch in Paris gelandet, und wie es aussieht, mache ich mit etwas Verspätung nun auch noch Karriere als Pâtissière«, fuhr Mum lächelnd fort.

Ich küsste sie auf die Wange. »Freut mich für dich.«

Dann fiel mir plötzlich ein, dass Harry nach unserem Kuss so ziemlich dasselbe gesagt hatte wie mein Dad vor all den Jahren zu Mum: *Du bedeutest mir einfach zu viel...* Das war's! Vielleicht hatte er mich deshalb nicht küssen wollen, weil er davon überzeugt war, dass ich Lovedale früher oder später wieder verlassen würde. Zumal ich von einem neuen Abenteuer gesprochen hatte! Dabei wollte ich doch gar nicht mehr von hier fort. Mein neues Abenteuer fand hier statt. Das müsste dann ja eigentlich bedeuten, dass ich noch eine Chance bei ihm hatte. Oder?

Kapitel 38

Dezember ist in Cumbria zwar nicht gerade der ideale Monat für einen Umzug, aber Tante Sue und Onkel Arthur wollten sich in ihrem inzwischen fertiggestellten Traumbungalow noch vor Weihnachten häuslich einrichten. Um halb acht Uhr morgens waren die Möbelpacker mit einem riesigen Laster vorgefahren, der mit knapper Not auf den Hof passte, und seither trugen sie emsig und nicht eben leise Kisten und dergleichen mehr aus dem Haus.

»Was meinst du, Freya, soll ich den Jungs noch etwas Tee und Shortbread hinstellen?«, fragte Tante Sue, die schon seit Tagen mit dem Zusammenpacken fertig war und folglich nichts zu tun hatte.

»Ach, lass mal.« Ich reichte ihr die Gartenschere und führte sie nach draußen. »Hol dir doch lieber ein paar schöne Zweige für euer neues Zuhause.«

»Gute Idee.« Sie verschwand im Garten und murmelte etwas von Skimmien, Spindelsträuchern und Stechpalmenzweigen, an denen die Vögel hoffentlich noch ein paar Beeren übrig gelassen hatten. Erleichtert atmete ich auf. Das Arrangieren von Gestecken und Sträußen übt stets eine beruhigende Wirkung auf sie aus.

In Anbetracht des Krachs war ich froh, dass wir beschlossen hatten, die Teestube am Tag des Umzugs zu schließen. Unsere neue Teilzeitkraft Rachel nutzte die Gelegenheit für eine gründliche Großreinemachaktion. Sie wohnt in Lovedale und reitet zur Arbeit. Eine coolere Art des Pendelns gibt es wohl kaum. Lizzie wiederum klapperte heute diverse Secondhandläden ab auf der Suche nach allerlei Kleinkram für die Hochzeit von Tilly und Aidan. Wir brauchten noch originelle Gastgeschenke, außerdem wollte ich die Sitzordnung auf möglichst ausgefallene Weise präsentieren.

Mum und Dad waren für ein paar Tage in ein Hotel gezogen.

»Sue und Arthur sollen nicht das Gefühl haben, dass wir es kaum erwarten können, bis sie weg sind«, hatte Mum gesagt und mir gebeichtet, für heute eine ausgedehnte Tour durch diverse Möbelhäuser geplant zu haben, was sie Dad wohlweislich verschwiegen hatte.

Kaum hatten Tante Sue und Onkel Arthur ihre Zahnbürsten aus dem Bad geräumt, schwangen Mr. Goat und seine Mannen im Zwischengeschoss auch schon die Vorschlaghämmer, um die Trennwände einzureißen.

Gegen Mittag waren sämtliche Habseligkeiten im Laster verstaut, und die Möbelpacker traten die kurze Fahrt zum Bungalow an. Ich schickte die Bauarbeiter zum Essen in die Teestube, damit sie aus dem Weg waren, und auf einen Schlag herrschte himmlische Ruhe.

»So«, sagte Tante Sue und schloss die Tür hinter sich. »Ich glaube, das war's.«

Ich umarmte sie. »Na, alles okay?«

Schniefend zückte sie ein Baumwolltaschentuch und betupfte sich damit die Augen. »Es ging mir noch nie besser.«

Ein paar Minuten standen wir schweigend da, genau wie bei meiner Rückkehr vor ein paar Monaten. Auch diesmal roch sie nach frisch gebackenem Brot und Niveacreme, aber ansonsten war so vieles anders geworden.

»Das ist das Ende einer Ära.« Sie seufzte.

»Und der Beginn eines neuen Abenteuers«, fügte ich hinzu.

»Richtig«, pflichtete sie mir stoisch bei. »Ich glaube, ich steige schon mal ein. Wo steckt eigentlich Artie?«

Mein Onkel hatte sich einen praktischen Kleinwagen zugelegt; den uralten Landrover ließ er auf der Farm,.

Ich begleitete Tante Sue zum Auto, wo sie von Madge bereits erwartet wurde. Die Hündin hatte sich gleich bei der Ankunft des Möbelwagens in den frühen Morgenstunden auf den Fahrersitz geflüchtet und seither nicht von der Stelle gerührt. Benny und Björn hatten sich ebenfalls verkrochen. Sie würden noch ein Weilchen bei uns bleiben, bis sich Tante Sue und Onkel Arthur eingelebt hatten.

»Ich gehe ihn suchen«, sagte ich. »Weit kann er ja nicht sein.«

Ich ging ins Haus zurück und sah in sämtlichen Zimmern nach, konnte ihn aber nirgends entdecken, und auch meine Rufe blieben unbeantwortet.

»Na, hast du ihn gefunden?«, rief Tante Sue aus dem Wagen, als ich wieder auf den Hof trat. Ich schüttelte den Kopf und setzte meine Suche fort. Doch er war weder in den Stallungen noch im Schuppen noch in der Molkerei.

Inzwischen war Tante Sue mit ihrer Geduld zu Ende, und sie drückte ein paar Mal auf die Hupe.

Vergeblich.

Ich ging zum Wagen zurück.

»Hat er irgendeinen Lieblingsplatz, Tante Sue?,« fragte ich besorgt.

Sie überlegte kurz, dann seufzte sie bekümmert. »Die ganze Farm war sein Lieblingsplatz, Freya. Er könnte überall sein. Mal sehen, ob ich ihn finde.« Sie kurbelte das Fenster hoch und wollte aussteigen.

Ich lachte. »In *den* Schuhen?«

Sie hatte für die Ankunft in ihrem neuen Domizil ihre besten Schuhe und einen Wollmantel angezogen. Onkel Arthur hatte bei ihrem Anblick bewundernd gepfiffen und gewitzelt: »Du erwartest hoffentlich nicht, dass ich dich noch einmal über die Schwelle trage.«

»Bleib lieber hier«, sagte ich und zog erneut los. Wo konnte er bloß sein?

Während ich den Obstgarten durchquerte, kämpfte ich gegen ein mulmiges Gefühl in der Magengrube an. Wahrscheinlich hielt er ein Schwätzchen mit Eddy, sagte ich mir, um mich selbst zu beruhigen, aber es funktionierte nicht.

Mein Puls galoppierte inzwischen wie ein Rennpferd. Und dann erspähte ich ihn endlich. In sich zusammengesunken hockte er auf der Bank in der hintersten Ecke des Obstgartens. »Da bist du ja!«, rief ich lachend. »Ich hab dich schon überall gesucht!«

Keine Reaktion.

Mir blieb fast das Herz stehen. Ich rannte zu ihm.

Nein. Nicht jetzt! Nicht nach allem, was wir durchgemacht hatten.

Dann drehte er sich zu mir um und lächelte mich mit Tränen in den Augen an.

Ich fasste mir zutiefst erleichtert ans Herz und ließ mich

neben ihm auf die Bank sinken, ehe womöglich meine Knie nachgaben.

»Alles okay?«

Ich dachte, wir hätten dich verloren!

»Ja, ja. Ich nehme bloß Abschied, Freya.«

Er ließ den Blick über die Felder wandern, die vor uns ausgestreckt dalagen.

»Erst jetzt, wo die Weiden leer sind, wird mir so richtig bewusst, dass ich kein Farmer mehr bin.«

»Ich weiß, es ist nicht dasselbe, aber Harry wird sich um dein Land kümmern.«

Er nickte. »Er ist ein toller Bursche. Und du bist ja auch noch da. Ich hätte nie gedacht, dass nach Sue und mir noch einmal eine Moorcroft die Farm bewirtschaften würde. Danke, Liebes.«

Er drückte meine Hand, und ich grinste ihn an. »Ich muss mich bei *euch* bedanken. Schließlich ist diese Farm ein Geschenk, wie du selbst gesagt hast – und zwar das schönste, das man mir je gemacht hat.«

Aus der Ferne klang gedämpftes Hupen an mein Ohr.

»Wir sollten gehen«, sagte ich und half ihm beim Aufstehen. »Das *Dolce Vita* wartet.«

Ich winkte den beiden nach, bis der Wagen endgültig außer Sicht war.

Und dann war ich allein.

Ich holte tief Luft. Schon ziemlich überwältigend, der Gedanke, dass ich nun quasi als Schutzengel dieser Farm fungierte. Mein Wunsch war in Erfüllung gegangen. Unglaublich, aber auch ganz schön beängstigend.

Seufzend drehte ich mich zum Haus um und beschloss,

mich unverzüglich in die Weihnachtsvorbereitungen zu stürzen. Ich würde einen Baum besorgen und mich auf die Suche nach den Kartons machen, in denen Lichterketten, Kugeln und Lametta verstaut waren ... Solange ich damit beschäftigt war, würde ich gar nicht dazu kommen zu merken, wie einsam ich mich fühlte.

Ich war gerade im Begriff, ins Haus zu gehen, als sich hinter mir ein Auto näherte.

Es war Harry in seinem Pick-up, und als ich ihn erblickte, war meine bedrückte Stimmung wie weggewischt.

»Dein Timing ist mal wieder perfekt«, sagte ich lächelnd, sobald er angehalten und die Scheibe runtergekurbelt hatte.« Sue und Arthur sind also ausgezogen?«, fragte er.

Ich nickte. »Vor ungefähr fünf Minuten sind sie hochoffiziell in den Ruhestand gegangen.«

»Hervorragend. Und du bleibst in Lovedale?«

Ich strahlte ihn an. »Ja, ich bleibe. Für immer. Ist das zu fassen?«

»Für immer«, wiederholte er leise, als wollte er testen, wie es sich anfühlte, das zu sagen.

Wir starrten uns eine halbe Ewigkeit an, und ich musste mich höllisch zusammenreißen, um mich nicht einfach durchs Fenster zu lehnen und ihn abzuküssen.

Schließlich rieb er sich die Hände und brach den Bann. »Also, in dem Fall hab ich was für dich. Mach die Augen zu.«

»Vergiss es. Als du das das letzte Mal zu mir gesagt hast, hast du mir eine Dose Würmer hinten ins T-Shirt gekippt.«

»Da war ich dreizehn, Freya«, sagte er so leise, dass ich eine Gänsehaut bekam und auf der Stelle die Augen zukniff.

Ich hörte, wie er ein wenig im Auto herumkramte, ausstieg und die Tür zuwarf.

Der Drang, die Augen aufzureißen, war schier unbändig. Ich spürte, dass er vor mir stand und atmete möglichst unauffällig seinen erdigen Geruch ein.

Was mochte er wohl für mich haben? Am liebsten wäre mir ja ehrlich gesagt ein Kuss gewesen. Schon bei der bloßen Vorstellung kribbelten mir vor Sehnsucht die Lippen.

»Okay, streck die Arme aus«, befahl er. Das klang ja nun nicht danach, als wollte er mich küssen. Schade. Doch meine Enttäuschung hielt nur so lange, bis er mir behutsam ein warmes, flauschiges Etwas in die Arme legte.

»Ein Welpe!«, rief ich und schlug die Augen auf.

Ein kleines rotbraunes Fellbündel mit viel zu langen Ohren bohrte seine Schnauze in meine Armbeuge. Ich packte es um den Bauch und hob es hoch, um es mir genauer anzuschauen.

Dann stellte ich mich auf die Zehenspitzen und hauchte Harry einen Kuss auf die Wange.

»Danke! Ist der süß! Oder ist es eine Sie?«

»Eine Sie.« Er strich dem Welpen mit dem Zeigefinger über den Rücken. »Ohne Hund ist eine Farm einfach nicht komplett.«

»Nicht gerade der typische Farmerhund«, konstatierte ich, wobei ich Onkel Arthurs raue Stimme imitierte, und Harry legte den Kopf in den Nacken und lachte.

»Arthur hat schon recht, deswegen hab ich ihm auch verschwiegen, dass Belle nach der Prinzessin aus dem Disney-Film *Die Schöne und das Biest* benannt wurde.«

»Wenn das so ist, taufe ich dieses süße Wesen hier Elsa, nach der Prinzessin aus *Die Eiskönigin – Völlig unverfroren*.

Aus Familientradition. Hallo Elsa.« Ich küsste sie auf die Nase, worauf sie prompt versuchte, mir das Gesicht abzulecken. »Autsch!«

Harry grunzte belustigt. »Ich wusste doch, dass ich mit meiner Wahl richtigliege. Ich hab mich für Elsa entschieden, weil sie so ein Energiebündel und immer zu Späßen aufgelegt ist. Genau wie du.«

»Das fass ich jetzt mal als Kompliment auf.«

»So war's auch gemeint.«

»Sie kommt mir wirklich wie gerufen. Die Aussicht, den heutigen Abend ganz allein zu verbringen, fand ich nicht sonderlich verlockend.«

Ich musterte ihn gespannt. Würde er auf den Wink anspringen?

Ich könnte ihn einfach umarmen und ihm mit den Fingern durchs Haar fahren. Vielleicht würde er mich ja diesmal nicht wegstoßen. Und was, wenn nicht? Ich hatte mich schon mal blamiert. Wollte ich wirklich eine zweite Zurückweisung riskieren? Nein. Lieber auf Nummer sicher gehen, und ihn den ersten Schritt machen lassen. Wenn's denn dazu kam!

Ehe ich mir noch weiter darüber den Kopf zerbrechen konnte, nahm Harry mich bei den Schultern und drehte mich in Richtung Haus herum. »Geht lieber rein, sonst wird aus deiner Elsa wirklich noch eine Eisprinzessin.«

»Okay, okay.« Kichernd ging ich zur Haustür. »Mal sehen, ob ich eine alte Decke für sie finde ...«

Als ich mich noch einmal umdrehte, stellte ich fest, dass er nicht wie erwartet hinter mir war, sondern auf dem Weg zu seinem Auto.

»Ich geh dann mal«, sagte er mit einem Blick, den ich

nicht richtig deuten konnte. »Damit ihr zwei euch ein bisschen aneinander gewöhnen könnt.«

»Genau. Gute Idee.« Meine Stimme klang irgendwie unnatürlich. »Danke noch mal.«

Er winkte zum Abschied, stieg ein und fuhr in einer Dieselwolke davon.

Im selben Augenblick schwang die Tür der Teestube auf, und Mr. Goat und seine Jungs kamen heraus, alle miteinander ihre Lunchboxen auf dem Kopf balancierend.

»Versteh einer die Männer«, flüsterte ich Elsa ins Ohr.

Kapitel 39

Die darauffolgende Woche verging wie im Flug, und ich hatte alle Hände voll zu tun mit Hochzeitsvorbereitungen, Umbauarbeiten und Hundetraining. Ehe ich wusste, wie mir geschah, begannen schon die Weihnachtsferien, und Tilly, Aidan und ihre dreißig Gäste trafen ein.

Als der große Tag anbrach, war ich schon mit den Hühnern auf – besser gesagt schon vor ihnen. Draußen war es noch dunkel, und als ich mich mit Elsa und meinem Laptop in die Küche setzte, um meine ellenlange To-do-Liste durchzugehen, war das einzige hörbare Geräusch das leise Schnarchen und Schniefen der vier Gestalten – Aidans Trauzeuge samt Ehefrau und zwei Kolleginnen von Tilly –, die in Schlafsäcken vor dem Kamin lagen.

Laut Wettervorhersage blühten uns Temperaturen um den Gefrierpunkt und leichte Schneefälle; perfekte Bedingungen für eine Winterhochzeit also. Die meisten Gäste waren gestern Abend eingetrudelt, und wir hatten schon ein bisschen vorgefeiert, bis Tilly um elf vernünftigerweise zum Zapfenstreich blies. Nicht alle waren auf der Farm untergebracht: Die Eltern des Brautpaars hatten sich im White Lion eingemietet, Tilly und ihre Brautjungfer Gemma weihten das Gästezimmer bei Tante Sue und Onkel Arthur ein (weshalb Tante Sue schon seit Tagen mit Putzen und Backen beschäftigt gewesen war), Aidans Schwester bewohnte mit ihrer Familie die beiden Zimmer im Dachgeschoss, und der Rest war in gemieteten Cottages in den umliegenden Dörfern untergekommen.

»Morgen«, flüsterte Mum, die soeben auf Zehenspitzen in die Küche huschte. »Tee?«

Ich nickte, und sie stellte Wasser auf und holte, so leise es ging, Teebeutel und Tassen aus dem Schrank.

»Konntest du auch nicht mehr schlafen?«, fragte ich leise, als sie mir gleich darauf eine dampfende Tasse hinstellte.

Sie schüttelte den Kopf. »Ich muss noch die Torte verzieren, aber dazu brauche ich erst meinen Tee.«

Die Hochzeitstorte, die in einem Karton auf dem Küchentisch bereitstand, sollte ein richtiges Meisterwerk werden – zweistöckig mit schneeweißem Zuckerguss, gekrönt von einem winzigen herzförmigen Bogen, unter dem zwei turtelnde Vögelchen sitzen würden. Tilly hatte feuchte Augen bekommen, als sie das Foto der Vorlage gesehen hatte, und auch beim Anblick der festlich dekorierten Teestube war sie fast in Tränen ausgebrochen. Wir hatten wunderschöne alte Spitzendecken über die Tische gebreitet, und zwischen den geblümten Tellern standen bunte Vasen mit winterlichen Blumenarrangements. Selbst der Sitzplan, der aus Miniatur-Wimpelgirlanden bestand, hatte ihr ein entzücktes »Oohh!« entlockt.

»Du hast dir so viel Mühe gegeben, Freya«, hatte sie mich gelobt und die Retro-Stoffbeutelchen mit Süßigkeiten für die Gäste befühlt, die an jedem Platz lagen. »All die liebevollen Details... Es ist sogar noch schöner geworden, als ich es mir vorgestellt habe.«

Mum zurrte ihren Morgenmantel etwas enger und setzte sich neben mich. Elsa sprang auf, um sie mit heftigem Schwanzwedeln, bei dem ihr gesamter Körper wackelte, zu begrüßen, ehe sie sich auf ihrem Schoß zusammenrollte und weiterschlief.

»Zeig mal deine Liste. Mistelzweig, Sekt, Glöckchen, Bänder ... Wirklich sehr romantisch.«

»Ja, nicht? Unsere erste Hochzeit, Mum!«

Sie nippte an ihrem Tee und lächelte. »Aufregend. Aber es wird bestimmt ein voller Erfolg, nach all der Arbeit, die du reingesteckt hast.«

»Na ja, die Hochzeit ist ja für ein Paar der Anfang seines gemeinsamen Lebenswegs, und ich wollte unbedingt, dass dieser Tag für Tilly und Aidan etwas ganz Besonderes wird.« Einen Augenblick hingen wir unseren Gedanken nach. *Wann kommt wohl für mich der große Tag?*, fragte ich mich und seufzte.

»Das war ja ein herzhafter Seufzer«, bemerkte Mum und musterte mich besorgt.

Ich hatte ihr zwar erzählt, dass ich mal angenommen hatte, Charlie wäre der Richtige; meine Gefühle für Harry dagegen hatte ich ihr aus Angst vor gut gemeinten Verkupplungsversuchen bislang verschwiegen. Doch jetzt verspürte ich plötzlich den Wunsch, mich ihr anzuvertrauen.

»Na ja, ich hätte schon furchtbar gern wieder einen Freund.«

Sie legte mir einen Arm um die Schultern und zog mich an sich.

»Eines Tages wirst du den Richtigen finden, da bin ich ganz sicher.«

»Ehrlich gesagt bin ich bis über beide Ohren in Harry

verliebt, nur empfindet er leider nicht dasselbe für mich.«
Ich zuckte die Achseln. »Ich meine, ist ja schön, dass wir befreundet sind, aber ich wäre gern mehr für ihn.«

»Also, wenn du mich fragst, erwidert er deine Gefühle durchaus.« Sie lachte leise. »Er blüht förmlich auf in deiner Gegenwart.«

Ich musterte sie erstaunt. »Ehrlich? Und warum sagt oder tut er dann nichts? Gelegenheiten habe ich ihm weiß Gott genug gegeben.« Ich kicherte. »Das klingt, als hätte ich mich ihm in einer Tour an den Hals geworfen.«

»Ihr zwei seid miteinander aufgewachsen. Vielleicht ist er vorsichtig, weil ihr so viele gemeinsame Erinnerungen habt.«

»Aber die bleiben uns doch erhalten, was auch immer passiert.«

»Schon, aber was ist mit eurer Freundschaft?«

Ich öffnete den Mund, doch ehe ich etwas darauf entgegnen konnte, kam der Lkw der Cateringfirma in den Hof gefahren.

»Die sind aber früh dran«, staunte Mum.

»Aidan hat vorgeschlagen, dass sie schon morgens kommen und Frühstück für uns machen, weil so viele Gäste hier übernachten.«

Wie auf Kommando setzten sich die vier in Schlafsäcke gehüllten Gestalten vor dem Kamin auf.

Aidans Trauzeuge Phil gähnte und kratzte sich am Kinn. »Hab ich da grade was von Frühstück gehört?«

Gegen Mittag fanden sich die Gäste, begleitet vom fröhlichen Gebimmel der Glocken, in der kleinen Kirche hinter Colton Woods ein. Bis jetzt war alles nach Plan verlaufen.

Die angekündigten Schneefälle waren zwar ausgeblieben, aber der von einer dicken Schicht Raureif überzogene Friedhof glitzerte und funkelte in der fahlen Wintersonne.

Ich öffnete die Tür, atemlos nach der ganzen Hetzerei, und ließ mich in der hintersten Bank neben Lizzie und Ross nieder.

»Tilly steht schon draußen«, flüsterte ich Lizzie ins Ohr. »Sie sieht aus wie ein Starlet aus den Vierzigern. Die Frisur, die du ihr verpasst hast, ist der Hammer.«

Lizzie schnippte sich stolz eine Haarsträhne über die Schulter und strahlte mich an.

»Danke. Und die Kirche ist auch hübsch dekoriert, nicht?«

Ich nickte.

An jeder Bank hing ein Sträußchen aus Misteln, Stechpalmen und Efeu, zusammengehalten von einem groben Juteband, und der Altar wurde von einer Krippe und einem kleinen, dicht gewachsenen Bäumchen flankiert, das Kinder mit selbst gebasteltem Weihnachtsschmuck geschmückt hatten.

Im Mittelgang davor warf Aidan, sehr elegant in einem hellgrauen Anzug, alle paar Sekunden einen Blick über die Schulter, sichtlich gespannt auf seine Zukünftige.

»Ziemlich voll, die Kirche«, bemerkte ich. »Ich habe den Eindruck, ganz Lovedale ist gekommen.«

Von der Empore ertönten die ersten Takte einer wunderschönen Melodie, und dann schwangen die Türen auf, und Tilly erschien am Arm ihrer Mutter. Ihr Vater war schon vor Jahren gestorben.

»Ohh ...«, hauchte Lizzie ergriffen, und ich schickte, mit den Tränen kämpfend, ein stummes Dankesgebet gen Himmel, weil sich mein Dad bester Gesundheit erfreute.

Mist. Ich hielt mir vorsorglich die Zeigefinger unter die getuschten Wimpern, damit ich nicht binnen Sekunden aussah wie ein Pandabär. Wie hatte ich dummes Huhn nur annehmen können, ich würde bei dieser Hochzeit weniger gefühlsduselig sein als sonst, nur weil ich in meiner Eigenschaft als Organisatorin der Feier daran teilnahm?

Die Anwesenden drehten sich um und verfolgten lächelnd, wie die Braut neben ihrer Mutter majestätisch zum Altar schritt. Sie trug ein cremeweißes Satinkleid, das sie locker umschmeichelte, und dazu einen Bolero aus Webpelz.

Schräg hinter ihr erspähte ich Charlie, der gestern Spätschicht hatte und deshalb erst heute früh angereist war. Er stand dicht an Anna gedrängt in einer Bank auf der anderen Seite, ein Stück weiter vorn. Als sie meinen Blick auffingen, winkten sie beide. Gemmas Mann Mike hatte die beiden im Auto mitgenommen, und ich konnte es kaum erwarten, mit ihnen zusammenzutreffen. Zugegeben, bei der Vorstellung, sie das erste Mal zusammen zu sehen, war mir etwas mulmig gewesen, aber spätestens jetzt wusste ich, dass ich mir unnötig Sorgen gemacht hatte.

»Was ist denn das für ein Stück?«, flüsterte ich Lizzie mit rauer Stimme ins Ohr. »Das ist ja herzzerreißend.«

Sie tippte mit dem Finger auf das Programmheft. *A Dream Is A Wish Your Heart Makes* aus *Cinderella*. Wie hübsch!

Als Nächstes erschien Gemma in einem Kleid aus cappuccinofarbener Spitze. »Herrje, das reinste Märchen«, flüsterte sie entzückt und deutlich hörbar, während sie lächelnd und winkend zum Altar ging.

»Hier will ich auch heiraten«, hörte ich Lizzie ihrem

Herzallerliebsten zuflüstern, und ich kicherte in mich hinein. So viel zum Thema »subtile Bemerkungen«.

Die Pfarrerin, eine Dame mittleren Alters mit kurzem grauem Haar, Nerdbrille und knallrotem Lippenstift, begrüßte die Gäste im Lake District, dann begann sie mit dem Gottesdienst, und schon bald kamen wir zum maßgeblichen Teil.

»Und nun möchte ich Tilly und Aidan bitten, ihre Treuegelübde zu sprechen«, verkündete sie.

Die beiden drehten sich zueinander und grinsten sich ausgelassen an, dann ergriff Aidan die Hände seiner Braut und sagte:

»Ich, Aidan, fühle mich geehrt, dass ich dich, Tilly, zu meiner Frau nehmen darf. Mit deiner Schönheit und Warmherzigkeit hast du mein Herz im Sturm erobert. Deine Liebe erfüllt mich mit Freude und bringt die besten Seiten an mir zum Vorschein. Heute gebe ich dir hier, vor unseren Verwandten und Freunden, das Versprechen, dass ich dich lieben, achten und ehren werde.«

Selbst von meinem Platz in der hintersten Kirchenbank aus konnte ich die Tränen in Tillys Augen glitzern sehen. Sie holte tief Luft, dann erwiderte sie: »Ich, Tilly, nehme dich, meinen geliebten Aidan, zum Mann. Dank dir habe ich wieder gelernt zu lieben, zu lachen und zu träumen. Du bist für mich der Silberstreif am Horizont, der Sonnenschein, der meine Tage erhellt und das Funkeln der Sterne in der Nacht. Ich verspreche, dich auf unserer gemeinsamen Reise auf Schritt und Tritt zu begleiten und dich zu lieben bis in alle Ewigkeit.«

Tja, wie heißt es so schön? Da bleibt kein Auge trocken.

»Taschentuch?« Lizzie hielt mir ihre Packung hin.

»Danke«, schniefte ich.

Die Brautleute wurden zu Mann und Frau erklärt, und unter stürmischem Applaus küssten sie sich, und Aidan hob Tilly sogar hoch und wirbelte sie herum. Spätestens jetzt heulten auch die hartgesottensten Hochzeitsgäste.

Dann war der Traugottesdienst auch schon vorbei, die Glocken bimmelten, und Tilly und Aidan liefen lächelnd Arm in Arm durch den Mittelgang und verteilten dabei nach allen Seiten Luftküsschen. Ich musste nun möglichst rasch auf die Farm zurück und dafür sorgen, dass der Glühwein und der heiße Früchtepunsch bereitstanden, wenn die Gäste eintrafen.

Im Zickzackkurs drängelte ich mich durch die Menge, die dem Brautpaar folgte, nach draußen, und mein Herz schlug unwillkürlich höher, als ich bemerkte, dass inzwischen leichter Schneefall eingesetzt hatte. Das war ja wohl die denkbar romantischste Kulisse für eine Hochzeit überhaupt.

Die kalte Luft ließ mich frösteln, doch beim Anblick der Kutsche, die am Straßenrand wartete, wurde mir gleich wieder warm ums Herz.

Da war er – Harry, stilecht gekleidet im Tweedsakko, kragenlosem Hemd und passender Hose mit Hosenträgern. Er sah einfach umwerfend aus. Als er mich sah, sprang er vom Kutschbock und küsste mich auf die Wange.

»Hey«, begrüßte ich ihn lächelnd. »Das nenn ich mal einen hollywoodreifen Auftritt!«

»Als was, als Dorftrottel?« Er verdrehte die Augen. »Es war keine Rede davon, dass ich mich in Schale werfen muss.«

»Oh, entschuldige, hatte ich vergessen, das zu erwähnen?«, fragte ich mit Unschuldsmiene.

»Kleiner Scherz.« Er grinste. »Allerdings bin ich froh, dass ich Dads alte Thermounterwäsche angezogen habe.«

»Kann ich mir vorstellen.« Ich nickte und versuchte krampfhaft, die Vorstellung von Harry in Unterwäsche aus meinem Kopf zu verbannen.

»Toll siehst du aus. Du strahlst ja mit der Braut förmlich um die Wette.«

»Wer, ich? Ach was.« Ich winkte ab und fasste mir unauffällig an die Wange. Womöglich meinte er mit »strahlen« ja, dass ich mal wieder glühte wie eine Tomate, wie Lizzie es genannt hatte.

Ich hatte mich für ein langärmeliges Vintage-Kleid mit winzigen grünen Blümchen entschieden, das mir bis zum Knie reichte, und trug dazu einen grünen Wollmantel und braune Lederstiefel – schick und praktisch zugleich.

»Ich weiß, Selbstlob stinkt, aber ich bin ganz hin und weg von der Kutsche.« Sie war nicht nur frisch gestrichen, sondern hatte dank Mum auch hübsche, mit rotem Samt bezogene Sitze, und gestern hatten Lizzie und ich sie mit Unmengen an Efeu, Mistelzweigen und weißem Satinband dekoriert sowie ein paar dicke Wolldecken hineingelegt, damit es das glückliche Paar auf der Fahrt zur Farm auch kuschelig warm hatte. »Danke, dass du sie uns zur Verfügung stellst, Harry.«

»Gern.«

Er blickte mir tief in die Augen, und plötzlich weitete sich mein Herz, sodass ich das Gefühl hatte, mein Brustkorb müsste gleich bersten.

»Ähm, Freya ...« Harry schluckte und rieb sich das Kinn.

»Ja?«, hauchte ich. O Gott, jetzt war es so weit. Jetzt kam's!

Er hob den Arm und wischte mir eine Schneeflocke von der Wange, und mein Magen vollführte bei der Berührung einen Salto. »Meinst du ...«

»Freya!«, rief Tilly in diesem Augenblick. »Komm rüber, wir wollen dich auch auf ein paar Fotos haben!«

Ich hätte vor Frust in Tränen ausbrechen können. Musste das ausgerechnet jetzt sein?

»Gleich«, rief ich, dann drehte ich mich wieder zu Harry um. »Was wolltest du gerade sagen?«

»Das kann warten.«

»Nein, kann es nicht«, erwiderte ich und musste mich sehr zusammennehmen, um nicht mit dem Fuß aufzustampfen wie ein störrisches Kind. Laut lachend legte er mir die Hände auf die Schultern und schob mich in Richtung Kirche. »Doch. Los, los. Wir haben alle Zeit der Welt.«

Mit weichen Knien stellte ich mich zu der auf der Kirchentreppe posierenden Hochzeitsgesellschaft. Harry fing meinen Blick auf und zwinkerte mir zu. Was hatte das alles zu bedeuten? Lizzie hatte recht, er war wirklich ziemlich *Tiramisu*.

Kapitel 40

Als Harry die von Storm und Skye gezogene Märchenkutsche in den Hof der Appleby Farm lenkte, waren die Hochzeitsgäste bereits mit Glühwein versorgt. Tilly und Aidan hatten ganz rote Nasen von der Kälte, was ihrem Glückstaumel jedoch keinen Abbruch tat. Es hatte wieder aufgehört zu schneien, und sämtliche Wiesen, Bäume und Hausdächer, ja selbst der gepflasterte Hof sahen aus, als hätte Mutter Natur zur Feier des Tages Konfetti gestreut.

»Freya!«, rief Tilly und winkte mich zu sich, nachdem ihr Aidan beim Aussteigen geholfen hatte.

Ich sprang zu den beiden rüber und umarmte sie. »Herzlichen Glückwunsch, Mr. und Mrs. Whitby!«

Harry kletterte vom Kutschbock und wurde sogleich von Aidans Nichte und Neffe belagert. Aus dem Augenwinkel beobachtete ich, wie er sie die Zügel halten und die Pferde streicheln ließ. Einfach rührend, wie viel Geduld er mit ihnen hatte.

»Weißt du noch, wie wir uns letzten Winter in Shirleys Café kennengelernt haben? Danach hast du gleich mal an meinem großen Ivy-Lane-Backwettbewerb teilgenommen.«

Ich lachte. »Es wird dich bestimmt freuen zu hören, dass sich mein Repertoire seither etwas erweitert hat.«

Aidan gesellte sich zu seinem Trauzeugen, der gerade schallend über eine Bemerkung von Gemma lachte, und Tilly hakte sich bei mir unter.

»Nicht zu fassen, was seither alles passiert ist.« Sie gab mir einen Kuss auf die Wange. »Wer hätte gedacht, dass wir heute hier stehen würden – ich frisch verheiratet und du als Organisatorin meiner Hochzeit.«

»Ich freu' mich wie ein Schneekönig für dich, Tilly. Aidan wird den perfekten Ehemann abgeben. Oh, ich glaube, da will jemand etwas von dir.« Ich ließ ihren Arm los.

Alle Gäste, einschließlich Bills Tochter Natalie, die als offizielle Hochzeitsfotografin fungierte, zückten ihre Kameras und Handys, als Gloria und ihr Kalb Kim von Onkel Arthur auf den Hof geführt wurden. Wir hatten beide Kühe mit weißen Bändern und funkelnagelneuen Glocken herausgeputzt – eine reichlich knifflige Angelegenheit, und das noch vor dem Frühstück.

Harry legte mir eine Hand auf den Arm. »Ich glaub, ich lass die Kutsche hier, für die Kinder.«

»Gute Idee.« Ich stieß die Luft aus. »Meinst du, alles wird klappen? Ich hab ständig Angst, dass jeden Moment irgendetwas schiefläuft.«

Er lächelte mich an. »Du bist ein Organisationstalent par excellence, Freya. Warst du schon immer. Natalie fotografiert wie ein Weltmeister, dem köstlichen Bratengeruch nach zu urteilen, wissen die Leute vom Catering genau, was sie tun, und gegen sieben kommen die übrigen Bandmitglieder. Sei also ganz unbesorgt.« Er drückte mir einen schnellen Kuss aufs Haar, und die Zärtlichkeit dieser Geste ließ mich erröten.

»Danke, Harry«. Ich seufzte und spürte, wie sich meine

Schultern entspannten. »Was wolltest du mir eigentlich vorhin sagen?«

»Ähm ...«

In diesem Augenblick gesellten sich Charlie und Anna zu uns. Charlie schüttelte Harry die Hand und gab mir einen keuschen Kuss auf die Wange.

»Großes Kompliment, ihr zwei. Ihr habt ganze Arbeit geleistet, sowohl in der Kirche als auch hier und in der Teestube. Ich erkenne die Farm gar nicht wieder!«

»Mit mir hat das nichts zu tun«, wehrte Harry ab. »Ich bin nur der Kutscher.«

Anna und ich fielen uns stürmisch um den Hals. »Du hast mir so gefehlt! Und du wirkst so anders... Ich weiß nicht... Als wärst du angekommen.«

»Ich hab mich auch verändert«, erwiderte ich mit zufriedenem Schulterzucken. »Endlich hab ich ein Ziel und weiß, was ich will und wie mein Leben aussehen soll.« Bei diesen Worten riskierte ich einen Blick zu Harry – und ertappte ihn dabei, dass er mich anstarrte. Ich lief feuerrot an, und er setzte im Gegenzug ein ziemlich dämliches Grinsen auf.

»Und es macht dir auch wirklich nichts aus, dass Charlie und ich ...?«, flüsterte sie.

»Aber nein«, versicherte ich ihr.

»Gut. Ich bin nämlich, glaub ich, total in ihn verliebt«, fuhr sie fort.

»Ist doch toll! Freut mich sehr für dich, Anna, ehrlich.«

»Fehlt dir Kingsfield denn gar nicht?«

»Doch, natürlich! Vor allem du und meine anderen Freundinnen. Aber hier in Lovedale bin ich zu Hause.«

»Dann ist jetzt also Schluss mit den Weltreisen?« Ungläubig hob sie eine Augenbraue.

Ich zog sie ein Stück zur Seite und breitete die Arme aus. »Sieh dir diesen Ausblick an! Wer wollte mit einem solchen Paradies vor der Haustür schon verreisen?«

Harry hielt sich die Hand vor den Mund und hustete, doch es hörte sich verdächtig danach an, als lachte er mich aus. »Ich bring mal die Pferde in den Stall, bevor ihnen kalt wird«, sagte er. »Bis später.«

»Okay.« Ich lächelte gezwungen und fragte mich, ob wir heute noch irgendwann ein paar Minuten für uns allein hätten.

Ein Gongschlag ertönte, und der Chef der Cateringfirma verkündete, das Essen sei serviert.

»Du meine Güte!«, japste ich. »Ich muss los, ich bin ja nicht zum Vergnügen hier.« Ich flitzte davon, um mein Klemmbrett zu suchen – und mein Herz zog sich zusammen, als ich noch sah, wie Charlie Anna an sich zog und küsste.

Vier Stunden später tat mir der Rücken weh, und ich war ganz wacklig auf den Beinen, weil ich nur ein paar Bissen von dem köstlichen Roastbeef gegessen hatte, aber abgesehen davon war ich regelrecht high. Die Hochzeitsfeier war ein voller Erfolg, und ich hatte sogar eine Buchung für eine weitere im Frühling erhalten.

Die Almanacs waren inzwischen vollzählig und machten auf der provisorischen Bühne in einer Ecke der Teestube einen letzten Soundcheck, während ich mit Lizzie und Ross die Tische beiseiteschob, um Platz für die Tanzfläche zu schaffen. »Danke fürs Mitanpacken heute, Leute.« Ich umarmte die beiden. »Besser hätte es wirklich nicht laufen können.«

»Na ja, ich hab mir da ein, zwei Notizen für unsere Hochzeit gemacht ...«, meinte Lizzie.

Ross hustete. »Ich meine, für unsere nächste Hochzeitsfeier hier«, korrigierte sie sich.

Er sah mich an, und wir schüttelten die Köpfe, und dann verteilten wir das Mobiliar auf verschiedene Ecken, denn Harry dimmte bereits das Licht und sprang auf die Bühne.

Tom, der Leadsänger der Almanacs, ergriff das Mikrofon. »Guten Abend allerseits und einen tosenden Applaus für Mr. und Mrs. Whitby!«, sagte er grinsend, und alles klatschte und pfiff, als die strahlende Braut und ihr Angetrauter zu *Show me Heaven* von Maria McKee eng umschlungen die Tanzfläche betraten.

Ich fing Harrys Blick auf, und wir grinsten uns verstohlen an, weil eine Rockband wie sie so eine Schnulze spielten. Aber Tom war ein toller Sänger, und die Coverversion der Almanacs konnte sich echt hören lassen. Ich hatte Harry noch nie in Aktion erlebt und verfolgte hingerissen, wie er hoch konzentriert und total in die Musik versunken sein Schlagzeug malträtierte.

Dann beobachtete ich eine Weile das Brautpaar, das Stirn an Stirn mit geschlossenen Augen über die Tanzfläche glitt. Es hatte etwas so Intimes, dass ich mir ein wenig vorkam wie ein Voyeur, trotzdem konnte ich den Blick nicht abwenden. Als der Song zu Ende war, klatschten alle erneut, und die Eltern der Brautleute liefen zu ihnen, um sie zu umarmen – und mir kamen schon wieder die Tränen.

»Liebe Gäste, bevor wir gleich einen Zahn zulegen, gibt's auf besonderen Wunsch noch eine Kuschelnummer, und zwar eine Unplugged-Version von *Back for Good* von Take That«, verkündete Tom. Ich seufzte, als er zu singen begann.

Eigentlich liebe ich diesen Song, aber ich hatte ja niemanden zum Tanzen. Egal, es gab garantiert noch irgendetwas für mich zu tun.

Ich war noch keine zwei Schritte weit gekommen, da stand plötzlich Harry vor mir.

»Hello, drummer boy.«

»Du bist echt die größte Heulsuse, die ich kenne«, murmelte er und wischte mir mit Daumen die Tränen fort, die mir über die Wangen liefen.

»Das sagt ausgerechnet der, der bei *Titanic* Rotz und Wasser geheult hat«, spottete ich. Hatte ich zwar auch, aber ich war ein Mädchen. Und überhaupt …

»Freya?«

»Ja?«

»Ich hab mir diese Nummer für dich gewünscht. Würdest du mit mir tanzen?«

Ich war so verblüfft, dass ich nur nicken und die Hand ergreifen konnte, die er mir hinstreckte. Es war die Hand eines Farmers, warm und rau, und mein Herz pochte zum Zerspringen, als sie sich um meine Finger schloss und sie drückte – einmal, zweimal, dreimal.

Ich. Liebe. Dich.

Onkel Arthurs geheimes Handzeichen.

Ich starrte ihn an.

»Es ist wahr, Freya«, murmelte er, dann schlang er den Arm um meine Taille, zog mich an sich, und wir begannen uns im Takt der Musik zu wiegen. Elektrisiert sah ich auf unsere noch immer verschränkten Finger.

»Du erinnerst dich an Onkel Arthurs geheime Liebeserklärung?«, fragte ich mit zittriger Stimme. Wir mussten ungefähr vierzehn gewesen sein, als ich ihm davon erzählt hatte. Zu der Zeit war ich ganz besessen davon gewesen, mich zu verlieben, und weiß noch, dass ich damals furchtbar viel geseufzt und alles und jedes »total romantisch« fand.

»Natürlich. Ich erinnere mich an alles, was du mir je erzählt hast.«

»Ach ja?« Ich gluckste. »Ich bin nicht sicher, ob das jetzt unbedingt gut ist. Woran denn noch zum Beispiel?«

Er überlegte kurz. »Na ja, du hast zum Beispiel mal gesagt, wenn du jemals einen Sohn bekommst, würdest du ihn Nick nennen, nach Nick Carter von den Backstreet Boys. Es sei denn, du würdest Nick Carter *heiraten*, in dem Fall sollte er Howie heißen.«

Ich kicherte los. Das hatte ich total vergessen. »Was noch?«

»Alles. Jede Erinnerung an dich ist hier drin, eingebrannt in meinem Herzen.« So etwas Schönes hatte noch nie jemand zu mir gesagt, und es ließ mich förmlich dahinschmelzen.

Ich schluckte. »Willst du damit sagen, dass du ... dass du mich liebst, Harry?«

Seine Miene wurde weich. »Ich liebe dich schon mein ganzes Leben«, erwiderte er schlicht. »Würdest du mir auch eine Frage beantworten, Freya?«

Ich nickte, und er deutete mit dem Kopf zur Bühne, wo Tom gerade *Back For Good* ins Mikro säuselte, und grinste. »Bist du gekommen, um zu bleiben?«

Ich strahlte ihn an. »Ja.«

Er schloss die Augen und küsste mich auf die Stirn. »Gott sei Dank. Und jetzt lass uns nicht mehr reden. Ich muss mich auf den literaturnobelpreisverdächtigen Text von Gary Barlow konzentrieren.« Ich kicherte wieder, während er mich an sich drückte und Wange an Wange mit mir tanzte, bis der Song zu Ende war. Dann machte er sich von mir los und sagte: »Komm, wir gehen kurz vor die Tür. Seit Stunden warte ich darauf, dich mal für mich zu haben.« Seine braunen Augen funkelten spitzbübisch.

»Was ist mit der Band? Musst du nicht spielen?«

»Nein, bei der nächsten Nummer werd ich nicht gebraucht.« Hand in Hand gingen wir nach draußen auf den Hof und schlossen die Glastüren hinter uns. Es war bereits dunkel und ziemlich frisch.

»Puh, ist das kalt«, keuchte ich lachend, als sich vor unseren Mündern kleine Atemwölkchen bildeten.

Harry rieb mir die Oberarme, um mich zu wärmen. »Ich habe eine Idee.« Er schob mich zur Kutsche. »Steig ein.« Ich war ganz atemlos vor Aufregung, als wir uns nebeneinander auf der roten Samtbank niederließen und unter die Wolldecken kuschelten. Aus der Teestube drangen leise Gitarrenklänge, die jedoch vom ohrenbetäubenden Pochen meines Herzens übertönt wurden.

Harry legte mir einen Arm um die Schulter und zog mich an sich.

»Harry Graythwaite«, sagte ich und strich ihm über die Wange. »Du hast deine Gefühle ja verdammt gut vor mir versteckt.«

»Na ja, ich dachte, ich würde nie mehr für dich sein als bloß ein guter Freund.«

»Ging mir genauso«, murmelte ich. »Vor allem nach diesem Kussdebakel auf deiner Farm.«

Er stöhnte und fuhr sich mit den Fingern durch die ohnehin schon verstrubbelten Haare. »Ich hatte mir diesen Moment so oft ausgemalt, aber dass ich so reagieren würde, hätte ich nie gedacht.«

»Und warum *hast* du so reagiert?«

»Na ja, ich war schon in dich verliebt, als du mit achtzehn deinen letzten Sommer hier verbracht hast, und es hat mir echt das Herz gebrochen, als du dann aus Lovedale weggegangen bist. Ich wollte einfach nicht, dass mir das noch mal passiert.«

»Es tut mir so leid, Harry. Ich hab damals gespürt, dass sich etwas zwischen uns verändert hatte, hatte aber keine Ahnung, warum.«

Er zuckte die Achseln. »Ich weiß. Eigentlich wollte ich es dir sagen, aber dann hast du mir erzählt, dass du erst nach Lovedale zurückkommst, wenn du die Welt gesehen hast. Und da dachte ich: *Okay, das war's. Die sehe ich nie wieder.*«

Ich nickte langsam, während die Erinnerungen an jenen Tag zurückkehrten. Nach diesem Gespräch war er mir aus dem Weg gegangen, hatte ständig irgendwelche Ausflüchte, wenn ich ein Treffen vorschlug. Und dann war ich gegangen, und wir hatten uns jahrelang nicht gesehen.

»Tja, aber jetzt bin ich wieder da«, sagte ich. »Ich bin heimgekommen. Und unglaublich froh darüber.«

»Ich auch. Aber selbst da habe ich nicht einen Moment lang geglaubt, dass du bleibst. Ich dachte, du schwirrst bald wieder ab, zum nächsten Abenteuer.«

»Diesmal nicht«, flüsterte ich und schüttelte nachdrücklich den Kopf. »Ich gehe nirgendwohin. Ich liebe dich, Harry.«

»Im Ernst?«

Sein Gesicht war nur Zentimeter von meinem entfernt, sein Atem streifte meine Lippen. Kalt war mir schon längst nicht mehr.

»Im Ernst.«

Ich schlang ihm die Arme um den Nacken, und er zog mich auf seinen Schoß, wobei wir uns unverwandt in die Augen sahen.

Mir war, als würde die Zeit stillstehen, damit wir unseren ersten *richtigen* Kuss auch genießen konnten.

Und dann war es endlich so weit: Wir küssten uns. Sein Kuss schmeckte nach Zuhause, und ich wusste, hier wollte ich bleiben – genau hier, in den Armen dieses Mannes, der wie für mich geschaffen war.

Als wir nach einer gefühlten Ewigkeit schließlich voneinander abließen, grinste Harry so selbstzufrieden, dass ich lauthals lachen musste.

»Das bedeutet dann wohl, dass wir das Gute-Freunde-Stadium hinter uns gelassen haben«, bemerkte ich und lehnte mich zurück.

»Freya Moorcroft, auf diesen Kuss habe ich zehn Jahre gewartet«, sagte Harry mit rauer Stimme.

Ich auch, dachte ich, obwohl es mir erst jetzt bewusst geworden war. Und dann zog ich ihn an mich, um unseren Nachholbedarf zu decken.

Im Paradies

Der Winter war ungewöhnlich feucht gewesen, selbst für den Lake District, deshalb gönnten wir uns im darauffolgenden März ein verlängertes Wochenende in Marokko. Mehr war leider nicht drin. Lizzie und Ross kümmerten sich in unserer Abwesenheit um die Willow Farm, Mum und Dad um die Appleby Farm, und wir wollten sie nicht zu lange allein lassen.

Am zweiten Abend saßen wir auf unserer kleinen Terrasse mit Fliesenmosaik, schlürften in der Abendsonne kaltes Bier und genossen die sanfte Brise. Leider hatte ich es trotz Sonnencreme mit Schutzfaktor fünfzig geschafft, mir die Knie und eine Seite des Gesichts zu verbrennen (sehr attraktiv!), wohingegen Harry knallbraun geworden war. Er döste vor sich hin, den Kopf in den Nacken gelegt. Entschlossen stellte ich meine Bierflasche auf den Balkontisch, stand auf und trat hinter ihn.

»Bist du müde?«, fragte ich und schlang ihm die Arme um den Hals.

Er öffnete ein Auge, zog verführerisch eine Augenbraue hoch und richtete sich auf. »Kein bisschen.«

»Gut.«

Ich drückte ihm eine Postkarte und einen Stift in die

Hand und musste lächeln, als er enttäuscht das Gesicht verzog.

»Hinterlistiges Biest.«

»Na ja, wenn wir das heute nicht erledigen, brauchen wie sie erst gar nicht mehr abzuschicken.«

Wir kritzelten ein paar Minuten emsig vor uns hin – besser gesagt, ich kritzelte emsig vor mich hin, während Harry abwechselnd stöhnte und verhalten fluchte und schließlich jammerte, er habe seinen Eltern seit dem Schulabschluss keine Postkarte mehr geschrieben.

»Fertig«, verkündete ich triumphierend, legte die Karte auf den Tisch und griff nach meiner Flasche.

Lizzie Moon
Willow Farm
Lovedale Road
Lovedale
Lake District
England

Hey Lizzie,

yippie, endlich Urlaub!
Marokko ist der Hammer. Solltest du dir auch mal ansehen. Aber lass dir Zeit damit, schließlich brauche ich dich in der Teestube (sorry!).
Das Wasser im Pool ist herrlich, aber das Meer ist EISKALT. Als wir vorhin am Strand Karten spielten, kam ein Mann mit einem Kamel vorbei, hat sich zu uns gesetzt und uns zugeschaut!
Übrigens: Weißt du noch, wie du gesagt hast, Ross wäre der

Richtige, das würdest du spüren? Tja, jetzt weiß ich absolut, was du gemeint hast.
Alles Liebe
Freya xx

PS: Gestern Nacht gab es Tiramisuuuu ... köstlich

Harry war noch immer hoch konzentriert am Schreiben.

»Was wird das, der achte Band von *Harry Potter*?«, neckte ich ihn.

Nicht, dass es mir etwas ausmachte, denn auf diese Weise konnte ich ihn ungestört betrachten. Er sah einfach zum Anbeißen aus in seiner Badehose.

Endlich hatte auch er seine Postkarte fertig. »So«, sagte er und belohnte sich mit einem Schluck Bier.

»Darf ich lesen?« Ich war gespannt, was er meinen zukünftigen Schwiegereltern geschrieben hatte.

Er zuckte träge die Achsel, murmelte jedoch »kein bisschen neugierig«, als ich nach der Karte griff.

Mr and Mrs Graythwaite
Sunny Terrace
Hengistbury Road
Bournemouth
England

Liebe Mum, lieber Dad,

viele Grüße aus Marokko!
Es ist schön hier, aber mal ehrlich:
Wer will schon verreisen, wenn er das Paradies vor der

Haustür hat? (Hat Freya mal über Lovedale gesagt, und sie hat wie immer recht).
Alles Liebe
Harry

PS: Freya ist die Richtige

»Gut so?«

Ich lächelte. »Ja, Harry Graythwaite. Absolut perfekt.« Er stand auf, beugte sich zu mir und küsste mich zart auf den Mund. Dann hob er mich hoch und trug mich in unser Zimmer.

ENDE

Danksagung

Wie üblich gebührt mein Dank in erster Linie meinem Mann Tony und meinen Töchtern Phoebe und Isabel, die mich das ganze Jahr 2014 über immer wieder angespornt und angefeuert haben.

Im vorliegenden Buch geht es um Themen, von denen ich keinen blassen Schimmer hatte, deshalb muss ich außerdem einer ganzen Reihe von Menschen danken, die mir großzügigerweise Unmengen ihrer Zeit geopfert haben, darunter David Prince von der Wood Farm, John Hardy von der Jericho Farm, Geoff Brown von der Bluebell Dairy und ganz besonders Charlotte Sharphouse und Joe White von der wunderbaren Old Hall Farm im Lake District, die aus dem viktorianischen Zeitalter stammt und mir als Vorbild für die Appleby Farm diente. Etwaige Fehler gehen allein auf mein Konto!

Danke an Gina McLachlan, die mir bei der Ausarbeitung der gesundheitlichen Probleme des bedauernswerten Onkel Arthur zur Seite stand.

Des Weiteren danke ich Chris Hanbury, der mir den Namen für Harrys Band geliefert hat und mir so einiges über die kitschigen Songs erzählen konnte, zu denen Brautpaare auf ihrer Hochzeit gern den ersten Tanz absolvieren.

Zu Dank verpflichtet bin ich auch Julie Gregory, die mich mit einer ihrer Hennen (Mrs. Fluffybum) kuscheln ließ (ein wirklich ausgesprochen flauschiges Huhn, nomen est omen) und mir zeigte, wo ihre Hühner die Eier legen. Außerdem danke ich David Prince, dessen eierliebender Hund mir eine witzige Idee für meinen Roman geliefert hat. Danke an meine Agentin Hannah Ferguson, die mich das ganze Jahr über mit weisen Worten ermutigt und dafür gesorgt hat, dass ich nicht die Flinte ins Korn geworfen habe, wenn es einmal haarig wurde, sowie an die schlaue Harriet Bourton für die »Initialzündung«, ohne die dieses Buch nie zustande gekommen wäre!

Da ich selbst lange im Bereich Marketing tätig war, weiß ich, wie viel harte Arbeit hinter den Fassaden geleistet werden muss, um nach außen hin den Anschein mühelosen Erfolgs zu erwecken, und ich kann mich glücklich schätzen, dass ich bei Transworld an ein Team geraten bin, das sich durch maßlose Begeisterungsfähigkeit und Hilfsbereitschaft auszeichnet. Ja, ihr seid gemeint, Bella Bosworth, Sarah Harwood, September Withers, Laura Swainbank und Helen Gregory! Vielen Dank, ihr Süßen!

Zu guter Letzt geht ein riesiges Dankeschön an einige paar ganz besondere Menschen, nämlich an die wunderbaren Bloggerinnen und Rezensentinnen, die mich stets unterstützen und so viel Begeisterung für meine Bücher an den Tag legen: Jill Stratton, Dawn Crooks, Janet Emson, Louise Wykes, Ananda und Marina von @ThisChickReads, Erin McEwan, Jody Hoekstra, JB Johnston, Kim Nash, Sharon Goodwin, Kirsty Maclennon, Catriona Merryweather und Sonya Alford. Ihr seid einsame Spitze, Mädels! Es ist ein Segen, euch zu kennen!

Liz Balfour

Liz Balfour erzählt große Geschichten von Liebe, Trauer und schicksalhaften Begegnungen vor der dramatischen Landschaft Irlands

978-3-453-40861-6

978-3-453-40862-3

978-3-453-47125-2

978-3-453-47126-9

Leseproben unter **www.heyne.de**

Emma Sternberg

Live.Love.Beach.

Linn erwischt ihren Verlobten in flagranti. Aber dann erfährt sie, dass sie geerbt hat – und findet sich in einem Haus direkt am Meer wieder. Die Bewohner, fünf lebenslustige Senioren, wachsen Linn bald ans Herz ...

978-3-453-42163-9

Leseprobe unter **www.heyne.de**

HEYNE ‹